Yiftach Reicher Atir

DIE AGENTIN

Yiftach Reicher Atir

DIE AGENTIN

Aus dem Hebräischen von Ulrike Harnisch

Zweitausendeins

Deutsche Erstausgabe

Karl-Tauchnitz-Straße 6, 04107 Leipzig

Die hebräische Originalausgabe erschien 2013
unter dem Titel *ha-Mora le-Anglith* bei
Keter Books, Israel.
Rechtevermittlung durch
The Deborah Harris Agency.

Umschlaggestaltung unter Verwendung
von Bildmaterial mit freundlicher Genehmigung
der Weltkino GmbH.
Druck: GGP Media GmbH, Pößneck
Printed in Germany.

Dieses Buch gibt es nur bei Zweitausendeins.

ISBN 978-3-96318-046-0

Schon fällt das Schweigen leichter.
Das Licht ist hell.
Wenn es keine Wege gibt,
gibt es keine Angst vor Grenzen.
Es gibt nichts zu enthüllen,
wenn nichts zu verhüllen ist.

Leah Goldberg, *Die Überreste des Lebens*

BRIEF
AN DIE LESER

Dieses Buch wäre nicht geschrieben worden, hätte ich nicht viele Jahre beim militärischen Nachrichtendienst gedient. Es wäre anders geschrieben worden, wäre ich von den Zwängen befreit, die ich mir selbst auferlegte, als ich mich an die Niederschrift des Textes machte und hätten die Zensur und die nachrichtendienstlichen Stellen für die Grenzen, die ich mir gesetzt hatte, die Genehmigung erteilt und nicht ihre Verbote verhängt.

Wie bei vielen Prosabüchern allgemein üblich und auf Verlangen des Verlages, erkläre ich hiermit, dass die Handlung des Werkes und die darin erwähnten Figuren allesamt Fantasiegebilde des Verfassers (und Lesers) sind. Jeglicher Zusammenhang zwischen der Handlung des Buches und Geschehnissen in der Realität, wie auch zwischen den im Text erwähnten Figuren und deren Namen und den Figuren oder Namen lebender oder verstorbener Personen, ist rein zufällig.

Und dennoch: Gab es das oder gab es das nicht? Hat es sich abgespielt oder hat es sich nicht abgespielt? Science-Fiction ist es nicht. Es ist eine wahre Geschichte, die in Wirklichkeit nicht geschehen ist, die nicht wirklich geschehen ist, die hätte geschehen können.

Das Manuskript meines fiktiven Werkes wurde bei verschiedenen nachrichtendienstlichen Stellen, der Militärzensur und dem Ministerialausschuss für die Erteilung der Publikationsgenehmigung eingereicht. Nach vielen Monaten und heftigen Meinungsverschiedenheiten, die zu mehreren Auslassungen und wesentlichen Änderungen des Textes führten, erzielten wir eine Einigung, die eine Herausgabe des Buches ermöglichte.

Ich bin zuversichtlich, dass die Leserinnen und Leser – trotz meiner Selbstzensur und der Eingrenzungen, die mir die verschiedenen Ausschüsse aufgebürdet haben – sich durch das Dickicht der Handlung zu navigieren verstehen, dass sie in Erfahrung bringen, was der Agentin und ihrem Verbindungsführer – welche beide erfundene Geschöpfe sind – geschehen ist.

Die Beschränkungen der Zensur gestatten es mir nicht, Namen zu nennen: Weder den der Quelle meiner Inspiration, noch den meiner Erstlektorin und auch nicht die der zahlreichen wunderbaren Menschen, die ich im Laufe meiner Jahre beim militärischen Nachrichtendienst kennenlernte. Ich hoffe jedoch, dass diese Männer und Frauen wissen, wie gern ich sie habe und dass ich ihnen danke.

BrigGen d.R. Yiftach Reicher Atir

KAPITEL 1
LONDON

In dem Traum, den sie sich gern ins Gedächtnis rief, steht sie in der Küche ihres Hauses und bereitet das Abendessen zu. Das Fenster geht hinaus auf ihren kleinen Garten. Sie beobachtet ihren Sohn, der auf der Schaukel sitzt und ihr zuwinkt. Niemand sonst ist im Haus und das Warten empfindet sie als angenehm. Sie weiß, auf wen sie wartet. Sie hört die alte Schaukel in ihren Angeln quietschen, Autos über die Straße donnern und ihr Messer auf dem Schneidebrett klacken. Der Lärm dieser Welt nimmt seinen Lauf.

Jetzt saß Rachel zum ersten Mal auf dem Stuhl ihres Vaters und schloss die Augen, um das Gesicht ihres Kindes näher begutachten zu können. Sie wollte wissen, wem es ähnlich sähe. Jedes Kind hat einen Vater. Auch ihres. Es schien mit einem Mal dringend, als wäre es ihre letzte Chance.

An diesen Traum erinnerte sie sich. Manchmal erwachte sie mit ihm am Morgen und manchmal kehrte sie im Laufe des Tages zu ihm zurück. Und ihr Sohn, den sie in der Dunkelheit, zu der sie sich zwingt, nun deutlich erkennt, sieht allein ihr ähnlich. Nun steht er an der Tür, die in den Garten hinausgeht: ein einsamer Waise. Rachel schlug die Augen auf und wollte aufstehen. Sie wollte ihn zur Schaukel führen, die verrostet und herrenlos, in dem verwahrlosten Garten noch immer wartete. Aber der Traum entschwand und mit ihm auch ihr Sohn.

Sie lehnte sich zurück, presste den Rücken gegen die dicke Holzlehne des Stuhls, ließ die Hände auf den Armlehnen ruhen und bereitete sich darauf vor, auf die Beine zu kommen und sich um die Angelegenheiten zu kümmern, die sie erwarteten. Doch dann machte sie es sich in dem Stuhl, der nun ihr gehörte, bequem und blickte auf das Foto, welches der Schuldirektor auf den Kaminsims vor ihr gestellt hatte. Diagonal darüber hing ein schwarzer Trauerflor, wie zum Zeichen der Anerkennung hastig im letzten Augenblick hinzugefügt und ihr Vater blickte sie ernsthaft an, so wie er gewesen war und gern wahrgenommen werden wollte – Brauen und Lippen gleichermaßen zusammengekniffen. Selbst die rasch aus dem Lehrerzimmer beschaffte Farbaufnahme verlieh ihm keinen Glanz, keinen Schein. Und plötzlich schien es ihr, als würde er lächeln. Lächeln, während er sie anschaute. Doch sein Blick vermittelte ihr, dass von ihm befreit, sich nun eine andere Pflicht vor ihr entfaltete – neu und gefährlicher als jene, die er Rachel aufgezwungen hatte.

Im Haus war es ruhig. Die Schiw'a, die sieben Trauertage, waren vorüber. Der Rabbiner war vor einer Stunde gegangen, hatte sich entschuldigt und ihr erklärt, dass seine Kinder nicht auf ihre Gutenachtgeschichte verzichten könnten. Rachel hatte hinter ihm die Tür geschlossen und seinen nachhallenden Schritten gelauscht, die wie Tomtom-Trommeln auf den Fußweg gehämmert hatten. Es bedurfte keines Codebuches und keines psychologischen Wissens, um zu erkennen, dass sie in diesem Moment wirklich allein war. Da war niemand mehr in der Welt. Keiner, dessen Tadel sie noch ins Wanken brächte, dessen grimmiges Schweigen sie dazu treiben würde, zu erforschen, was sie tat, dessen Lächeln Licht in ihren Tag bringen konnte und nach dessen Zuspruch sie sich – vergeblich – gesehnt hatte.

Sie erhob sich und ging zum Kamin, einem künstlichen, wohlgemerkt. Ihr Vater hatte es für eine Verschwendung von Zeit und Geld gehalten, Holz heranzuschaffen und im Haus ein Lagerfeuer anzuzünden. Also hatte er sich mit einem elektrischen Heizofen begnügt, dessen Spiralen züngelnde Flammen vorgaukelten. Rachel machte sich trotz der Kälte, die im Zimmer herrschte, nicht die Mühe, den Ofen anzuschalten. Noch immer kam es ihr so vor, als befände sie sich an einem Ort, der nicht der ihrige war und dass sie binnen nur eines Momentes aus seinem Heiligtum vertrieben werden könnte. Auf dem Kaminsims war auch ein Foto von ihr, auf dem sie an ihrem 18. Geburtstag zwischen den Eltern steht. Es war ihr letztes gemeinsames Bild. Daneben hatte, wer auch immer – vielleicht ihr Vater – in einem schwarzen Rahmen ein Porträt ihrer Mutter aufgestellt. Der Krebs hatte sie innerhalb eines halben Jahres besiegt. Rachel entsann sich, als wäre es erst gestern gewesen, dass nur wenige Tage vergangen waren, bis sie ihrem Vater mitgeteilt hatte, dass nach dem Tod ihrer Mutter auch sie ihn verlassen und nach Israel gehen würde. Sie sinnierte darüber, dass auf dem Bild sowohl sie als auch die Mutter gezwungen lächelten und der Vater über den Fotografen hinwegschaute. Er schien in den Himmel zu schauen, als müsse er der Sache auf den Grund gehen, dass der Himmel alles regelte und seine Hausaufgaben erledigte. Ein kleiner Schatten, eine Frucht der

Londoner Sonne, hatte sich scheinbar nur für ihn gezeigt. Er zeichnete sich an der Hauswand ab und Rachel dachte, dass nun, da er nicht mehr war, auch sein Schatten sich davonmachen würde und sie Licht und Schatten allein für sich hätte.

Rachel ging zum Stuhl zurück, legte die Hände auf die glatten Holzlehnen, verfolgte mit der Fingerkuppe die Zeichen, die seine Nägel dort hinterlassen hatten. Sie konnte sich nicht vom Gefühl freimachen, ihn zu beäugen, wie zu der Zeit, als er ihr untersagt hatte, die Schubladen aufzuziehen. »Nichts ist abgeschlossen«, hatte er kundgetan. »Du musst mir glauben und ich muss mich auf dich verlassen können.« *Weißt du, Papa, antwortet sie ihm insgeheim, selbst offene Schubladen können verschlossen sein. Auch was vor jedem offen liegt, kann alles verbergen.*

Das Telefon klingelte. Sie nahm den Hörer aus Bakelit und dachte an ihren Vater, wie er in seinem Sessel gesessen hatte, von antiquierten Gegenständen umgeben und in den alten Fernseher schaute. Ein Handy anzuschaffen, hatte er sich strikt geweigert. »Mich ruft eh keiner an«, hatte er sie wissen lassen. Und Rachel wusste, dass er sie gemeint hatte. »Und ich habe keinen, den ich anrufe.« Seine Worte hatten in ihrem Herzen tiefe Kratzer hinterlassen, ähnlich denen auf den Lehnen des Stuhls, auf dem sie saß. Der Rabbiner fragte sie nun am Telefon, ob er irgendetwas für sie tun könne, ob sie am Schabbath in die Synagoge komme. »Ich kannte auch Ihre Mutter, sie war eine wunderbare Frau«, sagte er. Er entschuldigte sich, dass es ihm nicht möglich sei, die Eltern Seite an Seite zu begraben, ohne auch nur mit einer Silbe zu erwähnen, dass ihr Vater sich geweigert hatte, für eine gemeinsame Grabstelle aufzukommen. Nachdem Rachel das Gespräch beendet hatte, machte sie sich in dem Stuhl ganz klein, als wolle sie sich darin verstecken.

»Mein Vater ist gestorben«, sprach sie laut aus. Diese Worte klangen in ihren Ohren traurig und fremd, fast als nähme ein anderer sie in den Mund, gleichwohl waren sie ihr sehr vertraut.

Nur vier Worte. Vier Worte, die zwischen ihr und dem, was war, eine Mauer errichteten. Zum ersten Mal hatte sie die Worte vor 15 Jahren ausgesprochen. Ehud hatte damals neben ihr gesessen, war sämtliche

Möglichkeiten mit ihr durchgegangen und hatte zu ihr gemeint, sie solle Ton und Worte selbst wählen. Er bestand auf einen Probedurchlauf. Sie rief ihn über die interne Durchwahl an und sagte mit sanfter, tränenerstickter Stimme: »Mein Vater ist gestorben.« Ehud übernahm nun die Rolle des Direktors der Sprachschule und sprach Englisch mit arabischem Akzent, worüber sie zu anderen Zeiten herzlich gelacht hätte. Er trauerte mit ihr und erkundigte sich, wann sie zurückkehren würde. Sie ging auf seine Frage nicht ein. Dann sagte sie, sie wisse noch nicht, wo sie die nächsten Tage verbringen würde. Er bat um eine Telefonnummer. Sie versprach, sich wieder zu melden, nachdem sie sich irgendwo niedergelassen habe und dann alles Weitere mitzuteilen. Eine Adresse gab sie ihm nicht, mit der Ausrede, sie werde bald losfahren und sich nur in Hotels aufhalten.

Einige Minuten später, sobald sie sich bereit gefühlt hatte, war es an der Zeit für das echte Telefonat gewesen. Sie hatte durch das Fenster auf die Kathedrale von Mailand geblickt, noch einmal tief Luft geholt und in der Hauptstadt angerufen. Das Gespräch begann ohne Stocken. Der Direktor wollte wissen, wo sie sei und drückte seine Sorge wegen ihres plötzlichen Verschwindens aus. Sie fiel ihm ins Wort: »Es ist etwas Schlimmes passiert. Mein Vater ist gestorben.« »Das tut mir so leid, Rachel«, sagte der Direktor und sprach ihren Namen, wie alle dort, englisch aus. Er erkundigte sich, wie er helfen könne. Keine weiteren Details wurden ausgetauscht, nur die zuvor geprobten. »Ich kann nicht zurückkommen«, sagte sie mit erstickter Stimme. »Es gibt zu viele Dinge, um die ich mich kümmern muss. Richten Sie allen meine Grüße aus und spenden Sie mein letztes Gehalt der Bibliothek vom Flüchtlingslager.« »Rachel, von wo aus rufen Sie an?« Sie blieb ihm die Antwort schuldig – nicht auf jede Frage erwartete man eine Antwort –, sie drehte sich mit dem Kopf zu Ehud, der das Gespräch an einem anderen Hörer verfolgte. »Vater hat nicht leiden müssen«, sagte sie, um das Gespräch wieder in die richtige Bahn zu lenken. Sie wollte noch etwas hinzufügen, den Direktor bitten, ihm die Nachricht zu überbringen, dass ihr nichts anderes übrigblieb, dass sie keine Wahl hätte und dass sie versprach, ihn demnächst anzurufen. Doch Ehuds Blick und die Regeln, zu deren Einhaltung sie sich verpflichtet hatte, hatten ihr damals – ebenso wie das Gefühl, das heute in ihr heranreifte – verdeutlicht, dass auch diese Brücke abgebrannt war.

Rachel stützte sich mit den Ellbogen auf den Tisch, verbarg das Gesicht in den Händen und versuchte mit dem Déjà-vu-Gefühl, welches sich wie ein Fischernetz um sie legte, ihren Frieden zu schließen. Wieder musste sie in der Schule anrufen und mitteilen, dass ihr Vater verstorben war. Nochmals würde man mit ihr trauern, ohne es wirklich zu meinen. Und wieder würde sie begreifen müssen, dass keiner mit ihrer Rückkehr rechnete. Dort, in der großen arabischen Stadt, die sich so heimisch anfühlte, war er da gewesen und sie hatte ihn verlassen, weil sie keine Wahl gehabt hatte. Und in Israel? In der Schule, in der sie nun unterrichtete und in dem anonymen Block, den sie sich zum Wohnen ausgesucht hatte? Wer wartete in Israel auf sie? Wer wusste wirklich, wer sie war und was der Vater ihr bedeutet hatte? Rachel überlegte, dass sie keinem ihrer Bekannten erklären könnte, wie die tiefe Trauer sich mit dem plötzlichen Gefühl der Befreiung vermengte, welches sich in ihr zu regen begann.

Nur ein Mensch blieb, mit dem sie reden konnte. Sie suchte in ihrem Handy nach Ehuds Nummer und hob den alten Hörer des Telefons, um auf den Wählton zu achten. Einst, zu der Zeit, die man unmöglich vergessen konnte, hatte sie, aus Angst, abgehört zu werden, zusätzliche Töne genauestens geprüft. Damals war sie in die Wohnung gekommen und sofort war sie in Gedanken die Plätze und Stellen durchgegangen, wo das belastende Material unterzubringen sei und ob die Putzfrau, die freitags kam, es erspähen konnte. All dies lag nun schon lange zurück. War Geschichte. Noch immer hielt sie den Hörer in der Hand, bis der Ton schließlich von einem angenehm einladenden Gurgeln in ein abgebrochenes abschreckendes Summen umschlug. Sie fragte sich, warum sie von dieser Erinnerung in dieser Deutlichkeit eingeholt wurde und was sie denn eigentlich zu Ehud – nach so vielen Jahren und jenseits des Meeres der Enttäuschung, das sie trennte – sagen würde. Ehud wird sich bemühen, sie zu verstehen. Da war sie sich sicher. Er wird ihr auch mit der Achtsamkeit und der Aufmerksamkeit zuhören, die sie so mochte, ihr Lösungen vorschlagen, auf die sie selbst käme, würde sie sich nur die Mühe machen, auf seine Art und Weise zu denken. Es war eine andere Welt. Eine Welt, in der es Leute von Ehuds Schlag gab und auch andere. Für einen Teil von ihnen war sie lediglich ein ausgeklügeltes Instrument, für die meisten war sie Rachel Ravid in Israel, in der arabischen Welt war sie Rachel Brooks, oder sie trug einen von vielen anderen Namen, die dazu dienten, zu tun, was nötig war.

Sie legte den Hörer wieder auf die Gabel. Ehud konnte warten. Das war er gewohnt. »Unsere Arbeit«, hatte er häufig zu ihr gesagt, als sie ihn einst gefragt hatte, wie er es schaffte, ganze Tage im Hotel zu sitzen, ohne etwas zu unternehmen, »besteht zu zehn Prozent aus Handeln und zu 90 Prozent aus Warten.« Und er versprach ihr zu warten. Und auf ihn war Verlass. Immer.

Die ihr auferlegte Stille, die Wohnung, die über Nacht in ihren Besitz übergegangen war, auch der Vater, dessen Präsenz noch in jedem Staubkorn zu spüren war, den sie aber nicht mehr berühren konnte, zwangen Rachel dazu, sich an das zu klammern, was sie sah, was sie erwartete. Sie ließ ihren Blick über die Bücherregale streifen und entsann sich, wie der Vater eines Tages hereingekommen und der Postbote ihm gefolgt war. Stolz hatte er sämtliche Bände der Encyclopædia Britannica in den Regalen, die sich bereits unter der Last bogen, angeordnet. »Rachel, komm mal her«, hatte er sie angewiesen. Er sprach ihren Namen englisch aus. Und sie war zu ihm gekommen und hatte auf die Erlaubnis gewartet, sich setzen zu dürfen, genau wie die Kinder seiner Klasse. »Rachel, was sagt dir der folgende Begriff?« Sie versuchte, ihm eine Antwort zu geben. Er beharrte darauf, die Erklärung zu ergänzen und zwang sie, alles wortwörtlich einzustudieren, bevor er einwilligte, zu einem anderen Buchstaben überzugehen. Wie schade, dass wir nicht nach dem Alphabet vorgingen, das Wort *Liebe* nie erreichten. Was hätte es bei dir bewirkt, wenn du es mir hättest vorlesen und erklären müssen, was Liebe dir bedeutete? Bei *Verantwortung* waren wir und auch bei *Pflicht*, *Wahrheit* und *Lüge*: die drei Begriffe, die dein Leitprinzip darstellten. Den ersten habe ich beherzt angenommen. Von den anderen habe ich freien Gebrauch gemacht.

Die große Pendeluhr schlug. Ihr Vater hatte sie jeden Abend aufgezogen, bevor er zu Bett ging und sie hatte dieses Ritual an allen Trauertagen beibehalten und wusste, es war das letzte Mal gewesen. Sie würde die Uhr nicht mitnehmen. Sie würde nichts von hier mitnehmen. In der Stadt, die einst die ihre gewesen war und auch in Tel Aviv war es bereits Mitternacht. In London war es erst 22 Uhr. Es galt noch, diese Nacht zu überstehen und dann … was dann? Erledigungen. Dinge, die gemacht werden mussten, Dinge, die vergessen werden mussten. Wenn sie die Wohnung ihres Vaters verkaufte, blieb nichts von ihrer Vergangenheit.

»Sie werden fürs ganze Leben abgesichert sein«, hatte ihr ein emsiger Wohnungsmakler versichert, der den Tod ihres Vaters nur am Rande erwähnt und sich dann über den Gewinn ausgelassen hatte, mit dem beim Verkauf der Wohnung zu rechnen war. Mutters Grab wartete am anderen Ende des Friedhofes auf sie. Seit der Beerdigung hatte sie es nicht aufgesucht und der Gedanke an die Vernachlässigung, die den Tod umgab, ließ Rachel erschauern.

Sie stieg die schmale Treppe hinauf, ging in das Zimmer, das einst ihr gehört hatte und schaltete das Licht an. Ihre Poster hingen immer noch an der Wand, die Rolling Stones wirkten jung wie eh und je, aber wirklich nur sie. Auf dem penibel zurechtgemachten Bett lag der Staub von Jahren. Ihr Vater hatte keinen Fuß hier hereingesetzt. Ihr ging auf, dass sie in seinem Leben nichts zu suchen hatte. Sie wurde sich darüber klar, dass sie sich ihrem Vater auch nach dem Tod nicht würde entgegenstellen können. Eine andere Erklärung fand sie nicht für die Tatsache, dass sie selbst ihren Koffer direkt ins Gästezimmer gestellt hatte, welches sie früher nie benutzt hatten. Rachel schloss die Tür wieder und näherte sich auf Zehenspitzen dem Zimmer ihres Vaters, fast als hätte sie Angst, ihn zu wecken. »Er war zwar nur ehrenamtlich tätig, aber ich wusste, Michael würde nicht einen Arbeitstag versäumen«, hatte der Direktor zu ihr gesagt. Und dann hatte er haarklein geschildert – es war ihr fast peinlich gewesen –, wie er immer wieder angerufen und dann aus eigener Tasche ein Taxi bezahlt hatte und hingefahren war, an die Tür geklopft hatte, vergeblich, dann die Feuerwehr gerufen hatte, die Michael in seinem Bett friedlich verstorben vorgefunden hatte. »Ein junger Mann von 73 Jahren und allgemein gutem Gesundheitszustand. Könnte ich nur den gleichen Weg gehen – ein Gehirnschlag, der einen in eine Welt befördert, die durch und durch gut ist«, hatte der Direktor gesagt und dabei versucht zu lächeln. Die von ihr beauftragte Reinigungsfirma und die Nachbarin von gegenüber hatten die Wohnung geputzt und aufgeräumt, doch das Bett war so geblieben, wie es war. Die Mulde im Kissen schien nach einer Hand zu rufen, die es aufschütteln würde.

Doch ihre Hand versagte den Dienst. Sie berührte die Schubladen, die sie aufzog, nur mit den Fingerkuppen. Die weißen Socken waren in einer Reihe neben den passenden weißen Unterhosen angeordnet, nie und nimmer würde sie die Kraft aufbringen, sie in Tüten zu stecken.

Im Kleiderschrank hingen die wenigen Anzüge und die weiß gestärkten Hemden. Nichts zeugte davon, dass sie nun nicht mehr benötigt würden. Rachel öffnete die Schublade mit den persönlichen Gegenständen, doch schloss sie diese auf der Stelle wieder, aus Angst, auf etwas zu stoßen, das sie verwirren, oder ihre Meinung über den Vater ändern könnte. Dafür gäbe es noch Zeit, sagte sie sich, irgendwann würde sie vor den Erinnerungen Platz nehmen und eine nach der anderen sortieren. Sie ging ins Badezimmer, sichtete kurz den Medizinschrank. Seine Zahnbürste stand mit dem Kopf nach oben im Glas. Wie in ihrer Wohnung – nur eine Zahnbürste.

»Tschüss, Papa, ich gehe«, flüsterte Rachel, als sie die Tür hinter sich schloss. Ihr fiel ein, dass es genau diese Worte gewesen waren, die sie damals mit 19 gewählt hatte, nachdem sie ihren Rucksack gepackt hatte und im Aufbruch gewesen war. Er hatte gedrängt, sie müsse bleiben und ihr Studium beenden, eine Arbeit finden, sonst würde aus ihr nichts werden, so wie es bei ihrer Mutter, gesegnet sei ihr Andenken, der Fall gewesen sei. »Dann ist aus mir also nichts geworden, Papa?«, fragte sie nun laut und ihre Stimme hallte durch die Räume. »Unterrichte ich etwa nicht, genau wie du?« Die Wohnung verstummte. Nur ein draußen vorbeifahrendes Auto, das die Fensterscheiben zum Klirren brachte, war zu hören. Und es rief ihr ins Gedächtnis, dass es ein Leben jenseits dieser Wände gab. Rachel dachte an all die ungestellten Fragen, an den einen simplen Satz, den sie ihm nicht gesagt und den er ihr nicht gesagt hatte.

Durch die Scheibe der hinteren Tür sah man den kleinen Garten, der seit dem Tod der Mutter recht verwahrlost dalag. Alles war so ruhig und still, fast, als wolle ihr Vater, der nur einige Straßen von dem Ort, an dem er geboren worden war und wo er gelebt hatte, nun begraben lag, Rachel mittels dieser Stille etwas vermitteln: Vielleicht konnte sie nur hier zur Ruhe kommen, das Leben finden, das sie wollte. Nur hier. Ein Zuhause und einen Garten. Und einen kleinen Jungen, der draußen herumtobt.

Rachel blieb im Arbeitszimmer ihres Vaters vor einem Spiegel stehen, den ihr Vater aufgestellt hatte, um sich zu vergewissern, dass Krawatte und Scheitel ja tadellos saßen. Ein langes Gesicht blickte sie an. Sie erkannte sich fast nicht. Zerzaustes Haar über einem alten Nachthemd, das sie in einem der Schränke gefunden hatte, erinnerte sie, wie sie mit zwölf

Jahren ein Mädchen mit ganz gewöhnlichen Träumen gewesen war: Die schönste Frau der Welt wollte sie sein. Und einen Prinzen haben, der auf seinem Schimmel herbeigeritten kommt und wartet.

Durch ein Fenster, welches ein einfallsreicher Architekt in der Decke eingelassen hatte, konnte sie sehen, wie sich der Himmel langsam blass färbte und dem Morgen Platz machte. Rachel stand mit vor der Brust gekreuzten Armen da und versuchte sich einzureden, dies sei eine Umarmung, die ihr seit Langem gebührte. Sie bohrte ihre Fingernägel in die nackten Arme und setzte alles daran, sich Schmerz zuzufügen, um der Trauer, die nicht Einzug halten wollte, neue Wege zu ebnen. Es war an der Zeit, zu weinen, doch sie konnte nicht. Es war an der Zeit, die Erinnerungen festzuhalten, doch sie wollte nicht. Jede Ecke in der Wohnung wartete mit Andenken auf. Doch nichts in der Wohnung ließ sie an etwas denken, das sie mitnehmen wollte. Es war zu spät, für alles. Selbst zum Verzeihen war es zu spät. Keiner war mehr übrig, den sie um Verzeihung bitten konnte.

Ein erster morgendlicher Sonnenstrahl warf Licht auf das Bücherregal. Und plötzlich nahm Rachel wahr, was ihr geübtes Auge hätte schon früher erspähen müssen: kein Staub. Nicht ein Korn befand sich auf dem einen Buch, das ihr Vater wieder und wieder berührt hatte. Sie schaltete die Schreibtischlampe an und zog den entsprechenden Band der *Encyclopædia Britannica* heraus. Rachel fand mühelos die Dose, die ihr Vater dahinter versteckt hatte.

Rachel las die Briefe, die Ehud ihrem Vater geschickt hatte. Sie bekam ihre irrtümliche Annahme direkt ins Gesicht geschleudert. Alles veränderte sich, nahm nun eine andere Form an. Bruchstücke von Erinnerungen. Fragmente von Telefongesprächen. Sein demonstratives Desinteresse an den Geschichten, die sie sich ausgedacht hatte, um ihren Job zu verschleiern, an den auswendig gelernten Lügen, die sie ihm aufgetischt hatte.

Ein neues Gefühl ergriff von ihr Besitz. Kein Zorn. Der Zorn war verjährt. Es war auch keine Trauer. Sie war zu traurig, um neuen Schmerz in ihr Leben zu lassen. Selbst die Kränkung, dass sie hinter ihrem Rücken mit dem Vater gesprochen hatten, schob sie weit weg.

Schlagartig wurde Rachel klar, dass sie das alles nicht mehr wollte. Sie wollte diese Lügen nicht mehr, sie wollte, dass die Welt da draußen auf sie zukäme und sie berühren würde. In ihr erwuchs ein Verlangen, sich zu erkennen zu geben, bis die Wahrheit sie verbrennen würde.

Das kleine Feuer im Garten des Hauses erregte keine Aufmerksamkeit. Und von denen, die im so nah am Zaun vorbeifahrenden Zug saßen, würde wohl kaum einer Notiz von der zarten Frauengestalt nehmen, die auf einer alten Schaukel saß und zuschaute, wie sich die Briefe langsam den Flammen übergaben.

KAPITEL 2
ISRAEL, ZWEI TAGE SPÄTER

Das Telefon klingelte. Ehud zählte drei Klingeltöne. Er wartete ab, bis der Anrufbeantworter ansprang und den Anrufer bat, eine Nachricht zu hinterlassen. Erst dann würde er entscheiden, ob er sich weiterhin der Hecke widmen würde, die er in letzter Zeit vernachlässigt hatte, oder ins Haus gehen und den Anruf von jemandem entgegennehmen würde, der es wagte, vor sechs Uhr morgens bei ihm anzurufen. Der alte Anrufbeantworter lief, aber der anonyme Anrufer legte ohne ein Wort auf. Ehud zuckte mit den Schultern und verschnitt weiter die Äste, die scheinbar hartnäckig darauf aus waren, die Ordnung auf den Kopf zu stellen. Sein Rücken machte ihm zu schaffen und ihm fiel ein, dass er noch die ihm verordneten Medikamente in der Apotheke holen musste und die Übungen und die Diät, die ihm aufgezwungen worden waren, nicht vernachlässigen sollte.

Wenn es was Wichtiges ist, rufen sie noch mal an, dachte er und ließ sich die Worte durch den Kopf gehen: wohl wissend, warum er an *sie* in der Mehrzahl dachte. Nur *sie* riefen immerzu und überall an, erwarteten stets, dass er nach dem Standardprozedere vorging – nach dem dritten Klingeln abnehmen, abrupt auflegen und nach dem fünften Klingeln antworten. Doch mit alledem war es seit vielen Jahren vorbei, nur die Rückenschmerzen und seine drückende Blase trieben ihn des Nachts aus dem Bett.

Dennoch ging er hinein, um dem Telefon näher und für ein erneutes Klingeln gewappnet zu sein. Er wusch sich die Hände und betrachtete die Erde, die sich löste und in einem Strudel wand, sich dann auf dem Boden des Waschbeckens niederlassen wollte, doch schließlich von der Kraft des Wassers bis auf den letzten Krümel fortgerissen wurde. Die Uhr an der Wand zeigte an, dass es Zeit für einen Kaffee war. Rina, glücklich über seine Pensionierung, hatte häufig zu ihm gesagt, er möge die Pflanzen in Frieden lassen und sich lieber an der morgendlichen Stille ergötzen. Aber Rina war nicht mehr und die Söhne waren weit weg. Auch seine Arbeit rückte zunehmend in die Ferne. Das Telefon klingelte nicht wieder. Ehud versuchte sich einzureden, dass er zufrieden war.

Seit dem Tod seiner Frau nahm er es sehr genau, täglich in den kleinen Vorgarten zu gehen und sich dort bis zum Frühstück zu betätigen. Die Gewohnheit war zur Pflicht, die Pflicht zum Vergnügen und so zu einer Auszeit geworden, die es ihm ermöglichte, sich auf jene Dinge zu besinnen, die er mochte. Die Blumen blühten zu ihrer Zeit, die Pflanzen gediehen und das Leben nahm seinen Lauf. Seine Enkelkinder tobten auf dem Rasen herum und Ehud ließ sich von seinen Schwiegertöchtern gern loben, dass er ein begnadeter Gärtner wäre. Und er wartete vergeblich darauf, dass seine Söhne ihm etwas Hilfe anbieten würden. Der Garten war zu allen Zeiten des Jahres grün. Ehud liebte es, mit dem Frühstückstablett vor der Hecke zu sitzen und zu beobachten: die Insekten, die ihrer Arbeit nachgingen, die Schatten, die die weiterziehende Sonne von einer Seite mit sich auf die andere nahm, und auch das Farbspiel des Chamäleons. Er verharrte still, wenn er sah, wie es seiner Beute auflauerte und bewunderte den Einsatz seiner langen Zunge. Und er konnte es nicht lassen, das Tier mit lauter Stimme zu ermahnen, wenn es seine Tarnung erst zu spät an die Umgebung anpasste.

Ehud machte sich daran, eine Portion Salat zuzubereiten. Eine Tomate. Zwei Gurken. Eine grüne Zwiebel. Etwas Basilikum. Olivenöl und einige schwarze Oliven. Zum Mittag gäbe es Suppe und abends würde er sich etwas Neues kochen. So ging es Tag für Tag, wie die Pensionierung es eben verlangte und wie seine älteren Freunde es ihm geraten hatten. Und so hatten es ihm auch seine Söhne aufgetragen. Alles stand auf dem schönen antiken Holztablett bereit, das er mit Rina in Florenz gekauft hatte: ein Salatteller, eine kleine Portion weißer Käse, ein halbes Butterbrötchen (die andere Hälfte hob er sich für den Zehn-Uhr-Imbiss auf) und ein Glas Wasser mit Eiswürfeln und Zitrone. Den Kaffee – aus der Maschine, die ihm seine Kinder zum 60. Geburtstag geschenkt hatten – würde er später trinken, wenn er die Zeitung aufschlagen würde. Wieder klingelte das Telefon.

Er erkannte ihre Stimme sofort. Auch die kaum wahrnehmbare Befürchtung, er würde sich ihrer vielleicht nicht mehr entsinnen, der vorsichtig tastende Gesprächston. Alles war darin enthalten. All die Jahre, in denen sie mit ihm gesprochen hatte und ihm klar gewesen war, was sie meinte. All die Jahre, in denen er jedes Wort abwägen musste, da der Feind unter Umständen ja mithörte, da jedes Wort von Bedeutung war, ihr Leben davon abhing. Und später, nachdem sie von dort zurückgekehrt war und nachdem sie die Führungsstelle verlassen hatte, hielten sie von Zeit zu Zeit daran fest. Er rief an, als wäre es einfach so, nur, um zu wissen, wie es ihr ging. Und er selbst hatte die tiefe Angst in seiner Stimme gespürt, die Erwartungen und Hoffnungen, dass sie zu ihm sagen würde, er solle kommen. Das war nie passiert und es hätte auch nie geschehen dürfen. Nicht, solange Rina gelebt hatte. Nicht, solange man sich an die Regeln halten musste. Aber die Regeln sagen, was man tun muss, das Herz sagt, was man tun will. Als Rina krank wurde, war es damit vorbei gewesen. Nun stand er in der Ecke seines Hauses, hielt das Telefon in der zitternden Hand und lauschte ihr. »Mein Vater ist gestorben«, sagte sie und bevor er antworten konnte, setzte sie hinzu: »Er ist zum zweiten Mal gestorben.« Der klare abgebrochene Ton machte ihm klar, dass das Gespräch zu Ende war. Er wartete kurz ab und drückte die Rückruftaste, doch sie hatte ihre Rufnummer unterdrückt. Ehud blätterte in seinem alten Telefonbuch, rief bei ihr zu Hause und auf ihrem Handy an. Trotz der frühen Stunde nahm niemand ab.

Ehud trug das Tablett nach draußen und nahm sein Essen langsam ein, als wisse er, dass viel Zeit vergehen würde, bis er wieder hier sitzen und in Frieden frühstücken könnte. Er schaute auf das Werk seiner Hände, als wolle er ermessen, was er dabei war, zu verlieren, dann rief er in der Führungsstelle an und packte eine kleine Tasche.

Der Kommandeur der Einheit lehnte sich ungeduldig zurück. Mit seinem kräftigen Körper füllte er den Sessel, den man nach seiner Verwundung extra für ihn angepasst hatte, vollends aus. Mit Sicherheit plagten ihn Rückenschmerzen. Ehud, der in der Zeitung von einem Schusswechsel zwischen Einbrechern und den Bodyguards eines iranischen Bankers gelesen hatte, zollte dem Kommandeur hohen Respekt, dass dieser nur einen Monat nach der missratenen Liquidation zurückgekehrt war, doch Ehud verlor kein Wort darüber. Würde der Kommandeur es für nötig erachten, würde er ihm selbst davon erzählen. Ehud hatte die Regeln gut in Erinnerung. Es zählte allein das Wissen. Hergerufen hatten sie ihn nicht und doch hatten sie ihm extra einen Chauffeur geschickt, um ihn an Geheimnissen teilhaben zu lassen, die eigentlich nicht seine waren. An der Wand gegenüber hingen Fotografien der früheren Kommandeure der Führungsstelle. Ehud ließ den Blick von einem zum nächsten gleiten und verglich sie mit dem jungen, vor ihm sitzenden Mann. Dieser Kommandeur war anders, war die Frucht einer anderen Ära. Zur Zeit des Sechs-Tage-Krieges war er noch ein Kind gewesen und für ihn war Eli Cohen lediglich der Name einer Straße, ein trauriges Kapitel in der Geschichte des Mossad.

»Ich brauche Joe«, sprach Ehud in die Runde, als er sah, wie alle Anwesenden darauf warteten, dass er etwas sagte. »Welchen Joe?«, fragte der Kommandeur und sein Assistent durchforstete seinen PC. »Ja'akov Peled«, sagte Ehud. Sein Blick wanderte zu dem Bild an der Wand. Die Augen des Kommandeurs der Einheit folgten ihm und sie verengten sich, als er las, in welchen Jahren Ja'akov Peled am Kopf des Tisches gesessen hatte. »Und er kennt sie?«, fragte der Kommandeur verwundert. Seiner Stimme war nicht im Geringsten anzumerken, ob er mehr über ihn wusste als einen Namen und einen Spitznamen. »Soweit ich mich erinnern kann, ist er Jahre vor ihrer Rekrutierung ausgeschieden.« »Das stimmt«, sagte Ehud, »aber er kennt mich.«

Ehud war klar, dass ihnen keine Wahl blieb. So wartete er geduldig ab. Als er von Joe gesprochen hatte, hatten sie nicht verstanden, wen er meinte. Nur jene, die schon ewig dabei waren, die selbst noch im Rollstuhl zur Versammlung der Pensionäre kamen, die kannten den Spitznamen, hatten das Privileg gehabt, mit ihm zu arbeiten. Die Jüngeren hatten von Ja'akov Peled Vorträge über die Gründung der Führungsstelle und über die gute alte Zeit gehört, hatten neidisch die Zeitungen studiert, die über den Erfolg des Top-Spions berichtet hatten, der den Chefposten beim Mossad ausgeschlagen hatte und in die Wirtschaft gegangen war. Sollte Handlungsbedarf bestehen, würde Ehud dem Kommandeur in einem Vier-Augen-Gespräch erklären, dass Joe in der Führungsstelle sein Mentor gewesen war und dass er jemanden brauchte, auf den er sich verlassen und mit dem er über alles reden konnte. Ihm war jedoch auch klar, dass der Kommandeur den Kreis der Mitwisser nicht erweitern wollte und ihm diese ganze Affäre ein Dorn im Auge war. Rachel hatte die Führungsstelle verlassen, noch bevor er hinzugestoßen war und bis heute Morgen hatte er noch nie von ihr gehört. Aber es war eine Mission wie jede andere und Mordechai Vanunu zu finden und herzubringen, wäre keine leichtere. Dies hatte der Kommandeur zu Beginn der Diskussion gesagt. Und obwohl Ehud diesen Vergleich als Beleidigung empfand, hatte er insgeheim zugegeben, dass er keineswegs unbegründet war.

»Okay«, sagte der Kommandeur. Er kritzelte etwas auf einen gelben Schreibblock, der Ehud von früher nur allzu vertraut war. »Einverstanden, ich lasse Ihnen freie Hand. Halten Sie den Kontakt zum Lagezentrum.« Der Kommandeur schaute zum Abteilungschef *Operationen*, der zur Bestätigung nickte. Ehud fragte sich, welches Verhältnis die beiden wohl pflegten, doch er ging davon aus, dass der langjährige Chef der Führungsstelle den Plan bereits vorgestellt hatte und die Sitzung bloß eine Vorstellung zu seinen Ehren war: zu Ehren des Mannes, der einst Teil der Organisation gewesen war, nun nicht mehr dazugehörte, doch ohne den es nicht ginge.

Der Kommandeur schaute ihn an und verzog den Mund. Mit Zynismus in der Stimme sagte er: »Ich habe keine Ahnung, was Sie planen, aber ich verlasse mich darauf, dass auch Sie wollen, dass sie unversehrt zurückkommt.« Ehud verspürte einen Stich, doch unterdrückte den Drang, zu reagieren. Dafür wäre noch Zeit. Er hatte nicht vor, einzugreifen, solange die Dinge zu seiner Zufriedenheit liefen.

»Ich war schon immer der Meinung, dass nicht der gepflasterte Weg der richtige ist«, fuhr der Kommandeur fort, zufrieden mit seiner Metapher und erklärte Ehud, das Lagezentrum wäre bereits an der Sache dran und hätte spezielle Maßnahmen ergriffen. Halb Israel fahnde schon nach dem potenziell unberechenbaren Faktor.

»Okay«, sagte Ehud und wusste selbst nicht, was er damit meinte. »Noch etwas«, sagte der Kommandeur und deutete auf einen jungen Mann in blauem Polo-Shirt, der sich von den älteren Herren in Hemden abhob: »Janiv stellt die Verbindung zwischen Ihnen und dem Lagezentrum her. Er war im Office ihr Kontaktmann.« Ehud sagte nichts. Er fand es merkwürdig, dass derart junge Typen sich um Agenten kümmerten, die vor Jahren ausgeschieden waren. Doch die Zeiten hatten sich geändert und er war bereits draußen.

Der Kommandeur fuhr fort: »Kontaktieren Sie mich auf direktem Weg, sobald Sie etwas haben und arbeiten Sie nicht bis in die Nacht. In Ihrem Alter ist das ungesund.« Janiv grinste. Ehud bekam Mitleid mit dem jungen Mann, der es scheinbar noch nötig hatte, dem Boss zu gefallen, weil seine Beförderung davon abhing.

»Seit Ihrem Anruf haben wir bereits einige Dinge in die Wege leiten können.« Der Kommandeur klappte seinen Laptop auf. Er drehte den Bildschirm zu Ehud. Dieser fand den kleinen Computer und die professionelle Power-Point-Präsentation durchaus beeindruckend. Vermutlich war sie für den Chef des Mossad, vielleicht sogar für den Premierminister erstellt worden. Und all das, um aufzuzeigen, dass diese frühere Agentin, die wichtige Geheimnisse des israelischen Staates nah an ihrem Herzen trug, sich einfach abgesetzt hatte, nachdem sie zur Beerdigung ihres Vaters gefahren war. Der Kommandeur wirkte nicht beunruhigt, er würde das Maximum unternehmen – ja, das Maximum – um sie nach Hause zu holen. »Wanted: dead or alive«, sagte er zu Ehud und lachte.

Wieso sollte er auch nicht lachen? Weshalb sollte er nicht mit dem Moralfähnchen winken, auch wenn sie sich alle in die Hosen machten? Weshalb sollte er nicht ausstrahlen, dass die Dinge unter Kontrolle wären? Es war ja nicht unter seiner Aufsicht passiert. Es lag nicht in seiner Verantwortung. Unterm Strich war er nur hier, um die früheren Kommandeure vor einer Katastrophe zu bewahren, die sie selbst eingeleitet hatten. Sie hatten Rachel damals ermöglicht, ihr Leben zu leben, ohne nur im Geringsten darauf zu achten, was die Agentin machte, nachdem sie ausgeschieden war. »Ich weiß nicht einmal, wer sie ist«, sagte der Kommandeur. Er zeigte auf zwei alte Passfotos von Rachel auf seinem Bildschirm. Ehud warf einen Blick darauf und schwieg. In seinem Kopf hallte der Satz wider, den der Kommandeur zuvor laut ausgesprochen hatte: »Wanted: dead or alive.«

»Natürlich stehen Ihnen alle Türen offen«, setzte der Kommandeur hinzu. »Das Archiv, das Lagezentrum, das Kommunikationszentrum, was Sie wollen. Diese Operation hat höchste Priorität und wenn die Notwendigkeit besteht, dass Agenten sie beschatten, kidnappen oder drastischere Maßnahmen ergreifen …« Er machte eine pointierte Pause. Ehud begriff, dass er dem Chef des Mossad schon Bericht erstattet hatte und mit ihm beim Premierminister gewesen war und dass er bereits für jede Aktion die erforderlichen Genehmigungen in der Tasche hatte.

Gegen zwölf Uhr betraten Janiv und Ehud das Archiv. Ehud warf einen ungeduldigen Blick auf seine Uhr und musterte die Regale. Janiv wollte wissen, wonach sie eigentlich auf der Suche waren und wie sie das ganze Material sichten sollten. »Wie lange ist sie schon verschwunden?«, fragte Ehud, statt zu antworten. »Mindestens eine Woche«, erwiderte Janiv. »Wir wissen, dass sie das Land mit ihrem israelischen Pass verlassen hat. Doch ihre Spur verliert sich nach der Trauerwoche. Also haben wir jemanden mit dem Makler in die Wohnung geschickt, der die Immobilie verkauft. Er ist Zimmer für Zimmer durchgegangen und hat ein aktuelles Reise-Prospekt von Indien gefunden. Schwierig, daraus Schlussfolgerungen zu ziehen, aber es wäre eine mögliche Richtung. Wir haben auch den Anruf untersucht, den Sie von ihr bekommen haben. Er lief über eine belgische Prepaid-Karte. Das Handy wurde offenbar auf dem Flughafen gekauft. Danach haben wir uns an verschiedene Leute gewandt ...« – Ehud entging nicht, dass Janiv ihm so viel wie möglich vorenthielt – »... so haben wir erfahren, dass sie mit ihrem englischen Pass aus Großbritannien ausgereist ist. Wir haben jemanden gebeten, bei den Fluggesellschaften herauszufinden, wohin und mit wem sie geflogen ist, dabei stellte sich heraus, dass sie den Kanal per Zug durchquert hat, also wurde das Reiseziel nicht vermerkt. Wir sind selbstverständlich auch die Buchungen auf der Visa-Karte und dem Bankkonto durchgegangen. Mir persönlich ist unklar, wie die Bank es ihr genehmigen konnte, aber sie hat es geschafft, knapp 100.000 Dollar nach Großbritannien zu transferieren. Diese Summe wurde in einer Filiale der Western Union am Leicester Square abgehoben. Wir haben einen unserer Vertreter hingeschickt, doch selbstverständlich erinnert man sich dort an nichts. Das ist alles, was wir bis jetzt haben.« Ehud verkniff sich ein Grinsen. Sie hatte nichts vergessen, sie beherrschte ihr Handwerk noch immer.

Sie standen neben einem niedrigen Regal. Proppenvolle mausgraue Aktenordner, die auseinanderzubrechen drohten, waren dicht an dicht aufgereiht, zusammengehalten mit alten Bändern und von einer dicken Staubschicht überzogen. Offensichtlich, dass jahrelang niemand diese Ordner angerührt hatte, dass lediglich starre Verordnungen – erlassen im letzten Jahrhundert – einen tüchtigen Angestellten daran gehindert hatten, sie verbrennen zu lassen. Am Ende der Reihe stand jedoch noch eine scheinbar neue, erstaunlich dünne Akte. Janiv zog sie heraus und präsentierte mit Stolz, wie zu ausgeschiedenen Agenten Kontakt gehalten wurde. Ehud warf einen flüchtigen Blick auf die Formulare der medizinischen Untersuchungen, um die das Office Rachel jährlich bat und auf die höflichen Weigerungen, die sie jedes Mal geschickt hatte, wenn sie die Einladung zur Feier für die Ausgeschiedenen erhalten hatte.

Die Akten waren durchnummeriert und auf jeder mit schwarzem Filzstift vermerkt, wann sie angelegt und wann sie geschlossen worden war. »Hier werden Sie die Antwort finden«, sagte Ehud zu Janiv und zeigte auf die Akten, die Rachels Dienst im Einsatzland dokumentierten. Janiv nickte. Trotz seines jungen Alters und mangelnder Erfahrung wusste auch er, dass jene die wichtigen Jahre in ihrem Leben waren. Zwar waren bereits 15 Jahre seit Rachels Rückkehr von dort vergangen und im Archiv befanden sich auch Akten, die den Umgang mit ihr nach ihrem Ausscheiden dokumentierten, doch nur im Einsatzland verbarg sich der Schlüssel zu allem. Ehud dachte über die erstaunlich kleine Gruppe von Agenten im Einsatzland nach, diese »perfekten« Leute. Menschen, die in der Lage waren, viele Jahre im feindlichen Land zu verbringen, eine Geschichte, eine Legende aufzubauen und diese zwischen den Missionen und während deren Ausführung zu leben. Wer wusste denn eigentlich, was einem einsamen Agenten während der Tage und Nächte in der Fremde widerfuhr? Wer konnte die Reaktion vorhersagen, würden eines Tages die Spionageleute der Gegenseite kommen und einen Deal anbieten, um das eigene Leben zu retten? Verrat? Ehud traute sich nicht, das Wort über die Lippen zu bringen. Und doch hatte es sich von dem Augenblick an in seinem Kopf eingenistet, als er die Blicke zwischen dem Kommandeur und Janiv wahrgenommen hatte. *Und wenn sie Verrat begangen hatte?* Er bückte sich, damit Janiv seinen Augen, über die sich ein Schleier gelegt hatte, nichts anmerken konnte. *Dann hätte sie mich hintergangen.* Er war wie ein Vater zu ihr gewesen, hatte sie insgeheim geliebt und sie möglicherweise abgewiesen.

Er schlug eine Akte auf und blätterte darin herum. Aus einem offenen Umschlag fiel ein Foto. Er erblickte darauf Rachel, die sich bückte, um auf dem Markusplatz in Venedig einer Taube über den Rücken zu streichen. Er erinnerte sich an diese Reise, auch an andere Reisen. Ihm kam es so vor, dass er plötzlich jede Kleinigkeit vor sich sah. Treffen, Reisen, Mietwagen, Restaurants auf den Strecken, Geschäfte, Instruktionen und vor allem die Abschiede. Das »Gute Nacht«, bevor sie in getrennte Zimmer gingen. Sein Blick, der auf ihrer schlanken Gestalt verweilt hatte, als sie über die Schwelle ihres Zimmers gegangen und verschwunden war.

»Was meinen Sie, was mit ihr passiert ist?«, fragte er Janiv, als sie in dem modernen Lagezentrum auf ihren, mit Namensschildern personalisierten Stühlen Platz nahmen. Eine junge Mitarbeiterin brachte ihnen Kaffee und ein Techniker beugte sich über Ehud und bot ihm Hilfe bei der Handhabung des Computers an. »Scheuen Sie sich nicht, zu fragen«, sagte Janiv, als Ehud ehrfurchtsvoll die zahlreichen neuen Geräte und die Mitarbeiterin betrachtete, die ihm ein Lächeln schenkte. »Ich habe viel über Sie gehört«, sagte diese und sie erzählte begeistert, dass ihre Mutter, deren Namen sie Ehud nannte, im Office gearbeitet habe. Der Name sagte ihm nichts, aber es war auch nicht wichtig. Sein Gedächtnis ließ ihn oft im Stich, zu oft.

»Was meinen denn Sie, was ihr passiert ist?«, wiederholte er die Frage und gab Janiv Gelegenheit, über Rachel zu sprechen: über seine Treffen mit ihr, über ihre kleine Wohnung in Rechovot und die Privatstunden, die sie hier und da gegeben hatte. »Halten Sie es für wahrscheinlich, dass sie nach der Beerdigung mit einem Schüler durchgebrannt ist? Dass sie eine Affäre hat? Einfach nur ein Dirty Weekend?«, fragte Ehud.

»Das glaube ich nicht«, sagte Janiv und sein junges Gesicht wurde ernst. »Ich begleite sie schon seit fünf Jahren. Sie hat jede Reise mit uns abgestimmt. Dieses Mal ist etwas anders.«

»Ich glaube auch, dass es sich um etwas Gefährlicheres handelt«, hörten sie hinter sich jemanden sagen. Ein Mann hatte das Lagezentrum durch eine Seitentür betreten und Ehud fragte sich, wie lange er wohl schon hinter ihnen gestanden hatte. Janiv stand auf und machte Ehud mit dem Leitenden Sicherheitsoffizier bekannt. Es war Hass auf den ersten Blick. Er war klein, wesentlich jünger als Ehud, ein langjähriger Abteilungsleiter, der es nicht mochte, wenn man ihm widersprach. »Die Sicherheit steht über allem«, sagte er häufig, ohne ein Lächeln. Und er akzeptierte keine andere Meinung. Er erfüllte seine Aufgabe pflichtbewusst und sorgfältig, das war überall bekannt. Bei Beförderungen würde er den Vorzug erhalten, insbesondere vor jenen, die sich einbildeten, dass eine Münze mindestens zwei Seiten hat.

»Waren Sie in ihrer Wohnung?«, fragte Ehud, nachdem sie sich alle gesetzt hatten.

Der Sicherheitschef grinste verächtlich. Er betrachtete mit Genugtuung die Gruppe von Leuten, die hier im Saal saßen und sich mit einer Mission befassten, die sie am Morgen Hals über Kopf zugeteilt bekommen hatten. Was wusste er schon, dieser alte Mann? Eine Stunde nach Ehuds Anruf hatte er den Durchsuchungsbefehl verlangt und auch sofort bekommen. »Wir haben nichts gefunden. Eine einfache Wohnung. Etwas zu ordentlich. Eine Zahnbürste. Ein Ort einsamer Menschen. Wir haben keinen Safe gefunden, offenbar gibt es keinen. Wir haben keine Drogen gefunden, offenbar gibt es keine. Wir haben die Lebensspuren einer gewöhnlichen Frau gefunden, die an ihrem Hygienestandard arbeiten sollte.« Er lehnte sich in seinem Stuhl zurück, thronte wie ein Hausherr, tätschelte sich zufrieden den Bauch. Es ging ihm gehörig gegen den Strich, dass ein Team von Externen hinzugeholt worden war. Auch wurmte es ihn, dass er übergangen worden war und ihm aufgezwungen wurde, mit ihm unbekannten Leuten zu arbeiten. Man hatte ihm die Zuständigkeit entzogen, man verließ sich nicht auf ihn. Doch ihm blieb keine Wahl. Er kannte Rachels Akte nicht. Er war Rachel nie begegnet. Und das, obwohl in den Dienstanweisungen stand, die er bei Antritt seines Postens erhalten hatte, dass er sich mit allen Agenten zu treffen habe, die lange Zeit in den arabischen Ländern verbracht hatten, auch mit denen, die ausgeschieden waren. »Es ist unverzichtbar, die ehemaligen Agenten kennenzulernen«, stand da fettgedruckt, »es sind nicht viele.« Er selbst hatte stets gesagt, dass ein persönliches Kennenlernen durch nichts zu ersetzen sei, ohne jedoch die Zeit dafür zu finden. All die Besprechungen hatten ihm die Zeit geraubt. Die Auslandsreisen hatte er zwar als angenehm gefunden, doch sie forderten ihn und auch seine zweite Frau hatte auf ihre Rechte gepocht.

Ehud unternahm gar nicht erst den Versuch, den Sicherheitschef von der Sinnhaftigkeit eines zweiten Besuches der Wohnung zu überzeugen. Er wollte die ihm übertragenen Befugnisse nicht gleich ausspielen und auch nicht die schwarze Plastikkarte zeigen, die Janiv ihm ausgehändigt hatte, nachdem sie aus dem Büro des Kommandeurs gegangen waren. Doch plötzlich fand er eine persönliche Befriedigung darin, diese Karte aus der Brieftasche zu zücken und sie dem Sicherheitschef direkt unter die Nase zu halten. Dieser riss die Augen weit auf. »Mir ist alles erlaubt«, sagte Ehud, »außer, zu töten.«

»Vielleicht noch eins«, sagte der Sicherheitschef und er erhob sich langsam aus seinem Stuhl, »eventuell hat ihr Umzug nach Rechovot ja mit dem Weizmann-Institut zu tun. Ich erinnere nur daran, dass sie nach ihrer Rückkehr einer Abteilung zugewiesen war, die sich mit Massenvernichtungswaffen befasste und sie hat die Labore dort mehr als nur einmal besucht. Nicht zu vergessen, welchen Umfang an Wissen sie sich bei uns angeeignet hat und was eine begabte Agentin der regelmäßigen Beobachtung von Routineaktivitäten entnehmen kann. Und wer weiß, wozu sie noch fähig ist.«

Ehud stieg in Joes neuen Mercedes. Die Ledersitze und die weiche Polsterung konnten einen wirklich dazu verleiten, einzusinken. Doch er war zu angespannt, um sich auf derartige Kinkerlitzchen einzulassen, die Joes Wohlstand mit sich brachte. Er wartete ab, bis sein alter Freund den Wagen langsam in Bewegung setzte und begann zu reden, als führte er ein Gespräch fort, welches sie viele Jahre zuvor begonnen hatten: »Vielleicht hat sie einfach den Verstand verloren? Vielleicht war ihr alles zu viel? Die Jahre, die verstreichen. Der Spiegel, der nicht lügt. Der Ruhm, der hinter ihr liegt. Ich habe sie getroffen, nachdem sie den Dienst quittiert hatte und sie sagte mir, dass sie mit dem Office keinen Kontakt mehr haben wolle. Wir saßen in einem Café und ich erzählte ihr von meinen Söhnen, doch sie hatte nichts zu sagen. ›Arbeit, Arbeit, Arbeit‹, hat sie geantwortet, als ich mich nach ihrem Leben erkundigte und ich habe bemerkt, dass sie gehen wollte. Wir hatten nichts mehr, worüber wir reden konnten, denn unsere Freundschaft und alles, was zwischen uns gewesen war, hatte sich um ihre Einsätze gedreht. Manchmal denke ich, es sollte so sein, vielleicht darf man darüber hinaus keine Beziehungen entwickeln. Und es bringt nichts, sich für deinen Agenten zu interessieren, nachdem ihr auseinandergegangen seid. Oftmals denke ich an die Jahre, in denen wir zusammengearbeitet haben, versuche in meinen Erinnerungen zu graben und entsinne mich nicht, worüber wir geredet haben. Womöglich will ich es gar nicht mehr wissen. Das Erinnerungsvermögen geht selektiv vor. Es entscheidet selbst darüber, was es unterschlagen und was es behalten will.«

Ehud nahm zwei Fotos, die Janiv ihm besorgt hatte, aus seiner Tasche und betrachtete sie gemeinsam mit Joe, der das Auto an den Straßenrand gefahren und angehalten hatte.

Der Schabak, der Inlandsgeheimdienst, hatte vor dem Besuch beim Premierminister von Rachel ein Foto verlangt. »Da ist nichts zu machen«, hatte der Mann am anderen Ende der Leitung zu ihm gesagt, »wir brauchen für die Identifizierung und Genehmigung ein aktuelles Bild. Auch wir müssen Regeln befolgen.«

Ehud hatte nicht lockergelassen. Es hatte ihm nicht behagt, dass ein Foto seiner Agentin in die Hände einer anderen Organisation gelangte. Auch dem Schabak unterliefen Fehler. »Ich vertraue Ihnen«, hatte er einen letzten Überzeugungsversuch unternommen. »Und ich weiß, dass es keiner mit dem Schabak aufnehmen kann, wenn es um die Sicherung seiner Geheimnisse geht.« Er hatte *seiner* extra betont. »Aber auch Sie können nicht einhundertprozentig wissen, wohin das Foto kommt.« Ehud hatte weitergesprochen, ohne abzuwarten – er ahnte es schon –, dass man ihm versichern würde, alles bliebe in einer gesicherten Akte. »Denken Sie an die Leute im Archiv. Auch die fahren mal ins Ausland. Stimmt's? Stellen Sie sich nur vor, einer von denen bekommt sie irgendwo zu Gesicht. Wer garantiert mir denn, dass derjenige nicht auf sie zeigen oder auch nur für einen Moment auf sie zugehen wird, um ihr zu sagen: ›Alle Achtung!‹«

»Sie vertrauen uns nicht?« Er hatte Kränkung brodeln hören, aber er hatte nun einmal für Rachel die Verantwortung übernommen und nicht vor, einen Rückzieher zu machen. Die gesicherte Leitung hatte ihm ermöglicht, zu sagen, wonach ihm zumute gewesen war: »Sie arbeitet verdeckt. Sie hat einen ausländischen Pass.«

»Ohne Foto kein Zutritt«, hatte die Stimme am anderen Ende gesagt und aufgelegt.

Ehud sah ein, dass er über die Stränge geschlagen hatte.

»Der Schabak hatte seine Regeln und der Chef des Mossad würde sich mit seinem Kollegen nicht in eine weitere kleine Streitigkeit verstricken wollen.«

Rachel, 16 Jahre jünger, blickte in die Kamera. Die Kontaktlinsen, die sie extra für diese Aufnahme trug, bescherten ihr braune Pupillen und die Perücke verlieh ihrem Gesicht eine geheimnisvolle Schönheit. »Es muss das Maximale unternommen werden, damit sie im Nachhinein nicht erkannt wird«, hatte Ehud damals gesagt und einhellige Zustimmung erfahren.

Ehud begann Joe von jenem Treffen mit dem Premierminister zu erzählen, doch Joe fiel ihm ins Wort und meinte, dafür wäre später noch Zeit. Er wollte zunächst das zweite Foto sehen. Der Sicherheitschef hatte es aus ihrer Wohnung in Rechovot genommen. Ehud grübelte darüber, wieso sie es aufbewahrt hatte und ob ihr Verstand ausgesetzt hatte. Auf dem Bild blickte Rachel mit halb geschlossenen Lidern direkt in die Kamera eines dieser Foto-Automaten. *Auf diesen Bildern sieht man immer aus, als wäre man zur Fahndung ausgeschrieben*, dachte Ehud. Rachel hatte es für einen Skipass gebraucht, auf dem Plastik-Anhänger stand der Name des Ski-Ressorts. Ehud realisierte, dass ihm tatsächlich entgangen war, dass sie Skifahren gelernt hatte. In der Ausbildung hatte man ihr beigebracht, wie man Kameras auswich und so wenig Fotos wie möglich von sich hinterließ – und nun das hier. Jahre später hatte es für Rachel offenbar keine Bedeutung mehr. Das hatte sie zumindest gedacht. Und sich geirrt. Dieses Foto würde ihnen behilflich sein, sie aufzuspüren. Ganze Teams würden es nutzen, um, ins Gelände entsendet, nach ihr zu suchen und sie zu beschatten.

Es gab aber auch andere, vom Office akribisch abgeheftete Fotos. Es waren nur wenige, Rachel wusste genau, wie man es vermeidet, in der Bildmitte aufzutauchen. Als sie zu Fotos kamen, auf denen Rachel an Stränden unterwegs war oder man im Hintergrund faszinierende antike Stätten erblicken konnte, hatte sie stets darauf geachtet, dass die Militärbasis dahinter gut sichtbar war. Ihre Gestalt jedoch hatte der Offizier mit schwarzer Tusche überpinselt. Keiner durfte wissen, wer sie war. Wer das nachrichtendienstliche Material beschaffte, das anderen Publicity und Ruhm einbringen würde, während sie, geschwärzt, ein Schattenwesen bliebe.

»Wir alle verändern uns«, sagte Joe und wies auf die Unterschiede zwischen den Fotos hin. Ehud stimmte ihm stillschweigend zu. Er hatte sich selbst nie für schön gehalten und der Kampf gegen das Übergewicht, den er immer wieder enthusiastisch aufnahm und einige Zeit darauf frustriert aufgab, war ein fortwährender. Doch auch er war einmal jung gewesen. Sein Haar, das bereits schütter wurde, hatte er früher nach hinten gekämmt. Rina fand, dass sein Gesicht von innerer Stärke zeuge, die Neugier errege. Und nun? Inzwischen war er 65 und die wenigen verbliebenen Haare unterzog er mit einem alten Rasierapparat einer korrekten Rasur. Er sah zu Joe, der den Wagen wieder gestartet und auf die Straße gelenkt hatte. Er fuhr langsam und vorsichtig. Ihm war zu Ohren gekommen, dass Joe an Parkinson erkrankt sei, bot ihm jedoch nicht an, ihn beim Fahren abzulösen. Sie hatten schon gefährlichere Missionen zusammen gemeistert. Und es war nicht Ehuds Absicht, den Mann zu kränken, der ihn in die Führungsstelle geholt hatte.

»Gib mir noch einmal die wichtigsten Details«, bat Joe. Ehud wusste, dass es wichtig war, jedes Problem unkompliziert aufzuzeigen. Er erklärte, dass Rachel dem Office nicht mitgeteilt habe, dass sie zur Beerdigung ihres Vaters fahre. Das war gegen das Protokoll. Und gegen das Dokument, welches sie am Tag, als sie den Dienst quittierte, unterschrieben hatte – eine gewöhnliche verpflichtende Dienstvorschrift für Geheimnisträger nach der Dienstzeit im Stab. Der Sicherheitschef hatte ihm das Papier gezeigt und gemeint, dass ihr allein deswegen die spätere Pension gekürzt werden könne. Das Telefongespräch mit ihm stellte den ersten und einzigen Kontakt mit ihr dar. Der Alarm wurde auch erst infolge seines Anrufs im Office ausgelöst und dann war das Lagezentrum in Aktion getreten. Joe hakte zum Geld nach, Ehud entschuldigte sich, es in seinem Bericht vergessen zu haben und sprach von ihrer Abhebung in London und der Nutzung ihrer unterschiedlichen Pässe für die Ein- und Ausreise nach England. »Mehr wissen wir noch nicht«, unterbrach er seinen Bericht. Er wollte noch erzählen, dass der Kommandeur der Einheit bereits ein Team entsendet hatte, um sie in Indien zu suchen, doch Joe war gerade damit beschäftigt, den Wagen am Ende der Straße hinter einem Kleintransporter zu parken. Ehud war unsicher, ob Joe mit seinen 75 Jahren zwei Dinge gleichzeitig erfassen konnte.

Der Kommandeur des Teams zeigte ihnen in sicherem Abstand den weißen Ford Transit einer Reinigungsfirma und die jungen Leute in blauen Schutzoveralls, die jedes Auge zu täuschen vermochten. Sie waren trainiert, organisiert und hatten kein Detail ausgelassen, nicht einmal den schlampig aussehenden Fahrer und die beiden älteren Frauen, die für den Job die ideale Tarnung bildeten. Der Kommandeur des Teams gab seinen Leuten ein Zeichen, sie nahmen die Reinigungsgeräte und machten sich für ihren Einsatz bereit. Ehud beobachtete sie. Eindeutig Profis.

Das konnte man spüren und er fragte sich, was diese Leute noch alles anstellen könnten, außer überall in aller Seelenruhe einzubrechen, ohne auch nur eine Spur zu hinterlassen, ihren Job zu erledigen und wieder abzuziehen ohne Aufsehens. Mit Gewissheit wussten sie auch, wie man nach etwas suchte. Diese Leute fanden eine Nadel in einem Heuhaufen. Man musste ihnen lediglich sagen, was sie suchen sollten. Ehud sah, wie der Kommandeur auf die Uhr schaute, während er dem Security-Team letzte Anweisungen gab. »Dafür besteht keine Notwendigkeit«, sagte er zum Kommandeur. »Die Chance, dass Rachel auf einmal von Einkäufen oder ihrer Joggingrunde am Morgen nach Hause kommt, ist derart gering, dass das Paar auf der Bank und auch der Möbeltransporter an der Ecke nicht gebraucht werden. Es wäre schade ums Geld.«

»Keiner wird Leute Ihres Alters verdächtigen«, sagte der Kommandeur des Teams und machte Ehud damit sehr deutlich, sich gefälligst nicht einzumischen. Er nannte ihnen die Nummer der Wohnung. Einer der jungen Leute öffnete für sie die Tür des Wohnhauses. Als sie langsam die Treppe hinaufstiegen, versuchte sich Ehud den Moment vorzustellen, als Rachel den Anruf bekommen hatte und was sie gemacht haben mochte, nachdem sie aufgelegt hatte. Was fühlte eine Frau, der, nachdem sie den Hörer des läutenden Telefons abgehoben und sie sich akzentfrei gemeldet hat, mitgeteilt wird, dass ihr Vater verstorben ist? Ehud keuchte vor Anstrengung. Wir alle wissen, dass es jeden Moment zu Hause an der Tür klopfen und unser Leben auf den Kopf gestellt werden kann. Nur wenige führen ihr Leben in ständiger Bereitschaft und enthalten sich so vor, was das Leben ihnen zu bieten hätte. Und Rachel? Sie war bis ins Herz des Feindes vorgestoßen, sie wusste genau, dass das Leben, welches sie sich dort aufbaute und die Beziehungen, die sie einging, zeitlich begrenzt waren, sie aber leben müsse, als wäre alles für die Ewigkeit bestimmt. Das entsprach dem Wesen der perfekten Legende, jedes noch so kleine Detail war wichtig. Doch dieses Mal war ihr etwas widerfahren. Etwas, das ihr Innerstes berührt und nicht die perfekte Schale angekratzt hatte, die sie sich zugelegt hatte.

Er wartete an der Tür auf Joe, damit sie gemeinsam hineingehen könnten. *Ich muss zwei Dinge in der Wohnung finden*, sagte sich Ehud. Etwas, das mit ihrem Leben vor der Nachricht zusammenhing, was sie gemacht und was sie verborgen hatte. Und etwas, das von ihren Absichten zeugte, die sie in der Zeit der Reisevorbereitungen gehegt hatte, was sie zurückgelassen und was sie an sich genommen hatte. Aber erst, nachdem sie sich darüber klargeworden war, dass ihr Vater nicht mehr war und nie wieder sein würde.

Nachdem sie die Wohnung betreten hatten, setzte sich Ehud zuerst an den Schreibtisch. Er schaute auf das Telefon, das schon mit einer dünnen Staubschicht überzogen war. Obwohl er nunmehr wusste, dass sie von einem belgischen Handy aus angerufen hatte, stellte er sich Rachel vor, die, wie er jetzt, auf dem kleinen Stuhl oder dem Bettrand saß und das Telefon anstarrte, bevor sie seine Nummer gewählt hatte. Er wusste nicht, weshalb sie sich zu dem Anruf entschlossen hatte und schätzte, dass auch sie es nicht sagen könnte. Er entsann sich ihrer Worte und dachte, dass sie mit diesem Anruf gewartet hatte, bis sie die Trauerwoche hinter sich gebracht hatte. Ehud zählte die Tage an den Fingern ab, dann notierte er sich auf einem Zettel, den er in die Hosentasche steckte, die zwei Tage Diskrepanz mit Joe zu besprechen.

Da war noch eine Sache: Sie hatte mit ihm Englisch gesprochen. Dabei liebte sie es, so oft es nur möglich war, Hebräisch zu reden. »So fühle ich mich als Israelin«, hatte sie ihm erklärt, unbekümmert wegen des Akzents, den sie nicht loswurde.

Ehud hob den Hörer, lauschte dem Freiton, der bald darauf abgebrochen klang. Er brütete darüber, was ihm Rachel hatte sagen wollen, während sie geschwiegen hatte. Er würde sie gern fragen, warum sie sich für diesen resoluten Tonfall entschieden und in den letzten Satz einen metallischen Ton eingekerbt hatte, der ihn als Ende besiegelte. Was hatte sie dazu motiviert, zu verkünden, dass ihr Vater zum zweiten Mal gestorben sei und was hatte der Widerstand in ihrer Stimme zu bedeuten gehabt, diese kleine Nuance zwischen den Worten, die sagte: Du bist schuld.

Er wusste, dass er dieses Gespräch mit jenem Mal in Verbindung bringen musste, als er sie angerufen hatte, um ihr mitzuteilen, dass ihr Vater auf dem Sterbebett liege und sie sofort zurückkehren solle. »Das war doch nur ein Code-Spruch, Rachel«, sprach er lautlos aus. *Dein Vater wartete auf dich. Du hättest zu ihm fahren, bei ihm sein, ihm erzählen können, was man erzählen darf und den Kontakt neu aufbauen können*, dachte er.

Plötzlich erinnerte er sich an das Gespräch. »Ich erzähle ihm gar nichts«, hatte sie zu ihm gesagt und versucht, ihm beizubringen, dass es so besser sei. »Er würde dich verstehen«, hatte er einen letzten Versuch unternommen, sie davon zu überzeugen, dass jeder Vater seine Tochter liebt. Doch sie hatte geschwiegen und er war sich darüber im Klaren gewesen, dass sie dem kein weiteres Wort hinzufügen würde.

»Wenn ich nicht weiß, was ich suchen soll, dann warte ich einfach ab«, sagte Ehud zum Kommandeur des Teams, der mit verschränkten Armen an der Tür stand und ihn fragend ansah. Er wanderte scheinbar ziellos in der kleinen Wohnung umher. Joe untersuchte in der Zwischenzeit in der Küche die Schränke auf Ungereimtheiten und Hinweise. »Okay«, bestätigte der Kommandeur, »Sie haben alle Zeit der Welt. Unsere Anweisungen sind klar. Wir sind hier, um zu helfen und nicht zu stören. Wenn Sie etwas brauchen, geben Sie Bescheid. Wir können auch Dokumente finden, die Sie selbst mitgebracht haben, sogar Drogen. Das lässt sich alles organisieren und Photoshop regelt die Sache mit den Beweisen, so ist das im 21. Jahrhundert. Vergangenheit oder Zukunft haben keine Bedeutung mehr. Die Realität ist formbar. Aber was rede ich, statt Sie in Ruhe nachdenken zu lassen?« Er bat Ehud darum, ihn wissen zu lassen, wenn dieser etwas bräuchte und ließ ihn das Schlafzimmer betreten.

Ehud zog eine Schublade auf, schaute auf die BHs und zusammengelegten Slips. Er holte sich die Erinnerung an das erste Mal zurück, als er vor Rachels Kleidung gestanden und ein Stück nach dem anderen berührt hatte. Seine Hand glitt unter den Stapel, er spürte die Zartheit der Seide. Er fand keine Briefe am Boden der Schublade, nur weiche Slips: größer als die, die ihm in Erinnerung geblieben waren, aber kleiner als Rinas, welche er mit all ihren anderen Sachen eingepackt hatte. Aber erst, nachdem ihm klargeworden war, dass Rina nicht wiederkäme, als ihr Körper schon in der Erde verrottete. Viele Monate hatten vergehen müssen, bis Ehud es gewagt hatte, vor ihre Schränke und Schubladen zu treten und ihre Dinge herauszunehmen. Es hatte sich angefühlt, als würde er die Erinnerung an sie töten, sie aus seiner Welt entfernen und einer anderen Frau Platz machen. Er bemühte sich inständig, das in ihm aufsteigende Gefühl abzuschütteln, dass diese weiße Unterwäsche und die Kleidung und die persönlichen Gegenstände, die in einer, ihm unergründlichen Ordnung vor ihm lagen, bei ihm einziehen sollten und die Leere füllen würden, die Rina hinterlassen hatte. Ihm wurde klar, dass dieser Ort nun bereit war und auf jemanden wartete, der all diese Dinge einsammeln, ordnen, in Kartons packen und an einen anderen Ort schaffen würde. Diese Wohnung, obwohl sie Rachel gehörte, ging nun in die Befugnis des Leitenden Sicherheitsoffiziers über, in die Zuständigkeit dessen, der die Macht besäße, in sie einzubrechen, in Rachels Sachen zu stöbern und mit ihnen anzustellen, was er wollte. Er wusste, dass Rachel kein Interesse mehr an dem hatte, was hier verblieben war, es im Prinzip nie gehabt hatte. Dass diese Wohnung, wie die Wohnung im Einsatzland, stets nur ein Ort gewesen war, wo sie ihren Kopf gebettet hatte. Dass Rachel Ravid hier für geliehene Zeit gelebt hatte, wohlwissend, dass sie eines Tages urplötzlich gehen würde und sie deshalb ihre persönliche Bindung zu der Wohnung abgebrochen hatte.

Er versuchte sich zu besinnen, wer sie war, wenn sie die reale Rachel war. Eine Frau, die am Abend in ihrer Wohnung saß, den Fernseher ausschaltete, durch das kleine Fenster nach draußen blickte und über sich nachdachte, nicht über die Agentin auf Mission und nicht über die Person, die sie zu repräsentieren hatte. Ehud sah ein, dass er es nicht wusste, dass es ihn auch nie interessiert hatte. Er hatte sie nicht gefragt, was sie las, was sie tat, was sie mochte, woran sie Interesse hatte, wenn sie die reale Rachel war. Über alles, was mit Rachel, der Agentin, in Zusammenhang stand, war er bestens informiert, doch über die echte Rachel wusste er nichts. Doch ein Gedanke ließ ihm keine Ruhe, er bohrte sich in ihn, ging ihm unbändig durch den Kopf: Vielleicht existierte diese Rachel mittlerweile gar nicht mehr. Vielleicht hatten er und seine Kollegen sie vernichtet und die Rachel, die hier gelebt hatte, gab es nicht mehr. Sie befand sich dazwischen, in einem Zustand, den er geschaffen hatte. Sie wartete auf eine Mission, wartete darauf, dass die Zeit verging, wartete auf einen Retter, wie der, der am Ende zu ihr gekommen war. Er rief sich ins Gedächtnis, dass es nicht das erste Mal war, dass sie aufgestanden und gegangen war, doch ihn überkam ein schmerzhaftes Gefühl, er spürte, dass es wohl das letzte Mal gewesen sei.

Ehud setzte seine Suche fort. Was hatte sie auf dieser Reise begleiten sollen? Und was fehlte hier von den gewöhnlichen Dingen, die in jedem Haushalt vorhanden waren? Er seufzte leise und ließ seinen Blick über die Bücherregale gleiten. Er zog eine Schublade auf. Alte Stifte. Spitzer. Jene Dinge, die ein Mensch sich nicht die Mühe machte, zu ordnen. Er nahm die Schublade heraus und bückte sich, um zu sehen, ob es etwas darunter gäbe, das vor vielen Jahre dorthin gerutscht war, oder ein kleines improvisiertes Versteck für eine Waffe. Nichts. Er leerte den Schubladeninhalt auf dem Tisch aus und sortierte die wenigen Dinge, bis er auf einen merkwürdigen Knopf stieß. »Von der Manschette eines Jacketts«, sagte Joe, der auf einmal neben ihm stand. Ehud nahm den silbernen Gegenstand in die Hand und schaute ihn aufmerksam an. »Schöne Gravur«, sagte Joe, »wofür könnte das ›R‹ stehen?« Ehud fand das ein wenig eigenartig, denn der Manschettenknopf schien zufällig da gelandet zu sein. Doch ihm musste etwas eigen sein, denn sie hatte ihn aufbewahrt. Ehud steckte ihn in seine Geldbörse, in das Fach für die Münzen. Sollte das »R« für »Rachel« stehen? Doch warum gab es nur einen? Ihn beschlich eine Ahnung.

»Noch etwas?«, die Stimme des Kommandeurs riss Ehud aus seinen Gedanken. »Der Geruch«, sagte Ehud. »Der Geruch ist merkwürdig.« Er sog die Luft ein und der Kommandeur des Teams tat es ihm nach. »Hier ist keinerlei Geruch«, sagte der Kommandeur enttäuscht. »Genau«, meinte Ehud. »Jeder Ort hat seinen Geruch. Auch hier müsste es nach etwas riechen, aber da ist nichts.« Er streifte durch die kleine Wohnung, bis er sicher war, gefunden zu haben, was er suchte: Nichts. Rachel hatte nichts mitgenommen. Sie war von hier weggegangen, als hätte sie ein Hotelzimmer verlassen. Es war befremdlich, denn die Wohnung war voller persönlicher Dinge. Doch es leuchtete ihm wiederum auch ein. All diese Dinge gehörten einer Welt an, für die Rachel keinen Bedarf mehr hatte. Rachel hatte nicht vor, jemals zurückzukommen.

Sie saßen in einem stylischen Restaurant in Rechovot, etwa 20 Kilometer südlich von Tel Aviv. Am Abend würde es sich mit Leuten aus der Hightech-Branche und Studenten füllen, die es sich leisten konnten. Doch jetzt war es fast leer. Joe wollte nicht ins Office fahren und den Tumult im Lagezentrum miterleben. Er sagte zu Ehud, Computer seien nichts für ihn und sie würden dort nur Zeit vergeuden. Die Leute im Lagezentrum kamen ohne sie aus und Ehud war aus anderen Gründen wieder ins Boot geholt worden. »Erzähl mir von ihr«, bat er und erläuterte ihm, dass sie Rachel auf andere Weise suchen müssten.

»Es ist viel Zeit vergangen, seit ich sie das letzte Mal gesehen habe. Trotz des Fotos, das ich dir gezeigt habe, ist sie immer noch die Rachel von damals. Eine junge Frau mit grünen Augen, rundem Mund, gescheiteltem Haar und einem naiven Gesicht, das einem Lust macht, ihr Hilfe anzubieten. Ich denke, dass ihr Anruf eine Art Hilferuf war, ein verborgener. Sie will, dass wir uns um sie kümmern, wie damals, dass sie wieder das kleine Mädchen sein kann, das kommt, um für uns zu arbeiten.

Nachdem ich zu ihrem Verbindungsführer ernannt worden war, habe ich mich hingesetzt und bin Wort für Wort alles durchgegangen, was sich in ihrer Personalakte befand. Ich habe den Grund für ihren Willen gesucht, zu uns zu kommen. Ich wusste, dass ihr kein einschneidendes Erlebnis widerfahren war, irgendeine Offenbarung, infolge derer sie uns erwartet hatte. So etwas geschieht nur selten, eigentlich nur in Filmen. Obwohl, bei den Bewerbungsgesprächen erzählt tatsächlich ein Teil der Kandidaten von einer solchen Kreuzung, an der sie dann diesen Weg eingeschlagen haben. Ich glaube nicht daran. Als ich in der Rekrutierungsabteilung war, habe ich jeden Bewerber, der mir eine solche Geschichte verkaufen wollte, die Frage gestellt, was passieren müsse, damit er seine Meinung ändert und uns den Rücken zukehrt. Bei Rachel hingegen lag nichts Besonderes vor. Das stimmte mich zufrieden. Einzelkind. Eine durchschnittlich gute Studentin. Die Mutter früh gestorben und ein starrsinniger Vater, der Liebe aus der Nähe nicht ertrug.

In die Beziehung zum Vater kehrte niemals wirklich Ruhe ein. Als sie bereits Agentin war, bat ich sie jedes Mal, ihn anzurufen, wenn sie das Einsatzland verließ, um ihm zu versichern, dass sie wohlauf sei und ihm einen Besuch zu versprechen. Sie weigerte sich und mir blieb nichts anderes übrig, als ihm zu schreiben, nachdem er einmal die Botschaft aufgesucht und sich beklagt hatte, dass sie verschwunden sei. Ich bat sie wieder darum, ihm Bescheid zu geben, doch sie weigerte sich und sagte, dass es ihn ohnehin nicht interessiere und nicht kümmere. Ich rief ihr die Schecks in Erinnerung, die er ihr schickte und sie sagte, dass er die kleinen Zettel, die er mit den Schecks schicke, ein Jahr im Voraus präpariere. Ich schrieb den ersten Brief, damit er keinen Aufruhr mehr verursachen würde. Ich hob hervor, welchen Stellenwert sie für die Sicherheit des israelischen Volkes einnehme und verlangte von ihm, Ruhe zu bewahren. Ich musste ihm den zweiten Brief schreiben, nachdem sie den Dienst quittiert hatte, da er sich nach ihr erkundigt hatte, als würde sie noch bei uns arbeiten. Als wäre es unsere Aufgabe, ihm zu erklären, wieso sie ihm nur widerwillig Briefe schrieb und nie anrief. Also schrieb ich ihm genau das, was man mir sagte, dass ich schreiben solle: die Wahrheit, dass sie kein Teil mehr von uns war.

Aber dazu kam es erst später. Was meine Aufmerksamkeit erregte, war ihre Fähigkeit, alles stehen und liegen zu lassen und an einen anderen Ort zu gehen. Zwar hatte sie exakt das gelernt, was der Vater gewollt hatte, aber mit 17 war sie von zu Hause weggegangen und kam einige Monate hierher, um als Freiwillige zu arbeiten. Danach ging sie an eine weiter weg liegende Universität. Und nach dem plötzlichen Tod der Mutter verlangte sie von ihrem Vater gewissermaßen die Scheidung und wanderte nach Israel ein.

Eine junge Frau von 17 Jahren, allein. Ich erblickte darin Mut, nahm es als Suche nach etwas wahr, das jenseits vom Geldverdienen lag. Das überzeugte mich. Ich überflog die Gutachten, auch wenn ich ihnen keine große Bedeutung beimesse, es sei denn, ich kenne denjenigen, der es geschrieben hat. Ihre Fähigkeit, sich anzupassen, eine von der Truppe zu sein und zu erreichen, was sie wollte, das stach deutlich hervor. Das Einzige, was mich störte, war die Tatsache, dass sie an jedem Ort nur ein Jahr verbracht hatte. Und so habe ich mir oft die Frage gestellt, wie sie über einen langen Zeitraum in einem arabischen Land zurechtkäme, noch dazu mit einer Legende, einer neuen Identität.

Ich fragte sie, was sie zu uns geführt habe. Sie hatte die Universität abgeschlossen und bereits eine Arbeit. Warum zog sie es nun vor, alles, einschließlich ihres Freundes aufzugeben? Weshalb wollte sie bei ihrem Leben für längere Zeit auf die Stopp-Taste drücken, was sie erst einige Jahre später vor das erste Rätsel, die erste Mission stellen würde. Sie sagte, dass wir uns an sie gewandt hätten und sie die Neugier gepackt habe und sie für die zionistische Sache schon immer etwas mehr habe tun wollen. Dann habe eins das andere nach sich gezogen. Ich glaubte ihr kein Wort. Ich wusste, dass sie mich nur beruhigen und mir eine standardisierte und vorhersehbare Antwort liefern wollte, wie man sie in Eignungsprüfungen von sich gibt. Doch bei uns war das nicht so, das weißt du ebenso wie ich. Keiner macht freiwillig durch, was ein einsamer Agent durchlebt, nur weil er Zionist ist. Im Land gibt es Millionen Zionisten, darunter Hunderttausende, die Fremdsprachen beherrschen. Aber wer sich freiwillig meldet, ist außergewöhnlich, verfügt über etwas Besonderes, zusätzlich zu der Fähigkeit, sich eine andere Identität überzustreifen und sich auf

Einsätze zu begeben. Derjenige braucht uns. Das ist die Sache. Braucht uns, genauso wie wir ihn brauchen. Manchmal weiß derjenige nicht einmal, dass er uns sucht, dass er zu uns passt. Es fällt ihnen schwer, zu erkennen, was sie suchen. Sie wissen nur, dass es eine andere Wirklichkeit gibt, der sie angehören könnten. Dass es möglich ist, an ferne Orte zu gelangen und zu tun, was anderen verboten ist, man nur in Träumen erlebt. Unsere Arbeit hat etwas Berauschendes: Auf einmal darf man lügen, sich als eine andere Person ausgeben und das Ganze mit staatlicher Genehmigung. Der Agent führt erlaubte Verbrechen aus. Er stiehlt. Manchmal tötet er auch. Und statt im Gefängnis zu sitzen, erhält er eine Auszeichnung.

Und noch etwas: Viele von ihnen sind mit dem, was in ihrem Leben passiert, unzufrieden, das ebnet den Weg für eine Veränderung. Genau das war bei Rachel der Fall. Wir haben sie von der Route, die nirgendwohin führte, umgeleitet und ihr eine neue Welt gegeben. Sie hat uns vertraut: auf den Respekt vertraut, den wir ihr entgegenbrachten, dem Glauben, den wir in sie setzten. Und ich wage zu sagen, dass wir für sie eine große Familie darstellten. Aus ihrer Sicht war sie Einzelkind, wie in der Familie, die sie verlassen hatte. Das war der Grund für die furchtbare Krise, in die sie geriet, als alles vorbei war und sie mit einem Schlag von allem abgeschnitten war. Nun verstehe ich, dass sie im Prinzip ein Kind war, dem wir gefährliches Spielzeug gegeben hatten. Wir haben etwas gemacht, das nicht rechtens war. Joe, es ist uns nicht gelungen, sie wiederherzustellen, nachdem sie von dort zurückkam. Und in ihrem Leben ging etwas in die Brüche. An genau der Stelle müssen wir bohren.«

»Du übertreibst«, sagte Joe und Ehud fasste es als Rüge auf, als er zu hören bekam: »Du hältst mir einen Vortrag über Agenten, dabei war ich schon im Dienst, als du noch dachtest, der Mossad regle die Sozialversicherung.«

»Ich halte es für wichtig, am Anfang anzusetzen. Zu verstehen, woher …« Doch Joe fiel ihm ins Wort: »Okay, okay. Ich stimme dir zu, dass wir ihre Spuren Stück für Stück zurückverfolgen müssen.« Er kaute sehr langsam an seinem Essen. Seine Hand zitterte. Er versuchte, sie unter Kontrolle zu bekommen. »Aber mir scheint, du nimmst es zu persönlich. Als wärst du immer noch ihr Verbindungsführer und sie deine Agentin. Was ihr, seit sie den Dienst quittiert hat, passiert ist, ist nicht mehr dein Problem.« Ehud hörte zu. Er wagte es nicht, seine Meinung dazu anzubringen. »Die Geheimnisse, die sie in sich trägt, sind das Problem.« Joes Gesicht wurde ernst und trotz der Jahre, die verstrichen waren, wussten beide, wer von ihnen das Sagen hatte. »Du hast genau wie ich gehört, was sie im Office gesagt haben. Es darf nicht dazu kommen. Es darf auf keinen Fall dazu kommen, dass die Geheimnisse, die nicht einmal wir kennen, in deren Hände gelangen.«

»Aber …« begann Ehud. Er wollte sagen, dass für ihn Rachel der Grund für alles war, doch Joe ließ sich von ihm nicht unterbrechen.

»Wir müssen sie finden und zurückbringen, bevor Schaden entsteht. Es ist nicht die Zeit, sich an Schuldgefühle zu klammern. Uns werden keine Bonuspunkte gutgeschrieben, nur weil wir zugeben, dass sie die ganze Welt für uns bedeutet hat, solange sie bei uns war und dass wir sie danach vergessen haben.«

Eine schwarz gekleidete Kellnerin ging zwischen den Tischen umher und erkundigte sich, ob ihnen das Essen zusagte. Ihre Hose war zu eng, sodass ihr Bauch sich sanft über dem Bund wölbte und ihr T-Shirt wiederum zu kurz, sodass es nicht ihre weiße attraktive Taille bedeckte. Ehuds Augen drifteten exakt dorthin, sie registrierte seinen Blick und zog beschämt den Saum des T-Shirts herunter. »Sie ist jünger als mein Sohn«, sagte Ehud, der errötete, als er mitbekam, dass Joe sein Blick nicht entgangen war. »Na und?«, sagte Joe und gab zu, dass er ebenfalls geschielt hatte. »Was glaubst du denn? Dass es mit dem Alter vergeht? Du musst mir nicht erzählen, was dir im ersten Moment durch den Kopf gegangen ist, als du von Rachel erfahren hast.« Ehud sagte nichts. Sein Steak war kalt geworden und die roten Fasern, die sich durch das Fleisch zogen, stachen heraus wie Wege, die ins Nirgendwo führten.

Als sie zu Joes Haus kamen, war der Abend schon angebrochen. Eine leichte Brise fuhr durch die Baumkronen. Der Lärm des vorbeifahrenden Zuges ließ sie verstummen und war ihnen dabei behilflich, zu schweigen. Sie kannten einander seit vielen Jahren und wussten, dass man nicht über alles reden musste, nicht alles wissen musste, dass Wissen, obwohl es Macht war, auch ein Hindernis sein konnte. Wenn du etwas weißt, musst du etwas unternehmen, weißt du nichts, bist du frei.

»Und was nun?«, fragte Ehud. Der lange Tag war ihm nicht anzusehen. Ihm war etwas widerfahren, etwas Neues. Eine ihm unbekannte Energie machte sich in ihm breit. Die Erinnerungen drängten nach draußen. Doch er wollte sie ordnen, weil sie beginnen könnten, in ihm zu gären. Er wollte reden. Das lag auf der Hand. Nicht über alles, zumindest jetzt nicht. Er benutzte Joe wie einen Tennispartner, der einem die Bälle zuspielte. »Du bist mein Resonanzboden«, sagte er zu ihm, Joe nickte nur und meinte, das sei in Ordnung, er solle fortfahren. Er erkundigte sich nach dem Lagezentrum und wann sie Bericht erstatten müssten. »Was sie im Lagezentrum machen, soll nicht unser Problem sein. Wir sind nicht deren Backup-Team«, sagte Joe. Er sprach in einer Art metallisch autoritärem Ton, von dem Ehud geglaubt hatte, dass Joe ihn aufgegeben habe. »Wir sind gegenüber den Leuten im Lagezentrum nur in zwei Dingen im Vorteil: Du kennst sie. Und ich kenne dich. Das ist alles. Daraus müssen wir das Bild zusammensetzen. Sollten wir das Gefühl haben, dass etwas an die Oberfläche dringt oder der Brei, den wir kochen, feste Konturen annimmt, werden wir es herausfischen und uns näher ansehen. Wir werden keine Theorien aufstellen oder an etwas kleben bleiben, außer an Rachels Geschichte. Ich weiß, dass es Leute im Stab gibt, die denken, dass sie sich vielleicht wie Vanunu verhält, irgendwo untergetaucht ist und ihre Erinnerungen einem Journalisten anvertraut. Es gibt aber auch noch andere Möglichkeiten: Klöster und Ashrams, in die Leute sich flüchten. Diesen Möglichkeiten werden sie im Lagezentrum nachgehen und wir werden uns unterhalten. Mit einer Sache müssen wir es jedoch genau nehmen – wir müssen uns bemühen, die Wahrheit zu sagen. Du wirst reden und ich werde dir zuhören. Ich weiß, dass du Fakten vor mir verbergen wirst. Wir alle schämen uns für einen Teil der Dinge, die wir getan haben. Aber versuch wenigstens, die Wahrheit zu sagen. Das ist es wert. Mag sein, dass du es sogar genießt.«

Joe streckte sich im Liegestuhl aus und zündete sich eine Zigarre an. Er wirkte zufrieden. Ehud bemerkte, dass er ihn hatte noch nie so viel reden hören. »Einverstanden«, sagte er schließlich und er wartete, bis Joes Frau das Tablett auf den Beistelltisch zwischen ihnen platzierte. Dann gab er der Versuchung nach und gönnte sich zwei weitere Löffel Zucker im Tee, den er in der Hand hielt. »Das ist nicht die richtige Zeit, um an zwei Fronten zu kämpfen«, sagte er zu Joe, der sein Zögern mitbekommen hatte. »Mit einer neuen Diät kann ich jederzeit beginnen.«

KAPITEL 3
MAILAND

»›Du wirst sehen‹, sagte ich zu ihr, ›du fliegst dorthin und es wird leichter sein, als du denkst. Aber anders als das Training, das du durchlaufen hast. Das wirkliche Gefühl von Gefahr lässt sich nicht simulieren. Ich weiß, dass du Angst hast und daran ist nichts Schlechtes. Ängste sind etwas Gutes. Du brauchst dich ihrer nicht zu schämen. Sie werden dir dabei helfen, vorsichtig zu sein und vorbereitet. Wer nicht zugibt, dass er Angst hat … ist nicht geeignet. Solche Leute suchen wir nicht. Wir brauchen jemanden, der die Gefahren kennt, sich vor ihnen scheut und weiß, wie er diese Furcht überwinden kann. Das ist deine Feuertaufe. Das erste Mal ist immer das schwierigste Mal.‹

So war es, doch ich greife voraus. Wir waren den einen Weg bis zum Ende gegangen und wir standen am Anfang eines neuen.« Ehud hielt für einen Moment in seinem Redefluss inne und wartete, bis Joe zum Zeichen nickte, dass er die Fortsetzung hören wolle. »Drei Monate zuvor hatten sie Rachel aus Israel zu mir geschickt, damit ich sie auf die Operation vorbereitete. ›Sie wird deine Agentin sein und von nun an bist du für sie verantwortlich‹, hatte der Kommandeur der Einheit zu mir gesagt und mir ihre Akte gezeigt. Ich weiß noch, wie wir in einem menschenleeren Café an einem kleinen schmuddeligen Platz in Rom saßen, der stickend heiße Sommer quälte sich zu seinem Höhepunkt und in mir wuchs das Gefühl, dass der Schauplatz nicht zum Ereignis passte. In meiner Vorstellung sah ich mir lieber dabei zu, wie ich in Israel zum Stab der Einheit gerufen wurde und spät am Abend das Büro des Kommandeurs betrat. Dort wurde mir mitgeteilt, dass es etwas gab, das ausschließlich ich übernehmen konnte. Daraufhin wog ich die Dinge äußerst sorgfältig ab. Der Kommandeur musste mir in den Ohren liegen und erst dann willigte ich selbstverständlich ein. So liefen die Dinge allerdings nicht ab. Doch ich verzieh ihm, denn ich freute mich, wieder eine eigene Operation zu haben. Etwas, das von A bis Z in meiner Verantwortung liegen würde, wie man es im operativen Kurs lernt.

Ich war damals seit vielen Jahren Verbindungsführer und Dauerbewerber für den Posten des Abteilungschefs gewesen. ›Besser für die Arbeit im

Gelände geeignet‹, vermerkten sie jedes Mal in meiner Akte, wenn sie mich bei der nächsten Ernennungsrunde übersprangen und du sagtest mir Ähnliches, als du mich für drei Jahre ins Exil nach Afrika geschickt hast. Und weißt du was? Ich habe damit meinen Frieden geschlossen und gebe heute und hier zu, dass es mir selbst lag. Ich hatte Vergnügen daran, im Ausland zu sein und mit den Agenten zu arbeiten. Darin liegt scheinbar irgendein Zauber, den man schwer jemandem erklären kann, der es nicht selbst erfahren hat. Du bist der Meister deines eigenen Schicksals und alles hängt von dir ab. Damit einhergehend hast du tatsächlich das Gefühl, dass die gesamte israelische Nation hinter dir steht. Ich hatte mich an diese Lebensweise gewöhnt und habe immer eingewilligt, wenn ich auf lange Einsätze nach Europa geschickt wurde. Rina war damals mit den Kindern in Israel. Sie waren noch klein, unsere Eltern haben uns unterstützt. Ich gebe zu, dass es für sie schwerer war als für mich und dass meine Erklärungen, der Staat rufe mich, für Rina wohl kaum hilfreich waren.

Ich erkundigte mich bei dem Kommandeur nach Rachel. Und ich grübelte, weshalb sie mir meine eigentliche, ziemlich langweilige Mission wegnahmen, die ich zu der Zeit betreute. Er erzählte, dass sich nach zwei Monaten intensiver Arbeit an ihrer kanadischen Legende herausgestellt habe, dass Rachel in ihren Verbindungsführer verliebt sei. So hätten sie entschieden, ihn auszutauschen. Einfach so, mit einem Schlag. ›Du wirst kein Problem für sie darstellen‹, meinte der Kommandeur. Ich war natürlich beleidigt, denn welcher Mann, wie alt auch immer, will denn nicht, dass man mit ihm flirtet, sich in ihn verliebt. Ich beneidete den Verbindungsführer, der auf sie verzichtet hatte und bewunderte ihn für seine Professionalität. Er wusste, dass es für keinen von ihnen gesund war und verboten war es sowieso. Also trennte er sich von Rachel mit der Ausrede, er habe eine andere dringende Mission. Und sie wurde mir anvertraut.

Ich traf sie in Brüssel. Ich gab ihr die Anweisung, sich für eine kurze Zeit ein kleines Zimmer zu nehmen und dass wir uns in Cafés und Museen treffen würden. Sie erzählte der Familie, die ihr das Zimmer vermietete, sie sei auf einer längeren Reise in Europa und ich dachte mir die Geschichte mit dem Geschäftsmann aus, der eine attraktive junge Frau umwarb. Keiner überprüfte uns oder fragte nach, was einer wie ich mit ihr am Hut hatte. Brüssel war für Affären dieser Art der ideale Ort.

Dort gab es Diplomaten ohne Ende, die in den verschiedenen internationalen Institutionen ihre Zeit totschlugen. Und dazwischen suchten sie jemanden für nebenbei. Ich gab ihr einige Tage, um sich zu organisieren. Danach führte ich sie zum Abendessen in ein ziemlich teures Restaurant. Sie tauchte dort in einem eigenartigen Overall auf, doch sie erregte stärker durch ihre Schönheit und das leichte Unbehagen, das sie ausstrahlte, Aufmerksamkeit. Es verwunderte mich, dass sie sich nicht die Mühe gemacht hatte, herauszufinden, welche Art Restaurant wir besuchen würden, um sich entsprechend anzuziehen. Und sie machte auf mich den Eindruck, dass sie, trotz der guten Noten, die sie im Kurs erzielt hatte, noch eine kleine zarte Pflanze war, die man aus ihrem Garten herausgerissen und an einen fremden Ort verpflanzt hatte. Ich wartete ab, bis der Kaffee serviert wurde und fragte sie schließlich, ob sie bereit sei, bereit, dorthin zu fahren. Sie bejahte in einem Ton, der den gesamten Umfang an Disziplin und Bereitschaft für jede erdenkliche Mission ausdrückte, die ihr im Kurs eingeschärft worden war. Wir hatten das Menü beendet, ich gab ihr die Anweisung, sich weiterhin als Touristin auszugeben, sich umzuschauen und eine Arbeit zu suchen. Als ich sie später zum Taxi begleitete, das ich ihr gerufen hatte, drückte sie mir die Hand, als würden wir Abschied nehmen. Am nächsten Tag teilte ich dem Stab mit, dass Rachel noch nicht bereit sei und ihre Infiltration im Einsatzland um einige Monate verschoben werden müsse. Sie diskutierten wie immer mit mir, riefen mir ins Gedächtnis, dass wir keine Tourismusagentur seien. Ich gab zurück, dass sie mich in Ruhe lassen sollten und ich sie nicht nach ihrer Meinung gefragt hätte.

Es stellte sich heraus, dass ich recht gehabt hatte. Sie war unglaublich motiviert und eine ausgezeichnete Schülerin, aber zwischen einem Kurs unter Laborbedingungen und einem langen Aufenthalt in Rom, wo sie die eine Touristin und Englischlehrerin sein sollte, lag ein immenser Unterschied. Wir verbrachten drei Monate miteinander, trainierten ganz Europa durch. Sie baute ihre Legende aus und übte immer wieder sämtliche Tricks, die sie im Kurs gelernt hatte. Ich hielt mich im Hintergrund, ging auf Abstand, war dennoch nah genug dran, um stets zu verfolgen, wie sie jede einzelne Sache meisterte. Anschließend befragte ich sie dazu, damit sie Lehren daraus ziehen könne, gab ihr eine neue Aufgabe, bis sie mit sich zufrieden war. Wir wussten beide, dass es ihre letzte Gelegenheit war, Feedback von jemandem zu erhalten, der hinter ihr stand, während sie über die Grenze ging, und der beobachtete, wie sie klarkam. Im Einsatzland wäre sie dann auf sich gestellt. Wir würden lediglich durch ihre Berichte ins Bild gesetzt. Ich nahm es sehr genau damit, mich in alle Sachen einzumischen, die sie tat. Ich setzte ihr auseinander, dass es nicht ausreichte, alles über die Persönlichkeit, die sie annahm, zu wissen, sondern dass sie darüber hinaus auch etwas ausstrahlen und eine Situation kreieren musste, um Fragen gar nicht erst aufkommen zu lassen. Wer sie anschaute, musste von allein begreifen, mit wem er es zu tun hatte.

Was machte ich also? Ich gebe dir ein Beispiel. Ich schickte sie zum Frisör, ich dachte, mit einer Bob-Frisur würde sie selbstsicherer wirken, so ein Typ Frau, mit dem keiner etwas anfangen würde. Ich sagte ihr, sie solle mit ihrer mörderischen Diät aufhören, die sie sich nach dem vielen Kuchen und den Sandwiches, die sie während des Trainings verspeist hatten, auferlegt hatte. Sie warf mir einen Blick zu, als würde ich mich in Dinge einmischen, die mich nichts angingen, hielt sich jedoch an meine Anweisung. Nachdem sie begriffen hatte, dass von mir keine Gefahr ausging, ihr nichts von meiner Seite drohte und sie nicht in mich verliebt war, wagte ich, nach ihrem Monatszyklus zu fragen. Zunächst errötete sie, dann verschloss sie sich innerlich. Auf ihrem Gesicht erschien eine neue Farbe, als hätte sie sich einen Panzer zugelegt. Ich gehe davon aus, dass heute keiner mehr ein solches Gespräch mit einer ihm Unterstellten führen könnte, ohne der sexuellen Belästigung beschuldigt zu werden: Doch damals lagen die Dinge anders. Ich erklärte Rachel, dass ihre Gesundheit nicht Privatangelegenheit sei, sondern Einfluss auf ihre Arbeit und ihre Funktionsfähigkeit hätte. Sie hatte eine Art, über intime Dinge zu sprechen, die mir das Gefühl vermittelte, Tatsachen, aber keine Empfindungen offengelegt zu bekommen. Das bereitete mir Sorgen. Ich befragte Rachel immer wieder zu ihren Gefühlen, doch sie versuchte mich auf ihre besondere Weise zu beruhigen und entzog sich mir weiterhin.

Dann kam der Abend vor dem Abflug. Wir waren in Mailand und vom Hotelzimmer aus konnte man die Fialen, die spitz auslaufenden Türmchen des Doms, erblicken. Am Morgen hatte ich sie dorthin geschickt, um ein letztes Mal zu beten. Sie lachte und tat, worum ich sie gebeten hatte. Wir sprachen Englisch miteinander. Darauf bestand ich. Für sie war das natürlich kein Problem. Französisch hatte ich zu Hause gesprochen, Englisch fiel mir schwerer, dennoch beharrte ich darauf. Ich wusste, dass sie am nächsten Tag zum ersten Mal ins Einsatzland fahren würde und es durfte ihr unter keinen Umständen passieren, dass sie dort Hebräisch sprach oder gar nur dachte. Mein Akzent brachte sie zum Lachen und das war gut so. Man muss lachen, wann immer es nur möglich ist. Ein Jahr später, als sie dort verkehrte wie du in London, eröffnete sie mir, dass es ihr albern vorkomme, aber sie wollte mich so sehr zufrieden stellen und mir das absolut sichere Gefühl vermitteln, dass sie so weit war, daher hielt sie mich nicht davon ab, mir die Zunge zu brechen.

Rachel saß auf dem Stuhl und sah auf das Bett, wo stapelweise ihre Sachen bereitlagen. Der Fernseher lief, damit man uns nicht hörte. Ich sah mir alles ganz genau an und warf auf den Boden, was mir zu neu oder zu alt schien, oder nicht zu dem passte, was sie zu verkörpern hatte: eine junge Kanadierin, die in England geboren war und die nun mit ihrem Vater an einen entlegenen Ort in Kanada zurückgekehrt war, damit er seine Jahre als Pensionär mit Fischen verbringen und sie sich zu Tode langweilen konnte. Nun war sie 26 und fuhr in die arabische Hauptstadt, um den Einheimischen Englisch beizubringen, Geld zu sparen, durch die Welt zu reisen und ihr Master-Studium noch ein wenig hinauszuzögern. ›Komm dort nicht an, als wärst du last minute shoppen gewesen‹, sagte ich zu ihr. ›Du hast mich shoppen geschickt‹, sagte sie und lächelte müde. ›Du meintest, es wäre die beste Gelegenheit, meine Garderobe aufzufrischen.‹

Mir blieb keine andere Wahl, als sie wie eine Soldatin zu verabschieden, die zu einer Militäroperation aufbricht. Ihrer Legende zufolge hatte sie Kanada verlassen, als sie zu dem Entschluss gekommen war, ihr Leben zu verändern. Daraufhin hatte sie ein halbes Jahr in Europa verbracht und anschließend den Lehrerjob angenommen. In Wirklichkeit war sie aus Israel hierhergekommen. Zuvor hatte Rachel noch Urlaub genommen, auch wenn ich dagegen gewesen war. Ich hatte versucht, ihr zu erklären, dass sie damit die Kontinuität der Operation unterbrach und so den Fokus verlieren könnte, doch sie hatte nur den Mund verzogen, einige Tränen vergossen und durchgesetzt, was sie wollte. ›Ich muss mich von meinem Freund verabschieden‹, hatte sie gesagt: Dann hatte sie mit knappen Worten erläutert, dass er seine Mühe habe zu verstehen, warum sie für so lange Zeit nach Russland geschickt würde, warum man sie nicht anrufen könne und was diese ganze Geheimniskrämerei solle, in die sie sich hülle. Ich war froh, dass sie sich trennten. Ich dachte mir, sie sei auf Isolation und das Gefühl angewiesen, dass in Israel niemand auf sie wartete, dass ihre Freunde in der Fremde sein werden. In ihr musste das Gefühl Form annehmen, dass sich ihr Leben dort ereignen wird. Damals wusste ich nicht mal ein Quentchen der Dinge, die ich heute weiß. Das Alter hat offenbar auch positive Seiten. Rachel war also nach Israel geflogen, hatte sich von ihrem Freund getrennt, von den wenigen Bekannten verabschiedet. Sie war zu mir zurückgekehrt, nachdem sie ihre alten Sachen in der Gepäckaufbewahrung am Bahnhof eingesammelt hatte. Ich zögerte erneut, ob ich den Flug ein weiteres Mal verschieben sollte. Inzwischen würde es allerdings komplizierter werden. Sie hatte eine Einladung von der Sprachschule, wobei man ihr nicht versprochen hatte, den Job ewig warmzuhalten und ihr Flug war für den nächsten Morgen geplant.

Ich sichtete ihre Klamotten, die sie auf dem Bett verteilt hatte. Rachel kam mir beinahe absichtlich zerstreut vor. Sie war wohl der Ansicht, so denke ich, dass es ein Vorteil sei, denn gegen einen zerstreuten Menschen, der Verabredungen, Dinge und Gesichter vergaß, würde man kaum Verdacht hegen. Allerdings war diese Unordnung dort im Hotel ein großes Problem, denn kaum hatte Rachel das Zimmer betreten, war ein einziges Durcheinander entstanden. Doch ich musste sicherstellen, dass nichts aus Israel in die Ausrüstung geraten war und alles, was sie dabeihatte, nur den Eindruck erweckte, der beabsichtigt war.

Einige bei uns meinten, das hätte nur geringe Bedeutung, denn es wäre schlicht unwahrscheinlich, dass im Einsatzland jede kleine Einzelheit überprüft würde. Und falls man dort den Aufwand einer exakten Kontrolle betriebe, würde man stets mit solch simplen Dingen wie Pass und Referenzen beginnen, die wir extra für sie aufgesetzt hatten. Ich jedoch bestand darauf, dass die Ausrüstung, die sie sich zusammenstellte und die Vorbereitungen, die sie traf, Bestandteil ihrer Transformation waren. Sie waren ausschlaggebend, dass sie sich sicher fühlte. Und nur das zählte. Rachel selbst musste das Gefühl haben, dass alles einwandfrei war, dann wäre auch alles einwandfrei. In keiner Situation durfte sie zögern, wenn es darum ging, ihre mitgeführten Sachen vorzuzeigen. Ohne auch nur die kleinste Gedankenpause musste sie darlegen können, wo sie jedes einzelne Stück gekauft hatte, wo sie gestern gewesen war und wohin sie morgen fahren würde. Rachel war wie jede junge Frau in ihrem Alter. Ich sah, wie ihre Augen sich verengten, als ich ihre Waschtasche öffnete und die Schilder an den BHs und Slips überprüfte. Ich erkundigte mich, ob sie das wütend mache. Sie sagte, es würde sie beschämen. Doch sie verstand diesen Akt. Auf dem Ben-Gurion-Flughafen in Tel Aviv könnte ihr die gleiche Kontrolle widerfahren. Und würde ein Zollbeamter auf dem arabischen Flughafen ihre Sachen durchforsten und etwas finden, wäre die Lage prekär.

Als Rachels Koffer gepackt war, schlug ich das Buch auf, das auf der Handtasche lag. ›Warum nimmst du ein Buch von John le Carré mit?‹, ›Wieso nicht?‹, fragte sie und sie erklärte mir, dass sie es schon zum zweiten Mal lese. Das erste Mal, bevor sie zu uns gekommen war und nun fiel es ihr bei der Lektüre schwer, keine Vergleiche zwischen sich und der Protagonistin zu ziehen. Ich wollte nicht mit ihr diskutieren. Es war nicht der richtige Zeitpunkt, ihr vor Augen zu führen, dass sie eine israelische Agentin war, die mit einer anderen Identität am Zielort eintraf, während die Libelle ja wohl Britin war, die als Agentin rekrutiert, von ihren Verbindungsführern über die gesamte Zeit hinters Licht geführt wurde. Ich erinnerte mich an die Zeit, als le Carré in Israel unterwegs gewesen war und mit jedem, den er nur fassen konnte, Interviews über die Arbeitsweise des Mossad geführt hatte. Beinahe hätte ich ihr von den Debatten im Office erzählt, ob man mit ihm kooperieren solle, um selbst als ›gut und unbesiegbar‹ dazustehen. Ich spürte, dass ich mit ihr über die Erfahrungen sprechen sollte, die ich selbst in der Vergangenheit bei den Einsätzen gemacht hatte, auch über den Wunsch, einmal darüber ein Buch zu schreiben. Ich war versucht, sie vor mich hinzusetzen und zu sagen: ›Komm, lass dir etwas über echte Einsätze gesagt sein, nicht über solche, wie sie in diesen Büchern stehen. Hör mir zu, nicht nur, weil ich dein Verbindungsführer bin, sondern weil ich im Leben auch einige Dinge erlebt habe und du mir vertrauen kannst‹. Gleichzeitig wusste ich jedoch, dass eine solche Debatte sie von ihrer bevorstehenden Mission zu sehr abgelenkt hätte, dass sie schließlich die Agentin dieser Operation war und ich lediglich das Werkzeug. Ich zwang mich dazu, in die Realität zurückzukehren. ›Was wirst du antworten, wenn du gefragt wirst, warum dich dieses Buch interessiert?‹ ›Kein Problem‹, sagte sie zu mir, während sie auf dem Bettrand saß und in einem Gedichtband blätterte, gegen den ich inhaltlich wiederum nichts einwenden konnte. ›Darin geht es um den Nahen Osten und den nicht enden wollenden Krieg zwischen Israelis und Palästinensern. Es wird mir bei der vergleichenden Untersuchung nützlich sein, die ich an der Uni später einreiche.‹ ›Was wirst du fühlen, wenn du ihnen diese Antwort gibst?‹ Rachel legte ihr Buch aus der Hand und sah mich an. Ich wusste genau, was sie gerade dachte. Ich war älter als sie und ich war ihr Kommandeur. Kommandeure erkundigen sich nicht nach Gefühlen und man erzählte ihnen auch nichts darüber. Man musste sie beeindrucken und durfte nie ins Zögern geraten. ›Mir ist bewusst, dass ich lüge‹, sagte sie. Ich registrierte eine feine Regung auf ihrem Gesicht. ›Aber das bin ich gewohnt und überprüfen kann man es ohnehin nicht. Vielleicht werde ich meine letzte Arbeit tatsächlich zu diesem Thema einreichen.‹ ›Was hat man dir im Training beigebracht, Rachel?‹, hakte ich nach und sprach ihren Namen ausnahmsweise Englisch aus. Sie konnte mir deutlich anmerken, dass ich zornig war. ›Warum solltest du lügen, wenn du nicht zwingend musst? Warum ein Problem heraufbeschwören, wenn es sich verhindern lässt? Willst du dieses Buch lesen? Okay, ich hebe es für dich auf. Lies es, wenn du im Urlaub herkommst. So etwas hat in deinem Koffer nichts zu suchen, genauso wenig wie ein übersetzter Gedichtband von Jehuda Amichai, obwohl es erlaubt ist, obwohl es möglich ist, obwohl eine naive kanadische Touristin mitnehmen kann, was sie will.‹

Lange Zeit danach, als wir bereits miteinander bekannt waren, erzählte sie mir, dass ich mich in jenem Augenblick exakt wie ihr Vater angehört hätte, der sie zu sich zitierte und die Bücher inspizierte, die sie las, mit diesem gleichen ablehnenden Kontrollblick. Er sagte ihr, dass sie lesen könne, was sie wolle, er habe jedoch in ihrem Alter bereits … und dann habe er eine komplette Liste heruntergespult, die exakt der Pflichtlektüre für Erstsemester entsprach.

›Hast du Angst?‹, fragte ich sie, nachdem wir die Ausrüstung fertig durchgesehen hatten. Rachel streckte ihre Beine in der Jeans und schaute mich an. ›Wieso sollte ich Angst haben?‹, fragte sie. ›Ich fahre, um mich nach einem Job umzusehen. Ich muss ein bisschen Geld dazuverdienen.‹ ›Und die Reise? Wie finanzierst du die? Wo wohnen deine Eltern und wie erreicht man die?‹ Sie hatte sämtliche Antworten parat. Und eins noch, das wusste sie ganz sicher: Ich würde hier sein, wenn sie zurückkäme, ich erwartete ihren Anruf, nachdem sie im Hotel eingetroffen wäre und ich würde niemals, in einem Anzug mumifiziert und fern von ihr, hinter einem Schreibtisch sitzen.

›Nein, ich habe keine Angst‹, fügte sie hinzu. ›Ich will nur, dass alles gut läuft. Ich will schon auf dem Rückweg sein.‹ Ich blickte auf ihre Hände, die sie um die Knie gelegt hatte, auf das dünne Goldarmband an ihrer rechten Hand, auf das Handgelenk und die schöne Wölbung des Knöchels. Morgen käme ihre Aufgabe der einer Pilotin auf ihrem ersten Alleinflug gleich, nur dass eine Pilotin 20 Minuten zu meistern hätte, während sie viele Wochen dort wäre, bevor sie mich wiedersähe. Bis zu diesem Tag war ich bei allen Übungseinheiten in ihrer Nähe gewesen. Ich hatte an der Grenze auf der anderen Seite gestanden. Hatte mich als ein Freund ausgegeben, als sie ihr Bewerbungsgespräch in der Sprachschule von Rom absolvierte. Nur, als sie die Botschaft des Feindes aufgesucht hatte, um den Antrag auf das Visum zu stellen, hatte ich mich im Hintergrund gehalten und sie aus einem Café in der Nähe beobachtet.

Ich spürte, wie die Anspannung nun auch mich erfasste und ich sie so unter Druck setzte. ›Komm‹, sagte ich und ich wies mich innerlich zurecht, ›lass uns essen gehen. Wir machen eine Pause und reden beim Essen weiter. Das hier rennt uns nicht davon und die Geschäfte haben ohnehin schon geschlossen. Was du nicht gekauft hast, bekommen wir jetzt eh nicht mehr.‹ Rachel zog ihre Schuhe an und steuerte stur auf die Tür zu, als folge sie einer Anweisung. Sie war groß, filigran gebaut. Sie wusste, dass dies einen entsprechenden Eindruck auf mich machte. Die Bob-Frisur rahmte ihr Gesicht ein und verlieh Rachel die starrsinnige Note, die ich bezweckt hatte. Ich gebe zu, dass ich meine Augen kaum von ihr lassen konnte. Mein Blick umarmte Rachel und ich hoffte, sie wäre nicht allzu besorgt. Ich war 20 Jahre älter als sie und schon damals hatte ich einen Bauchansatz und eine beachtliche Glatze.

Sie stand an der Tür, hatte mir den Rücken zugewandt. Ich überlegte, dass ich trotz der vielen Zeit, die wir zusammen verbracht hatten, wenig über sie wusste, zu wenig. Selbst nach unserem intensiven Training und der ganzen Vorbereitungen war ich nicht sicher, dass alles gut über die Bühne gehen würde. Erst vor einigen Monaten hatte ich dem Stab mitgeteilt, dass Rachel noch nicht bereit war, mit der Mission nicht ausreichend vertraut war, die einzelnen Lebensabschnitte ihrer Legende nicht fehlerfrei wiedergeben konnte und dass sie im ersten Moment am Zielort auffliegen würde. Doch morgen nun stieg sie in den Flieger. In dem Moment, in dem sie sich anschnallt, sich nach den Seiten umblickt und das Flugzeug auf dem Weg in die arabische Stadt abhebt, wüsste sie, dass sie ganz allein auf sich gestellt wäre. Sie wüsste, dass sie sich an einen Ort begab, an dem Aufgeflogene gehängt werden. Und würde sie aufgedeckt, könnte nur Gott allein sie in die Höhe heben. Ich fragte mich, ob sie dieses Lied kannte. An der Uni hatte sie Englische Literatur studiert, aber jeder, der nur einige Jahre in Israel gelebt hatte, kannte es aus dem Radio.

Ich führte sie an einen Tisch in der Ecke. Sie saß mit dem Gesicht der Tür zugewandt, genau wie sie es gelernt hatte. So konnte sie einsehen, wer hereinkam. Sie setzte ihre finstere Miene auf, ihr Blick verriet: ›Ich bin hier, weil du mich darum gebeten hast, weil du mir gesagt hast, dass ich mit dir ausgehen soll.‹ Ich kannte sie, ich kannte diesen Blick. Ich hatte ihn in unserer Vorbereitungsphase mehrmals gesehen. Doch jedes Mal hatte er mich betrübt. Vielleicht zwang ich mich ihr auf, dachte ich. Womöglich wich ich von dem ab, was zwischen einem Verbindungsführer und seiner Agentin zulässig war. Du weißt, dass es mit einem Mann anders ist. Du gehst mit ihm aus, leistest ihm Gesellschaft. Das Gespräch weicht nie von der bevorstehenden Operation ab, für die der Agent verantwortlich ist. Mit ihr war es anders. Diesen Anschein machte es auch nach außen. Es gab noch andere Paare in dem Restaurant, wobei einige Männer doch wesentlich älter waren als die Frauen, mit denen sie dort saßen. Ich befürchtete, dass es für diese Menschen auf der Hand lag, dass ich für *diese* junge Frau mein Geld ausgab, bevor ich mit ihr ins Hotel ginge. Ich fragte mich, was Rachel wohl von mir dachte und was ich für sie darstellte. War ich für sie mehr als ihr Verbindungsführer? Weißt du, was ich wollte? Verstehst du das? Ich wollte, dass sie in mir eine Art väterliche Autorität erblicken würde. Jemanden, an den sie sich wenden könnte. Und auch, dass sie mich in ihrem Innersten lieben würde. Natürlich begehrte ich sie, doch ich wusste genau, wo meine Grenze lag. Ehrlich gesagt hatte ich meine Zweifel, ob sie erriet, woran ich dachte. Rachel stand als Agentin erst am Anfang ihres Weges. Sie kannte mich seit einigen Monaten. Wir hatten viele Stunden zusammen verbracht, doch ich hatte nie von mir gesprochen. Und natürlich hatte ich sie auch nicht gefragt, was sie über mich dachte. Ich war ein erfahrener Profi, war mir bewusst, dass ich sie auf ihr erstes Mal vorbereitete, auf ihre Platzierung im Einsatzland, den Ausbau ihrer Legende, den Alleingang. Es galt, mit ihr umzugehen wie mit jedem anderen Kämpfer, wie mit einer emotionslosen Kriegsmaschine.

Der Kellner kam. Sie drehte sich um und sprach zu ihm in ihrer tiefen warmen Stimme. Bis zu jenem Abend hatte ich nichts gesagt, jede Bemerkung zu einer ihrer körperlichen Eigenschaften, so hatte ich befürchtet, könnte von ihr als Belästigung aufgefasst werden. Doch es war unser letzter gemeinsamer Abend. Und so erörterte ich ihr, fast wie der Jury-Sprecher einer Talentshow, dass ihre Stimme, mit diesem perfekten britischen Akzent, eine Waffe sei: Sie schaffe Vertrauen und vermittle das Gefühl, dass der Zuhörer ihre ungeteilte Aufmerksamkeit habe.

Sie nickte, als wollte sie sich bedanken, nahm einen Schluck aus ihrem Weinglas. Es war ein besonderer Moment. Rachel erklärte sich gewissermaßen einverstanden, das anzunehmen, was ihr gebührte, wie eine Königin, die ihren Untertanen mit einer Antwort huldigte. Wieder einmal überzeugte sie mich. Es fiel Frauen einfach leichter, Vertrauen herzustellen, die Abhängige zu spielen, Hilfe anzunehmen und als naiv durchzugehen. Doch wäre das Rachel von Nutzen, wenn sie in Schwierigkeiten geraten würde? Wenn sie ihnen in die Hände fiele? Das war für Frauen ohnehin gefährlicher, denn schlussendlich war es eine Männerwelt. Und sollte sie im Gefängnis landen, wäre sie nur von Männern umgeben.

Ich sprach, um die Anspannung zu vertreiben. Ich redete, um ihr und auch mir, noch einige zusätzliche Tropfen Vertrauen einzuflößen. Wir gingen noch einmal durch, was wir zusammen absolviert hatten: die Sprachschule in Rom, bei der sie einen Monat gearbeitet hatte, an der sie ohne Probleme angenommen worden war. Jeden dort hatte sie, trotz ihres britischen Akzents und obwohl einige Lehrer selbst Kanadier waren, mühelos von ihrer kanadischen Identität überzeugt. Ich rief ihr in Erinnerung, wie geschickt sie es angestellt hatte, die Referenzen für die Sprachschule in der arabischen Hauptstadt zu besorgen. Auch erwähnte ich unseren Trip durch Europa. Ich versuchte, sie davon zu überzeugen, dass es schwieriger war, die Grenze von der Türkei nach Griechenland zu überwinden, als in ein arabisches Land zu reisen. Als ich sie an den Witz erinnerte, den sie dem griechischen Zollbeamten über Vogelfutter erzählt hatte und diesen so davon abgehalten hatte, das Säckchen mit dem türkischen Kaffee, welcher als Plastiksprengstoffimitat diente, zu konfiszieren. Ich konnte ihr sogar ein Lächeln entlocken. Dann sprach ich über die schönen Orte, an denen wir gewesen waren und beharrte darauf, dass man nicht nur leiden müsse. Im Gegenteil. Man sollte Freude an der Arbeit empfinden und sie von Herzen gern tun. Rachel war jung, schön und ungebunden. Sie reiste, um eine schöne Zeit zu haben und dabei Geld zu verdienen. ›Du wirst über die Märkte schlendern und die imposanten Moscheen besichtigen, wirst Zutritt zu vielen antiken Stätten bekommen. Alles wie im Training. Doch lass dich auf niemanden ein. Lass auf keinen Fall zu, dass irgendjemand etwas mit dir anfängt‹, sagte ich lächelnd.

Ich registrierte sofort den Ärger in ihrem Gesicht. Wütend zischte sie: ›Wenn ich ein Mann wäre, würdest du dann das Gleiche verlangen? Fang nichts mit einer Frau an, lächle keiner auf der Straße zu! Warum ist es euch Männern erlaubt? Wovor hast du Angst? Dass ich in eine Falle tappe? Dass mir Dinge über die Lippen kommen, die ich nicht sagen darf? Dass ich die Religion wechsle?‹ Sie nahm einen Schluck Wein. Ich wartete ab. ›Sag mir die Wahrheit‹, fuhr sie fort, doch ich wusste, ihr wäre es lieber, ich würde schweigen. ›Hast du mal einen deiner Agenten gefragt, was er macht, wenn er Lust hat? Wenn er sich nicht länger beherrschen kann? Oder traust du dich das nur bei mir, so als wäre ich aus anderem Holz geschnitzt, als wäre es bei mir erlaubt? In dieser Hinsicht bist du wie mein Vater. Er hat mir auch gesagt, dass ich mich vor Männern hüten müsse, sie würden von Frauen nur das eine wollen.‹ Rachel redete sich in Rage. Ihre Finger umklammerten das Weinglas immer fester. Ich dachte, es würde zerbrechen. Ich sagte kein Wort. Ich wusste nicht, was ich hätte sagen sollen, außer, sie um Verzeihung zu bitten. Sie sprach weiter und rief mir all die Dinge ins Gedächtnis, die wir Männer uns über Frauen herausnahmen. Wir schwiegen. Es gibt ein Schweigen, das Menschen einander annähert, wenn keiner das Bedürfnis verspürt, etwas zu sagen und es gibt ein Schweigen, was Menschen voneinander entfernt, bei dem du weißt, dass ihr im nächsten Moment nichts mehr haben werdet, worüber ihr reden könnt. Ich hatte Angst.

Dann meinte sie, ich solle mir keine Sorgen machen. ›Das wird schon. Morgen fahre ich. Und du wirst sehen, alles wird nach Plan laufen. Ich weiß, dass es passieren wird. Der Moment wird kommen, dass jemand mit mir etwas anfangen will. Doch dieses Mal wird es anders sein als im Training, nicht du steckst dahinter und willst mich verkuppeln. Dieses Mal wird es in Wirklichkeit passieren. Aber ich weiß, wie ich damit umzugehen habe. Jede Frau weiß das. Du wirst sehen, ich kann Job und privat sehr wohl auseinanderhalten.‹«

KAPITEL 4
EINREISE

»Tatsächlich saß auf ihrem Nachbarsitz ein gut aussehender Mann. Doch weder behauptete er, dass er Rachel von irgendwoher kenne, noch bekundete er ein Interesse an dem Buch, das sie las. Sie hatte sich auf ein unverbindliches Kopfnicken eingestellt. Später schilderte sie mir, dass sie fast enttäuscht war, da all die bekannten Gefahren nicht eingetreten waren. Gleichzeitig freute sie sich, denn immerhin schloss der Mann aus ihrer Körpersprache, dass sie null Interesse hatte. ›Augenkontakt heißt das Spiel‹, sagte sie und erzählte, dass sie sich erfolgreich auf ihren Sitz beschränkt habe und seinem Blick nicht einmal begegnet sei, als sie ihm das Tablett mit dem Essen durchgereicht habe. Rachel wusste, dass es so richtig war. Sie brauchte keinen Kontakt zu ihm herzustellen. Eine Frage würde die nächste nach sich ziehen. Und wie es ausging, konnte man nie wissen. Ihre Geschichte stand fest. Jede noch so kleine Einzelheit darin. Alles hatte seine Richtigkeit, war durch Papiere und telefonische Kontakte belegt, die wir jederzeit abdecken würden. Dennoch hatte sie etwas zu verbergen. Und es bestand absolut kein Grund, einem völlig Fremden, dem sie später unter anderen Umständen begegnen könnte, freiwillig Informationen zuzuspielen. ›Nicht alle Leute unterhalten sich mit ihren Sitznachbarn im Flugzeug‹, hatte er ihr vor einer Übung gesagt. ›Nicht alle sind umgänglich, nett, kontaktfreudig und tauschen Visitenkarten aus. Es gibt auch andere und eine von denen zu sein, wird dir nicht schaden.‹«

Ehud vergewisserte sich, dass Joe ihm zuhörte. »Ich erzählte ihr deine Geschichte. Ich habe ihr nicht gesagt, dass du diesen Fehler begangen hast, doch ich habe ihn für einen guten Zweck benutzt.« Joe lächelte nicht und Ehud fuhr fort. »›Es war einmal ein langjähriger Geheimagent von uns‹, sagte ich zu ihr – in einer Art, wie man ein Märchen erzählt–, ›für den war jede Reise ins Einsatzland längst wie eine gewöhnliche Geschäftsreise, langweilig. Einmal saß er neben einem anderen Geschäftsmann, ein Gespräch kam in Gang, Visitenkarten und Floskeln nach amerikanischem Vorbild wie: *Let's have lunch sometime* wurden ausgetauscht. Unser Agent fuhr ins Hotel und dachte nicht mehr an diesen Mann oder gar an die Visitenkarte, die er ihm in die Hand gedrückt hatte. Doch Zufälle hat man nicht unter Kontrolle. Am nächsten Tag kam die Polizei und unterzog ihn stundenlangen Vernehmungen. Wie sich herausstellte, hatte sein Flugnachbar Zigaretten geschmuggelt und bei seiner Festnahme fanden sie in seiner Hosentasche die Visitenkarte.‹« Joe meinte, es sei einer der Fehler, die er sich tatsächlich eingestehe. Ehud erwiderte, dass Rachel diese Lektion mit Leichtigkeit verinnerlicht habe. Obwohl sie auch etwas enttäuscht war, denn auch sie wollte, wie alle, freundlich und sympathisch wirken.

»Ich denke, Rachel tat es weh, dass Leute außerhalb des Office von ihr dachten, dass sie zu Höherem geboren wäre. Sie könnte mehr aus sich machen, talentiert und schön wie sie sei, wenn sie sich nur mehr ins Zeug legen und ab und zu die Ellenbogen einsetzen würde. Sie hatte ein schönes Gesicht mit einer Spur Melancholie, man schaute es gern an, allerdings blieb es einem nicht im Gedächtnis, prägte sich nicht ein. Niemand sagte: Diese Frau will ich unbedingt wiedersehen. Auch freute sich Rachel nicht, dass die Kursleiter das für einen Vorteil hielten. ›Sei bitte nicht beleidigt‹, hatte der Kommandeur der Einheit in der letzten Einsatzbesprechung zu ihr gesagt. ›Wir sehen in dir ein Kampfinstrument und es ist gut für uns und gut für dich, dass du eine getarnte Waffe bist. Dass hinter deinem normalen Erscheinungsbild und deinem angenehmen Gesicht – von dem es tausend andere gibt – sich eine Agentin verbirgt, die den Kurs mit Auszeichnung bestanden hat und jede Mission ausführen kann, die ihr übertragen wird.‹ Rachel dachte auch, dass es uns freute, dass sie sich von Oren getrennt habe und erwähnte nicht, dass die Trennung von ihm ausgegangen war. Um sie zu trösten, sagte ich ihr, dass die meisten Agenten ihre Freundinnen nach dem Kurs verließen. Sie sagte mir darauf prompt auf ihre Weise, dass es ihr weh tun würde, sich in einer Gruppe wiederzufinden, in der sie nicht sein wolle. ›Das ist es doch, was ihr braucht‹, sprach sie, ›eine wie mich. Eine, die keinen Freund hat. Eine, die die Welt ernst nimmt.‹

›Nicht nur das‹, gab ich zurück und ich suchte verzweifelt nach etwas, was das Bild geraderücken würde, doch sie fuhr fort: ›Ich weiß, dass ich weder lustig noch nett bin und vielleicht bin ich ja deshalb geeignet, weil man mit mir eben nichts anfängt.‹

Sie hatte natürlich recht. Und da war noch etwas. Etwas, das ich dem Kommandeur der Einheit gesagt hatte, bevor ich mich in sie verliebt hatte und nachdem er sich von ihr verabschiedet und ihr viel Erfolg gewünscht hatte. Ich sagte zu ihm: ›Rachel wird eine gute Agentin sein, aber sie darf nicht verwöhnt werden. Sie muss wie ein Ringer in den Ring gehen – schlank und hungrig.‹ Und genau das war sie.«

Ehud saß im Flugzeug nicht in der Reihe hinter ihr. Ebenso wenig beobachtete er sie durch die Panzerglasscheibe eines der Fahrzeuge, die auf dem Rollfeld warteten. Das Lagezentrum wurde nicht aktiviert. Es war an dem Tag, als sie sich tief in das feindliche Land mit ihrer fingierten Identität einer unbekümmerten jungen Englischlehrerin am Anfang ihres Weges vorwagte, unbemannt. Es hätte auch keinen Zweck, für eine mögliche Rettungsaktion eine Helikopterstaffel in Bereitschaft zu halten. Denn falls etwas schief ginge, das wussten Rachels Kommandeure sehr wohl, könnte ihr nicht einmal eine Militärintervention helfen. Das hatten sie klargestellt. Und Rachel war sich dessen bewusst. Alles hing von ihr ab. Ihr allein oblag die Entscheidung, wie hartnäckig sie bei der Ausführung der Mission vorging und wann es besser wäre, innezuhalten und festzustellen: zu gefährlich.

Nun gab es kein Zurück mehr. Das Flugzeug war gelandet. Rachel musste sich von ihrem Sitz erheben und ihr Ziel ansteuern. Um sie herum herrschte eine eigenartige, bedrohliche Stille. Ihr Nachbar in der Reihe murmelte etwas, das wie ein *Goodbye* klang. Der Mann vor ihr in der Schlange zur Gangway sprach mit seinem Freund Arabisch. Auch die Stewardess sagte etwas zu ihr, während draußen noch die Motoren des Jets dröhnten. Rachel hatte das Gefühl, als wären diese Stimmen weit weg, als ertönten sie in einem Kinosaal. Und sie sei allein in der Welt, in ihrem eigenen Film, der beinahe ein Stummfilm war. »Enough«, sagte sie laut zu sich und schritt auf die offene Tür zu.

Rachel hielt sich die freie Hand schräg vor die Augen, um das Licht abzuschirmen. Sie umklammerte ihre Tasche, als wäre sie darauf gefasst, dass sie ihr in jedem Moment entrissen würde. Trotz der frühen Morgenstunde knallte die Sonne unbarmherzig. Die Hitze umhüllte sie wie ein weiteres Kleidungsstück. Langsam schritt sie die Gangway hinab. Dabei entblößte sie unabsichtlich ein kleines Stück ihres Oberschenkels, der in einem Strumpf steckte. »Alles muss geplant werden«, hatte Ehud ihr bei einer Einsatzbesprechung gesagt. »So, wie du nicht wahllos angezogen zu einem Date gehst, musst du dich auch beim Passieren der Grenze verhalten, bei der ersten Begegnung mit deinem Feind, der nach dem Grund sucht, dich aus der Schlange herauszuziehen und dir Fragen zu stellen.« Sie hatten eine schlichte Bluse mit einem hohen Kragen gewählt, um ihren langen Hals hervorzuheben und die Blicke auf ihr Gesicht zu lenken. Dazu einen Rock mit Taschen, damit sie Platz für Pass und Geldbörse hätte. Doch es war unmöglich, alles vorherzusehen. Eine leichte Brise zwang sie dazu, mit einer Hand den Rock zu bändigen, bevor sie noch die Aufmerksamkeit des Mechanikers auf sich ziehen würde, der nach oben schaute.

Linker Hand waren die Gepäckträger schon damit beschäftigt, den Gepäckraum zu entladen. Rachel überwand den Drang, sich zu vergewissern, ob ihr Koffer darunter sei. Sie hatte nichts dabei, was sie belasten könnte. Selbst der Verlust des Koffers könnte ihrer Mission nichts anhaben. Doch ein verschwundener Koffer würde zu unnötigen Verwicklungen und einer zusätzlichen Begegnung mit den Behörden führen, den sie ihr Flugticket zeigen und den Namen ihres Hotels verraten müsste. Sie hatte den Koffer mit Ehud gekauft. Er war ihr auch dabei behilflich gewesen, die Scharniere zu verbiegen. »Von nun an kann man den Koffer auf zwei Arten verschließen: auf deine Art und auf die normale. Ein einfacher Trick, der dich herausfinden lässt, ob ihn nach dir jemand geöffnet hat. Was noch nicht heißen muss, dass du verdächtigt wirst«, hatte er gesagt. Und obwohl er merkte, dass ihre Geduld bereits erschöpft war, hatte er hinzugefügt: »Der Koffer kann sich zufällig öffnen und die Gepäckträger können daraus etwas entwenden, aber es ist gut, es zu wissen und dafür ein Bewusstsein zu entwickeln.«

Bis jetzt läuft alles gut, sagte sie sich. Alles ist genau wie auf jedem beliebigen Flughafen. Dennoch fühlte sich alles anders an. Die Angst war echt. Der Preis des Scheiterns wäre zu hoch. Hier war nicht mehr von einer Übung die Rede oder einem Grenzübergang zwischen europäischen Staaten. Trotz der Hitze klapperte sie mit den Zähnen. Sie presste die Kiefer fest aufeinander, um das Zittern in den Griff zu bekommen. Rachel tat den letzten Schritt und setzte ihren Fuß auf den heißen Asphalt. Es fühlte sich an wie eine Falle, die gleich zuschnappen würde. Sie war sich sicher, dass im nächsten Augenblick ein kräftiger Mann in Safari-Uniform auf sie zukäme und sie bitten würde, in eines der Fahrzeuge, die neben dem Bus parkten, einzusteigen. Genau wie in der Übung auf dem Ben-Gurion-Flughafen.

Noch ein paar Schritte. Nicht zur Seite schauen. Keinen Blickkontakt zu den bewaffneten Polizisten und Sicherheitsleuten herstellen, die an der Seite standen und die Passagiere eingehend musterten. Sie spürte eine Berührung am Ellenbogen. Sie ignorierte sie. Ein Polizist ... der würde ihr schon Bescheid sagen, dass sie mitkommen solle. Ein Mitreisender, der hinter ihr ging ... dann wäre es nicht der richtige Zeitpunkt, ihn zornig anzusehen. Nichts geschah. Als Rachel fast die Tür des Busses erreicht hatte, der ihr wie eine Zuflucht erschien, wurde diese direkt vor ihrer Nase geschlossen und das volle Fahrzeug setzte sich in Bewegung und ließ sie zurück, den wissbegierigen Augen derer ausgesetzt, die sie umgaben. Sie stand in der Hitze. Mit anderen. Rachel wagte es nicht, den Schweiß von der Stirn zu wischen. Eine Frau mittleren Alters sagte auf Englisch zu ihr, so sei es nun einmal bei ihnen. Sie müssten jetzt warten, bis die Passagiere aus dem Bus ausgestiegen seien und der Bus zurückkäme. Rachel nickte, ohne etwas zu erwidern. Sie war froh, dass sie im Training ein ähnliches Szenario durchgespielt hatten. Bei der Übung hatte man eine Passagierin auf sie angesetzt, die sie vor der Passkontrolle in ein Gespräch verwickelte und schließlich bat, ihr dabei zu helfen, die schwere Tasche durch den Zoll zu schleppen. Sie hatte sich geweigert und von den Ausbildern, die sie beobachtet hatten, eine gute Note bekommen. Auch die Passagierin, eine erfahrene Agentin der Reserve, hatte sie gelobt und gesagt, sie sei die erste, die zwar freundlich, aber bestimmt gewesen sei, die so nicht in die Falle tappte, die sich beim Öffnen der Tasche mit den vielen Drogen für sie gezeigt hätte.

Gehüllt in aufgewirbelte Staubwolken kam der Bus zurück. Ein Polizist postierte sich neben sie beide. Rachel hatte das Gefühl, er würde sie mustern. Ihr fiel auf, dass nur sie und die ältere Passagierin schwiegen, alle anderen unterhielten sich, die meisten von ihnen waren Araber. Sie spürte die Blicke, mit denen man sie bedachte und presste die Beine unter dem Rock aneinander. Der Polizist machte einen Schritt nach vorn. Die Frau hinter ihr flüsterte ihm einige Worte zu, Rachel konnte jedoch nicht hören, was diese sagte. Ein Schweißtropfen glitzerte auf ihrer Oberlippe, sie leckte ihn ab und fragte sich, ob der Polizist das für verdächtig hielt. Der Bus setzte sich mit einem Ruck in Bewegung. Der Polizist hob den Arm und hielt sich an der Metallstange über ihm fest. Rachel sah den Schweißfleck unter seiner Achselhöhle, auch den dicken behaarten Bauch, der sich nun zeigte. Ihre Befürchtungen legten sich.

»Bleiben Sie lange?« Die Frau, die mit ihr in den Bus gestiegen war, stand in der Schlange hinter ihr. »Einige Tage«, sagte Rachel, ohne den Kopf zu wenden. So gab sie der fremden Frau zu verstehen, dass es zwecklos sei, sie auszufragen. Die Schlange bewegte sich einen Schritt vor. Sie hörte die Frau schnaufen. Mochte sein, dass sie mit ihrer Antwort nicht zufrieden war. Fuck you. Nicht mein Problem. Sie stand an der gelben Markierung und wartete, dass der große Mann vor ihr an die Reihe käme. Ihren Pass beließ sie in der Rocktasche. Kein Grund, ihn vorzeitig zu zücken. Wieso sollte die Frau erfahren, dass sie trotz ihres britischen Akzents kanadische Staatsbürgerin war? Wieso sollte sie ihren neuen leeren Pass zu sehen bekommen?

Jetzt war sie dran. Sie ging die drei Schritte, die sie noch von dem Schalter trennten. Sie sah den angenehm aussehenden Beamten an und reichte ihm den Pass. »Gar nichts wird passieren, genau wie in den Probedurchläufen, du musst dafür bereit sein und an dich glauben«, hatte Ehud am letzten Abend bei dem Versuch gesagt, ihr noch ein wenig mehr Selbstvertrauen einzuflößen. »Es gibt keinen Menschen, der vor der Passkontrolle nicht leichtes Fracksausen hat, bei jedem nistet sich irgendein Zweifel ein und keiner wiegt sich zu hundert Prozent in Sicherheit, dass er ins Land gelassen wird. So liegen nun mal die Dinge, wenn eine Person ihre Identität zur Überprüfung freigibt. Nicht einmal er selbst ist von den Daten überzeugt, die er vorzeigt. Warte, bis der Beamte den Blick zu dir hebt, erwidere den Blick und ruf dir ins Gedächtnis, dass du nichts zu verbergen hast. Das ist dein Pass. Das ist deine Reise. Das ist die Arbeit, nach der du auf der Suche bist. Auf jede Frage hast du eine Antwort.« »Stimmt«, hatte sie zu ihm gesagt und hinzugefügt, was auch Ehud wusste: Der Unterschied bestand in dem, was auf ihr lastete: das Wissen um den wahren Grund ihres Kommens. Und schließlich war das hier nicht Jerusalem. Und kein weiterer Test.

Der Passbeamte hob den Blick. Sie sah hinter seiner Brille mit dem dicken Rahmen die schwarzen Augen, schaute auf die lässig gebundene Krawatte und dachte, was ihr Vater wohl über einen zu sagen hätte, der so seinen Dienst antrat. »Seit wie lange kommen Sie?«, erkundigte er sich und sie missverstand ihn wegen seines Akzentes. So sagte sie, dass sie soeben erst angekommen sei. »Nein! Seit wie lange kommen Sie? Nicht, wann Sie gekommen sind!« Hitze schoss in Rachels Gesicht, sie wurde rot. Im Kurs hatte man sie gewarnt, dass es nichts Schlimmeres gäbe, als Leute, die auf den Ämtern arbeiteten und von sich eine hohe Meinung hatten, zu beleidigen. Das fehlte ihr gerade noch, dass der Mann es nun auf sie abgesehen hätte. »Verzeihung«, sagte sie, »ich habe Sie nicht verstanden. Ich komme für einen Monat.« Er blätterte in ihrem Pass. »Zum ersten Mal hier?« »Ja.« »Und in Israel waren Sie schon?«

Wäre Rachel eine normale Touristin gewesen, oder eine Geschäftsfrau, die einen Besuch im Heiligen Land unterschlug, wäre sie vielleicht irritiert gewesen. An Irritation war nichts Schlechtes, vorausgesetzt, man hatte nichts zu verbergen. Rachel jedoch war auf diese Frage vorbereitet. Ehud hatte sie gezwungen, darauf zu antworten, als sie die Befragung bei der Einreise ins Zielland geübt hatten. »Noch nicht. Es ist nicht weit von hier, stimmt's?«, antwortete sie nun mit einem Lächeln. Der Beamte erwiderte ihr Lächeln und wollte wissen, in welchem Hotel sie untergebracht sei. Rachel sagte nicht, dass er in das Formular schauen solle, welches sie ihm mit dem Pass übergeben hatte. Sie wiederholte den Namen des Hotels zweimal und sah, dass er sicherstellte, dass die Details mit dem übereinstimmten, was sie geschrieben hatte. Er streckte die Hand nach den schweren Stempeln aus, legte einen Finger auf die Blattmitte und platzierte den Stempel neben das Visum für die Einreise. Rachel nahm den Pass, den er ihr aushändigte und machte sich auf den Weg zu den Gepäckbändern. *Das war nur die erste Etappe!*, sagte sie sich. Zu früh, um Erleichterung zu verspüren. Als wollte man ihr den Beweis liefern, dass immer etwas Unerwartetes passieren könnte, ertönte hinter ihr eine männliche Stimme: »Lady, lady.« Sie ging langsam weiter, als gälte der Ruf nicht ihr. Ihr fuhr ein Schreck durch die Glieder, als sie den Beamten erblickte, der ihren Pass kontrolliert hatte und sie nun unbeholfen überholte und sich ihr in die Quere stellte. »Sorry, sorry«, sagte er und reichte ihr das Formular für die Zollerklärung. Das hatte sie am Schalter vergessen. Rachel dankte ihm und verfluchte sich.

Ihr Koffer erwartete sie bereits auf dem Band. Dafür schrieb Rachel dem Gastland, das in den nächsten Jahren ihre Heimat sein würde, einige Punkte gut. Manche der Passagiere, die mit ihr geflogen waren, sammelten bereits ihre Koffer ein und wurden vor den Schaltern für die Zollabfertigung in drei provisorische Schlangen eingeteilt. Sie ging langsam. Versuchte mehr Details zu sammeln, bevor sie schließlich den Zollbeamten auswählte, der sie kontrollieren würde. Auch wenn sie wusste, dass eine Kontrolle sinnlos wäre, da sie keinerlei Ausrüstung dabei hatte, die sie belasten könnte, wollte sie dennoch einen netten und kooperierenden Beamten ausfindig machen. Der junge, gut aussehende Zollbeamte würde ihr im Nachhinein als ewiger Beweis dafür im Gedächtnis bleiben, dass man Verhalten unmöglich nach dem Äußeren prognostizieren konnte. Er nahm ihre Zollerklärung entgegen, las sie sich sehr genau durch und bat sie schließlich um ihren Koffer. Sie nahm ihn in beide Hände und hob ihn auf die zwischen ihnen stehende Bank. Der Zollbeamte musterte den Koffer. Und anschließend Rachel, die vor ihm stand. »Öffnen Sie ihn«, sagte er. Er sichtete langsam und akribisch sämtliche Dinge, vor allem ihr Waschzeug, verpackt in einer eleganten Kulturtasche aus Leder, die sie sich als Abschiedsgeschenk geleistet hatte.

»Ist das Ihre?«, erkundigte er sich. Der Beamte hob die Tasche an, die er geleert hatte. Rachel bejahte und realisierte prompt ihren Fehlgriff – verglichen mit den einfachen, studentischen Klamotten, die sie trug, schien die Tasche viel zu exklusiv. Der Zollbeamte legte die Tasche zurück in den Koffer und wartete, bis sie das Waschzeug verstaut hatte. »Haben Sie sonst noch etwas dabei?«, fragte er. Sie zeigte ihm die Handtasche und er bedeutete ihr, dass sie gehen könne.

Rachel nahm ihren Koffer und schritt langsam, aber bestimmt auf die Automatiktüren zu. Diese gingen auf und zu, als gäbe es nur eine einzige Gelegenheit, in die Empfangshalle zu gelangen. Schweiß lief ihren Rücken herunter und Abertausende Augen schauten ihr nach. Dann stand sie draußen. Ein Dach spendete ihr Schatten. Um sie herum herrschte Tumult. Die Sonne stand hoch über den Gebäuden, die den Flughafen umgaben. Und die arabischen Schilder, die sie noch nicht lesen konnte, schienen zu ihr zu sprechen.

Ein neues Gefühl von Macht durchflutete sie. Sie musste sich beherrschen, nicht laut loszulachen und einem Passanten, der zufällig an ihr vorüberging, zu stecken, dass sie es gerade geschafft hatte. Sie tat ihre ersten Schritte an einem Ort, den, soweit ihr bekannt war, noch kein Israeli betreten hatte. Uniformierte Chauffeure versuchten sie zu überreden, bei ihnen ins Taxi zu steigen. Ein verschwitzter Gepäckträger bot ihr seine Hilfe an und die ältere Frau, die mit ihr gekommen war, trat an sie heran, um sich eine Fahrt in einer Limousine zu teilen. Rachel ließ sie höflich abblitzen. Sie stellte sich in die lange Schlange des Taxistandes. Und sie erfreute sich an den Augenblicken der Ruhe, die ihr das langsame Vorankommen verschaffte.

Rachel setzte sich auf das große Doppelbett, streifte die Schuhe ab und ließ sich rücklings in die Kissen fallen. Das Telefon auf dem Tisch klingelte. Sie zählte die Anzahl der Klingeltöne, bevor sie abnahm, wie sie es gelernt hatte. Jemand fragte in gebrochenem Englisch, ob sie etwas brauche und schlug ihr die neu eröffnete Sauna vor. »Nur einige Schritte und zwei Etagen mit dem Fahrstuhl – und Sie werden ein unvergessliches Erlebnis haben. Warum wollen Sie es nicht ausprobieren?«, drängte die angenehme Stimme sie und versprach ihr Schließschränke, absolute Privatsphäre und die Buchung auf die Zimmerrechnung. Sie versicherte dem Anrufer, darüber nachzudenken. Nachdem sie aufgelegt hatte, blieb sie neben dem Telefon sitzen. Es war entscheidend, klar zu denken und sich an die zugrundeliegende Logik zu halten. Diese Dinge hatte Ehud ihr eingetrichtert. Das war nicht der Versuch, sie aus dem Zimmer zu locken, um an ihren Pass zu kommen. Den Pass hätten sie bereits bei der Grenzüberquerung oder an der Rezeption kopieren können und wenn sie wollten, würden sie einen Weg finden, ihn zu stehlen und sie zu erpressen. Das Hotel vermarktete bloß seine neuen Serviceangebote. Das war alles. Sie hatte es nicht mit Überwachung zu tun. Sie waren ihr nicht auf den Fersen. Doch plötzlich hatte sie den Eindruck, als bewegten sich die Wände langsam auf sie zu. Und wer hinter der Tür entlangging, käme gleich herein. Sie atmete tief durch, presste die Hände aneinander. Dann machte sie sich daran, ihren Koffer auszupacken. Später erzählte sie Ehud, dass sie sich in diesem Moment an die Abschlussbefragung am Ende ihrer Ausbildung erinnerte, die sie damals absolvieren musste. Auch, dass sie alles andere wollte, als so etwas noch einmal erleben zu müssen.

Die »Operation«, die sie übernommen hatte, war nicht einfach gewesen. Und ihr zweites Treffen mit der Direktorin des Haifaer Hafens war alles andere als gut verlaufen. Sie sollte Kontakt zur Abteilung für Öffentlichkeitsarbeit aufbauen und durchsetzen, einen geführten Rundgang an der Küste und den Hafenanlagen zu bekommen. Der Ausbilder, der sie auf die Übung vorbereitete, hatte sie ersucht, Informationen über den Militärhafen und die Sicherheitsmaßnahmen zu beschaffen, die sich gegen potenzielle Übergriffe von See aus richteten. Rachel las die Dokumentation, die man ihr in die Hand gedrückt hatte und fragte sich, wie es einer jungen Kanadierin bei einem einwöchigen Aufenthalt in Israel gelingen sollte, in die gesicherten Anlagen vorzudringen. Der Ausbilder meinte, das sei ihr Problem, genau dafür würden sie trainieren. Sie ließ diese Dokumentation in dem bescheidenen Hotelzimmer zurück, das ihr für die Zeit des Trainings zugewiesen worden war, um ihre Legende auszuarbeiten. Sie beschloss, sich als Zoologie-Studentin auszugeben, die sich mit einer vergleichenden Untersuchung über die Wasserverschmutzung in verschiedenen Häfen befasste und nachdem sie einige Tage in der Uni gesessen und sich in das Thema eingearbeitet hatte, druckte sie sich eine schöne Visitenkarte und einige Empfehlungsschreiben von mehreren kanadischen Institutionen aus. Dann gab sie dem Ausbilder Bescheid, dass sie so weit sei. Binnen kurzer Zeit wurde sich Rachel darüber klar, dass die Prozedur für eine Genehmigung des Rundganges sehr lange Zeit in Anspruch nähme. All ihre Erklärungen, dem Dozenten in Montreal dringend Ergebnisse liefern zu müssen, machten keinerlei Eindruck auf die Beamtin. Sie blickte Rachel feindselig an und sagte auf Hebräisch zu ihrer Kollegin, dass diese Touristin wohl meine, sie sei zu allem berechtigt, nur weil sie jung und schön sei.

Rachel kehrte in das kleine Hotel zurück. Von ihrem Zimmer aus konnte man den Hafen einsehen. Sie machte einige Fotos, achtete jedoch darauf, den Bahai-Tempel immer mit ins Bild zu nehmen. *In diesem Zimmer könnte ein Beobachter seinen Posten beziehen und den Kontakt zum Überfallkommando unterhalten*, ging es ihr durch den Kopf. Sie fragte sich, warum das nicht in den sensiblen Informationen stand, die sie bekommen hatte. Dann vergewisserte sie sich erneut, dass die Tür abgeschlossen und die Kette davorgelegt war. Sie nahm Platz, um die verschlüsselte Nachricht zu schreiben, die Tag fünf der Operation zusammenfasste. Es klopfte an der Tür. Durch den Spion sah sie einen uniformierten Hotelangestellten. Erst nach dem Öffnen der Tür erblickte sie auf dem Korridor zwei weitere Männer: einen Polizisten in Uniform und neben ihm einen muskulösen jungen Mann. Letzterer zeigte ihr seinen Ausweis und fragte auf Hebräisch, ob sie eintreten könnten. Rachel griff sich mit einer mechanischen Bewegung an den Kragen ihrer Bluse und fragte, worum es ginge. Der Polizist antwortete ihr in gebrochenem Englisch. Er wollte ihren Namen wissen. Rachel gingen sämtliche Namen aus allen unterschiedlichen Übungen durch den Kopf, auch ihr wahrer Name, doch sie verriet schließlich den Namen aus ihrem Pass. Der junge Mann bat erneut höflich darum, eintreten zu dürfen. Sie trat zur Seite und bemerkte, dass die Männer auf den Tisch schauten, auf dem sich Tourismus- und Werbebroschüren stapelten, die sie während ihres Aufenthaltes in Haifa gesammelt hatte. Bei dieser Übung gab es nichts, was sie belasten könnte. Kein versteckter Revolver und auch kein Sprengstoff, den es irgendwo zu verbergen galt. Ihre Papiere waren einwandfrei. Und sie war darauf vorbereitet, jedem zu erklären, mit welchem Flug sie nach Israel gekommen war und sie dummerweise das Ticket verloren hatte. »Wir möchten Sie bitten, mit uns auf die Polizeistation zu kommen. Wir möchten Ihnen einige Fragen stellen«, sagte der junge Mann, der offenbar das Sagen hatte. »Die können Sie mir hier stellen«, sagte sie und fragte sich, ob die Frauen in der Hafenverwaltung Verdacht gegen sie geschöpft hatten. Das chaotische Bett und die verstreuten Klamotten wiesen auf das hin, was sie war: eine junge Studentin, die in einem Zwei-Sterne-Hotel auf dem Karmel-Berg wohnte. »Es ist zu Ihrem Besten.« Er blieb beharrlich. Auf ihre Bitte hin zog er ein kurzes, auf Englisch verfasstes Dokument aus seiner Hosentasche. Sie las es sich langsam durch, sah die Stempel von Polizei und Gericht. Ihr blieb keine Wahl. »Nehmen Sie Ihre Sachen mit«, sagte er zu ihr. »Wenn wir Sie gehen lassen, schicken wir Sie in ein besseres Hotel.« Sie wichen ihr nicht von der Seite, während sie ihre Sachen packte. Sie nahmen sich jeden einzelnen Gegenstand vor, schienen etwas Spezielles zu suchen. Als sie um Entschuldigung bat und sagte, sie müsse ins Badezimmer, bestanden sie darauf, dass die Tür offen bliebe und versicherten ihr, nicht zuzuschauen. Soweit sie sich entsann, hatte sie keine Angst verspürt. Sie hatte eine ausländische Telefonnummer, wo sie anrufen und eine Nachricht hinterlassen konnte und auch eine Telefonnummer in

Israel von einer angeblichen Freundin, die dort lebte. Doch sie wiesen Rachel nicht darauf hin, dass sie jemanden anrufen könne. Und sie bat nicht darum. *Da liegt ein Irrtum vor*, sagte sie sich und *nach der Übung werde ich etwas zu erzählen haben*. Als sie das Zimmer verlassen wollten, verblüffte der Polizist sie: Er löste die Handschellen von seinem Gürtel und bedeutete ihr, die Hände nach vorn auszustrecken. Sie weigerte sich und sagte, sie habe gewisse Rechte. Doch der junge Mann bat, keine Probleme zu machen und sie nicht zu zwingen, Gewalt anwenden zu müssen. Als sie in den Polizeiwagen stiegen, platzierten sie Rachel zwischen sich. Sie spürte, wie die Oberschenkel der Männer ihre eigenen streiften, schrieb es jedoch den schmalen Sitzen zu. Die langen Minuten der Fahrt verwandte sie darauf, genau im Kopf durchzugehen, was sie seit ihrer vermeintlichen Ankunft in Israel gemacht hatte. Sie wollte sich auf die Fragen gefasst machen, die sie ihr stellen würden. Der Wagen hielt vor einem dicken, bedrohlich wirkenden Eisentor. Als dieses sich erbärmlich quietschend öffnete, steuerte der Fahrer hinter das Gebäude und hielt schließlich vor einer schmalen Tür. Blasses Laternenlicht fiel auf die Polizeistation, die ihren Sitz neben einem alten britischen Bau bezogen hatte. Rachel beschlich das Gefühl, sich in echter Haft zu befinden, doch in jedem Moment könnte sie den Wärtern sagen, sie sollten ihren Ausbilder anrufen. Die beiden Männer halfen ihr, aus dem Auto zu steigen und eskortierten sie über einen langen trostlosen Korridor. Nur der Hall ihrer Schritte und das Quietschen der Rollen ihres Koffers, den der Polizist an sich genommen hatte, durchbrachen die feindselige Stille, die das Gebäude erfüllte.

Eine sehr üppige Polizistin nahm sie in Empfang. Sie drückte Rachel eine graue Bluse, eine graue Hose und abgetragene Flip-Flops in die Hand und wies sie an, sie solle sich umkleiden. Rachel überlegte, ob sie vielleicht mit ihr diskutieren und ihr sagen solle, dass man in Untersuchungshaft keine Häftlingskleidung trage. Doch sogleich dämmerte es ihr, dass eine kanadische Touristin auf keinen Fall wissen konnte, was in Israel erlaubt und verboten sei. Sie griff mit den Fingerspitzen nach der Kleidung, als wäre sie schmutzig. Ihre Miene schien die Entrüstung auszudrücken, mit der die Polizistin gerechnet hatte. Stumm deutete sie auf einen verdreckten Vorhang, der an die Behandlungskabine eines Arztes erinnerte. Sie trat mit Rachel hinter den Vorhang und wandte den Kopf ab, während Rachel rasch aus ihren Sachen schlüpfte und anzog, was man ihr gegeben hatte. Bluse wie Hose waren ihr zu groß und verströmten einen unangenehmen Geruch. Rachel versuchte gegen das aufsteigende Gefühl der Machtlosigkeit anzukämpfen, welches ihr die zerlumpte Einheitskleidung aufdrängte. »Bis wann werde ich hier sein?«, fragte sie mit lauter aufgebrachter Stimme. Sie versuchte, die Gesamtheit des Zorns einer Frau zum Ausdruck zu bringen, die das Recht mit Gewissheit auf ihrer Seite hat. Die Polizistin blieb stumm wie ein Fisch. Der junge Mann, der sie festgenommen hatte, sagte, dies alles hinge von ihr ab. »Wissen Sie, dass morgen mein Flug geht?«, sagte Rachel zu ihm und gab sich Mühe, wutentbrannt auszusehen. Er zuckte die Schultern und gab zurück, das sei für ihn nicht von Belang.

Als sie in die Zelle geführt und die schwere Tür hinter ihr geschlossen wurde, wurde ihr unbehaglich. Die nackten Wände, das Loch im Boden – wohl die Toilette –, der Wasserhahn und das Waschbecken – beides versifft – über der Betonplatte des Bettes, führten bei ihr, wie beabsichtigt, zu Niedergeschlagenheit. Der Gedanke, in dieser Zelle übernachten und womöglich mehr als einen Tag verbringen zu müssen, war für Rachel keineswegs amüsant. Die Idee, gegen die Tür zu hämmern, Hebräisch zu reden und dem verblüfften Polizisten zu erklären, dass sie nur an einem Training des Mossad teilnehme, schien ihr auf einmal plausibel. Würde sie resignieren und ihre Legende auffliegen – das war ihr klar –, könnte sie die Karriere, die sie in Aussicht hatte, vergessen.

Rachel rollte die Decke, die auf der dünnen Matratze ausgebreitet lag, zu einer Art Kopfkissen zusammen, legte sich aufs Bett und verschränkte die Hände hinterm Kopf. Es galt abzuwarten und zu sehen, was passieren würde, sagte sie sich. Sie suchte nach dem Kameraauge, das sie im Blick hatte. Die Zelle war fensterlos. Und weil ihre Armbanduhr konfisziert worden war, konnte sie nur raten, wie viel Zeit vergangen war, bis man sie holte.

Der erste Schlag ins Gesicht traf sie unerwartet. Sie schrie mehr vor Wut als vor Schmerz. »Das dürfen Sie nicht«, sagte sie zu der Vernehmungsbeamtin, die sie nur gleichgültig ansah und bloß die Wahrheit von ihr wissen wollte. »Warum sind Sie hergekommen? Und was haben Sie im Hafen von Haifa zu suchen?«, wiederholte diese wie ein Mantra. Rachel erzählte die Geschichte, die sie sich passend zu ihrer Legende zurechtgelegt hatte.

Doch sie glaubten ihr nicht und schworen ihr, dass sie in dieser Zelle verrotten würde. Die Vernehmungsbeamtin zog aus einem Umschlag, der auf dem Tisch lag, sämtliche Fotos, die Rachel im Laufe der Übung gemacht hatte. Sie behauptete, das eine Foto von der Radaranlage auf Stella Maris sei ausreichend, um sie in Untersuchungshaft zu behalten. Rachel gab zurück, dass sie ihr nicht glaube. Der Karmel sei schließlich in der gesamten christlichen Welt berühmt und den dürfe jeder fotografieren. Die Vernehmungsbeamtin zeigte sich ungerührt. Sie verließ den Raum und kehrte mit einem Kollegen zurück. Sie breiteten sämtliche Papiere aus und verlangten zu jedem Zettel eine Erklärung. Rachel hatte Angst, dass sie eine der fiktiven Adressen in Kanada anrufen würden, doch die Beamten ließen die Briefe beiseite und konzentrierten sich auf den Pass. Auffallendes Interesse schienen sie an den Stempeln zu zeigen, insbesondere den der Reise in den Sudan im vergangenen Sommer. Bevor sich Rachel zu der Übung aufgemacht hatte, war sie mit dem Ausbilder ihren Pass durchgegangen. Sie hatte ihm gesagt, dass sie nie im Sudan gewesen sei. »Ich auch nicht«, hatte der Ausbilder mit einem Lächeln gesagt. »Doch wir haben nicht die finanziellen Mittel, um für jeden Neuling nach dessen Bedarf einen Pass anfertigen zu lassen. Schlagen Sie den Atlas auf, legen Sie sich einen Reiseführer für Khartum zu und sehen Sie zu, dass Ihnen nicht zu viele Fragen gestellt werden«, hatte er zusammengefasst und sich geweigert, es ändern zu lassen.

»Wo genau waren Sie im Sudan?«, fragte die Vernehmungsbeamte und flüsterte dem jungen Mann, der neben ihr saß, etwas auf Hebräisch zu. »In Khartum«, sagte Rachel. Daraufhin folgte der zweite Schlag. Ihre Kiefer knallten aufeinander. Sie hatte das Gefühl, Blut würde durch ihren Mund rinnen. Erneut überwand sie die Versuchung, Hebräisch zu sprechen und ihnen zu sagen, dass es sich um einen Irrtum handele. Der Beamte breitete einen Stadtplan vor ihr aus, Rachel sollte ihnen zeigen, wo sie gewesen und wohin sie gegangen sei. Rachel begann zu weinen und sagte, dass sie sich nicht erinnere. Sie sei mit einer Freundin in Khartum gewesen, die die Stadt gut kannte und sei ihr einfach auf Schritt und Tritt gefolgt. Die meiste Zeit habe sie als Freiwillige in einem Waisenhaus am Stadtrand gearbeitet und sie hätten bei einer der Mitarbeiterinnen geschlafen. »Es ist nicht meine Schuld, dass diese Frau zu Hause kein Telefon hat«, schluchzte Rachel, als sie Telefonnummern und Namen von ihr verlangten. Sie versuchte ihnen verständlich zu machen, dass sie sudanesische Namen schwer im Gedächtnis behalten könnte. Sie weinte. Sie machte den Beamten Vorwürfe, sie hätten sie blutig geschlagen. Sie versuchte mit einem Taschentuch, das Blut zu stillen und forderte von ihnen, sie freizulassen. Rachel wusste genau, dass sie um Erlaubnis bitten konnte, den kanadischen Konsul anzurufen. Doch ihr war auch klar, wenn dieser käme und ihrem Pass alle Details entnähme, würde er ohne großen Aufwand herausfinden, dass der Pass gefälscht war.

Rachel änderte ihre Strategie, Sie weinte. Denn solange sie schluchzte und wimmerte, ließen die Beamten sie in Ruhe und warteten ab, bis sie sich beruhigte. Plötzlich erwachte ein neues Gefühl in ihr, ähnlich den Emotionen, die sie während der Aufnahmeprüfungen für die Ausbildung empfunden hatte. Sie wollte ihnen beweisen, dass sie dem Druck standhielt. Man würde sie nicht brechen. Weder durch zahllose Fragen noch durch brutale Schläge, die ihre Unterlippe aufplatzen ließen. Sie leckte an dem Zahn, der nun wackelte und ließ Tränen und Blut fließen. Es war nichts Schlechtes daran, die Bemitleidenswerte zu spielen, es konnte die Vernehmungsbeamten der Polizei nur noch mehr von ihrer Aufrichtigkeit überzeugen.

»Uns bleibt keine Wahl«, sagte die Beamtin, »wir bringen Sie wieder in die Zelle. Morgen oder übermorgen werden wir uns noch einmal unterhalten. In der Zwischenzeit legen wir Ihnen nahe, in sich zu gehen und uns alles zu erzählen. Nicht nur diesen jämmerlichen Schwachsinn, den Sie uns hier glaubhaft machen wollen.« Rachel wollte Einwände erheben. Sie protestierte, dass ein Haftbefehl vorliegen und sie einem Haftrichter vorgeführt werden müsse, doch die Beamtin brachte sie mit einer forschen Geste zum Schweigen und erhob sich.

Jemand hatte sich in der Zwischenzeit ihrer Zelle angenommen. Darin stand das Wasser. Matratze und Decke waren entfernt worden. Es stank widerlich. Rachel versuchte, ihrer Wut Luft zu machen und sagte der Wärterin, dass man eine kanadische Staatsbürgerin so nicht behandeln dürfe. Sie würde schon sehen, was demnächst in der Zeitung stünde. Doch die Beamtin schob sie in die Zelle, knallte die Tür zu und drehte den Schlüssel um.

Wieder war sie allein. Sie begann sofort, ihre Gedanken zu ordnen. *Ich hätte mich auf diese Übung besser vorbereiten und mich wehren sollen.*

Mit einem Pass loszuziehen, der Stempel von Orten enthielt, an denen ich nie gewesen bin, war dumm von mir, ging sie mit sich ins Gericht. Rachel traute sich nicht, die verdreckte Toilette zu benutzen. Auch aus Angst, sie würden sie dabei observieren und mit den Aufnahmen erpressen.

»Wollen Sie mit mir reden?« Eine angenehme Stimme drang aus einem versteckten Lautsprecher und überraschte sie. Rachel zog sich in eine Zellenecke zurück. Um ein Haar wäre sie darauf reingefallen. Doch im letzten Moment biss sie sich auf die Zunge. Die Stimme sprach Hebräisch. Rachel wartete, bis sich die Stimme nochmals an sie wendete und als der Mann sie auf Englisch fragte, ob sie reden wolle, gab sie zur Antwort, dass sie ihnen alles gesagt habe und hier raus wolle. »Sie bekommen von mir noch eine Chance«, sagte der anonyme Sprecher. »Die Angestellte vom Hafen meinte, dass Sie von Zoologie nicht die geringste Ahnung hätten und sie Ihnen die Sache nicht abkauft. Ich übrigens auch nicht. Sagen Sie mir, wozu Sie hergekommen sind und ich bringe Sie hier wieder raus.« Ein Wasserstrahl ergoss sich aus einer Ritze in der Ecke und ließ den Pegel weiter steigen. Rachel hüllte sich in Schweigen. Sie war von sich selbst enttäuscht, es gelang ihr nicht, die Tränen zurückzuhalten. Es war jetzt an der Zeit zu demonstrieren, wie gekränkt und wütend sie war und im Gegner nicht das Gefühl zu wecken, dass sie in Kürze aufgeben würde. Die geheimnisvolle Stimme versicherte ihr, dass sie in U-Haft bliebe, bis sie die Wahrheit sagen würde und verstummte.

Offenbar war sie eingeschlafen. Auf einmal spürte sie, wie eine Hand sie sanft aus dem Schlaf erweckte. Eine Polizistin führte sie in einen trockenen warmen Raum. Sie reichte Rachel ein Handtuch, händigte ihr die Kleidung aus und ließ sie ein Dokument, aufgesetzt in fehlerhaftem Englisch, unterschreiben. Rachel unterzeichnete und erklärte, dass alles nach Vorschrift abgelaufen sei und sie diesbezüglich jegliche Klage unterlassen werde. Sie gab der Polizistin das Papier zurück, welches diese mit großer Sorgfalt, fast akribisch, in einer erstaunlich dünnen Akte abheftete. Sie traten aus dem Polizeigebäude und gingen in einen angrenzenden Bau. Die Polizistin klopfte an eine nicht beschilderte Tür, jemand rief »Herein«, sie öffnete die Tür und schob Rachel förmlich hinein. Dann vernahm sie Applaus.

Sie gab sich Mühe zu lächeln, ließ den Blick auf ihrem Ausbilder ruhen. Und erst einen Moment später erkannte sie den jungen Mann, der sie im Hotel festgenommen hatte und auch die Beamtin, die sie verhört hatte. Alle standen sie versammelt, lächelten, freuten sich und hielten Gläser in den Händen. Der Ausbilder trat zu ihr, entschuldigte sich im Namen des Teams für die Platzwunde an der Lippe und drückte ihr ein Glas in die Hand. »Meinen Respekt, Rachel, Sie haben die letzte Prüfung bravourös bestanden. Nun sind Sie ausgebildete Agentin.« »Aber ...« Sie setzte zum Sprechen an und spürte, wie Zorn in ihr aufstieg. Sie entsann sich der Schläge ins Gesicht, der stinkenden Zelle, des versifften Toilettenlochs, der Drohungen, sie zu vergewaltigen und zu ermorden. Rachel wollte wissen, ob all dies wirklich nötig gewesen sei. Das lächelnde Gesicht ihres Gegenübers gab ihr zu verstehen, dass ein Einwand mit Sicherheit die Party verderben würde, alle wären doch höchst zufrieden. Und alle wollten ihr erzählen, was sie empfunden hatten, während sie Rachel durch den Einwegspiegel zugesehen hatten. Sie ließ es sein, blieb stumm.

Ehud erzählte Joe, was er über ihren Ausbau der Legende im Einsatzland und die Übung wusste. Die Dinge, die Rachel ihm gesagt hatte, vermengten sich in seinem Kopf mit anderen Erinnerungen. Aufs Neue war er unsicher, ob er Joe derart detailliert über die Ergebnisse der Nachbesprechungen zu den Einsätzen und die Dinge berichten sollte, die sie in den langen Gesprächen besprochen hatten. Joe ermutigte ihn, mit den Ausführungen fortzufahren, meinte jedoch, er müsse nicht präzise werden: »Tatsachen und Zahlen sind etwas für Bilanzen. Ich sage dir, dass es keinem gelingt, daraus auf die tatsächliche Lage einer Firma zu schließen.«

»Unsere Agenten«, sprach Ehud weiter und stellte die Teetasse auf dem Kupfertablett ab, »übermitteln uns die nachrichtendienstlichen Berichte, die wir von ihnen verlangen. Sie halten uns über die Operationen auf dem Laufenden, die sie ausgeführt haben. Alles Übrige erfahren wir nicht. Wir verlangen es nicht. Es ist auch unmöglich, ein Tagebuch ihrer Aktivitäten zu bekommen, etwa in der Art eines Logbuches. Wenn ich so darüber nachdenke, wussten wir auch über unsere Kinder nicht alles, selbst als sie noch zu Hause wohnten. Ruf dir nur mal ins Gedächtnis, welche Überraschungen sie hin und wieder in petto hatten. Und derartige Situationen kannst du um ein Vielfaches multiplizieren, wenn von einer Agentin im Einsatzland die Rede ist. Was bleibt uns also? Unsere Vorstellungskraft zu nutzen, darüber nachzudenken, was wir statt seiner oder ihrer unternommen hätten. Und wir müssen versuchen, in uns die gleichen Emotionen aufkommen zu lassen, die sie empfunden haben, die Wirklichkeit annehmen, die sie erlebt haben. Auf diese Art können wir unter Umständen nachvollziehen, was Rachel motiviert, wie sie die Ängste überwunden hat und was sie an all jenen Tagen und Wochen gemacht hat, da sie sich schlichtweg dort aufgehalten und wie ein normaler Mensch gelebt hat.

Ich habe mich auch gefragt, warum sie mir von dem Verhör in ihrer Ausbildung erzählte. Warum es sie inmitten all dieser operativen Angelegenheiten und den wichtigen Dingen, die wir zu bereden hatten, einholte. Wieso kam sie so unverhofft auf eine Übung zurück, die einer anderen Zeit angehörte? Sie konnte diese Erinnerung wohl nicht loslassen: Für Rachel war es ein Vertrauensbruch gewesen. Sie hatte Vertrauen in ihre Ausbilder gesetzt, in diejenigen, die sie auf Mission schickten. Sie konnte nicht glauben, dass man sie anlog, mit Polizei und Schabak ihre Festnahme koordinierte, ihr Schläge versetzte und ihr ausgearbeitete Fragen stellte. In ihrem tiefen Inneren war etwas zerbrochen. Sie sagte mir, dass sie nach Abschluss der Übung an den Pass dachte, den man ihr in die Hand gedrückt hatte, an die Papiere, die sie ausgedruckt hatte. An das Gefühl, dass der Ausbilder die ganze Zeit über wusste, dass die Polizei bei ihr aufkreuzen würde, um sie festzunehmen und er hinter dem Einwegspiegel stand und mit ansah, wie sein Zögling verdreckt, durchnässt dort hockte und weinte, um dann die Vernehmungsbeamtin anzuweisen, noch mehr Druck auszuüben, nur, um ihre Fähigkeiten zu testen.

Andererseits war sie sich so darüber klargeworden, dass sie nur auf sich selbst vertrauen konnte. Ihr wurde das Ausmaß der Einsamkeit in dieser Zelle gewahr, sie konnte sich mit niemandem beraten oder auf den Stab vertrauen, der eventuell jemanden schicken würde, um sie dort herauszuholen. Genauso war es auch im Einsatz. Sie war auf sich gestellt und musste funktionieren: Als wäre sie die Einzige auf der Welt, die wusste, was sie tat. Obwohl es merkwürdig und manchmal nicht zu verstehen ist, vermischen sich die Übungen und die Einsätze und das Gedächtnis geht seine eigenen Wege, alles aufzurufen. Nicht die chronologische Reihenfolge zählt, sondern etwas, worüber wir meist keine Kontrolle haben und was jenseits unseres Begreifens liegt. Auf diese Weise stellte Rachel zwischen den Dingen einen Zusammenhang her. Auch in meinen Augen besteht diese Übereinstimmung von der Erfahrung in der Zelle bei der Übung mit der Vernehmung und dem erstmaligen Aufenthalt in einem Hotelzimmer, wenn du genau weißt, dass die Welt da draußen ein dir unbekannter und feindseliger Ort ist.

Ich habe versucht, sie auf diesen Moment vorzubereiten. Auf die erste Nacht im Land des Feindes. Auf das bedrückende Gefühl, dass man sie womöglich beobachtete und belauschte. In jedem Augenblick könnte es an der Tür klopfen und man würde sie mitnehmen, genau wie in der Übung. Ich sagte, dass man sich mit der Zeit daran gewöhne. Auch ein Seemann kann nicht ordentlich segeln, wenn er an die Tiefen der See unter ihm denkt. Man lernt, mit dieser Gefahr zu leben. Als wäre sie gegeben und unabänderlich. Doch all die Erklärungen, Vorbereitungen und Übungen, selbst das Verhör in der Ausbildung haben nichts mit der Wirklichkeit gemein. Die Gefahr ist echt und absolut und dort ist man tatsächlich allein. Ich habe es noch genau in Erinnerung. Das Hineingehen ins Zimmer. Die Stille, die entsteht, nachdem die Tür geschlossen wird. Und das Gefühl, das sich plötzlich deiner bemächtigt, dass dich jemand beobachtet. Ich sagte ihr, man müsse das beim ersten Mal durchstehen und begreifen, dass es so ist. Man arbeitet, als würden einen alle sehen und als würde es einem nichts ausmachen. Ich sagte ihr, es käme noch eine Zeit, in der sie die Dinge, die sie unternehme, verbergen müsse. Doch darum würden wir uns sorgen, wenn dieser Moment gekommen wäre.

Dann erzählte sie mir, was sie gemacht hatte, als würde dieses verbale Entblößen sie vor der Angst schützen. Selbstverständlich war nichts vorgefallen. Rachel war eine junge Touristin, die in die Hauptstadt gekommen war, um Arbeit zu finden. Das Risiko, dass die Gegenspionage käme und sich auf ihre Ankunft einstellte, dafür Sorge trüge, dass sie in einem Zimmer mit installierten Kameras und Einwegspiegel untergebracht würde, war gleich Null. Es bestand auch kein Grund, sie von dem Moment an, da sie die Stadt betreten hatte, zu beschatten und Abhörgeräte in ihrem Zimmer anzubringen. Allerdings waren dies lediglich Erklärungen. Die Angst verbannen und zum Teufel schicken konnten sie nicht.

Rachel hatte ihre wenigen Sachen in dem klapprigen Wandschrank verstaut und schaute sich um. Es war Zeit für ihren Anruf. Sie musste die Ankunft im Hotel und ihre Zimmernummer verschlüsselt übermitteln. Rachel wusste, dass ich auf den Anruf wartete, doch sie beschloss, noch zu warten. Sie wollte zunächst duschen und versuchen, sich zu beruhigen. Sie seifte sich langsam ein und erlaubte es sich, diese Zeit zu genießen. ›Entspannung ist das A und O‹, hatte ich ihr eingeschärft. › Probleme wird es früh genug geben. Es besteht kein Grund, sich im Voraus zu kasteien. Iss gut, schlaf ausreichend und verhalte dich wie jede junge Frau deines Alters. Die Operationen, die du ausführst und die Informationen, die du beschaffen sollst, werden wir in dein normales Leben integrieren. So musst du arbeiten, ohne, dass die Umgebung es mitbekommt.‹ Die Serie der Berichte, die wir ab dem Eintreffen im Einsatzland von Rachel verlangten, war genau in diesem Sinne angelegt. Alles war an den Ausbau ihrer Legende angepasst, kein Telefongespräch und keine Postkarte, die sie verschickte, würde von dem abweichen, was als plausibel angesehen würde.

Sie wickelte sich in ein Handtuch und trat aus der Dusche. Das blinkende Lämpchen des Rauchmelders zwinkerte ihr zu. Der Sicherheitsoffizier hatte im Kurs erklärt, dass es Hotels mit Zimmern gebe, die mit Kameras und Abhörgeräten ausgestattet seien, mit denen sich alles beobachten ließe. Doch Rachel rief sich in Erinnerung, dass es keinen Grund dafür gab, in einem solchen Zimmer zu sein. Wieso sollte sie? Es war teuer, erforderte Personal. Und es bedurfte eines Verdachtes.

Rachel ließ das Handtuch fallen, platzierte ein Bein auf dem Bett und cremte sich mit einer duftenden Bodylotion ein. Sie wusste, dass es lächerlich war, dennoch wandte sie dem blinkenden Licht den Rücken zu. Wozu ihnen Gratisgeschenke machen? Sollten sie sich gefälligst anstrengen, sagte sie sich. Nachdem sie sich angezogen hatte, setzte sie sich neben das Telefon und atmete tief durch. Ihr war klar, dass ihr unter der Nummer, die sie wählen musste, niemand antworten würde. Nachdem sie die Ansage des Anrufbeantworters gehört hatte, die sie sich zusammen ausgedacht hatten, hinterließ sie ihrer guten Freundin in Paris eine kurze erfreuliche Nachricht. Sie wusste, dass ich die Aufnahme von einem anderen Telefon abhören würde und wusste auch die Notrufnummer auswendig, die sie im Falle eines Problems kontaktieren könnte. Alles stand genau in den Instruktionen. Haarklein waren wir jedes Detail durchgegangen.

Es bestand kein Grund, zurechtgelegte Notfallmaßnahmen zu ergreifen. Sie verließ das Zimmer und unternahm einen kurzen Spaziergang durch die Nachbarschaft des Hotels.

Mitten in der Nacht, erschöpft von der Tour durch die Stadt und gesättigt von all den neuen und aufregenden Gerüchen und Geschmäckern, hörte sie die Schritte. Im Licht der kleinen Lampe, die sie im Badezimmer hatte brennen lassen, konnte Rachel die Uhrzeit erkennen. Es war drei Uhr morgens. Sie hörte deutlich, wie jemand an ihrer Zimmertür vorbeiging. Am anderen Ende des Korridors verschwanden die Schritte. Der Rauchmelder in der Zimmerecke blinzelte sie weiterhin an. Für einen Moment wollte sie glauben, dass derjenige, der sie mit der versteckten Kamera beobachtete, sie beschützte. Wieder hörte sie die Schritte: schwer, laut, im Takt – wie das Schreiten der Königlichen Wache vor dem Buckingham Palace. Es machte den Anschein, als wäre für sie die dünne Tür keine Barriere, doch dann entfernten sie sich wieder und waren nur noch gedämpft zu hören, bis sie erneut zurückkehrten.

Rachel zog sich die Decke über den Kopf und presste den Saum ihres Nachthemdes an den Körper, als könnte sie in der Dunkelheit und unter der Decke Zuflucht finden. Derjenige vor ihrer Tür schritt weiter auf und ab. Sie erwog, die Rezeption anzurufen und sie zu benachrichtigen, dass sich jemand vor ihrem Zimmer herumtrieb. Der Gedanke, dass sie gekommen seien, um sie zu holen, ließ sie nicht mehr los.

Sie wissen von mir! Das dachte sie. Sie wissen von mir und kommen mich holen. Gleich würde es an der Tür klopfen und die Klinke heruntergedrückt. Der schwere Schlüssel steckte im Schloss. Sie konnten nicht öffnen, ohne einzubrechen, doch die Kette und die alte Tür würden sie nicht aufhalten. Rachel warf einen Blick auf das Fenster. Der Vorhang war zugezogen und sie entsann sich, wie sie am Abend, bevor sie geduscht und in einem schlichten Kleid in den tristen Speisesaal hinuntergegangen war, das Fenster untersucht hatte. Ihre Erkenntnis: Es ließ sich von innen nicht öffnen. Sie hatte nach einem schweren Gegenstand gesucht, mit dem sie, falls nötig, das Glas einschlagen und auf die Feuertreppe gelangen könnte. Das würde nicht funktionieren, ging es ihr durch den Kopf. Sie erinnerte sich, was sie gelernt hatte, rief die Regeln auf, die ich ständig wiederholt hatte: ›Such die einfache Antwort. Frag dich: Was habe ich gemacht, welchen Grund habe ich ihnen gegeben?‹

Ich habe nicht das Zeug dazu – dieser Gedanke kam in ihr auf. Und er weigerte sich, zu verschwinden. Die Logik sagte ihr, dass alles in Ordnung sei. Ihre Papiere waren perfekt. Ihre Story war gut. Die Grenzüberquerung und das Einchecken im Hotel waren erfolgreich verlaufen. Morgen würde sie in die Sprachschule gehen, um einen Termin für das Bewerbungsgespräch zu vereinbaren und dann würde sie, so wie jeder Tourist, durch die Stadt streifen. Alles war in Ordnung. Doch die Angst trieb ihr eigenes Spiel, Fragen über Fragen schwirrten in ihrem Kopf. Was haben sie mit meinem Pass gemacht, nachdem sie ihn kopiert hatten? Haben sie ihn überprüft? Wussten sie, dass damit etwas nicht stimmte? Welche Folgen würde es haben, wenn sie in Kanada anriefen und Erkundigungen einholten? Und wenn ich morgen hier, mitten in der Stadt, jemandem begegne, der mich kennt, ein anderer Tourist, naiver als ich, der mit mir in Tel Aviv war und nun weiter in den Mittleren Osten reiste? Was geschieht, wenn ich scheitere?

Sie versuchte, die Geräusche zu vertreiben: von der Klimaanlage, das Klicken des Rauchmelders und was ihr wie Schritte auf dem Korridor vorkam. Stattdessen wollte sie sich auf die vor ihr liegende Mission konzentrieren. Was wird geschehen, wenn ich den Job nicht bekomme, keine Aufenthaltserlaubnis erhalte oder keine Wohnung in der Gegend, die mir zugeteilt wurde, mieten kann? Wie werde ich mich fühlen, wenn ich mit leeren Händen dastehe? Wenn Ehud mich löchern und mir auf seine stille Art vermittelt, dass ich es mit mehr Engagement durchaus hätte schaffen können? Anschließend wird der Kommandeur der Einheit hinzukommen, mich in sein Büro beordern, den Kopf schütteln und mir aufzeigen, wie viel mein Einsatz das israelische Volk bisher gekostet hat. Und er wird über die ganzen Monate sprechen, die sie in mich investiert haben und die ganzen Menschen, die großen Wirbel um mich veranstaltet haben. Doch ich war nicht mal dazu in der Lage, mir einen Job in einer lausigen Schule zu verschaffen? Von dir hatte ich mehr erwartet, Rachel, wird er sagen. Und ich werde denken, dass mein Vater das Gleiche sagen würde. Mein Vater, der sich von mir distanziert hat, Ehud, der mir nahesteht und dazwischen ich, die beiden beweisen wollte, dass ich es kann. Dass ich fähig bin zu fliegen.

Erneut hörte sie die Schritte. Sie liefen über den Korridor, waren schwer und rhythmisch. Hielten hin und wieder inne, gingen weiter.

Würden sie mich holen kommen, wie bei der Übung in Haifa, wären sie bereits stehen geblieben und hätten an die Tür geklopft. Sie hätten jemanden draußen an der Feuertreppe postiert, der mir die Flucht versperren würde. Doch ich muss nicht die Flucht antreten, ich habe nichts zu verbergen, es gibt keine Geheimnisse, die sie aufdecken können. Alles liegt bei mir. Alles hängt von mir ab.

Allmählich, hin und hergerissen zwischen mangelndem Selbstvertrauen und Wagemut, zog sie die Decke, die sie über die Augen gezogen hatte, herunter und sah zu dem roten Licht, das im Takt blinkte. Das Flackern flößte ihr mit einem Mal Vertrauen in ihre Fähigkeiten ein, beinahe als würde das Licht ihr zublinzeln und ihr vermitteln, dass alles gut würde. Sie stand auf und arbeitete sich auf Zehenspitzen zur Tür vor.

Rachel führte ihr Auge langsam an den Spion und verharrte. Sie hörte ihr Herz in einer Lautstärke schlagen, dass sie befürchtete, man würde es auch auf der anderen Seite hören. Eine kurze Weile verging. Sie erblickte den alten Mann von der Sicherheit, wie er stetig über den Korridor und an ihr vorüberschritt. Dann fiel ihr der Stuhl am Ende des Ganges ein, über den sie sich gewundert hatte. Am liebsten hätte sie die Tür aufgerissen und ihm gedankt, dass er über sie wachte.«

»Und du fragst mich, ob sie für den Job geeignet war? Ob jemand, der solche Angst hat, den Gedanken ausschalten kann, dass sie jeden Moment kommen und sie festnehmen können? Dann muss ich dir sagen, dass ich es nicht weiß. Ich weiß nicht, wie sie es meistern. Wie es ihnen gelingt, die Identität zu leben, die wir ihnen gestrickt haben. Wie sie ein scheinbar normales Leben führen, sich sogar in jemanden verlieben, doch gleichzeitig die Mission im Auge behalten, die es auszuführen gilt: den wahren Grund, weshalb sie dort sind. Inmitten der Gefahren, von denen sie umgeben sind. Zu wissen, was ihnen erlaubt und was verboten ist. In den Agenten-Filmen begeben sie sich auf gefährliche Missionen, gehen Frauen ins Netz, ernten Ruhm und kehren nach Hause zurück, wo sie mit Ruhm überschüttet werden. In den Büchern lesen wir von ihren spektakulären Abenteuern. In den Autobiografien – deren Veröffentlichung wir ihnen erlauben – schreiben sie nur, was sie uns wissen lassen.

Keiner von ihnen sagt uns, was sich in den Hotelzimmern und in den Tiefen ihrer Herzen an den Tagen und in den Nächten abspielt, in denen sie sich dort befinden. Auch nicht über das, was in ihnen zurückbleibt, wenn sie Jahre später nach Hause kommen, Jahre, in denen sie davon ausgingen, dass die Welt sich um sie drehte.

Sie sagen uns nicht, was sie wirklich empfinden. Aus ihrer Sicht sind sie stets im Dienst. Dafür haben wir sie trainiert. Dafür haben wir sie als geeignet eingestuft. In dem Maße, wie sie es beherrschen, im Einsatzland ihre Identität zu vertreten, so lernen sie mit der Zeit, auch uns nur den Einblick zu präsentieren, den sie ausgewählt haben. Sie glauben, dass wir ihr Gutes wollen, doch sie wissen sehr gut, was wir wollen. Und sie versuchen, zu liefern.

Und Rachel? Sie war anders. Anfangs war sie offenherzig, insbesondere mir gegenüber. Sie vertraute mir. Wie sie die Welt erfasste, war begründet. Sie sagte, wann immer sie Angst habe, etwas zu erzählen, oder befürchte, von den Dingen, die ich äußern würde, verletzt zu werden, würde sie sich fürs Reden entscheiden und sich den Konsequenzen stellen. ›Wenn ich mich nicht traue, meine Gefühle offenzulegen, ist das ein Zeichen, dass ich mich ihrer schäme‹, sagte sie. Da war noch etwas. Sie ließ mich daran teilhaben, weil ich ihr nicht drohte. Weil sie wusste, dass ich sie liebte, weil sie mich nicht liebte. Und wen man nicht liebt, den braucht man nicht zu beeindrucken.

Als sie das erste Mal von dort zurückkam, freute ich mich mit ihr. Alles war gut gelaufen, sie hatte den Job bekommen. Über die erste Nacht verlor sie damals kein Wort und ich fragte nicht nach. Ich wusste, wie schwer es gewesen sein musste. Wir würden noch andere Dinge gemeinsam bewältigen. Und so war es gut, dass sie mir gegenüber nicht hundertprozentig offen war. Es war auch gut, dass sie mir nicht brühwarm erzählte, dass ihr die Knie zitterten, während sie am Spion stand. Vermutlich hätte ich sie für ungeeignet befunden und mehr Training angeordnet.

Weißt du was? Angst zu haben, ist nichts Schlechtes. Angst schärft die Sinne, führt zu Vorsicht und verhindert Unsinn. Das Problem ist nicht die Angst. Vielmehr die Fähigkeit, sie in den Griff zu bekommen und weiterhin zu funktionieren. Obwohl sie dich einwickelt und zu Boden drückt, generiert Angst auch Kräfte. So wie Schmerz nach einer Verletzung dich dazu zwingt, eine Beziehung zu der Wunde aufzubauen und sie zu behandeln, so lässt auch die Angst nicht zu, dass du Gefahr ignorierst. Keine Angst zu haben, ist eine Art von Störung. Doch wir sind auf seelisch gesunde Leute angewiesen: keine Suizidgefährdeten, keine Verhaltensgestörten. Sondern Agenten, die sich im seelischen Gleichgewicht befinden, die Angst spüren und wissen, sie zu überwinden.«

Im Nachbarhaus waren die Lichter schon lange verloschen. Er sah auf die Uhr und war verblüfft, wie viel Zeit vergangen war, seit sie Platz genommen hatten und er beschlossen hatte, Joe zu erzählen, was er wusste: Alles, was nötig war, um sie nach Hause zu holen. Joe stand auf und ging ins Badezimmer. Ehud blieb seinen Gedanken nachhängend sitzen. Was gab es noch zu sagen? Was noch zu verbergen? Joe würde die Achtzig offenbar nicht erreichen. Ich bin ein verwitweter Pensionär, meine Enkelkinder sind weit weg. Rachel hatte recht. Wovor hatte ich Angst? Scham ist in diesem Business unser Feind. Vorzugeben, alles wäre in Ordnung und wir schnurren wie eine geölte Maschine, die ihre Aufgaben kennt, ist nur die pervertierte Wirklichkeit. Dort setzen die Probleme ein! Da wird dem Selbstbetrug der Weg geebnet und den Brüchen, die er bewirkt.

Er sah Joe näherkommen. Sein Körper, dem die Krankheit zu schaffen machte, arbeitete sich behutsam auf den rauen Steinen voran, mit denen jemand den Gehweg zu einer Zeit gepflastert hatte, als alle noch auf unbeschwerte Weise liefen und nicht jeder Schritt sorgfältig geplant wurde.

KAPITEL 5
EINSATZ

Joe stützte sich mit den Armen auf den Lehnen ab, um sich behutsam in den Stuhl sinken zu lassen. »Ich habe mit dem Lagezentrum gesprochen. Sie überprüfen jeden europäischen Flughafen und in Kürze knöpfen sie sich die Krankenhäuser vor. Eine Herkulesarbeit, aber sinnvoll. Ich möchte etwas anderes unter die Lupe nehmen. Etwas, das mit der Kluft zwischen ihrer geliehenen Identität und dem wirklichen Leben zu tun hat, das sie hier nach ihrer Rückkehr führte.«

Ehud hörte ihm zu und nahm einige Schlucke von seinem Tee, der kalt geworden war. Rachel war knapp vier Jahre im feindlichen Gebiet gewesen, sinnierte er. Es gibt Menschen, die in dieser Zeitspanne heiraten, Kinder auf die Welt bringen, ein Studium beginnen und abschließen, an ihrer Karriere feilen. Keiner von ihnen arbeitete verdeckt. Keiner führte zwei parallele Leben. Er versuchte, sich zu erinnern, was er über ihre Einkäufe wusste, über ihre Arbeit an der Schule, die aufreibenden Tage zwischen den Spezialeinsätzen. Und Ehud merkte, wie wenig er im Gedächtnis behalten hatte.

»Lass uns mit den Einsätzen beginnen«, sagte er zu Joe. »Zur alltäglichen Seite ihres Lebens kommen wir vielleicht später, wenn wir die Knackpunkte beleuchtet haben, die sie auf der Strecke beinahe ausgebrannt hätten.«

Er hielt kurz inne, als würde er in einem Bericht nachschlagen und fuhr fort: »Es nahm seinen Anfang in Nordafrika. Wir zogen sie aus ihrem eigentlichen Einsatzland ab, da wir sie für einen Einsatz mit einer Liquidation eingeplant hatten. Für diese Mission stellten wir sie einem anderen Agenten zur Seite. Wir dachten, dass allein Rachel eine bestimmte Rolle erfüllen könne, die der Einsatzplan vorsah. Es war schwierig, die Leute vom Nachrichtendienst davon zu überzeugen, ihre Observationstätigkeit für einige Wochen auszusetzen, doch es war nötig.

Als sie in der konspirativen Wohnung eintraf, die für die Vorbereitungen angemietet worden war, rief ich sie auf den Balkon und sagte ihr, sie müsse sich mit Stefan ein Zimmer teilen. Sie sah mich an und schien nach etwas Unausgesprochenem zu suchen. ›Ihr müsst wie ein Paar auftreten‹, setzte ich ihr auseinander und spürte, wie ich errötete. Meine Stimme bebte. Ich war froh, dass sie schwieg. Es war gängige Praxis und für die Mission unerlässlich. Wie sie auf dem Zimmer damit umgingen, war ihre Sache. Doch ich war eifersüchtig: auf die Gelegenheit, die Stefan erhielt. Ich wollte mir einbilden, dass ich dem keine Bedeutung beimaß, mein Interesse lediglich dem Einsatz galt. Allerdings war dem nicht so, denn ich kannte Stefan und die Geschichten über ihn. Ich war mit ihm auf Einsatz gewesen und wusste, wie nervenaufreibend es war, gemeinsam Tage und Wochen damit zuzubringen, auf den alles entscheidenden Punkt zu warten.

Wir gingen zurück ins Wohnzimmer und ich zeigte ihnen die Pässe, die für den Einsatz gewählt worden waren. Angie und Stephen Brown, auf deren Namen es nun ein Restaurant gab. Wir hatten uns für kenianische Pässe entschieden und gaben sie als Briten mit doppelter Staatsbürgerschaft aus. Ihre Mission wurde simpel definiert: In ein Hotel einchecken, das Ziel identifizieren, es liquidieren, unversehrt zurückkommen. Wenn alles vorüber wäre, würde Rachel Brooks in die Wohnung ihres Einsatzlandes und Stefan in den Kibbuz zurückkehren. Stefan ließ es sich in einem Armlehnstuhl gut gehen. Er wirkte entspannt und musterte Rachel mit den Augen eines Kollegen und eines Mannes. Mochte sein, dass ihm schon zu dem Zeitpunkt durch den Kopf ging, ob er mit ihr schlafen könne, ob es Teil des Deals sei.

Stefan war zu dieser Zeit unser *Liquidator*. In der Einheit hieß die Funktion neutral: *der Ausführende*. Stefan war ein Mann, der die Waffe aus nächster Nähe auf jemanden richtete und ihm zwei Kugeln ins Herz jagte. Keine Chance, dass er verfehlte. In Südafrika habe er viele Schwarze getötet, hieß es hinter seinem Rücken, bevor er nach Israel gekommen sei. Diese Sorte Mensch war er. Der Cowboy aus dem Kibbuz, dem es gelang, im Sattel vor sich hinzudösen, im Gelände zwischen den Steinen zu schlafen, sich wie ein fürsorglicher Schäfer um seine Herde zu kümmern. Dabei hielt er stets sein Gewehr im Arm, als wiege er ein Baby.

Einmal war ich mit ihm auf Einsatz in Europa gewesen. Schießen konnte er. Doch wie man überzeugend als Tourist oder Geschäftsmann auftrat, das beherrschte er nicht. ›Ich bin kein Schauspieler‹, sagte er barsch. Und jedes Mal, wenn sie ihm demonstrieren wollten, wie er sich verstellen sollte, fuhr er aus der Haut und drohte, alles hinzuwerfen. Wir brauchten ihn. Daher wurde ihm stets ein erfahrener Agent zur Seite gestellt, der ihn an die Hand nahm, für ihn sprach und ihn, wie eine tickende Zeitbombe, von Ort zu Ort brachte. Ich war damals mit ihm im Zug nach Sofia gefahren, wo wir eine Wohnung bezogen, die dem Platz gegenüberlag. Der Vermieter der Wohnung hatte mir die Schlüssel ausgehändigt und war ins Ausland gefahren. Selbst wenn man nach dem Mann fahnden würde – das wussten wir –, bekämen sie nur einen gefälschten Pass in die Hände, der ins Nirgendwo führte. Wir verharrten eine Woche in der Wohnung, bevor die Zielperson eintraf. Wir wechselten so gut wie kein Wort miteinander. Stefan schlief oder aß oder machte Fitnessübungen. Und würde man ihm auferlegen, bis zum Ende der Tage dort zu bleiben, so dachte ich, hätte er kein Problem damit. Er saß oft vor dem Fenster, sah auf den Platz, schätzte die Windstärke, begab sich ins Bett, lag auf dem Rücken und starrte an die Decke. Ich versuchte ein Buch zu lesen, kochte für uns beide: Doch die Warterei trieb mich in den Wahnsinn. Als wir das Signal erhielten, stand er gelassen auf, nahm die Waffe aus ihrer Hülle, baute den Dämpfer ein und setzte sich, die Stuhllehne vor ihm, ans Fenster.

In dieser Stellung verharrte er drei Stunden. Ich sah ihm dabei zu. Er saß ruhig und blickte nach draußen, als hätte er alle Zeit der Welt und sollte das Opfer nicht aufkreuzen, würden wir einen weiteren Tag warten. Für ihn spielte es keine Rolle. Als säße er auf seinem Pferd in der Prärie, betrachtete mit gelassenem Blick seine Herde, ohne, dass ihm ein Detail entging. Als der Beobachter durchgab, dass das Fahrzeug eingetroffen sei, hob Stefan die Waffe und justierte das Zielfernrohr. Sein Atem ging wie die künstliche Lunge bei einer Herz-OP: langsam, beständig. Abgesehen davon wirkte er wie eine Statue. Der Todesengel. Wir wussten, dass er nur einen Versuch hatte, denn der Terrorist wagte sich grundsätzlich erst aus dem Auto, nachdem seine Bodyguards die Umgebung durchkämmt hatten. Schwierig genug, ihn zu identifizieren. Im Probedurchlauf hatte sich gezeigt, dass man fünf Sekunden bis zum Hauseingang brauchte. Ein Agent hatte vorgeschlagen, dass Fahrzeug samt Insassen in die Luft zu sprengen, doch am Eingang des Gebäudes ließ sich keine Sprengladung deponieren. Ein anderer machte den Vorschlag, der Schütze solle zu Fuß kommen und exakt mit der Zielperson eintreffen, aber wir konnten es zeitlich nicht in dem erforderlichen Maß abstimmen und die Chance, ihn nach dem Schuss lebend dort herauszuholen, wäre gering. Ein Motorradfahrer mit Sozius wäre zu auffällig, damit würden sie rechnen. Es kam nur ein Schuss aus dem Hinterhalt infrage. Dafür war Stefan unser Mann. Der Kommandeur der Einheit hatte sich aufgemacht, um die Kibbuz-Leitung davon zu überzeugen, dass er mitten in der Zeit, wo Muttertiere kalbten, ihren Cowboy brauchte, unbedingt. Was wir mit ihm anstellten, wollten sie im Kibbuz wissen. Sie glaubten dem Kommandeur kein Wort. Selbst wenn dieser die Wahrheit gesagt hätte, dass Stefan in einem Einsatzteam Schütze Nummer 1 sei, hätten sie verwundert mit den Schultern gezuckt. Ihr Stefan? Unmöglich. Er vergießt Tränen, wenn ein Kalb verendet. Er weint, wenn wir zusammen singen.

›Sag mir, was passiert‹, sagte Stefan ruhig und blickte durchs Zielfernrohr auf die Gebäudefront. Der stark eingeschränkte Sichtbereich machte es ihm unmöglich, das sich nähernde Fahrzeug und die Vorbereitungen rundum einzusehen. Das war mein Job. Ich presste das Fernglas an die Augen, vor Anstrengung brannten meine Linsen, mir durfte keine Regung entgehen. Das Fahrzeug hielt und die Bodyguards stiegen aus, um das Terrain zu durchforsten. ›Mach dich bereit‹, sagte ich zu Stefan, der keinerlei Reaktion zeigte. Es verging eine weitere Minute und ich dachte, mein Herz würde zerspringen. Das war der Augenblick, wo ich zu erstarren hatte, um jegliche Bewegung zu unterbinden, die ihn ablenken könnte. Die Fahrzeugtür ging auf und nichts geschah. Ich hörte mich schwer atmen. Meine Hände zitterten. Dann hörte ich den Schuss und sah die Zielperson zusammenbrechen. Wann er aus dem Fahrzeug gestiegen war und wie Stefan es geschafft hatte, zu zielen und abzudrücken, hat sich mir bis heute nicht erschlossen.«

»Rachel prüfte ihren Pass. Ich wusste, dass es ihr nicht passte. Jeder Agent hatte seine Eigenart: einen sensiblen, individuellen Punkt, das Zentrum seiner Welt. Ich kannte Agenten, die sich nicht von ihrer Armbanduhr, von ihrem Medaillon, von Dingen, die ihnen Glück brachten, trennten. Bei ihr war es der Name. Sie wollte Rachel sein. Sie hasste die fiktiven

Namen. Sie wollte ihren Namen. Als käme ihm eine Bedeutung zu, die sie auszeichnete, die es ihr gestattete, sie selbst zu sein, ungeachtet dessen, was sie ausstrahlen musste.

Als ich Stefan von dem Pass erzählte, zuckte er mit den Schultern und sagte, zu ihm passe er. Er sei in Kenia Farmer, würde er sagen. Ich erkundigte mich bei ihm nicht, ob er je dort gewesen sei. Er schien sich keine Sorgen zu machen. Und ich wusste, wenn etwas schiefginge, würde kein Pass ihm helfen können. ›Sie werden eure Pässe überprüfen und sie mindestens für zwei Tage einziehen. Wehrt euch nicht dagegen und setzt euch nicht unter Druck. Ihr braucht die Papiere ohnehin nicht mehr, im Fluchtfahrzeug warten auf euch neue Pässe‹, sagte ich.

Stefan ging mit Rachel mehrmals sämtliche Wege und Möglichkeiten durch. ›Du musst dafür sorgen, dass er sich mir mit seinem kompletten Körper zeigt‹, sagte er. ›Dass keiner zwischen uns tritt und ich mindestens drei Sekunden habe. Ich brauche ihn in Gänze, der Kopf genügt nicht. Eine Kugel zwischen die Augen zu platzieren, funktioniert nur im Film.‹ Dann sprach er mit dem Mann von der Waffenabteilung, der auf dem polierten Esstisch eine Tischdecke ausbreitete und sich um die Browning kümmerte, die vollständig demontiert worden war. ›Das ist es, was wir zur Verfügung haben und du wirst damit umzugehen wissen.‹ Er erklärte, dass nur eine kleine Plastikpistole vom Metalldetektor des Hotels unerkannt bliebe. ›Wir haben das mit der Firma überprüft, die das Hotel mit dem Detektor ausgestattet hat, es ist übrigens eine israelische.‹ Er schmunzelte, setzte ein volles Magazin ein und drehte den Fernseher auf volle Lautstärke. Dann feuerte er im Schlafzimmer einen einzelnen Schuss in die Matratze. ›Das ist alles. Nur noch den Dämpfer einbauen. Ansonsten ist die Pistole schussbereit‹, sagte er. ›Du brauchst nichts daran zu justieren. Sie hat funktioniert und wird wieder funktionieren. Nicht zerlegen und wieder zusammenbauen.‹ Stefan erwiderte nichts. Ich bewunderte seine Fähigkeit, den jungen Experten einfach seinen Job machen zu lassen. Die Waffe wurde in dem eigens dafür präparierten kleinen Etui in Rachels Kosmetiktasche verstaut und sie waren bereit, sich auf den Weg zu machen.«

Angie Brown checkte im Hotel ein und als der Rezeptionist Herrn Brown um dessen Pass bat, antwortete sie in seinem Namen. Sie gab ihrem Gatten einen Kuss, umschlang ihn mit einer Intimität, die sie für einige Augenblicke von der Außenwelt abschirmte. Der Rezeptionist grinste verständnisvoll, versprach, unverzüglich nach einem Pagen zu schicken. Er entschuldigte sich für den Tumult in der Lobby. »So ist das, wenn eine Konferenz stattfindet«, sagte er und deutete auf den Metalldetektor neben der Drehtür. »Es ruiniert uns die Atmosphäre«, fügte er in vorwurfsvollem Ton hinzu. Frau Brown schenkte ihm ein Lächeln und meinte, sie fühle sich beschützt, das sei angenehm.

Der Page schloss ihnen die Zimmertür auf, drückte den Stopper herunter und bedeutete ihr, vor ihm einzutreten. Stefan folgte ihr und füllte, groß und breitschultrig wie er war, das schmale Zimmer beinahe aus. Ein junges Paar würde für die Flitterwochen ein größeres Zimmer verlangen, dachte sie im Stillen, was sie nicht daran hinderte, dem Pagen mit einem Lächeln für die Obstschale und die Flasche Wein zu danken. Sie hatte ausdrücklich um dieses Zimmer gebeten und gegenüber der Rezeptionistin – in dem Maße, wie es bei einem transatlantischen Telefongespräch möglich war – ihren gesamten Charme aufgeboten, um es zu ergattern. Das Zimmer lag am Ende des Ganges. Vom Fenster aus gelangte man direkt auf die Fluchttreppe. Rachel legte ihre Tasche auf das Doppelbett und ging ins Badezimmer. Vor zwei Wochen hatte ein Agent das Zimmer für sie überprüft. Er hatte in seinem Bericht moniert, dass die Dusche nicht gut funktioniere, das Badezimmer sei jedoch sauber und ordentlich. So war es auch. Stefan stand am Fenster und schaute nach draußen, ohne sich mit dem Pagen zu befassen. Der wollte ihm erklären, wie die Klimaanlage funktionierte. Stefan drehte ihm nicht einmal den Kopf zu.

Rachel trat zu Stefan, presste sich an seinen Rücken, schlang von hinten die Arme um ihn. Sie gab ihm einen Kuss in den Nacken, drückte dem Pagen fünf Dollar in die Hand und verfolgte ihn mit dem Blick, bis er das Zimmer verließ. Stefan machte sich in dem Moment aus ihrer Umarmung frei, da die Tür geschlossen wurde und setzte sich aufs Bett. Die Federn quietschten unter seinem Gewicht. Streckte er die Beine aus, stieß er fast gegen die Wand. Er sah Rachel an wie ein Jäger, der es auf ein Kaninchen abgesehen hat, welches im Scheinwerferlicht seines Fahrzeugs gefangen ist.

Gegen Abend schlenderten die beiden durch die Stadt. Das Wandern von einer Sehenswürdigkeit zur nächsten bot ihnen die Gelegenheit, die Route für ihren Rückzug und die Verkehrskreuzungen der Umgebung zu überprüfen. Sie trug auf dem Stadtplan Einbahnstraßen und Ampeln ein und ließ vor ihrer Rückkehr ins Hotel den Plan hinter eine niedrige Balustrade fallen. Ehud hatte die Markierungen auf der Karte für das Team vom Rückzug angefordert. Dies sollte am nächsten Tag eintreffen. Ein weiterer, in der Nähe untergebrachter Agent hatte sie beobachtet. Sie hatten sich an die Balustrade gelehnt und geküsst. Der Agent hatte dann die Karte an sich genommen und auf die Kommando-Yacht gebracht. Ehud war auf die saubere Arbeit seiner Agentin stolz. »Rachel hat einen glänzenden Auftritt hingelegt«, berichtete der Agent. Sie wich nicht von Stefans Seite. Sie hat ihn mit Blicken und Küssen bedacht und so bei jedem Betrachter, ob zufällig oder professionell, den Eindruck erweckt, jung, verliebt und auf Hochzeitsreise zu sein. ›Auch Stefan erlag ihrem Zauber‹, meinte der Agent. Er schilderte, wie sein gewaltiger Arm ihre schmale Hüfte umfasst hielt, als wäre sie seine Beute. Ehud wahrte eine professionelle Miene, um nicht zu zeigen, was in ihm vor sich ging. »Verhaltet euch wie ein frisch vermähltes Paar, nur euch ist Unsinn erlaubt«, hatte er zu beiden in einer Vorbesprechung gesagt und nun spielten sie ihre Rolle.

Das Abendessen nahmen sie im Restaurant des Hotels ein und dann kletterten sie die Fluchttreppe zu ihrem Zimmer hinauf und küssten sich auf jedem Absatz. Damit waren die Vorbereitungen abgeschlossen. Ihnen blieb nun nichts anderes zu tun, als abzuwarten und CNN zu schauen. Der Kommandeur wollte nicht, dass sie sich länger als nötig draußen herumtrieben. »Ihr seid ein verheiratetes Paar. Ihr könnt Zeit auf dem Zimmer verbringen und tun, was junge Leute tun.«

Rachel schlug die Tagesdecke zurück: Damit hatte sie gerechnet. Es gab, wie bei einem Doppelbett üblich, nur eine Bettdecke. Sie kontaktierte die Rezeption mit einer fadenscheinigen Ausrede. »Es gibt keine extra Bettdecken. Tut mir leid, Frau Brown, die sind alle in der Reinigung, vielleicht morgen«, sagte der Angestellte. Rachel stellte den Koffer auf ihre Bettseite und packte ihr Nachthemd aus. »Nur Nutten schlafen im

T-Shirt«, meinte sie zu Stefan. Das hatte ihr Vater einmal gesagt, erzählte sie ihm, als ihre Wege sich nachts einmal gekreuzt hatten und sie auf Toilette gegangen war. Stefan gab vor, nichts zu hören, schrieb aber später in seinem Bericht, dass er es eigenartig fand, dass sie das erwähnte, ohne es weiter auszuführen.

Der unvermeidliche Augenblick trat ein. Aus irgendeinem Grund war ihr klar, dass alles von ihr abhing und Stefan auf sie wartete. Er saß auf dem einzigen vorhandenen Stuhl und sah sie an. Sie stand vor ihm und hielt das Nachthemd vor die Brust, als wäre es ihr letzter Schutzschild. Sie sagte kein Wort. Er sagte kein Wort. Der Lärm der Straße jenseits des Vorhangs und doppelt verglasten Fensters war abgeebbt, wartete auf ihren nächsten Schachzug. Sie dachte an Oren, der in einer anderen Welt zurückgeblieben war, in der Welt von Rachel Goldschmidt aus Israel. Sie stand in diesem seltsamen Hotelzimmer und dachte an die Wohnung in der Hauptstadt, die Rachel Brooks bewohnte. Sie wusste, dass sie nun handeln musste, so wie es Angie Brown an ihrer Stelle tun würde. Länger schweigen konnte sie nicht und so fragte sie Stefan, was denn seiner Ansicht nach nun passieren würde. »Nichts weiter«, sagte er kurz und bündig. »Wir schlafen zusammen, haben so viel Spaß wie möglich und dann Gute Nacht.« »Geht es auch anders?«, fragte sie in einem Ton, der ihr fremd klang. »Ich meine, du packst dich auf deine Seite und ich mich auf meine und basta?« »Wenn du mir einen runterholen willst, mir einen bläst, was auch immer, soll's mir auch recht sein«, gab er zurück. Sie verkniff sich die Frage, ob es so auf der Farm zuginge. Ob er vorm Zubettgehen aus der Herde eine Färse oder eine Stute aussuchte, weil er sonst nicht einschlafen konnte.

»Kommt nicht infrage.« Sie kam sich in seiner Gegenwart klein vor, wie eine Anfängerin in einem Test, der sie überforderte. »Vergiss es. Ich habe keine Lust auf dich. Das war nicht Teil des Deals. Du wartest gefälligst, bis ich im Bett bin. Du kannst unter der Dusche so lange wichsen, wie du lustig bist. Dann kommst du zurück und schläfst neben mir, ohne mich anzurühren.« Er schien an der Unterredung seine helle Freude zu haben, er war gern der ungehobelte, arrogante Draufgänger. So wie er im Kibbuz mit den jungen Freiwilligen umsprang, den Mädchen, die es mit ihm hinaus in die Landschaft, zu den Herden trieb, die reiten und hautnah die Natur spüren wollten und auf dem harten Boden der Hütte, die er sich neben der Koppel gebaut hatte, mit ihm vögeln wollten. »Du wirst sehen«, sagte er ungerührt, »es ist besser so. Das ist nur Sex zwischen zwei erwachsenen Leuten. Keine Affäre, kein Anfang und kein Ende. Nur mittendrin. Es ist besser«, wiederholte er, »fährt einen runter. Aber ich werde alles tun, was du willst. Ich kann mich ebenso neben dich legen, wir werden beide wach liegen, bis du es dir anders überlegst und mich berührst und dann wird alles gut.«

Später sah sie ein, dass er recht hatte. Ihre Wut auf sich selbst steigerte sich. Sie lag angespannt und stocksteif neben ihm, lauschte seinen Atemzügen und spürte die Wärme, die sein Körper verströmte, sie nahm seinen Geruch wahr. Bis ihr einleuchtete, dass sie keinen anderen Gedanken fassen könnte, würde sie dem, was in ihr brannte, nicht nachgeben. Sie ließ die Hand zu ihm hinübergleiten. Dann schliefen sie zusammen und Rachel hasste ihn dafür, wie steril er den Akt vollzog, wie routiniert er das Kondom überstreifte, sich über sie beugte und ihr danach den Rücken zudrehte. »Wir haben morgen einen harten Tag«, schickte er noch hinterher. Sie legte sich auf den Rücken, zog das Nachthemd herunter, das er nur hochgeschlagen hatte und zog den Slip an, den sie auf den Nachttisch gelegt hatte.

Gegen Morgen überkam ihn erneut Lust. Diesmal war es angenehm. Sein schwerer Körper bedeckte sie und sie empfand unter ihm Sicherheit. Sie kam nicht und versuchte es erst gar nicht. Sie gab ihm, was er wollte und er gab ihr die Stille, die sie gesucht hatte. Er würde sie nicht hintergehen. Er würde sie nicht zurücklassen, wenn etwas schiefginge. Nicht, nachdem er mit ihr geschlafen, sie geküsst und mit solcher Sanftheit gestreichelt hatte. Er schlief wieder ein. Sie rückte von ihm ab, ließ nur ihre Hand, die er hielt, in seiner prankenartigen Hand. In einigen Stunden hätten sie nur eine halbe Minute zur Verfügung. Dann würden sie die Operation ausführen, die sie in den letzten Wochen geplant hatten, seit sie aus der Schule und dem ruhigen Leben, das sie sich dort eingerichtet hatte, herausgerissen worden war. Es kam ihr merkwürdig vor, dass sie die Rundgänge und Observation als etwas verbuchte, das ihr leichtfiel und schon Routine war. Das Leben hatte allerdings seinen eigenen Rhythmus und nach einer gewissen Zeit war diese Routine zur Gewohnheit geworden, waren die Risiken in den Hintergrund gerückt. Eigentlich hatte sie

Spaß am Unterrichten, an der Erkundung der Märkte und der Unabhängigkeit, die sie im Rahmen der Regeln, die Ehud festgelegt hatte, empfand. Sie dachte nicht länger, dass jemand sie abhörte, der Muchabarat es tatsächlich auf sie abgesehen hatte. Es gelang ihr, die Umgebung, in der sie arbeitete, zu begreifen. Und sie hatte Vertrauen in ihre Fähigkeiten. An diesem Abend jedoch würden die Dinge anders liegen. Es war ihr Job, in der Lobby zu warten, bis das Objekt mit dem Bodyguard eintraf, dann charmant mit ihnen in den Fahrstuhl zu steigen, die Nummer des Fahrstuhls in den Transmitter in ihrer Handtasche einzutippen. Sie würde um Verzeihung bitten und die Taste ihres Stockwerks drücken, denn das war ihr erlaubt. Sie würde dann dafür sorgen – wie es nur eine Frau kann –, den Bodyguard in eine Ecke des Fahrstuhls hinter ihr zu drängen. Wenn die Tür aufgeht, wird Stefan dort stehen, bereit, seinen Job zu erledigen. Sie durfte keinen Fehler begehen, durfte sich nicht von der Stelle rühren. Stefan wird auf das Objekt schießen und danach auf den Bodyguard. Es wird nicht leicht sein und sie könnte dabei getroffen werden. Inzwischen allerdings wiegte sie sich in größerer Sicherheit. Sie spielte mit den Fingern seiner Hand und streichelte seine Nägel, unter denen der Dreck von der Farm saß, dem auch eine harte Bürste nichts anhaben konnte.

Als die Morgendämmerung eine Ecke des Zimmers erhellte, schälte sie sich vorsichtig aus dem Bett. Sie nahm die Kosmetiktasche, die sie auch im verschlossenen Zimmer nah bei sich hatte und ging auf Zehenspitzen ins Badezimmer. Sie hatte das Gefühl, dass er sie beobachtete. Sie beeilte sich und schloss hinter sich die Tür. Als sie mit einem Handtuch um den Körper geschlungen herauskam, bat sie ihn, sich umzudrehen, während sie sich anziehen würde.

Stefan streckte die Hand aus und berührte sie. Sie dachte nicht, dass es noch einmal passieren würde, doch bis zum Abend hatten sie noch jede Menge Zeit. In ihrer Tasche war ein Buch, aber zum Lesen fühlte sie sich nicht in der Lage. Sie wollte reden. Sie wollte, dass er sie anschaute, sie berührte und ihr versicherte, das Ziel nicht zu verfehlen. Wenn das Ziel und der Bodyguard tot sind, gehen sie in ihr Zimmer am Ende des Ganges, Stefan wird das Fensterglas einschlagen und sie nehmen die Fluchttreppe, unter der das Fahrzeug auf sie wartet. Sollten sich Leute auf dem Korridor befinden, wird Stefan ihnen Angst einjagen. Die Leute von der Sicherheit werden eine Weile mit der Zimmertür zu kämpfen haben, die von innen verschlossen ist. Trotz der Planung und der Probedurchläufe könnten Dinge natürlich gründlich schiefgehen. Stefan war ein großer starker Mann, erfahren und bewaffnet und er bewahrte einen kühlen Kopf, für sie war es hingegen die erste Operation. »Du hast still zu stehen«, hatte Stefan bei den Vorbesprechungen gesagt. »Ich regle das mit dem Bodyguard. Unter einer Bedingung: Dass du dich nicht rührst. *Ein* Ziel, das sich bewegt, ist genug.« Sie wusste, dass der Schalldämpfer nur einen Teil des Geräusches schlucken würde und dass der Bodyguard sie sich greifen und als Schutzschild missbrauchen könnte. Von dem Moment an, da die Fahrstuhltür sich öffnete, hängt alles von Stefan ab, der gerade, nur flüchtig mit einem Laken bedeckt, neben ihr lag und mit der Fernbedienung spielte.

»Wie kannst du nur?« Sie setzte sich angekleidet neben ihn und lehnte sich an die Bettstütze, die leicht knarrte. Er legte ihr die Hand aufs Knie: Ihr war klar, dass er wartete, dass sie weiterreden würde. Sie versuchte, ihre Worte vorsichtig zu wählen. Sie waren Profis und wussten, dass es auf dem Zimmer verboten war, über Angelegenheiten der Operation zu reden. Sie hatten auch gelernt, wie man mit dem hinterm Berg hielt, was man sagen wollte. »Wie kannst du hier abhängen, als wäre dir stinklangweilig, zweimal mit mir vögeln und durch die Kanäle zappen, wenn du genau weißt, was uns heute Abend erwartet und dass die Sache schiefgehen kann?« Daran gewöhne man sich, mit der Zeit fiele es einem leichter. Und er habe ohnehin gerade nichts zu tun, wollte Stefan sagen, doch er verbiss es sich.

»Sie ist zu jung, sie hat keine Erfahrung«, hatte Stefan zu Ehud in der Ferienwohnung auf Sizilien gesagt, die für die Vorbereitungen auf die Operation angemietet worden war. Rachel war auf ihr Zimmer gegangen, um sich für die Generalprobe umzuziehen. Sie hatte einen Kratzer zu verarzten, den ihr der Typ mit dem langen Fingernagel, der den Bodyguard spielte, zugefügt hatte. Stefan nutzte die letzte Gelegenheit, die Besetzung anzufechten.

Ehud war nicht entgangen, wie Stefan sie beobachtete und taxierte. Auf einmal war er froh, dass Stefan sie begehrte und meinte zu ihm, sie wäre der Sache durchaus gewachsen.

»Wir haben keinen Ersatz«, sagte der Kommandeur der Einheit, der das Gespräch mitbekommen hatte. »Außerdem hast du doch gesehen, wie sie sich verhält, eine echte Lady. Sie wird dich überall hinführen, ohne dass du den Mund aufmachen musst.«

Stefan ignorierte die Anspielung auf seine Unzulänglichkeiten als Agent. Ohne ihn könnten sie die Operation nicht ausführen. Zuhören mussten sie ihm. »Sie ist zu sensibel«, sagte er. Er setzte zum Weiterreden an, aber der Kommandeur der Einheit ging dazwischen: »Keine Alternative. Es gibt immer ein erstes Mal, ich verlasse mich darauf, dass du sie einarbeitest.«

Er zwinkerte Stefan zu. Ehud spürte, wie Zorn und Eifersucht in ihm aufbrausten. Er hasste dieses Gerede unter Männern, fühlte sich fehl am Platz. Rachel war eine Agentin, seine Agentin. Sie setzte tagtäglich ihr Leben aufs Spiel und hielt sich in einem Land auf, in welches es keiner der Männer, die in diesem Zimmer saßen, geschafft hätte. Sie mochte nicht über Stefans Erfahrung verfügen und hatte mit Waffen nur beim obligatorischen Schießtraining zu tun gehabt. Doch bei dieser Operation war sie genauso gefährdet wie Stefan, vielleicht sogar mehr. Trotzdem sprachen sie über Rachel wie über ein Ding, ein Gerät, welches das Zielobjekt vors Visier schob.

Stefan lenkte nicht ein und erzählte dem Kommandeur der Einheit, dass sie jedes Mal zusammenzuckte, wenn die Fahrstuhltür aufging und er mit gezogener Pistole hineinpreschte.

»Beruhige sie. Nimm die Vaterrolle ein. Du bist der, der die Verantwortung trägt.«

»Ich?«, sagte Stefan. Er lächelte nicht.

»Hör ihr zu und hab Geduld mit ihr«, sagte der Kommandeur. »Laut ihrem psychologischen Profil hat sie einen Vaterkomplex, sie sucht Ersatz für den Vater, mit dem sie in Konflikt steht. Versuch ein einziges Mal, deine Partnerin nicht flachzulegen. Oder du erfüllst beide Rollen.«

Der Kommandeur hatte gelacht. Ehud riss sich zusammen, denn die Operation war von größerer Bedeutung als Rachel, von größerer Bedeutung als ihre intimen Geheimnisse.

Stefan spielte mit der Fernbedienung, bis er wilde Popmusik fand und drehte lauter. Er setzte sich auf und zog Rachel an sich. »Uns bleibt nichts anderes übrig«, sagte er. »Wir können hier den ganzen Tag herumsitzen und zulassen, dass uns die Anspannung zermürbt, bis wir uns nicht mehr rühren können. Ich habe das schon erlebt.« Sein Blick ließ von der Sängerin ab, die auf dem Bildschirm die Hüften kreisen ließ. Er drehte sich zu Rachel. »Wir werden aber nicht besser, wenn wir über diese ganzen Dinge nachdenken. Wir müssen uns ausruhen. Geduldig abwarten.«

»Ausruhen? Geduldig?«, fragte sie. Der Ton in ihrer Stimme offenbarte ihm, dass dies für sie ein Unding sei.

»Du hast doch ein Buch dabei«, sagte er und deutete auf den dünnen Lyrikband.

»Ja«, sagte sie, ihr war klar, dass er von Emily Dickinson noch nie gehört hatte. Sie würde das Buch nur aufschlagen, wenn sie zu lange in der Lobby warten müsste.

»Wie wär's damit? Willst du damit nicht, so wie im Film, am Fenster sitzen? Du kannst mir sogar etwas vorlesen, wenn du Lust hast.«

»Nein!«, sagte sie entschieden. »Lass uns reden.«

Der Zimmerservice klopfte und sie stand auf, um das Frühstückstablett entgegenzunehmen. Stefan goss sich eine Tasse Kaffee ein. Rachel meinte, dass sie sich inzwischen wirklich wie ein Paar aufführen würden. Stefan lächelte sie an. Sein Lächeln tat ihr gut. Doch sie hatte Angst, es zu verlieren. Hatte Angst, dass ihm etwas zustoßen würde. Denn er wäre es, der die Pistole hielt. Er wäre es, der ohne zu zögern abdrücken und dann mit Rachel verschwinden müsste. Sie frühstückten. Sie strich ihm Marmelade aufs Brot und erzählte ihm, dass ihr Vater morgens üblicherweise Bohnen aß. Stefan wunderte sich darüber. Sie erklärte ihm, dass es Engländer gäbe, die zum Frühstück warme Bohnen auf Toast essen würden.

Dann redeten sie, vielmehr Rachel. Stefan, der es gewohnt war, den ganzen Tag allein zu sein, auf dem Pferd zu sitzen und nur gelegentlich den Hund zur Ordnung zu rufen, hörte ihr zu und prägte sich die Dinge ein. Später schrieb er alles in den Bericht mit der Anmerkung, dass dieser nur für Ehud bestimmt sei. Natürlich fand das keine Beachtung, ein Bericht war ein Bericht. Er kam in die Akte mit den Nachbesprechungen der Einsätze.

»Eigenartig«, sagte sie, »aber ich denke gerade an meinen Vater.« Wenn sie nachts Angst bekommen hatte, schilderte sie Stefan, habe ihr Vater nicht erlaubt, dass sie ins elterliche Schlafzimmer kommen durfte. Und soweit ihre Erinnerungen an die Eltern zurückreichten, hatten sie in getrennten Betten geschlafen. Sie grübelte darüber, ob sie jemals ein Bett geteilt hatten, doch ihre Mutter war verstorben, bevor sie ihr die Frage hatte stellen können.

»Und wenn er es dir erlaubt hätte, in welches der Betten wärst du gestiegen?«

Sie war verblüfft, dass Stefan in der Lage war, eine solche Frage zu formulieren. Ihr überhaupt zuhörte. In seine Stimme schlich sich etwas Sanftes, das sie an ihm bisher nicht gekannt hatte. Sein Englisch, normalerweise steif und unnachgiebig, war ihr auf einmal zugänglich und hatte einen angenehmen Klang. »In das meiner Mutter, denke ich. Aber ich hätte gern gewollt, dass es das meines Vaters gewesen wäre.«

Stefan streckte die Hand nach ihr aus und berührte sie. Sie war überrascht. Die Hand strahlte Wärme aus und die Berührung tat gut. Sie wollte ihm mehr erzählen. Sie wollte ihm von ihrer Einwanderung nach Israel erzählen, von den Tagen ihrer Einsamkeit, bis man an sie herangetreten war und ihr vorgeschlagen hatte, etwas anderes zu tun. Doch Rachel wusste, dass es verboten war, selbst in diesem geschlossenen Raum durfte sie keine Geheimnisse preisgeben.

»Ich war zwölf, kein Mädchen mehr und noch keine Frau.« Stefan nahm sie in die Arme und sie fuhr fort. Sie wusste nicht, warum sie es ihm erzählte. »Bei uns zu Hause war es immer düster. Mein Vater war ein Geizkragen, meine Mutter traute sich nicht, mit ihm zu diskutieren. Ich kam für gewöhnlich aus der Schule, warf die Tasche in mein Zimmer und rannte los, um sie beide zu suchen. Mutter war immer in der Küche und Vater saß um diese Uhrzeit bereits hinter seinem Schreibtisch. Ich liebte es, auf meine Mutter zuzustürmen und sie von hinten mit einer Umarmung zu überfallen. Es gab mir das Gefühl von Sicherheit. Mama war die größte, sie bereitete in der Küche das Abendessen zu, das exakt zehn Minuten vor sechs aufgetragen wurde, damit Papa die Nachrichten sehen und anschließend auf ein Glas in den Pub einkehren konnte. Dann kam er nach Hause und begab sich ins Badezimmer, wo keine von uns es wagte, ihn zu stören. Daraufhin ging er in seinem alten Schlafanzug, den er partout nicht gegen einen neuen eintauschen wollte, ins Bett. – Ich habe einmal mitbekommen, wie Mutter ihm deswegen zusetzte. Wenn sie im Schlafzimmer an seiner Seite war, hörte er Radio. BBC. Nachrichten und danach ein Konzert. Jeden Abend, bis er einschlief. Ein Mann mit festen Gewohnheiten.

Damals hatte auch ich eine Gewohnheit. Nachdem ich meine Mutter umarmt hatte, die mir eine Tasse Milch und Kekse gab, deren Geschmack ich bis heute auf der Zunge habe, ging ich zu ihm. Er blickte von seinem Heft auf, drehte sich auf dem Stuhl in meine Richtung und dann umarmte ich ihn. Dann setzte ich mich auf seinen Schoß, träumte vor mich hin und schaute mir genau an, was er machte.

Ich mochte es, mich an ihn zu lehnen, sein Jackett mit den Knöpfen zu spüren. All dies, bevor ich reifer wurde, all dies, bevor ich überhaupt an etwas dachte.

›Genug‹, sagte er eines Tages zu mir und stieß mich weg. Ich habe es noch in Erinnerung, als wäre es erst passiert. Er schob mich weg. Sie umfasste Stefans Hand mit beiden Händen. ›Genug‹, hat er gesagt, ›das machen Mädchen in deinem Alter nicht.‹ Ich verstand nichts. Ich verstand nur, dass er mich abstoßend fand. Mich nicht wollte. Mit mir etwas nicht in Ordnung war. Mehr Versuche unternahm ich nicht. Ich kam nur noch in sein Arbeitszimmer, stellte mich neben ihn und er nahm eine Süßigkeit aus der Schublade. Ich stand da und naschte. An den Krümeln, die auf den Schreibtisch fielen, schien er sich nicht zu stören. Das war die Entschädigung, die er für mich auserkoren hatte.«

Einige Stunden später war sie von den Schüssen im Fahrstuhl noch wie betäubt und vom raschen Rückzug in Beschlag genommen. Fast alles war wie geplant abgelaufen. Nur der Bodyguard hatte sich von hinten an sie gepresst und sie mit beiden Armen umschlungen, statt die Pistole zu ziehen. Nachdem Stefan den Terroristenführer erschossen hatte, war er in den Fahrstuhl gestiegen, als wolle er mitfahren. Und noch bevor Rachel realisierte, dass der Ablauf der Aktion einen der anderen geprobten Wege gehen würde, hatte Stefan das Ende des Schalldämpfers zwischen die Augen des Bodyguards gedrückt und eine Kugel abgegeben. Sie verließen den Fahrstuhl, noch bevor die Türen sich schlossen und erreichten, von anderen unbemerkt, ihr Zimmer. Sie hätten keine Zeit, meinte Stefan, wartete aber den Moment, bis Rachel die nasse Hose gewechselt hatte. Das hatte er auch nicht in seinen Bericht geschrieben. Und Ehud, der sie langsam und stufenweise befragt und sämtliche Einzelheiten von ihr erfahren hatte, behielt es auch für sich. Hinter dem Hotel wartete das Fluchtfahrzeug und brachte sie zur Yacht, die zum Auslaufen bereitstand.

Als die Ausstrahlung der populären Telenovela im Fernsehen unterbrochen wurde, um die Ermordung eines führenden Freiheitskämpfers zu melden, befanden wir uns bereits auf hoher See.

»Und das war's?«, fragte Joe. »Das ist alles, was du aus dem Bericht und den Gesprächen erfahren hast, die du mit ihr nach der Operation geführt hast? Aus deiner Geschichte habe ich den Eindruck gewonnen, dass zwischen ihnen etwas entstanden war. Sie hatten einen Grund, daran anzuknüpfen.« »Sie hatten keine Chance«, sagte Ehud. »Ich fand es auch merkwürdig, doch der Kommandeur der Einheit war dagegen, sie gemeinsam nach Israel zurückkehren und die Lorbeeren ernten zu lassen. Der Kommandeur bestand darauf, dass Rachel umgehend in ihr Einsatzland zurückkehrte. Er meinte, sie bekäme noch genug Gelegenheiten zu feiern, man müsse es nicht übertreiben. Unterm Strich hätte sie nur getan, was ihr gesagt worden war. Ich sprach mit ihm von der Yacht aus, benutzte ein altes Satellitentelefon und wir wussten, dass die Leitung nicht abhörsicher war. Ich konnte nicht mit ihm diskutieren, ohne Einzelheiten zu lüften, über die es verboten war, zu sprechen, daher ließ ich es bleiben. Im Nachhinein denke ich, dass er recht hatte. Diese Operation war für Stefan etwas Gewöhnliches. Es war die Art und Weise, wie er arbeitete. Was ihn betraf: So war er bereit, nach Hause, auf die Farm zurückzukehren. Für Rachel jedoch war es eine einmalige Erfahrung, die ihr auch schaden und ihre Aufmerksamkeit von der hauptsächlichen Mission ablenken konnte. Wir blieben einige Tage auf der Yacht. Dort ging es eng und laut zu. Ich stellte sicher, dass sie sich eine Kabine mit der Frau teilte, die das Fluchtfahrzeug gefahren hatte. Stefan war ebenfalls mit jemandem auf Kabine, sodass die beiden keine Gelegenheit zum Reden hatten. Zumindest, soweit mir bekannt ist. Als wir in Sizilien ankamen, schickten wir das übrige Team auf den Weg. Rachel und ich flogen nach Frankreich, um ihr ein Auto zu kaufen und sie auf die nächste Operation vorzubereiten. Sie war nicht länger Angie Brown, auch nicht Rachel Goldschmidt. Rachel Brooks kannte keinen Stefan und war nie in Nordafrika gewesen. Rachel Brooks befand sich auf dem Rückweg von ihrem Urlaub in Sizilien und war auf dem Weg nach Paris, um sich einen alten, gut erhaltenen Volvo anzuschaffen. Sie hatte vor, ihn bis auf den Parkplatz ihres Wohnhauses zu fahren und ihn für Reisen und erholsame Ausflüge zu nutzen.«

KAPITEL 6
DORT

»›Du weißt, dass ich keinen Grund habe, dort umherzufahren‹, sagte sie zu mir, nachdem ich ihr die Mission vorgestellt hatte. Damit lag sie richtig. Es war sehr schwer zu erklären, warum eine Ausländerin ausgerechnet in die Seitenstraße geriet, an der Militärstützpunkte verstreut lagen. Was sollte sie da zu suchen haben? Wie sollte sie von dieser Straße wissen können, die auf der Karte als Sandweg eingezeichnet war? Wohin fuhr sie und woher kam sie? Und es gab einige weitere Details, von denen ich wusste, ihr jedoch nichts sagte. Fiele Rachel ihnen in die Hände und würde aufgedeckt, was sie wusste, dann könnten sie weitere Quellen aufdecken. Dazu durfte es niemals kommen. Es ging darum, die Leute voneinander abzuschotten. Dieses Prinzip bot ihr Schutz. Außer einem ganz engen Kreis im Office war niemandem bekannt, dass sie sich im Einsatzland befand. Sämtliches nachrichtendienstliches Wissen, das sie übermittelte, tarnten wir, bevor wir es den Analytikern übergaben. Einmal erklärte ich ihr, wie wir Personen auf Fotos unkenntlich machten. In ihren Augen las ich einen Anflug von Enttäuschung, als würde ich ihr etwas nehmen, das ihr gehörte. Ich zeigte ihr die unkenntlich gemachten Bilder. Sie zuckte zusammen, als spürte sie es am gesamten Körper. ›Ihr radiert mich aus‹, sagte sie. ›Wenn ich eines Tages tatsächlich verschwinde, wird es kein Mensch merken.‹

Diese Operation war gefährlich, doch sie war eine Kämpferin, wie die Agenten bei uns heißen. Genau das war es, was Kämpfer machten. Es ist keine hohle Phrase, wenn man sagt, dass sie in Zeiten des Friedens wie in Zeiten des Krieges im Staatsdienst stehen. Soldaten fallen in Kriegen und gefährden ihr Leben, um die Zielsetzung zu erreichen. Und es gab keinen Grund dafür, wieso in Rachels Fall die Dinge anders liegen sollten. Warum würden wir einen Menschen nicht der Gefahr aussetzen, um an die Informationen heranzukommen, die an einem anderen Ort und zu einer anderen Zeit Menschenleben retten könnten?

In unserer Einheit kannten wir sie. Wir wussten, wo sie geboren war und wer ihre Freunde waren. Es war schwer vorstellbar, sich eine Situation auszumalen, in der sie auf einmal nicht mehr da wäre. Dass sie in ihre Hände fiele. Doch das machte ihr Blut nicht röter als das Blut anonymer Soldaten, die mitten in Nablus im Hinterhalt lagen, zu einer Operation im Gazastreifen aufbrachen oder die sich für den Krieg rüsteten.

›Das ist ein Risiko, das wir eingehen können‹, sagte ich. ›Wir?‹, fragte sie bitter. Ich wusste, dass sie recht hatte. Wir stellten den Grund bereit, dorthin zu fahren. Wir absolvierten hier gemeinsam das Training. Doch wenn alle Vorbereitungen getroffen wären, würde sie sich allein auf Mission begeben. Und wir würden zu Hause sitzen, Kaffee trinken und darauf warten, dass sie Bericht erstattete.

Dir liegt die Frage auf der Zunge, was sich dort genau abgespielt und was sie gemacht hat. Abermals sage ich dir, dass ich es nicht weiß. Wie soll ich wissen, was genau vorgeht, wenn es so wenige und simple Fakten gibt. Sie hielt mit dem Wagen vor dem Tor und erledigte ihren Job. Doch sie ging darüber hinaus. Wesentlich. ›Einige Fotos. Und alles, was du dir merken kannst‹, hatte der Einsatzleiter während der Besprechung gesagt und dafür trainierten wir. Wir verlangten nicht mehr. Und sie legte uns nicht offen, was sie dem Training und den Hinweisen des Einsatzleiters entnommen hatte. Die Ergebnisse sah ich auf den Fotos und hörte sie im Gespräch, das wir in der eingehenden Nachbesprechung des Einsatzes führten. Ich erblickte ein Bild von ihr, wie sie den Wachposten umarmte, ein weiteres vom Eingang des Stützpunktes und auf einem anderen, was den Höhepunkt der Operation darstellte, schüttelte sie vor der Hütte des Wachpostens dem Kommandeur des Armeestützpunktes sogar die Hand. ›Das wolltet ihr doch. Nicht wahr?‹, sagte sie zu mir. In ihren Augen erkannte ich Zorn, der schon zuvor aufgekeimt war. Als wolle sie mir den Wink geben, sie im selben Satz zu loben und zu tadeln, ihr sagen, dass sie ausgezeichnete Informationen beschafft habe, sie sich aber nicht in einem solchen Umfang hätte gefährden müssen. Doch ihre Worte und die aufrechte Sitzposition, in der sie die Stuhllehne nicht berührte, sagten noch viel mehr. *Du trägst die Schuld,* vermittelte sie mir ohne Worte. *Du führst mich an meine Grenzen. Du verabreichst mir tröpfchenweise die Botschaft, dass ich nicht aus Zucker gemacht sei, dass auch ich Risiken auf mich nehmen müsse und nicht nur auf Staatskosten in einer schönen Wohnung sitze und jährlich drei Prozent für die Rente horte. Also da hast du's.*

Die Befragung nach dem Einsatz schockierte mich. Darauf war ich nicht vorbereitet gewesen. Der Bericht strotzte vor Einzelheiten. Es gab keine Fotos vom Inneren des Militärstützpunktes, doch wir verglichen ihren Bericht mit anderen Fragmenten an Informationen, die wir besaßen und erfuhren dadurch, dass er sehr genau war. Der Einsatzleiter leckte sich förmlich die Finger, beim militärischen Nachrichtendienst lobten sie den Mossad in hohen Tönen, doch von mir bekam Rachel einen Punkt Abzug. Ich schrieb dem Kommandeur der Einheit, es sei kein gutes Zeichen – sie sei dazu imstande, die Regeln auszublenden und eigenwillig vorzugehen. Sie hatte mehr gebracht, als worum wir gebeten hatten. Sie überging die Instruktionen, die sie erhalten hatte. Beim Briefing vor der Operation hatten wir uns darauf geeinigt, dass sie vor dem Tor des Militärstützpunktes halten solle, um das Hinterrad zu prüfen. Wir hatten auch gesagt, dass sie aus dem Fahrzeug aussteigen solle, damit sie besser sehen und sich das Maximum an Informationen einprägen könne. Wir hatten nicht darum gebeten, dass sie auf den Wachposten zusteuern, auf ihren Bauch zeigen solle, um ihm mit ihrem rudimentären Arabisch zu erklären, dass sie dringend auf Toilette müsse. Bis zu der Nachbesprechung, die wir unter vier Augen führten, hatte ich nicht gewusst, dass sie an den Wachposten herangetreten war und die Formalitäten für den Zutritt zum Stützpunkt auswendig gelernt hatte, bis er ihr den Telefonhörer reichte, um mit seinem Kommandeur zu reden. Stell dir das nur mal vor: Unsere Rachel sitzt mitten in einer Raketenbasis auf dem Klo und denkt die ganze Zeit darüber nach, welche Informationen ihr noch fehlen und was für eine unwiederbringliche Gelegenheit sie in den Händen hält. Anschließend trinkt sie mit dem Kommandeur in seinem Büro eine Tasse Kaffee, prägt sich die Landkarte hinter ihm ein, macht ihm Komplimente für sein hervorragendes Englisch und erfährt, wo er Chemie studiert hat und wer noch mit ihm auf der Moskauer Universität war!

Ich hörte mir ihren Bericht an und fragte mich, was ihr in der Zeit, da sie sich einer solchen Gefahr ausgesetzt hatte, wohl durch den Kopf gegangen sein könnte. Ob sie auch an ihr Fahrzeug gedacht hat, welches vor dem Stützpunkt geparkt stand? An das Risiko, dass einer vom Muchabarat gern wissen würde, was ein Auto mit ausländischem Kennzeichen dort machte? Ich wollte es wissen. Aber Rachel legte mir nicht offen, wie sie sich gefühlt hatte, während sie sich mit dem Kommandeur des Stützpunktes unterhielt. Ob sie Angst spürte? Er könnte bemerken, wie neugierig sie war, wenn es um ihn ging und wie schüchtern, wenn er Fragen zu ihrer Person stellte.«

Von Weitem, bevor sie die letzte Kurve nahm, schnürte die Anspannung Rachel den Magen ab und sie klammerte sich ans Steuer. Noch einmal ging sie alle Einzelheiten des Plans durch: Ich identifiziere den Stützpunkt. Ich fahre zunächst daran vorbei, werfe einen Blick darauf und fahre weiter. Ich muss sicherstellen, dass es sich um diesen Stützpunkt handelt, den sie mir auf dem Foto gezeigt haben (Woher haben sie es? Warum schicken sie mich dorthin, wenn sie ein Foto haben?) Dann fahre ich in die Stadt, zu meinem Ausflugsziel, das ich mir anschauen will. Ich gehe in die Kirche. (Wer hat dafür den Nerv?) Gehe wieder nach draußen. Kaufe ein Souvenir zu einem exorbitanten Preis. Schwatze ein wenig mit dem Straßenverkäufer, damit er mich in Erinnerung behält, sodass er aussagen könnte, dass ich dort gewesen sei. Ich bin nett und an mir ist nichts Bösartiges (Tatsächlich werde ich diesen Eindruck erwecken, zumindest, was ihn angeht.). Dann warte ich, bis die Sonne hinter mir steht. Zeit für den Kamera-Check. Ich lege einen neuen Film ein. Mache einige Fotos. Stecke die Kamera in die Handtasche. Richte sie auf das kleine Loch in der Tasche aus. Überprüfe den Mechanismus für die Blende. Dann geht es los.

Rachel nahm die Kurve und fuhr langsamer. Aus der Entfernung erspähte sie die Zäune und Gebäude. Bestimmt war es *ihr* Stützpunkt. Sie fuhr einen Kilometer weiter und entdeckte, dass es mehrere Stützpunkte gab. Eigentlich eine ganze Reihe von Militärcamps. Sie fuhr noch langsamer. Der Lkw hinter ihr hupte. Sie trat aufs Gas, doch er hängte sich an sie dran. Bei dem dichten Verkehr war es unmöglich, das Fahrzeug vor ihr zu überholen und den Lkw abzuhängen. Würde sie überholen, könnte sie außerdem das Eingangstor verpassen. Jetzt musste sie den richtigen Stützpunkt ausmachen und auf den Lkw achten, der an der Stoßstange ihres Wagens zu kleben schien. Sie erwog kurz, auf die genaue Vermessung und Identifizierung zu verzichten, doch das wäre ein Fehler. Zum Zweck der Mission musste sie, als wäre es rein zufällig, nah an dem Tor halten, das sich auf der gegenüberliegenden Seite der schmalen Straße befand. Dafür musste sie es jetzt identifizieren und die exakte Entfernung bis zur Tankstelle vermessen. Nachdem sie sich diese Einzelheit eingeprägt haben wird, musste sie den Kilometerzähler auf Null stellen, um nicht dabei erwischt zu werden, wie sie die Entfernungen zwischen Tankstelle und Stützpunkt vermaß. So viele Einzelheiten, an die sie denken musste, dazu noch am Steuer sitzen und beide Straßenseiten inspizieren. Und dann dieser Lkw, der sie vor sich hertrieb. Sie näherte sich dem ersten Stützpunkt. Würde sie jetzt anhalten und sich von dem Lkw überholen lassen, riskierte sie, dass er neben ihr hielte. Ein anderer könnte ebenfalls halten und sich so an den Wagen erinnern, der in dieser Gegend zweimal ausgeschert war. Ein leichter Stoß von hinten. Nur eine Berührung. Er spielt mit mir. Rechnet sich Chancen aus, weil ich allein in dem Volvo sitze und mein Haar offen trage. Er meint, mit mir könne er es sich erlauben. Rachel beschleunigte ein wenig und ließ den Lkw hinter sich. Er hupte, als wolle er sich verabschieden. Sie steuerte auf den Stützpunkt zu. Das Foto, das sie ihr im Briefing gezeigt hatten, war von der Seite aufgenommen worden und man konnte unmöglich wissen, ob es sich um den Stützpunkt handelte, zu dem sie beordert war. Der Entfernungsmesser zeigte an, dass die Distanz von der letzten Kreuzung fast genau der entsprach, die der Einsatzleiter ihr genannt hatte. Er hatte eingeräumt, dass die Angabe nicht exakt sei, die Abweichung könne sich auf 200 Meter belaufen – es war die übliche Fehlerspanne, die sich bei den Messungen auf ihren Karten und Luftaufnahmen ergab. Aus Israel war extra ein Mechaniker gekommen, um den Wagen zu präparieren. Den hatte sie einem Agenten »abgekauft«, der ihn nach Frankreich überführt hatte. Auch der Mechaniker hatte gesagt, dies sei alles, was sie hätten, damit müsse sie auskommen.

»Ab der Kurve musst du dich auf das Foto und dein eigenes Urteil verlassen«, hatte der Einsatzleiter gesagt, im Briefing hatte das einfach geklungen. Sie kam dem Stützpunkt näher, doch dahinter war ein zweiter und dahinter der nächste. Der Lkw war wieder hinter ihr. Zu spät, um anzuhalten. Unmöglich, schneller zu fahren. Rachel musste nach beiden Seiten Ausschau halten und den Entfernungsmesser auf Null stellen. Sie atmete tief ein und langsam aus, als würde sie den Abzug eines Scharfschützengewehrs betätigen. Sie atmete erneut tief ein. Hohe Zäune.

Stacheldrahtzaun. Eine Umgehungsstraße. Die Hütte des Wachpostens. Es passte nicht zu dem Foto, das der Einsatzleiter ihr vor einem Monat gezeigt hatte. Er hatte ihr auch nicht erlaubt, eine Skizze davon anzufertigen. »Merk's dir einfach«, hatte er gesagt und ihr erklärt, es sei zu riskant, eine Zeichnung von einem Wachposten bei sich zu führen. Sie fuhr am Tor vorbei und warf einen Blick nach rechts. Nein, das war nicht der Stützpunkt, den sie suchte. Sie musste weiterfahren. Zum zweiten Stützpunkt. Flutlichter um den Zaun. Ein niedriger Zaun, oben mit Stacheldraht. Ein weiterer Wachposten. Wieder wandte sie den Kopf nach rechts, hoffte, dass der Fahrer des Lkw hinter ihr sich einbilden würde, sie benutze den rechten Seitenspiegel, um nach hinten zu schauen. Das war er, das war der Stützpunkt. Sie drückte auf den Entfernungsmesser und warf einen Blick auf den Wachposten, der neben der gelben Schranke stand. Der Lkw hupte ihr wieder zu und sie beherrschte sich, dem Fahrer nicht den mittleren Finger zu zeigen. Stattdessen lachte sie, schlug mit der Hand aufs Lenkrad und fuhr weiter. Als sie am dritten Stützpunkt vorbeikam, musterte sie ihn länger, um sicherzugehen, dass sie sich nicht vertan hatte. Diesmal fuhr keiner vom Stab hinter ihr, wie in den Probedurchläufen auf der Seitenstraße außerhalb von Rom. Sie war auf sich gestellt. Sie und der Stützpunkt, der sie erwartete. Das war ihre Mission. Nur sie konnte das leisten. »Für uns, Rachel, für uns!« – Ehud war nicht müde geworden, zu betonen, dass sie beide kooperierten und sie nicht nur angeheuert worden war. Sie trat aufs Gas und hängte den Lkw ab. Nur nicht zu schnell fahren, damit ihr Fahrtempo kein Aufsehen erregte, sie dachte an die Operation. Warum wollten sie wissen, wie breit das Tor war und aus welchem Material es bestand? Ob es Nagelstreifen gab? Ob es eine Telefonleitung vom Wachposten zur Kommandantur gab und wo sie sich befand? »Halte nach einem schönen Gebäude und einer wehenden Flagge Ausschau«, hatte der Einsatzleiter sie instruiert. Rachel hatte darum gebeten, dass man ihr den Zweck der Informationen erklärte, die sie beschaffen sollte. Dann könne sie nach Details suchen, über die sie nicht im Speziellen gesprochen hatten. Der Einsatzleiter meinte jedoch, sie dürfe von der Arbeit anderer Einheiten nicht wissen: Kenntnis nur bei Bedarf, das sei ihr Prinzip.

Beim Erreichen der Tankstelle notierte sie sich die Entfernung bis zum Stützpunkt auf einen Zettel und setzte zwischen die Ziffern Punkte.

Ehud hatte gewollt, dass sie die Zahl auswendig lernt, sie war damit einverstanden gewesen, doch nun wurde sie sich darüber klar, dass sie die Zahlen durcheinanderbringen und vergessen könnte. Sollte sie jemand nach der Zahl fragen, würde sie zur Ausrede sagen, es sei der Preis einer Skulptur. Die habe sie auf dem Markt in einem Antiquitätengeschäft erspäht. Nein, wo der Laden ist, weiß ich nicht mehr, würde sie sagen. Keiner würde nachhaken, dennoch musste man eine Antwort parat haben, wie bei jeder Sache, die sie vorhatte, die Fotos ausgenommen. »Das Bild, das wir haben, ist verschwommen und nichts wert. Man kann weder das Tor noch den Wachposten erkennen. Deshalb musst du anhalten und aussteigen. Schalte in der Handtasche die Kamera ein, wie sie es dir erklärt haben und fotografiere in der Zeit, in der du von einer Wagenseite zur anderen gehst«, hatte der Einsatzleiter gesagt und hinzugefügt, es sei das Risiko wert. »Warum aber sollte ich mit der Handtasche aussteigen, wenn ich nur das Hinterrad überprüfe?«, hatte Rachel nachgefragt und registriert, wie alle Augen sich auf sie richteten. »Dafür müssen wir uns eine Erklärung überlegen«, hatte Ehud gesagt und vorgeschlagen, später darüber zu sprechen. »Wir brauchen diese Fotos unbedingt.«

Zu ihrer Überraschung war der Rundgang in der Ortskirche interessant. Rachel rechnete es dem einen Priester während ihrer Ausbildung hoch an, dass er ihr beigebracht hatte, wie sie sich als gläubige Christin zu verhalten habe. Sie erinnerte sich an die Kirche, die sie in Montreal für sich entdeckt hatte. Sie war dorthin gefahren, um am Ausbau ihrer neuen Legende zu arbeiten. Es war ihr nicht schwergefallen, sich dem einheimischen Priester als Tochter säkularer Eltern zu präsentieren und darum zu bitten, er möge ihr alles beibringen, was man für die Taufe wissen müsse. Der Priester war sehr großzügig gewesen, doch auch neugierig. Die Großzügigkeit hatte gesiegt und so hatte er Abstand davon genommen, sie mit Fragen zu löchern, die ihr Leben betrafen und auf die sie nicht eingegangen war. Rachel war lernwillig gewesen, hatte sich an allen Gebeten und Ritualen beteiligt und sie waren beide sehr traurig, als sie kurze Zeit vor der anberaumten Zeremonie abreisen musste, weil sie in einer anderen Stadt Arbeit gefunden hatte. Der Verbindungsführer, der sie in Kanada begleitet hatte, war dagegen gewesen, dass sie sich ordnungsgemäß taufen ließe. Er redete sich damit heraus, dass sie dem Priester nicht ihren vollen Namen und ihre Adresse geben dürfe. Rachel ordnete sich unter und erzählte Ehud später, dass wohl eher die Kippa, die der Verbindungsführer tatsächlich vor jedem ihrer Treffen abgesetzt hatte, der wahre Grund gewesen sei. »Mach dir keine Sorgen«, hatte Ehud sie beruhigt, als sie ihm sagte, dass die religiösen Ideen, die mit der Muttermilch eingesogen wurden, nicht zu ersetzen seien. »Keiner wird dich einer Prüfung unterziehen. Es genügt völlig, wenn du deine christliche Erziehung durchblicken lässt, ganz natürlich, so wie du Frau bist. Keiner wird dich ausziehen, um zu überprüfen, ob du eine Frau bist. Keiner von deinen Bekannten wird deinen Pass sehen wollen, nachdem du ihm deinen Namen genannt hast. Die Menschen glauben, was sie sehen und was sie hören, bis man ihnen einen Grund gibt, anderes zu denken. Es ist ausreichend, wenn du ein kleines Kreuz umbindest, ein Erbstück der Großmutter. Und mehr als die Weihnachtsfeiertage musst du nicht erwähnen. Sei froh, dass du nicht erklären musst, wie eine Beschneidung abläuft.« Er war rot geworden und sie hatte gelacht.

Rachel vergaß nicht, eine Kerze anzuzünden und sich zu bekreuzigen. Sie fotografierte den alten eindrucksvollen Bau von allen Seiten. Der Einsatzleiter wird sich über diese Fotos freuen, dachte sie. Anschließend kaufte sie im Souvenirladen einen kleinen Teppich. Erst als sie wieder draußen war, fiel ihr ein, dass sie vergessen hatte, sich den Kassenbon geben zu lassen. Die Leute aus der Buchhaltung stöhnten immer, wenn sie die Ausgaben sahen, die sie bei ihnen einreichte. Sie wollten keine Erklärungen, sondern Quittungen. »Es gibt für mich keinen Grund, Quittungen aus dem Supermarkt zu sammeln«, sagte sie zu ihnen und Ehud segnete es mit seiner Unterschrift ab, damit sie ihr nicht auf die Nerven gingen. Die Anschaffung von Besitz war allerdings eine andere Geschichte und jeder Zusatz für die Wohnung bedurfte einer vorherigen Genehmigung.

Okay, ich bin so weit, sagte sie sich, als sie von der schmutzigen Toilette des großen leeren Cafés zurückkehrte, das gegenüber der Kirche zu besseren Zeiten gebaut worden war. Es gab keinen, den sie darüber hätte informieren können, dass sie sich jetzt auf den Weg machte. Ehud wusste nicht einmal, dass sie vorhatte, an diesem Tag zu fahren. Sie schaute sich um. Es kam ihr so vor, als würde man ihr anmerken, dass sie vor einem Einsatz stand. Männer warfen ihr Blicke zu. Kinder wollten Bakschisch. Ein Mann versuchte, ihr Tamarindensaft zu verkaufen, ein anderer fragte sie, ob sie Haschisch wolle. Sie lehnte ab, obwohl es hätte interessant werden können. Wieder sah sie auf die Uhr. Es war Zeit aufzubrechen. Sie stieg ins Auto und drehte den Zündschlüssel. Der Motor sprang an. Ein Volvo in gutem Zustand. Zwar war er im Gelände auffällig, aber das war sie auch, eine junge fremde Frau allein – was ihr erlaubt war. Es verstieß nicht gegen das Gesetz. Am siebten Tag der Woche, dem *Yaum as-sabt*, fand kein Unterricht statt und es war ihr freier Tag, sie konnte überall hinfahren.

Es gab keinen Grund, den Zettel zu entfalten, auf dem sie die Entfernung notiert hatte. Sie hielt wie geplant zum Tanken an, danach fuhr sie zur Luftpumpe, um den Reifendruck zu prüfen. Dann ließ sie die Kamera in die Handtasche gleiten, verband sie mit der Schnur und fixierte sie an der Schnalle des Tragegurtes. Die Kamera brachte sie an der Innenseite mithilfe einer speziell angefertigten Schlaufe von der Technikabteilung an. Sie war so weit. Das Ganze hatte weniger als eine Minute gedauert, sie hatte es unzählige Male geübt. Käme ihr jemand in die Quere, wäre sie dazu in der Lage, an der Schnur zu ziehen und die Kamera von der Schlaufe zu trennen, woraufhin sie wie eine unschuldige Kamera in der Tasche liegen würde.

Ein Blick in den Spiegel. Ihr Haar war gekämmt, der Scheitel saß. Sie war ungeschminkt, die Bluse bis hoch geknöpft, die Sandalen zugeschnallt. Auf geht's.

Wieder Herzrasen. Sie stellt den Entfernungsmesser auf Null. Auch dafür hätte sie eine Erklärung. Sie macht das, um den Benzinverbrauch zu messen. Sie sieht den Stützpunkt in der Ferne. Die Sonne steht in einem günstigen Winkel. Sie nähert sich dem Tor, vergewissert sich, dass die Entfernung stimmt und nutzt den Abstand zwischen zwei Autos, um auf die andere Straßenseite zu wechseln und in größtmöglicher Nähe zu halten. Falls einer sie fragt, wird sie auf den schmalen Straßenrand deuten und sagen, dort sei es zu gefährlich. Keiner wird fragen. Rachel registriert, wie der Wachposten Haltung annimmt. Sie steigt aus dem Wagen, die Handtasche eng am Körper, aus Angst, sie könnte ihr gestohlen werden. Auf dem Weg zum Hinterrad beginnt sie zu fotografieren. Nachdem sie die Plastiktüte herausgezogen hat, die sie an der Tankstelle um die hintere Achse gewickelt hat, hat sie eine Ausrede parat, um sich die Hände zu waschen. Der Wachposten, der bereits neben ihr steht, sieht ihr dabei zu, wie sie sich zu dem Rad bückt. Seine Aufmerksamkeit gilt der jungen Frau, nicht deren Absichten, nicht deren Handtasche und nicht dem, was sie macht. »No stop«, sagt der junge, schlampig aussehende Soldat zu ihr. »One moment«, sagt sie und lächelt ihn an. Rachel freut sich, dass er jünger ist als sie und seine Augen ihren Körper mustern. »Problem?«, erkundigt er sich und zeigt auf den Wagen. »No, no. Okay, okay«, sagt sie zu ihm und prüft eingehend Tor, Sperre und Stacheldraht, der rasch aufgespannt werden kann, um den Eingang und den bestens getarnten Wachturm zu blockieren. Der Soldat lächelt sie an, sie lächelt ihn an. Ein schöner Tag heute, würde sie gern zu ihm sagen. Doch sie weiß, dass er es nicht verstehen wird. Alles geht ihr leicht von der Hand, dabei hatte sie zwei Wochen auf die Vorbereitung verwendet. Nun hatte sie binnen einer halben Minute sämtliche Informationen beisammen, deren Beschaffung Ehud ihr genehmigt hatte. Sie wusste, dass der Einsatzleiter mehr wollte. Immer wollen sie mehr. Vor ihrer Abreise noch hatte er sich die Mühe gemacht, ihr zu sagen, dass er um mehr bitten würde, hätte er nicht die Befürchtung, dass ihre operativen Fähigkeiten beschränkt seien.

Eine Handbewegung. Dafür braucht es keine Arabischkenntnisse. Diese reicht aus, um dem Wachmann ihr spezielles Problem klarzumachen. Er lächelt und sagt: »No problem« und sie geht mit ihm zu dem Wachhäuschen, schießt mehr Fotos. Er ruft jemanden an und während er den Kopf von ihr abwendet, trennt sie die Schnur von der Kamera. Alles bestens. Auch wenn er ihre Handtasche einbehalten und die Kamera finden wird, wird er keinen Verdacht schöpfen. Erst als sie gebückt über der Toilettenbrille steht, um sich nicht setzen zu müssen, spürt sie, dass die Beine dieser Stellung nicht gewachsen sind und realisiert, wie angespannt sie ist. Sie setzt sich.

Der Kommandeur des Stützpunktes ist höflich und umgänglich. Rachel ist froh, dass ihm Englisch schwerfällt und lobt ihn, wie ausgezeichnet er spricht. Das Gespräch kommt in Gang, sie schreibt sich jede Einzelheit ins Gedächtnis, die sie von der Landkarte an der Wand aufnehmen kann. Als der Kaffee sich verspätet, wird er ungehalten und geht kurz aus dem Raum, jemanden zurechtweisen. Rachel beherrscht sich, ihre Hand nicht nach den Dokumenten auf dem Schreibtisch auszustrecken. Er kehrt mit einem Tablett zurück, schenkt ihr selbst ein. Sie spürt, dass sie ihm noch viele andere Geheimnisse entlocken könnte. »Es tut mir leid« sagt sie und deutet auf ihre Uhr. Er entschuldigt sich, ihre Zeit in Anspruch genommen zu haben, sagt, dass er ebenfalls zu tun habe, morgen beginne eine große Übung. Er begleitet Rachel bis zum Tor des Stützpunktes.

Sie parkte den Volvo auf dem eingezäunten Parkplatz, ging in die Wohnung hinauf, versteckte den Film aus der Kamera. Sie bemerkte, wie ihre Beine zitterten. Rachel schaffte es in letzter Minute bis ins Badezimmer, ließ die Tür offen, setzte sich auf die Toilettenbrille und gab ihrem Körper die Freiheit zurück, dessen sie ihn während des Tages beraubt hatte. Sie hatte einen Schweißausbruch, Durchfall, weinte. Und während sie dort hockte, streckte sie die Hand zum Waschbecken und spritzte sich Wasser ins Gesicht. Sie blieb halbnackt auf der Toilette sitzen, die Ellbogen auf die Knie gestützt, den Kopf zwischen den Händen und versuchte, zur Ruhe zu kommen. Es ist noch nicht vorbei, sagte sie sich. Ich muss noch den Bericht schreiben und ihn weiterleiten, ich muss den Film zum verabredeten Ort bringen, noch unzählige Dinge erledigen. Sie war keine Pilotin, die von einem Einsatz kam und eine Stunde später zu Hause war – sie war im Feindesland.

Das Telefon klingelte. Sie nahm nicht ab und wartete, dass der Anrufbeantworter anspringen würde. »Hi, ich bin's. Ich weiß, dass du da bist, du kannst mir nicht entkommen. Wie immer, im Sheraton? Ruf mich an. Bye.« Sie mochte Barbara und Barbara liebte sie. Rachel gewann ihre Fassung wieder und stieg unter die Dusche. Das warme Wasser umspülte ihren Körper, sie wusch ihre Haare langsam und sorgfältig, kämmte es unter dem Wasserstrahl.

»Barbara ist in Ordnung«, hatte sie Ehud in ihrem ersten *Urlaub* berichtet. »Ein bisschen neugierig, wie eine Frau es sein muss, aber in Ordnung. Ich muss sie einladen. Mir bleibt keine Wahl.«

»Wieso das?«, hatte Ehud nachgehakt, obwohl er die Antwort kannte.

»Sie ist meine Freundin. Alle Ausländer betrachten sich als Freunde. So ist das dort.«

»Und die Ausrüstung?« Er blieb beunruhigt. Mit Männern verhielt es sich anders. Sie stöberten nicht in den Sachen anderer.

»Mach dir keine Sorgen. Sie könnte es sich nicht zusammenreimen.«

Ehud hatte sich immer wieder erkundigt und keine Ruhe gegeben, bis er sicher gewesen war, dass Rachel auf alle Eventualitäten eingestellt war, auch wenn Barbara das Radio oder die E-Gitarre einschalten würde. Sie solle noch mehr Einzelheiten über Barbara herausfinden, bat er. Rachel schlug der Büroleiterin in der Schule vor, beim Sortieren der Personalakten des Lehrpersonals zu helfen und beschaffte ihm die Ausweis- und die Sozialversicherungsnummer und es gelang ihr, Barbara dazu zu bewegen, ihr all ihre Geheimnisse anzuvertrauen.

»Hast du noch mehr Freunde?«, fragte Ehud behutsam. Sie wusste, worauf er hinauswollte und erzählte von den anderen Lehrern, den Lyrikabenden und gemeinsamen Ausflügen mit den Studenten. Als er fragte, wer sie seien, erwähnte sie auch seinen Namen und beließ es dabei.

Sie trat aus der Dusche, wickelte sich ein Handtuch um und hörte den Anrufbeantworter ab. Es gab eine weitere Nachricht. Die Tante in der Provence erkundigte sich, wie es ihr ginge und schilderte den Zustand des Onkels. Das war das Zeichen von Ehud, dass sie ihn anrufen und ihm berichten solle, ob alles in Ordnung sei, ob sie die Mission ausgeführt habe. »Das macht es für mich nur komplizierter«, hatte sie zu ihm gesagt, bevor sie sich in Mailand verabschiedet hatten. »Wozu brauchst du das? Ich werde alles in der kodierten Nachricht berichten, gebündelt.« Aber Ehud hatte nicht lockergelassen. Und sie wusste: Wenn sie nicht anriefe und mit den vereinbarten Codes Bericht erstattete, würde er es dem Kommandeur der Einheit melden. Unter Umständen würde er sie dann, wie der Notfallplan es vorsah, anrufen.

Unvermittelt spürte sie, dass sie es sogar wollte. Er sollte sie suchen, sollte sich Sorgen machen. Nur an sie denken. Obwohl sie wusste, dass es kindisch war, nicht verantwortungsbewusst. Sie war aufgewühlt, hatte Heißhunger und machte diesen bestimmten Zustand nach einem Einsatz durch. Sie hatte das Bedürfnis, jemanden an dem zu beteiligen, was sie getan hatte. Stattdessen musste sie Barbara anrufen, sich mit ihr in der Lobby vom Sheraton verabreden und überlegen, was sie ihr sagen würde, auch überlegen, was sie in ihrem Bericht schreiben würde. Sie bliebe weiterhin mit all dem allein, was sie erlebt hatte.

»Wie schade, dass du mir nicht verraten hast, dass du wegfährst«, sagte Barbara, als sie später bei einer kühlen Limonade saßen, »ich wäre gern mitgekommen.«

Das ist der Preis der Freundschaft, dachte Rachel und der Preis des Betruges, auch darauf musste man sich einstellen, zu jeder Sache eine Geschichte in petto haben. »Okay, abgemacht, beim nächsten Mal«, erwiderte sie und verzog das Gesicht. Man durfte nicht zu sympathisch wirken. Das war nicht gut. Barbara konnte eine gute Freundin werden, aber wenn sie über das, was sie machte, mehr und mehr in Erfahrung brächte, könnte sie auch stören. Rachel versuchte sich zu konzentrieren.

»Und wie war's so?« Barbara wollte es tatsächlich wissen. Rachel dachte darüber nach, Barbara von der Fahrt auf der schmalen Straße zu erzählen, von dem Lkw, der zu dicht aufgefahren war und dem Fahrer, der vor den Armeestützpunkten aufdringlich geworden war. »Wie bist du denn dorthin gefahren?«, fragte Barbara und war verblüfft zu hören, dass Rachel sich die Serpentine ausgesucht hatte, die zu der Kleinstadt führte. Rachel wusste, dass sie nicht lügen und sagen durfte, dass sie eine andere Straße genommen habe. Nur den Zweck des Ausflugs und den Observationsrundgang musste sie verbergen. So lief das. Nie würde sie Barbara – oder ihm – ihr Herz ausschütten können. Immer müsste sie auf das, was sie von sich gab, achten. Durfte nur erzählen, was erlaubt, für die Ausführung der Mission hilfreich war, was sie schützte und nicht gefährdete. Aber Barbara konnte in der Außenwelt eine wirkliche Freundin werden und Rachel wollte sie nicht belügen. Also erzählte sie ihr von dem frühen Aufstehen, das sie sich zugemutet hatte und über die Begeisterung, die über sie kam, als sie angehalten hatte, um die exotischen Blumen zu fotografieren, die nur in der Bergregion wuchsen. »Hast du einen netten Strauß mitgebracht? Hast du etwas für mich, um meine öde Wohnung zu dekorieren?« Rachel versprach Barbara einige Fotos, die sie hastig an dem Feld auf dem Weg in die kleine Stadt geschossen hatte. Sie sei dazu erzogen worden, keine Feldblumen zu pflücken, entgegnete sie. Barbara wollte wissen, wieso. Rachel erschrak, denn sie wusste, dass sie sich verplappert hatte. Das mit den Feldblumen war typisch für Israelis. So überzeugte sie Barbara schließlich, dass ihr Vater sich seit vielen Jahren in Kanada, in der Gegend, wo sie wohnten, ehrenamtlich im Naturschutz engagiere.

»Stimmt irgendwas nicht?«, erkundigte sich Barbara, als ihr Salat gebracht wurde. Ein dunkelhäutiger, gut aussehender Kellner in traditioneller Kleidung, die sie in den Hotels tragen mussten, stand neben ihnen und wartete, dass sie Drinks bestellen würden. »Ich habe Magenschmerzen«, sagte Rachel, die den Verdacht schöpfte, dass er ihrem Gespräch lauschte. Es war nicht gelogen. Seit sie zurück war, hatte sie das Gefühl, ein Stein würde in ihrem Magen liegen, der ihr das Atmen erschwerte. Der Film mit den Fotos war in ihrer Tasche, in einer Parfumschachtel, die sie im Park unter einer Bank »vergessen« sollte. Ehud hatte ihr nicht verraten, wer sie dort abholen würde: Sie wusste, dass es so besser war. Doch die Sache ließ sie nicht los, sie befürchtete, dass jemand, der ihr folgte, das belastende Material finden könne. Auch Ehud war der Meinung gewesen, dass man warten könne, bis sie *auf Urlaub* käme, aber der militärische Nachrichtendienst hatte dringenden Bedarf angemeldet und wie immer insistiert. Ehud hatte zugestimmt, war von seiner Haltung abgerückt und hatte die Sicherheitsregeln zugunsten der operativen Bedürfnisse gelockert. »Vergewissere dich, dass dir niemand folgt«, hatte er zu Rachel gesagt. Dabei wusste er: Wenn sie ihre Arbeit beherrschten, würde Rachel keinen Verfolger bemerken.

Barbara redete weiter von den Dingen, die sie an ihrem freien Samstag immer so machte und von den kleinen Traditionen, die sie eingeführt hatte. Rachel war ihrer Meinung. Routine war ein Fluch. In der Ausbildung war ihr beigebracht worden, die Routine zu durchbrechen und sich nicht von festen Gewohnheiten versklaven zu lassen, die es denjenigen erleichtern würden, die sie observieren und abpassen wollten. Völlig ohne Routine kam allerdings keiner aus. Einige feste Gepflogenheiten musste es geben. Wie das Aufstehen am Morgen. Zur Arbeit gehen. Die Erholung am Wochenende. Alle ruhten sich aus und sie arbeitete. »Ich kann nicht mitten in der Woche dorthin fahren«, hatte sie zu Ehud gesagt. »Ich bin eine Frau, die arbeitet, vergiss das nicht.« Am Abend, wenn ihre Freundinnen sich verabredeten, saß sie in ihrem Zimmer und sah auf die Lichter, die im Verteidigungsministerium nicht ausgingen, auf die Fahrzeuge, die ständig in Bewegung waren. Ich habe keine Kraft mehr, dachte sie. Sie erklärte Barbara, dass eine Tablette ihr wahrscheinlich nicht helfen würde und sie sich offenbar ausruhen müsse. »Schade, dass wir hergekommen sind«, sagte Barbara, aber es war ihr nur herausgerutscht.

Barbara war kleiner als sie, rundlich, eine Frohnatur und nach eigener Aussage frei von Moral. »Moral bringt mich nirgendwohin. Moral hat an dem, was ich tue, keinen Anteil.«

»Und was tust du?«, fragte Rachel, nachdem sie Barbara kennengelernt hatte.

»Ich bin auf der Suche nach einem reichen Araber. Ich will eine Villa. Autos, Dienstpersonal, alles.«

»Und dafür bist du bereit, jemanden zu heiraten, den du nicht liebst?«

»Wenn ich keine Wahl habe, werde ich das machen. Es gibt noch andere Dinge außer Liebe.«

Rachel sagte sich, dass sie wohl recht haben mochte.

»Ich will ökonomische Sicherheit«, sagte Barbara mit Entschiedenheit. »Das Leben dreht sich nicht nur um den Partner. Man muss wissen, wo man Kompromisse eingeht und ich bin eben bereit, auf Liebe zu verzichten.«

Sie waren gleich am ersten Tag Freundinnen geworden. Rachel war früher in die Schule gekommen und auf Toilette gegangen, um sich frisch zu machen. Nachdem sie die Tür zu den Toiletten geschlossen hatte, vernahm sie hinter einer der Türen eine tiefe Stimme und meinte für einen Moment, sich geirrt zu haben und bei den Männern gelandet zu sein.

»Verflucht noch mal«, sagte die Stimme. »Jemand hat das ganze Papier aufgebraucht und ich stecke hier mit heruntergelassener Hose fest.« Und dann: »Hi, SOS, Houston, Houston, we have a problem.« Rachel antwortete mit schwacher Stimme und schob ihr eine Rolle Toilettenpapier unter der Tür hindurch.

»Du wirst noch sehen«, sagte Barbara zu ihr, nachdem sie ihr bei dem Prozedere mit der Registrierung behilflich gewesen war und ihr Rabattmarken für den Supermarkt in der Nähe besorgt hatte. »Für die sind wir Ausländer. Bloß Kreaturen, die man ausnutzen und an der Nase herumführen kann.«

»Wirklich?«, sagte Rachel und dachte an das, was sie tat.

»Auf alle Fälle«, beharrte Barbara. »Es ist nun mal ein Land im Mittleren Osten, im negativen Sinne des Wortes. Nicht wie in Israel. Dort ist es anders.«

Rachel war überrascht. »Warst du schon in Israel?«, erkundigte sie sich.

»Na klar, ich habe dort ein Jahr unterrichtet. Und du?«

»Nein, ich hatte noch nicht die Gelegenheit«, sagte Rachel. Sie war alarmiert. Wie Ehud wohl darauf reagieren würde?

Barbara zeigte ihr die Stadt, ging mit ihr auf den Markt, half ihr bei den Einkäufen, machte sie mit den eigenartigen Namen bekannt und schloss sie in ihr Herz. Rachel schlenderte gern mit Barbara durch die

Straßen, besuchte mit ihr die wenigen Touristenattraktionen, von denen sie allerdings nach dem ersten Besuch schon genug hatten und vertrieb sich mit ihr die Zeit in den Cafés. Sie lud Barbara zu sich nach Hause ein und ging auf die Partys, die Barbara organisierte. Es fiel Rachel nicht schwer, Barbaras Idee vom Zusammenziehen, um Miete zu sparen, abzulehnen. Dafür hatte sie die Ausrede, sich eventuell im Handumdrehen einen Freund zu angeln, obwohl sie auf die zarten Annäherungsversuche eines Kollegen nicht eingegangen war, auch nicht auf die Hinweise, die Barbara ihr jedes Mal gab, wenn ihnen bei einem Ausflug ein ausländischer Tourist über den Weg lief. Und so log sie Barbara weiterhin an, benutzte sie und hatte ihren Spaß mit ihr. Doch insgeheim brütete sie darüber, was sein würde, wenn all dies endete und Barbara auf einmal wüsste, wer sie war und wie Rachel sie getäuscht hatte.

Barbara kam von der Toilette zurück und Rachel sah, dass sie ihr Make-up erneuert und Lidschatten aufgetragen hatte.

»Jemand neues?«, wollte Rachel wissen.

»Du wirst es nicht glauben. Ein Blind Date mit einem reichen Araber. Genau, was ich wollte.« Barbara griff sich unter die Bluse und rückte ihren BH zurecht, schob die Oberweite höher und bat Rachel, ihr Dekolleté zu begutachten. »Sollte ich besser einen Knopf aufmachen? Wenigstens beim ersten Rendezvous?«, fragte sie. Sie erzählte Rachel, dass Mustafa gleich eintreffen würde, von dem sie nicht einmal wisse, wie er aussähe. So bat sie Rachel darum, einige Minuten bei ihnen sitzen zu bleiben.

»Du nutzt mich also nur aus. Oder wie denkst du dir das?«

Barbara konnte ihr Lächeln nicht verbergen und sagte, ihr bliebe wohl keine Wahl.

»Du hast Begleitschutz für dein Date gesucht und mir eine andere Geschichte aufgetischt. Deshalb hast du dich also für getrocknete Blumen interessiert«, sagte Rachel, die plötzlich realisierte, dass der professionelle Jargon auch zu dieser Situation passte.

»Du wärst nicht gekommen, wenn ich dich vorher eingeweiht hätte.«

Rachel atmete auf. Bei Themen, die ihnen am Herzen lagen, logen alle mehr oder weniger ein wenig, ging es ihr durch den Kopf. Sie fragte sich, was Barbara wohl sagen würde, wenn sie ihr von Raschid erzählte. Oder Ehud, wenn sie ihm darüber Bericht erstattete, was sie längst hätte tun müssen.

KAPITEL 7
RASCHID

»Im Nachhinein kann ich sie verstehen«, sagte Ehud, wie zu sich selbst. »Sie wollte die Geschichte mit Raschid in den obligatorischen Berichten verschleiern. Es gibt nun einmal diese eine Regel: Jeder Kontakt muss protokolliert werden.

›Ich habe mich mit jemandem aus der Schule angefreundet‹, sagte sie zu mir.

›Ausländer oder Einheimischer?‹, fragte ich, ohne dem Erwähnten größere Beachtung zu schenken.

›Ein Einheimischer.‹ Als wäre er einer von vielen.

›Ein Schüler?‹, hakte ich nach. Als sie es bejahte, bat ich sie lediglich, vorsichtig zu sein. Man konnte dort unmöglich leben, ohne sich mit jemandem anzufreunden, das war mir klar. Von Barbara wusste ich.

Sie sah mich an, als hoffte sie, das Gespräch sei damit beendet – sie hatte geliefert, was von ihr erwartet worden war und nun hatte sie das hinter sich. Ich witterte jedoch, dass in ihr etwas Sonderbares vorging. Sie hatte eine andere Sitzposition eingenommen. Meist saß sie kerzengerade auf der Stuhlkante, als müsse sie einen Schein von Anstand wahren. Im Übrigen besaß sie die Manieren eines Mädchens, welches ein Internat für höhere Töchter besuchte, wie in englischen Filmen. Ich weiß noch, wie ich sie einmal fragte, wo sie sich die angeeignet habe, denn soweit ich wusste, kam sie aus einfachem Hause.

›Mein Vater hat mich dazu gezwungen, so wie er es von seinen Eltern gelernt hatte‹, sagte sie. Er habe auch nie vergessen, sie zu erinnern, dass es von Mutters Eltern nichts zu lernen gebe. Ich nahm den Schmerz in Rachels Stimme wahr. Sie seien primitive Leute in einem Berliner Vorort, hatte er zu ihr gesagt, selbst wenn die Mutter im Zimmer war. ›Das einzig Gute, was Mutters Eltern geleistet hätten, war, sie in letzter Minute hierherzuschicken, bevor sie und alle anderen in die Verbrennungsöfen gegangen waren.‹

Ich hörte ihr zu. Das war kein Thema, auf das ich eingehen wollte. Ich hoffte, dass der Psychologe unserer Abteilung das Thema berührt hatte und die Wunde verheilt sei. Jede Narbe lässt einen stärker werden.

›Weil er darauf Wert legte, habe ich diesen Drill verinnerlicht und er hilft mir dabei, in Ruhe nachzudenken‹, zog Rachel ihr Resümee. Ich dachte, trotz allem äußerte sie damit etwas Positives über den Vater und gab ihr natürlich recht. Er hatte sie mit einer wirksamen und effektiven Waffe ausgestattet. Diese Manieren glichen einem Panzer. Sie stellte sie zur Schau. Wer mit ihr in Kontakt treten wollte, musste diese Kluft überwinden, die sie selbst erzeugte: ›Rühr mich bloß nicht an.‹ Sie versetzten Rachel in die Lage, dem Anderen ruhig und höflich zuzuhören, sich in kurzes Schweigen zu hüllen, tief durchzuatmen, dann zweideutig zu antworten. Das war ihr Werkzeug. Und ich fürchtete schon damals den Tag, an dem sie diese Waffe gegen uns richten würde, an dem sie uns gegenüber nicht hundertprozentig offen wäre.

Wir befanden uns in der konspirativen Wohnung, die extra für sie angemietet worden war und gingen die üblichen Dinge durch: Rechnungen, unvollendete Berichte, eine Einweisung in das neue Kommunikationssystem. Sie war ›aus familiären Gründen beurlaubt.‹ Das konnte sie auf Arbeit leicht glaubhaft machen. Die Schule hatte den Urlaub genehmigt. Barbara hatte sich bereiterklärt, ab und an in der Wohnung die Pflanzen zu gießen. Selbstverständlich empfanden wir es als problematisch, denn das alte Kommunikationssystem blieb dort, doch wir konnten wenig dagegen ausrichten. Wie hätte sie rechtfertigen sollen, dass sie Barbara keinen Zugang gewährte und die Pflanzen verrotteten? Ich weiß noch, wie ich in dem Urlaub das Thema Hund anschnitt. Ich hielt es für eine gute Idee, wenn sie beim Gassi gehen gemütlich die Straße entlangspazieren könnte, um dem Tor des Verteidigungsministeriums näherzukommen. ›Ein Spion hat keinen Hund!‹, konterte sie prompt. ›Wer kümmert sich um ihn, wenn ich unterwegs bin? Was ist, wenn er mir ans Herz wächst?‹ ›Genau deswegen sollst du dir ja einen Hund anschaffen. Ein Hund trägt zu deinem häuslichen Image bei und liefert dir die Ausrede, Dinge anzustellen, die man nur Verliebten nachsieht.‹ Sie lächelte. Und ich war heilfroh, endlich auch dieses Thema anschneiden zu können. Während unserer Unterhaltung grübelte ich über die brandneue, verborgene Information. Und als wir darüber debattierten, was in einer muslimischen Gesellschaft, in der Hunde als unrein gelten, dafür und dagegensprach, einen Hund zu halten, hakte ich schließlich nach, woher sie ihn kenne. Sie kenne den Hund noch nicht, sagte sie und wollte ausweichen. Ich befragte sie nochmals zu dem Mann. ›Er ist Schüler an unserer Schule. Sogar ein recht guter.‹

›In welcher Branche ist er?‹

Sie antwortete nicht sofort. ›Ich bin mir nicht sicher, ob ich es durchblicke. Laut dem Business-Englisch, welches er versucht sich anzueignen, hat seine Arbeit mit dem Import von Chemikalien zu tun. Jede Menge Dinge, die er für das Verteidigungsministerium anschafft. Das sagt er zumindest, wenn er die Gespräche beim Einkaufen mit mir übt. Ich bin der Verkäufer. Er kommt zu mir und sagt *Ministry of Defense* und nennt verschiedene andere Regierungsstellen.‹

Du kannst dir meine Verblüffung und meinen Adrenalin-Pegel vorstellen. Ich gebe zu, dass meine Gedanken um mich kreisten. Prompt ging die Fantasie mit mir durch: Wir würden die Projekte zu chemischen Waffen penetrieren und ich dachte an den Applaus, der mit dem Erfolg einherginge. Prompt meldeten sich auch meine Befürchtungen. Alles in den kurzen Momenten, bevor ich reagierte: Was würde passieren? Wozu wäre sie fähig? Wie weit könnten wir gehen? Ich schaute sie an, wie sie entspannt im Sessel saß. Sie trug einen schlichten Rock, der über ihre Knie fiel. Sah mich an, als würden wir eine Einkaufsliste für den Supermarkt besprechen. Du hast ihr Gesicht auf dem Foto gesehen. Angenehm, sogar schön, aber nicht süß und nicht sexy. Eine normale junge Frau. Keine Femme fatale wie im Kino, nicht so eine, die selbst den Papst knacken würde.«

»Solche hatten wir«, sagte Joe, »Sie waren allesamt eine große Enttäuschung. In den Anfangsjahren dachten wir, wir bräuchten Männer, die andere hintergehen könnten: ehemalige Kleinkriminelle und Frauen, die solche Männer in die Falle lockten.«

Joe hatte es ihm schon einmal erzählt, doch Ehud wollte ihn nicht daran hindern, Erinnerungen anzubringen.

»Es brachte uns nichts. Wer andere hintergeht, hintergeht am Ende auch dich. Die Königin der Verführungskünste lässt sich am Ende selbst verführen. Wir haben es einige Male probiert und sind stets baden gegangen. Daraufhin haben wir ein modifiziertes Anforderungsprofil für Agenten ausgearbeitet.«

»Von dem Schlag wie Rachel«, sagte Ehud. Er war sich unsicher, ob Joe ihm zustimmen würde.

»Genau. Deshalb war deine Agentin so erfolgreich. Eine körperlich und geistig gesunde Frau, talentiert und loyale Zionistin.« Eine Agentin ins Bett eines Mannes zu schleusen, hielt er für riskant, fügte Joe hinzu, denn es könne immer vorkommen, dass einer dahinterkäme und der Sache auf den Grund ginge.

»Selbstverständlich sagte ich zu ihr, sie müsse vorsichtig sein. Die Sache sei es nicht wert, dass sie Dinge von sich preisgebe. Sie solle bloß nichts unternehmen, was von ihren sonstigen Gewohnheiten abweiche. Sie nickte. Ich versuchte, mich in ihre Gedanken vorzuarbeiten. Mir ein Bild davon zu machen, welche Pläne sie insgeheim schmiedete, während ich ihr eine Vorlesung hielt. Ich ertappte mich dabei, wie ich ihr abermals die Sicherheitsbestimmungen auseinandersetzte, obwohl ich ununterbrochen das Potenzial dieses neuen Freundes verdaute. Vor lauter Aufregung entging mir, dass sie nur einen Teil der Wahrheit herausrückte, mich auf die Probe stellte, die Ohren spitzte. Mit dem Handwerkszeug, mit dem wir sie im Kurs ausgestattet hatten, fühlte sie mir auf den Zahn und dachte, sie habe womöglich die Medizin gegen die Einsamkeit entdeckt.

Führ dir ihre Einsamkeit nur einmal vor Augen, Joe. Ihre Einsamkeit in der Menge. Die Einsamkeit einer Frau, die ein Doppelleben führt, die ihr Ziel, ihre Motive und die ihr wichtigen Dinge verbirgt. Stell dir die Sehnsucht nach Wärme vor, nach Liebe, nach einem Zuhörer, nach einem, der sie begehrt. Ich sah Rachel vor mir, wie sie am Ende eines Arbeitstages aus der Schule kam. Sie ging vor meinem geistigen Auge an den Cafés vorüber, zog die Blicke der Männer auf sich, die darin saßen. Ich dachte an sie, wie sie die freundschaftlichen Angebote der Lehrer ausschlug, wohlwissend, wie schwer es wäre, sich von ihnen zu lösen, um die Missionen auszuführen. Einmal hatte ich Rachel gefragt, was sie an Essen zu sich nähme, wohin sie die Sachen zur Reinigung bringen und wann sie die Wohnung putzen würde. Sie hatte mich von oben bis unten gemustert und gemeint, das könne ich mir eigentlich selbst denken, ihre Antworten wären sicher wenig aufregend. Ihre Einkäufe erledigte sie auf dem Markt und schleppte die Tüten zum Auto, wie jeder andere auch. Sie kochte für sich, kümmerte sich darum, dass die Wohnung ordentlich war, auch wenn kein Besuch anstand. Rachel hatte recht. Sie funktionierte, als wäre sie ein ganz gewöhnlicher Mensch. Sie sagte, sie würde ein Buch lesen, Musik hören, ihre Aufgaben erledigen. Und für mich lag auf der Hand, dass sie Sehnsucht nach etwas verspürte, ohne zu wissen, was es war.

Ich schätze, dass ich wegen dieser Gedanken Fehler beging. Ich geriet ins Schlingern. Empfand Sympathie für sie, auch Freude darüber, dass sie einen guten Freund gefunden hatte. Doch ich war der entschiedenen Überzeugung, dass sie sich in diesen Mann nicht verlieben durfte. Noch dazu wollte ich aus ihrer Verbindung operativen Nutzen ziehen. Ich gebe zu, dass ich die aufsteigende Eifersucht, simpel und böse wie sie war, unterdrückte. Sie hatte sich für ihn und nicht für mich entschieden. Mochte sein, dass es zu spät war. Die Knospe war aufgeblüht. Und die einzige Möglichkeit, die Sache aufzuhalten, war, den Blütenstängel samt Wurzel auszureißen. Doch was konnte ich tun? Die Versuchung, die Sache mit ihm weiterzutreiben, war groß, sehr groß.«

»Stopp mal«, sagte Joe, »von Anfang an.«

»Wie sie sich kennenlernten und was sie bei der ersten Begegnung sah? Ich werde versuchen, ihre Worte wiederzugeben, aber du weißt ja, wie das Gedächtnis funktioniert. Es wählt selbst aus, was es löscht, was es belässt und was es in entferntere Regionen verbannt. Selbst wenn du dich erinnerst und mit jemandem die Bilder und Worte, die sich dir eingeprägt haben, teilen willst, ertappst du dich – erst recht ich, der sie geliebt hat – beim Erzählen einer anderen Geschichte, als die, die du im Sinn hattest.

Ich habe ihre Worte nicht mitgeschnitten und auch nicht notiert. Ich wusste, dass sie das Bild wählen und zeichnen würde, das sie präsentieren wollte. Ihre wahren Gefühle behielt sie für sich, auch wenn sie ein Tagebuch geführt hätte, bestünde Zweifel, ob sie ihre tatsächlichen Gedanken aufgeschrieben hätte.

›Ich bin ihm, Raschid, in der Schule über den Weg gelaufen‹, sagte sie. Mir fiel auf, dass sie die Bedeutung der Angelegenheit schmälern wollte, als käme so etwas in unserem Beruf nun einmal vor. Als wäre es eine Geringfügigkeit, die man auslassen könnte, wenn man als Agentin im Einsatzland jemandem begegnete und mit ihm ausging. Ihr sprang sofort ins Auge, wie angespannt ich war. Und sie fragte mich: ›Warum bist du so nervös? Ist es verboten? Ist es gegen die Regeln, mit jemandem Kaffee trinken zu gehen? Darf ich mich mit einem Mann nicht unterhalten? Ist es mir untersagt, mit ihm auszugehen?‹

Was konnte ich zu ihr sagen? Dass ich es nicht wissen wollte? Es ihre Sache war, was sie in der Freizeit anstellte? Dem war nicht so, das wussten wir beide. Ein Agent im Einsatzland hat keine Freizeit. Es gab nichts, dem keine Bedeutung beigemessen werden konnte. Ich kenne diese Einstellung, die besagt: *Ask no questions and hear no lies.* Auch wir machten davon Gebrauch, vor allem bei den männlichen Agenten. Uns ist völlig klar, dass sie vögeln, auf diese Weise Erleichterung, Entspannung finden. Aber wir fragen nicht nach. Wir wollen es nicht wissen. Denn sobald du es weißt, musst du etwas unternehmen. Sich um die Prostituierten Gedanken machen, zu denen sie gehen. Sich um den Alkohol Gedanken machen, den sie in sich schütten, wenn sie allein sind. Sich immerzu Gedanken machen. Daher fragen wir nicht nach. Wir wollen nur wissen, wie sie sich fühlen, freuen uns, wenn sie sagen, dass alles seinen Gang geht. Wir warten die turnusmäßigen Ergebnisse vom Lügendetektor-Test ab und verstecken uns dahinter, statt eine Aussprache zu führen. Willst du ein ehrliches Gespräch führen, musst auch du etwas preisgeben. Auch du musst dich zeigen, deinem Agenten eine andere Seite von dir präsentieren: die menschliche. Du musst ihm das Gefühl vermitteln, dass er es mit einem guten Freund zu tun hat. Mit einem, der um ihn besorgt ist. Der sich auf ihn, den Agenten, verlässt und ihm seine persönlichen Geheimnisse anvertraut. Dann redet er. Er redet, weil er Vertrauen hat, weil er weiß, dass du zuhörst. Unter Umständen kritisierst du ihn. Du machst deinen Job als Verbindungsführer, der für die Sicherheit seines Agenten und den Erfolg der Mission verantwortlich ist, doch du bist auch sein Freund. Ich konnte nicht Rachels Freund sein. Das konnte ich einfach nicht.

Ich schwieg und ließ sie reden. Sie sah mich an, zog den Saum ihres Rocks ein wenig herunter und ließ den Blick in eine Ecke des Raums schweifen. Ich klappte den Notizblock zu, legte ihn zur Seite und wartete ab. Sie fuhr sich durchs Haar, tupfte sich mit dem Taschentuch, das sie umklammert hielt, übers Gesicht. Sie schwieg noch einen Moment länger und wandte sich dann mir zu. ›Du willst wissen, was wir zusammen gemacht haben?‹ Sie war sauer. Und spürte, dass sie etwas getan hatte.

Das fiel nicht unter Grauzone. Jeder Mensch knüpft Beziehungen. Es wäre beinahe unmenschlich, es zu verbieten, zudem überflüssig. Schadet es, wenn du einem Kind sagst, dass es vorsichtig sein soll oder etwas gar verbietest? Damit das Kind es nicht mehr aus dem Kopf bekommt. Wer lügt nicht? Wer begeht keine Sünde?

Als sie ansetzte zu erzählen, hoffte ich, es würde sich um etwas Lockeres handeln: eine Tasse Kaffee in der Schulkantine, etwas, das uns die Möglichkeit geben würde, die Situation in den Griff zu bekommen und über die weitere Vorgehensweise zu entscheiden. Als würde es einen Unterschied machen. Als könnten wir sie dazu zwingen, mit ihm etwas anzustellen, das zu unserem Vorteil wäre.

›Was soll es zu erzählen geben?‹, sagte sie. Sie begann, die Schule zu beschreiben, die hässliche Eingangshalle, auch die arabische Empfangsdame, deren Alleinstellungsmerkmal darin bestand, dass sie in den Restaurants, in denen keiner Englisch sprach, Essen ordern konnte. Ich kann mir vorstellen, wie diese Sekretärin ihn beäugte, als er hereinkam. Ein gut aussehender Mann in maßgeschneidertem europäischen Anzug, in Begleitung eines stämmigen Chauffeurs, der mit dem Schlüsselbund klimperte. Der wiederum sah aus, als wäre er einem Gangster-Film entflohen. Mafia oder Geheimdienst, dachte die Sekretärin gewiss. Sie erhob sich, um ihm entgegen zu gehen, strich ihr Kleid glatt und straffte das Kopftuch und begrüße ihn. Später erzählte sie Rachel, der Bodyguard oder Chauffeur – womöglich beides – habe sie angesehen, als stünde sie zum Verkauf. Raschid grüßte sie mit einem Kopfnicken und sagte, er habe bei dem Direktor einen Termin. Sie entschuldigte sich und erwiderte, dass im Kalender nichts eingetragen sei. Sie schlug ihm vor zu warten. Engagiert wischte der Chauffeur oder Bodyguard mit einem Tuch über einen der eingestaubten Stühle. Erst dann ließ der Gast sich darauf nieder. Sein Leibwächter postierte sich mit verschränkten Armen hinter ihm und nahm die Eingangstür ins Visier. Beide harrten in bedrohlicher Stille aus.

Rachel traf ein, in Jeans und T-Shirt. Darüber trug sie eine weite, offenstehende Bluse. Sie schilderte mir auf ihre besondere Art ganz genau, was sie anzog und welchen Eindruck sie in der Schule erzeugen wollte. *The girl next door.* Keine Frau, in die man irgendwelche Erwartungen setzte. Sie hatte noch ihren Rucksack auf und dessen Träger strafften das T-Shirt auf eine Weise, wie es sich nur junge Frauen erlauben konnten.

Der Bodyguard vibrierte leicht, als sie mit Schwung die Tür aufriss und glitt mit der Hand unters Jackett. Raschid blieb ungerührt, nahm aber von ihr Notiz. Rachel hatte sofort das Gefühl, sie seien ihretwegen gekommen. Es war der Augenblick, vor dem sich jeder ängstigt, der etwas zu verbergen hat. Um diese Uhrzeit war sie es gewohnt, nur die Sekretärin anzutreffen. Auch wenn sie, wie immer, für alles eine Begründung parat hatte, sollte keiner von der regelmäßigen Route wissen, die sie frühmorgens um das Verteidigungsministerium drehte. Damals war die Satellitentechnik noch nicht so weit und uns kam es darauf an, dass die Routine eingehalten wurde. Spät abends observierte sie das Ministerium von der Wohnung aus, tagsüber ging sie morgens und nachmittags daran vorbei. Routine war riskant, aber nicht, wenn sie Teil von etwas leicht Erklärbarem wäre, wie der Arbeitsweg. Rachel kam normalerweise einige Minuten nach der Sekretärin und schwatzte gern ein wenig auf Arabisch, das sie sich von ihr und den Straßenhändlern abgelauscht hatte.

Sie sagte, es war das erste Mal, dass sie ihn sah. Er saß aufrecht wie ein Lehrer, aber entspannt. Das Merkwürdige ist, dass sie sich an die Glasvase und den verstaubten künstlichen Blumenstrauß erinnerte, der auf dem Tisch stand. Den schien er wie ein Stillleben zu betrachten. Obwohl sie Angst hatte, er sei vom Muchabarat und ihretwegen gekommen, schämte sie sich für den schäbigen Empfangsraum. Hätte sie gewusst, dass sie heute zum Verhör abgeholt würde, ging es ihr in der kurzen Weile durch den Sinn, bevor sie sich an die Sekretärin wandte, hätte sie ein bequemes Kleid angezogen und einen Slip zum Wechseln eingepackt, hatte sie mir gesagt.«

»Ich blendete die beiden aus, so gut ich konnte, obwohl ihre Blicke nur mir galten. Diesmal sprach ich mit der Sekretärin Englisch. Sie drückte mir den Stundenplan für den Tag in die Hand und ich stellte ihr keine Frage zu den beiden Männern. ›Nichts Außerplanmäßiges heute‹, meinte sie. Auch die Sekretärin sprach an diesem Morgen mit mir Englisch. In der Schule war das eine eiserne Regel. Wortlos gab sie mir somit zu verstehen, dass unser Schwatz heute ausfiele. Der Arbeitstag hatte begonnen und Vorsicht war angebracht. Hinter mir hörte ich ein leises Rascheln. Der wichtig aussehende Mann war offenbar aufgestanden. Mein Körper versteifte sich in Vorausahnung des Schlimmsten. Ich setzte das Gespräch mit der Sekretärin fort, als würden die beiden, die sich mir näherten, nicht existieren. Doch auch die Sekretärin könnte mir nicht helfen, wenn irgendetwas passierte.

›Excuse me.‹ Er wartete, dass ich mich umwandte. Ich reagierte nicht. Ich war ihm nichts schuldig und jede weitere Sekunde bot mir die Gelegenheit, mich darauf einzustellen. Erneut: ›Excuse me.‹ Dieses Mal mit energischer Stimme. Er wusste, was er wollte und er wusste, wie man höflich, aber bestimmt Kommandos erteilte. Etwas berührte mich am Ellbogen. Ich dachte, gleich legt er mir die Hand auf die Schulter und gibt mir bekannt, dass ich verhaftet sei. Schwer zu erklären, was in jener Sekunde in mir vorging. Ich glaube, mir blieb nicht einmal Zeit, Angst zu haben. Auch wenn sie mich vollständig ausziehen und nackt sehen würden, würden sie niemals erfahren, was ich dachte und was ich zu verbergen hatte. Das war mein Trost. Ich drehte mich um. Das musste ich tun. Und das war es, was ich tat. Länger konnte ich ihn nicht ignorieren. Ich erblickte ein lächelndes Gesicht, dicke rote Lippen unter einem schwarzen Schnurrbart und braune beruhigende Augen.

Noch bevor er mich begrüßte, fragte er mich nach meinem Namen. Er stellte sich selbst auch nicht vor. Als dienten ihm der Anzug, die auf Hochglanz polierten Schuhe und der Bodyguard als Ausweis und wären Mittel, zu tun, was er wollte. Ich sagte: ›Rachel‹ und schon fühlte ich mich anders. Selbst in wirklich schlechten Filmen weiß der Polizist, wie derjenige heißt, den er festnimmt. Er wiederholte meinen Namen zweimal, danach sprach er ihn mit arabischem Akzent aus. Ich wartete ab, dass er mir sagen würde, warum er gekommen sei. ›Ich möchte, dass Sie mir Englisch beibringen‹, sagte er schlicht. Anschließend bat er mich – fast in einem Befehlston –, ihn über die Schule und unsere Methode zu informieren, er wolle nicht seine Zeit damit vergeuden, auf den Direktor zu warten. Ich fragte: ›Und was ist mit ihm?‹ und deutete mit den Augen auf den Muskelprotz, der reglos in der Ecke stand. ›Er ist nur Deko.‹ Er blieb es mir schuldig, sich vorzustellen. Sein Englisch war simpel gestrickt, brachte aber die Dinge auf den Punkt. Ich nahm an, dass es noch sein klassisches Schulenglisch war und dass er sich nun exakt das aneignen wollte, was ich ihm vermitteln konnte: fließendes Sprechen, Redewendungen, mehr Selbstvertrauen, um verstanden zu werden. Der Akzent ließe sich kaum korrigieren, dafür war es zu spät, abgesehen davon besaß ich dahingehend auch keine Ausbildung. Eigenartig, dass er mich dazu brachte, über meine fachliche Eignung nachzudenken. Offenbar irritierte mich die Sicherheit, mit der er seine Lernfähigkeit demonstrierte, die Selbstsicherheit, die er aufgrund seines Status, seiner Kleidung, seines Bodyguards ausstrahlte, der ihm zu Diensten stand. Ich wollte ebenfalls auf etwas stolz sein. Ihm beweisen, dass ich nicht nur irgendeine junge Frau in Jeans war, die Englisch konnte. Und was konnte ich zu ihm sagen. Dass ich Spionin bin? Feldwebel war? Was tat ich also? Ich setzte das Werkzeug ein, das ich hatte, um ihm zu zeigen, dass ich ihn einzuordnen wusste. ›Bitte‹, sagte ich, ›möchten Sie in den Fortgeschrittenenkurs einsteigen? Nur zu, dann antworten Sie mir.‹ Ich begann schnell und mit Londoner Akzent zu sprechen, als wäre ich so eine Tussi, die Cockney sprach. Er war sauer und verlegen zugleich. ›Das ist auch Englisch‹, sagte ich, nachdem ich fast fünf Minuten gesprochen hatte. ›Nun bin ich mir sicher, dass Sie eine gute Lehrerin sind‹, sagte er. Der Bodyguard fuhr damit fort, im Stillen mit seiner Gebetskette die Verse zu sprechen, 33 Mal und erneut 33 Mal. Sein einziges Interesse galt der Tür und den Mercedes-Schlüsseln, die er in der anderen Hand hielt.

Letztendlich gab er mir die Hand und sagte: ›Raschid‹. ›Rachel‹, wiederholte ich meinen Namen. Ich bin mir sicher, dass ich puterrot wurde.«

»Und das ist alles?, fragte ich, nachdem sie geendet hatte. ›Genau‹, sagte sie und errötete.«

Joe zündete sich eine Zigarre an und stieß einen vollendeten Ring aus Rauch in den sich langsam verdüsternden Himmel. Die Logik gebot ihm, das Rauchen aufzugeben, doch er hatte entschieden, sich zumindest ein verbotenes Vergnügen zu gönnen. Er bot Ehud eine Zigarre an, doch der lehnte höflich ab und fragte Joe, was er von der Geschichte halte. Joe blieb ihm die Antwort schuldig und rauchte in aller Ruhe und Gelassenheit. Ehuds Erzählung erinnerte ihn an andere Agenten, die seinem Befehl unterstanden hatten und an die besonderen Beziehungen, die sich jedes Mal zwischen dem Verbindungsführer, der in Europa saß und dem Agenten, der sich im Feindesland aufhielt, entwickelten. Er glaubte Ehud. Er versuchte Joe, in dem Maße, wie es ihm möglich war, ein Bild von Rachel zu vermitteln. Allerdings glaubte er nicht, dass Ehud tatsächlich wusste, was sich im Gelände abgespielt hatte oder ob die Dinge auf die Weise passiert waren, wie sie es hätten sollen. Ein langes und abwechslungsreiches Leben hatte Joe gelehrt, dass Beziehungen, bei denen Liebe ins Spiel kam, sich jeglicher Logik entzogen. Die meisten Menschen neigten dann zum Lügen.

Auch Ehud machte sich nichts vor, weder jetzt noch damals, als er ihr gegenübergesessen und sich den Bericht über Raschid angehört hatte. Er war ganz Ohr gewesen. Obwohl sie seiner Diskretion sicher sein und seinem Urteil vertrauen konnte, hatte er geahnt, dass sie nicht wenig für sich behielt. Sie erzählte ihm nicht alles. Keiner erzählt alles. Nicht einmal dem Menschen, den er liebt. Vor allem nicht dem Menschen, den er liebt. Ehud war Rachels Verbindungsführer und ihr Kettenglied, welches sie mit dem Stab der Einheit verband. Keiner traf sie ohne seine Zustimmung. Er konnte sein Veto gegen jeden Einsatz und jede Anfrage des Geheimdienstes an sie einlegen. Die Erinnerung an das Scheitern von Eli Cohen und die Agenten, die in Ägypten gehängt worden waren, rückte mit den Jahren in die Ferne. Doch das Gefühl, dass die Agenten aufgrund zu hoher Belastung in Feindeshand gefallen waren, ließ den Stab der Einheit nicht für einen Augenblick los. Hätte Ehud gesagt, es reicht, mehr kann sie nicht leisten, hätte ihn oder Rachel keiner gezwungen, auch nur einen Schritt weiterzugehen. Er trug doppelte Verantwortung: Einerseits spürten sie beide den unbändigen Appetit, mehr und mehr zu leisten, andererseits wusste er, dass es seine Aufgabe war, zu sagen, wann das Maß voll war und die Dinge außer Kontrolle gerieten.

Ehud beendete die Befragung. Er schickte Rachel los, um einige dringend notwendige Dinge einzukaufen und mehrere Leute zu treffen. Es diente dazu, ihren Aufenthalt in Mailand zu untermauern, ihre Legende auszubauen. Ehud zog Bilanz. Zwar waren ihm nicht sämtliche Einzelheiten bekannt, das Wesentliche jedoch schon: Rachel bewies gegenüber der Organisation Loyalität und würde nichts unternehmen, was sie und ihre Missionen gefährden könnte. Daher beschloss er, nicht weiter nachzufragen, was außerhalb der Lehrtätigkeit mit Raschid Sache war. Und Ehud bekundete angeblich kein Interesse an den kleinen Details des *Was* und *Wie*. Auch nicht, als sie ihm das Foto in die Hand drückte, das ihr grünes Licht für die nächste Mission gab.

Rachel – das wusste er – wollte ihm keinen Aufschluss darüber geben, welche Gefühle sie in diesem oder jenem Moment empfand und was sie über ihn und ihr Leben jenseits des Vorhanges dachte. Wenn sie da draußen war, war Ehud weit weg. Die Berichterstattung aus dem Einsatzland war gefährlich und sie musste sich kurz und präzise ausdrücken, wohl wissend, dass nicht allein Ehud ihre Nachrichten las. In Europa verhielt es sich anders. Sie saßen sich gegenüber und Ehud fragte nicht nur danach, was sie gemacht hatte, sondern auch, was sie dabei gefühlt hatte. Er fragte und wartete auf ihre Antwort. Und wie jeder andere, der den Menschen, den er liebt, für sich haben will, fällte sie die Entscheidung, Ehud weitgehende Teile an Informationen vorzuenthalten.

Raschid saß bereits an dem Tisch, der für drei eingedeckt war. Sie sah auch seinen Bodyguard, der in einer Ecke des Restaurants stand und verfolgte, wer hereinkam. Er erhob sich, kam ihr entgegen, drückte ihre ausgestreckte Hand, schob ihren Stuhl heran, während sie Platz nahm. Rachel zog ihre Füße zu sich. Er war kein großer Mann, aber sie wollte vermeiden, dass sich ihre Beine unter dem Tisch berührten. »Sind wir zu dritt?«

»Sie antworten schlichtweg jedem, der nachfragen sollte, dass Ihre Freundin auf dem Weg ist. Das erspart mir überflüssige Erklärungen«, erwiderte er. Sie musste lächeln und stellte ihre Handtasche auf den freien Stuhl. Rachel würde nicht nachfragen, die wie vielte sie in der Prozession der ausländischen Frauen war, die mit ihm Zeit in Restaurants verbrachten.

»Sprechen wir Englisch«, sagte er. Als hätten sie das nicht ohnehin schon getan. Er machte darauf aufmerksam, dass dieses gemeinsame Essen eine Unterrichtsstunde sei. »Und wer genehmigt in Ihrem Büro die Ausgaben?«, fragte Rachel. Sie hoffte, dass er ihr verraten würde, für wen er arbeitete. Er verzog die Miene. »Sehen Sie? Das ist eine Stunde«, sagte er. Er wollte nun die Bezeichnung für jedes einzelne Utensil auf dem Tisch wissen und wie man das Essen bestellte. Es war alles so einfach. Sie hatte das Gefühl, dass ihr Englisch ihr einen Vorteil verschaffte, denn die ganze Zeit über, während das Gespräch im Fluss blieb und sie vom Hundertsten ins Tausendste kamen, dachte Rachel auch an all die Dinge, die sie verbergen musste. So war sie froh, dass Englisch ihm schwerfiel, seine Fragen simpler Natur waren und er sie langsam stellte. »Erzählen

Sie mir etwas von sich«, sagte er. Sie erzählte von ihrem Vater, der das hektische Leben in London hinter sich gelassen habe und in einer entlegenen Region Kanadas allein alt wurde. Ihr fiel auf, dass sie ihm fast die Wahrheit erzählte.

»Er zeigt kein Interesse an meinem Leben. Als ich ihm sagte, dass ich nach Europa reisen würde, meinte er lediglich: ›Ah‹. Als ich die Zusage für den Job bekam, rief ich ihn an und er äußerte nicht einmal einen Anflug von Wehmut. Also zahle ich es ihm nun mit gleicher Münze heim.«

»Bei uns ist es anders«, sagte Raschid und in seinem Blick sah sie, wonach sie suchte. »Die Familie steht über allem.«

»Stimmt«, sagte sie. Sie dachte an ihre neue Familie und die Sehnsucht, die sie einst nach dem Vater empfunden hatte.

Raschid schien bemerkt zu haben, dass ihr Gesprächston umgeschlagen war. Er wechselte das Thema. Rachel war erstaunt und beglückt über dieses Maß an Empfindsamkeit. Sie gestand sich ein, ihn sympathischer zu finden, als es von einer Privatlehrerin erwartet wurde. Sie genoss es, mit ihm zu reden, auch wenn sie auf der Hut sein musste und nicht zulassen durfte, dass seine Neugierde und Sympathie den Panzer ihrer Legende durchdringen würden. Sie musste Informationen über ihn sammeln, so wie es andere Paare beim ersten Date machten, fragte ihn ab und zu etwas Persönliches. Raschid sagte, dass er für diese Stunde das Honorar übernehmen würde, daher habe er das Recht, das Thema zu wählen. Sie überging die Kränkung, war unsicher, ob ihre Mission oder etwas anderes, das mit diesem Mann zusammenhing, sie an diesem Tisch hielt. »Erzählen Sie mir, was Sie arbeiten, in welcher Branche Sie tätig sind. Und dann noch etwas über Ihre Familie«, beharrte sie. »So wird es bei jedem Geschäftstreffen von Ihnen erwartet. Jeder will etwas über die Person wissen, die ihm gegenübersitzt.«

»In Ordnung«, sagte er, »unter der Bedingung, dass Sie mir für jedes Detail, das ich von mir preisgebe, etwas von Ihnen erzählen.« Dazu war sie bereit, sie nahm die Herausforderung an. Da sie die meiste Zeit log, fragte sie sich, ob Raschid denn die Wahrheit sagen würde.

In einer Hinsicht war sie jedoch über jeglichen Zweifel erhaben: Sie erfreute sich seiner Gesellschaft. Sie wollte, dass dieser Abend noch ewig andauern würde und Raschid die vorgetäuschte Englisch-Stunde nicht beenden würde. Die Situation war neu und verwirrend. Mit Barbara war es einfacher. Rachel mochte sie, aber ihre Einstellung ihr gegenüber war beruflicher und praktischer Art. Auch wenn Barbara Neugierde plagte, vermochte sie mit Leichtigkeit, ihre Nachfragen abzuwimmeln und kein Detail preiszugeben, das sie nicht enthüllen wollte. Wohingegen sie ihm in diesem Restaurant, im Herzen der fremden Hauptstadt, von sich erzählen und sich wie eine junge Frau in Gegenwart eines attraktiven Mannes verhalten wollte, der an ihr Interesse zeigte.

Als der Kaffee kam, bat sie um Entschuldigung und ging auf Toilette. *Nimm dich zusammen*, sagte sie zu sich, während sie ihr Make-up auffrischte und sich das Haar kämmte. *Raschid ist eine Informationsquelle, ein Einheimischer und potenzieller Feind. Du darfst nicht in die Fallen tappen, die er für dich auslegt. Ruf dir in Erinnerung, welche Fragen Ehud dir stellen wird und mach dich darauf gefasst, über alles Bericht erstatten zu müssen.* Dienlich war es nicht. Auf dem Rückweg zum Tisch nahm sie die Augen der Männer wahr, die ihr mit Blicken nachstellten und sie war froh, Raschid dort sitzen zu sehen. Er hatte die Hände auf dem Tisch ineinandergelegt, als hielte er ihr Herz. Er wartete auf sie. Den Kaffee tranken sie schweigend und eine angenehme Gänsehaut überzog Rachels Körper, als ihre Knie zufällig die seinen berührten.

Raschid bedeutete dem Kellner, die Rechnung zu bringen. Der Bodyguard ging hinaus, um den Wagen vorzufahren. »Gestatten Sie mir, Sie nach Hause zu bringen?«, fragte er. Sie versuchte, den kleinen Rausch von dem Glas Wein zu überwinden, welches doch zu viel gewesen war und zu entscheiden, ob daran etwas Schädliches sei. Raschid hatte nichts getrunken, jedoch statuiert, dass er ein aufgeklärter Moslem sei. Er wusste, wo sie arbeitete. Und wenn er so wichtig wäre, wie er gesagt hatte, stellte es kein Problem für ihn dar, die übrigen Details herauszufinden. Außerdem passte die Wohnung zu ihren finanziellen Umständen, andere Ausländer wohnten ebenfalls in der Gegend und den wahren Zweck ihrer Wohnung kannte nur sie. Der Bodyguard wird sie chauffieren und sie am Hauseingang absetzen. Und sie wird sich von Raschid verabschieden. Der Wein benebelte ihr Gehirn, ihre Knie wurden weich. Das Ganze war nur eine Unterrichtsstunde, sagte sie sich. Sie hatte sich eine schöne Zeit gemacht und er hatte sie zum Essen eingeladen, dennoch war es nur eine Unterrichtsstunde.

Er nahm auf der Rückbank neben ihr Platz. Rachel versammelte den Stoff ihres Kleides um sich, damit Abstand gewahrt blieb. Ein angenehmer, unaufdringlicher Duft wurde an sie herangetragen. Mit den Händen auf den Knien lehnte er sich abwartend zurück. Sie waren beide still. Der Bodyguard fragte nicht nach, wohin sie fahren würden. Der schwarze Mercedes glitt dahin. Sie versuchte im Geiste, die Begegnung zusammenzufassen: Er wusste bereits von ihrer Arbeit und ihrer Wohnung, nun auch von ihrem Vater und der Open University in Italien. Was wusste er noch? Dass sie Single war? Ihr Geliebter sie verlassen hatte? Es ihr hier untersagt war, emotionale Bindungen einzugehen? Nein, das konnte nicht sein! Für ihn war sie eine Englisch-Lehrerin. Nicht die schönste der Welt, aber gut aussehend. Nicht mit einem übermäßigen Sinn für Humor gesegnet, aber mit der Fähigkeit, zuzuhören und von unbändiger Neugierde. Mochte sein, dass er leichte Beute in ihr sah, eine vorübergehende Episode für die Nachmittagsstunden.

Und was war er für sie? Was konnte dieser Mann ihr bedeuten, außer etwas Verbotenes? Ihr war es untersagt. Sie hatte alles zu unterlassen, was sie einer Gefahr aussetzte. Nicht mal träumen durfte sie davon. Aber sie träumte. Sie träumte genau davon, als sie bei ihr zu Hause eintrafen, sie »Tschüss, danke und bis morgen in der Schule« sagte, ausstieg und die wenigen Schritte zur Eingangstür des Hauses ging. Schnell. Bevor Raschid noch auf die Idee käme, sie dorthin zu begleiten. Durch die Milchglasscheibe sah sie das Auto noch einen Moment dort verharren, bevor es schließlich davonfuhr.

Das Drehen des Schlüssels in dem alten Schloss. Die stille leere Wohnung, die sie erwartete. Die Routineinspektion, die sie stets durchführte, um sicherzustellen, dass keiner ihre Sachen durchsucht hatte. Sie war froh, an einem sicheren Ort zu sein. Zu wissen, dass sie keiner sah und keiner ihr zuhörte. Sie durfte sie selbst sein, wenn auch nur für kurze Zeit, in diesem kleinen schallisolierten Zimmer, welches ein einheimischer Handwerker ihr gebaut hatte, damit sie die Nachbarn, wenn sie spielte, nicht störte. Auch das war Ehuds Idee gewesen. Er hatte sie dazu gedrängt, sich Hobbys zu suchen und für den Job dieses Zimmer bauen zu lassen. Den Vorschlag, es als Foto-Studio anzulegen, hatte er abgeschmettert, das könne Verdacht erregen. Sie hatte sich für eine E-Gitarre entschieden und liebte den Unterricht. Zu ihrer Verblüffung entdeckte sie, dafür sogar ein wenig Talent zu haben. Nachdem für sie klar war, dass in ihrer Abwesenheit keiner die Wohnung betreten hatte, streifte sie die flachen Schuhe ab, die sie mit Rücksicht auf Raschids Körpergröße getragen hatte und streckte sich auf der Couch aus. Der Sprecher der englischsprachigen Nachrichten befasste sich mit dem unermüdlichen Wirken des Präsidenten für sein Volk und schilderte enthusiastisch, mit welcher Begeisterung die Bürger an der Zeremonie zur Einweihung eines Waisenhauses – eine Spende der Präsidentenfamilie – teilgenommen hatten. Wäre ich bloß eine Touristin, die vorübergehend hier lebt, ging es ihr durch den Sinn, würde ich mir einbilden, hier herrschte das reinste Idyll. Es gäbe niemanden, der die Vertreter der Terrororganisationen beherbergte. Niemanden, der danach trachtete, gegen Israel Krieg zu führen. Niemanden, der Gefangene in namenlosen Gefängnissen folterte. Keine Armen. Keine Reichen. Es gab nur den Herrscher und dessen Untertanen. Und Raschid.

Um 23 Uhr musste sie die Übertragung vom Stab hören. Eine tägliche Angelegenheit. Danach war sie an der Reihe und setzte ihren Funkspruch ab. Jedes Mal zu einer anderen Uhrzeit und an einem anderen Tag. So funktionierte das System. Das Risiko, dass man sie abhörte, war gering, doch Routine war ein Feind, dem man widerstehen musste. Was werden sie jetzt von mir wollen? Fragte sie sich, während sie sich darauf einstellte, die Nachricht in Empfang zu nehmen und zu entschlüsseln. Was wollen sie wissen? Sie machte das Fenster auf und goss ihre Topfpflanzen. Das Verteidigungsministerium war rundum beleuchtet, wie immer. Nzb. Nichts zu berichten. Wirklich? Und was war mit Raschid? Gab es über Raschid etwas zu berichten? Die Stille, die sie so sehr liebte, wirkte auf sie mit einem Schlag öde und bedrückend. Sie ertappte sich dabei, wie sie sich nach seiner warmen Stimme, dem starken Akzent sehnte, wollte hören, wie er sich einen abbrach, um neu aufgeschnappte Ausdrücke anzuwenden. Sie vergegenwärtigte sich die Aufmerksamkeit, mit der er sie bedacht hatte. Sie wurde sich darüber klar, was sie gern hätte: Sein Interesse solle ihr gelten und nicht dem Englisch, das sie ihm beibrachte.

Rachel zog die schweren Vorhänge zu, die verbergen sollten, was in der Wohnung vor sich ging und begab sich ins Musikzimmer. Das High-End-Funkgerät – ein Geschenk ihrer geliebten Tante – war auf einen amerikanischen Rap-Sender eingestellt. Für einige Minuten drehte sie ihn auf volle Lautstärke, dann setzte sie Kopfhörer auf und stellte den Zeiger auf eine andere Station. Sie drehte, bis sie ihre Frequenz fand und hörte den Sprecher, der den Touristen, die in Europa weilten, ansagte, dass sich das Wetter zu dieser Jahreszeit normal verhalte. Mehr musste sie nicht wissen, bevor sie die verschlüsselte Übertragung absetzte. Ihre Schutzengel, die Leute vom Nachrichtendienst, die prüften, ob jemand sie überwachte, die Mitarbeiter vom Stab, die im Office ihre Sicherheit garantierten – alle hatten dem Lagezentrum grünes Licht gegeben, dass sie senden konnte.

Sie nahm den Schreibblock, riss ein Blatt heraus, achtete darauf, es auf eine glatte Metallplatte zu legen, um keine Spuren auf dem Tisch zu hinterlassen und begann mit dem Schreiben der Zusammenfassung: »Raschid Kanafani, Moslem, alteingesessene reiche Händlerfamilie, Vater exklusiver Handelsvertreter des Verteidigungsministeriums für den Import chemischer Produkte, Raschid ist sein Nachfolger, umfangreiche Tätigkeit auf niedrigem technischen Niveau, einschließlich der Erstellung von Materiallisten mit korrekten Bezeichnungen und deren Verwendung, zudem gibt es weitere Listen, die ich im Auge behalte, er lernt seit einigen Monaten in der Schule, nimmt auch Privatstunden.« Dabei beließ sie es. Würde man sie an einen Lügendetektor anschließen – darüber war sie sich im Klaren – würde die Nadel ausschlagen.

Als die Zeit heran war, breitete sie das Kommunikationssystem vor sich aus und tippte rasch die Nachricht. Das in dem Verstärker – den hatte sie sich bei ihrem letzten Frankreich-Besuch »gekauft« – verborgene Gerät sammelte die eingegebene Information und versendete sie anschließend als Signal. Wie würden sie mit der Nachricht umgehen? Was würde Ehud davon halten, nachdem er den kurzen Text gelesen hätte, der für ihn entschlüsselt wurde? Zuweilen nahm Ehud sie stärker wahr als sie sich selbst. Ob ihr Herzklopfen, ihre Erwartungen an morgen, ihre Lust, Raschid wiederzusehen, zu ihm dringen werden? Wird Ehud merken, dass es das erste Mal war, dass ihre Überlegungen um etwas kreisten, was nicht mit der Mission zusammenhing? Sie packte das Gerät ein. Plötzlich erschrak sie darüber, wie unbekümmert sie es in seinem Versteck verstaute, statt genauestens darauf zu achten, wie sie es hineinlegte. Ihre Gedanken gingen mit ihr spazieren.

Nachdem sie alles weggeräumt hatte, zog sie ihre Sachen aus und räkelte sich auf dem großen Bett, das sie von den Vormietern übernommen hatte, einem Paar mit einem kleinen Jungen.

Mitten in der Nacht wachte Rachel auf. Sie hatte geträumt, dass jemand sie in die Arme geschlossen und ihr etwas ins Ohr geflüstert hatte. Sie dachte an Raschid. Sie zog sich die Decke über den Kopf, umfasste ihre Brüste, spürte sie in ihren Händen und dachte an seine großen Hände, die mit dem Limonadenglas vor ihm gespielt hatten. »Moslems trinken nicht«, hatte er gesagt. »Zumindest nicht in der Öffentlichkeit.« Daraufhin hatte er gelacht und die weißen Zähne blitzen lassen.

Als sie um halb sechs aufstand, meinte sie, die ganze Nacht nicht geschlafen zu haben. Sie zog die Vorhänge beiseite und schaute nach draußen. Der Himmel war im Osten blass eingefärbt, die Sonne noch nicht aufgegangen. Die Lichter im Verteidigungsministerium brannten, so wie immer und auf der Straße tobte der Verkehr, wie jeden Morgen. Lkws voller Gemüse, die direkt von den Plantagen kamen. Pick-ups mit Geflügel für den Markt. Milchautos. Geschäftsleute, die im Morgengrauen zur Arbeit pendelten.

Sie warf einen Rundumblick: Kleiderschrank, Kamera, Küche, das dekorierte Wohnzimmer und das Bett, das im Schlafzimmer zu sehen war. War das ein Zuhause? *Home is where the heart is.* Sie seufzte und tadelte sich dafür, Bedenken zu haben. Ich mache das freiwillig. Ich will diese Mission. Ich tue etwas, das nur ich leisten kann. Um acht erschien sie auf Arbeit, wie immer und war irgendwie doch froh, dass Raschid Bescheid gegeben hatte, heute nicht in den Kurs zu kommen.

Als er jedoch auch in der darauffolgenden Woche nicht auftauchte, beschlich sie der Verdacht, dass etwas nicht stimme.

Nach drei Wochen kehrte er zurück, braun gebrannt und dünner. Sie lächelte ihn an und spürte, wie sich ihr Magen zusammenkrampfte, als er sie unterkühlt grüßte und in der zweiten Reihe Platz nahm.

Vielleicht hegt er einen Verdacht gegen mich? Vielleicht darf er sich mit Ausländern nicht befreunden? Vielleicht gefalle ich ihm nicht? Wo war er gewesen? Zu viele Fragen. Sie achtete darauf, ihn nicht anzusprechen und war froh, als die Uhrzeiger ihr bedeuteten, dass die Unterrichtsstunde zu Ende war. Langsam packte sie ihre Bücher ein, zog die Zeit extra in die Länge. Mit zusammengekniffenen Augen beobachtete sie die Schüler, die nacheinander den Raum verließen. Er blieb sitzen.

»Miss Rachel«, setzte er an, als sie schließlich allein waren.

Sie wusste, dass ihnen nur einige Augenblicke blieben, nachdem der Fahrer bereits seinen Kopf hereingesteckt und ihm bedeutet hatte, dass sie spät dran seien. »Ich freue mich, dass Sie zurück sind«, sagte sie, ihre Stimme versagte. »Sie haben recht viele Stunden versäumt.«

Seine Antwort fiel gleichfalls aus, als drehten sie einen Werbefilm fürs Sprachtraining. »Stimmt, es tut mir leid. Ich würde gern einige Einzelstunden bei Ihnen nehmen, um den Stoff aufzuholen.«

»Das muss über die Sekretärin vereinbart werden.«

»Wie meinen Sie das?«, fragte er. Sie hatte im Gespür, dass er seine Rolle einstudiert hatte.

»Die Einzelstunden. Ich kann nicht versprechen, dass sie bei mir stattfinden. Barbara ist aber auch eine sehr gute Lehrerin.«

Dann lächelte er. Der Krampf in ihrem Herzen löste sich. Rachel drehte sich zur Tafel und wischte sie behutsam ab, wohlwissend, dass seine Augen auf ihr ruhten, sie verfolgten, bis sie hinausginge. Bevor sie später das Lehrerzimmer verließ, warf sie einen Blick in den kleinen Spiegel, den sie in ihrer Handtasche hatte und vergewisserte sich, dass sie wieder ihre normale Gesichtsfarbe angenommen hatte. Die Büroleiterin gab ihr den Stundenplan und meinte mit einem Lächeln, dass Raschid nur bei ihr lernen wolle.

»Wo waren Sie denn in den vergangenen Wochen?«, traute sie sich nach einigen Tagen zu fragen, als sie sich bei einer Einzelstunde gegenübersaßen. Sie bemerkte, wie er zögerte und nach einer Antwort suchte, die sie zufriedenstellen würde. Er benutzte sein Englisch als Ausflucht, um sich Zeit zu verschaffen. Dann durchschaute sie es. Später fragte sie sich immer wieder aufs Neue, wieso sie dermaßen lange gebraucht hatte, bis der Groschen gefallen war. Es war an ihr, das Verborgene aufzudecken und ihm das Ziel seiner Reise zu entlocken. Traurig stellte sie fest, dass sie verblendet war und ihm Schutz bieten wollte.

»Hattest du Sehnsucht nach mir?«, fragte er.

»Ja.«

»Ich war verreist«, sagte er. »Ich war verreist und bin zurückgekehrt. Ist es dir nicht recht?«

Er nahm eine Flasche Parfum und eine schlichte Perlenkette aus seiner Tasche, überreichte es ihr und nannte einen Ort exotischen Namens. Rachel sagte, es sei ihr mehr als recht, dankte ihm. In Gedanken formulierte sie bereits ihren nächsten Funkspruch, der sie dazu autorisieren würde, ihn wieder und wieder zu sehen. Zurück in der Wohnung suchte sie im Atlas den Ort und erwähnte ihn im Bericht.

»Raschid Kanafani«, schrieb sie, »nach drei Wochen Aufenthalt in Russland braun gebrannt und dünner zurückgekehrt. Ich halte den Kontakt zu ihm aufrecht.« Sie wartete nicht auf einen möglichen Einwand. Den hielt sie für unwahrscheinlich. Sie führte die Mission aus, für die sie den Auftrag hatte.

Rachel setzte sich auf die grüne Couch, die sie mit Barbara ausgesucht hatte und schaute sich um. Die karierten Kissen waren aufgeschüttelt und an die Lehnen drapiert, der Kaffeetisch war poliert und in der Mitte, neben der kleinen Blumenvase, lag ein Fotoalbum einheimischer Künstler. Die Tür zum Schlafzimmer war geschlossen. Sie fragte sich, ob er sie auf den Armen dorthin tragen oder langsamen Schrittes dorthin ziehen würde, oder nichts dergleichen geschähe.

»So will ich das nicht mehr«, hatte sie gesagt, nachdem sie sich stundenlang am Straßenrand, auf der Hügelspitze und wo auch immer ihnen sonst nach Anhalten zumute gewesen war, in seinem Wagen geliebt hatten. »Ich auch nicht«, hatte er gesagt.

Gleich wäre es so weit, in wenigen Minuten. Sie hörte, wie sein Auto auf der Fläche neben ihrem Wohnhaus hielt, die Tür geschlossen wurde, die Fernbedienung piepte. Ihr Herz pochte wie wild. Sie trug ein Kleid, damit seine Hände leichter den Weg fänden und sie ging barfuß, um ihm das Gefühl von Zuhause zu geben.

Keine Frage, die Sicherheitsregeln hatte sie auf dem Schirm. Auch keine Frage, dass sie die Ausrüstung sicher verstaut, das Musikzimmer abgeschlossen hatte und ihre Bücher nicht von außergewöhnlichen Interessen kündeten. Nur eine Methode, die Kontrolle über den Puls zu erlangen und das Blut in ihren Adern langsamer fließen zu lassen, die kannte sie nicht.

Sie vernahm das Geräusch, auf das sie mit Hochspannung gelauert hatte. Sie stand auf und strich sich das Kleid glatt, betrachtete das Gesicht noch einmal im Spiegel und erblickte die Erwartung, die Aufregung und das Verlangen, dass er sie in die Arme schließen werde. Es klopfte an der

Tür. Sie drehte den Schlüssel und öffnete. Da stand er – mit einem Blumenstrauß und einer Flasche Wein in der Hand. Sie wollte ihn umarmen, ihm um den Hals fallen, führte ihn aber nur herein und bedeutete ihm, im Sessel neben dem Tisch Platz zu nehmen.

Ihre Stimme hörte sich hohl an, als sie ihm einen Drink anbot. Und sie war froh, als er darauf mit einem Witz reagierte. »Warum bist du gekommen?«, wollte sie fragen. »Warum nimmst du mich nicht in die Arme?«, wollte sie wissen. Stattdessen stellte sie die Flasche Wein auf den Tisch, der fürs Abendessen gedeckt war und arrangierte die Blumen in einer bunten Vase, die sie sich auf einer ihrer Erkundungen im Süden gekauft hatte. Dann stand sie mit dem Rücken zu ihm und brühte einen Tee auf, um den er gebeten hatte. Sie erkundigte sich, wie sein Tag gewesen war, als wisse sie nicht, dass ihr Vater eine andere Frau für ihn im Sinn hatte. Er sprach übers Wetter (von ihr aus konnte es Tennisbälle hageln), über den Besuch des amerikanischen Außenministers (als wüsste sie nichts davon) und über das geplante Konzert einer bekannten Rock-Band, deren Auftritt die Genehmigung des Präsidenten erforderte, da die Band in Israel gespielt hatte. *Occupied Palestine* hieß sie.

Wie sie schließlich im Bett gelandet waren, wusste sie nicht mehr. Ehud würde sie davon nichts erzählen. Rachel umschlang Raschid. Sein Körper war warm, behaart, sagte ihr in allem zu. Er hatte gestöhnt, als er gekommen war und sie entsann sich an Oren, der stets gelacht hatte.

Raschid schlief auf dem Rücken, lag nah bei ihr, seine Hand in ihrer. Die Kerze auf dem Esstisch warf ihr Licht auf die Teller, von denen keiner gegessen hatte. Sie zog die Decke über ihre Brüste und dachte an all die Dinge, die sie so gern wollte. Sie wollte, dass er ihr gehörte und hing ihrem Tagtraum von einem kleinen Haus nach und einem Kind, das auf dem Teppich spielte. Unmöglich war es nicht, doch es forderte seinen Preis. Sie wollte ihn lieben, wie eine Englisch-Lehrerin ihren Geliebten liebte. Und sie wollte ihre Operation fortführen, Informationen beschaffen, wie es in den Anweisungen stand, wollte herausfinden, womit er sich befasste, seine Papiere sichten und ihn benutzen. Dies war ebenso möglich und dies forderte ebenso seinen Preis. Unmöglich, alles zu tun – man musste einen Weg wählen und diese Route nehmen. Wer das nicht befolgte, an beiden Orten sein wollte, war mit sich uneins, musste lügen. – Sie entschied sich genau dafür.

Ehud seufzte, als trüge er an einer schweren Last. »Ich weiß nicht, wann es dazu kam, aber von dem Tag an, da sie das erste Mal mit ihm schlief, wusste sie, dass sie nicht dazu bereit war, auf ihn zu verzichten. Und von dem Tag an begann sie, auch uns zu belügen. Ich wollte mich gleichfalls sämtlicher Welten erfreuen. Wollte mir einbilden, dass sie die Lage im Griff habe, ihn ausnutze, ihm den Kopf verdrehe. Sie hätte mir natürlich erzählen können, dass er sich in sie verliebt hatte. Ich hätte den Kopf geschüttelt und gesagt, dass mir nichts Menschliches fremd sei, hätte sie schwören lassen, sich nicht zu gefährden, daraufhin umgehend den Kommandeur der Einheit angerufen und ihn gezwungen, sie aus dem Land abzuziehen. Liebe und die Arbeit für den Geheimdienst vertragen sich nicht. Den Feind kann man nicht lieben. Allerdings machte sie mir etwas vor, redete von einer Freundschaft, einer vorübergehenden unbeschwerten Affäre, wie eine junge Frau sie mal so hätte und ich wollte ihr Glauben schenken.

Es vergingen einige Monate, bis sie Gelegenheit zu einer großen Sache hatte. Bis dahin benutzte sie Raschid, um Zugang zu allen möglichen Orten zu bekommen. Sie schickte uns brisante Bruchstücke von Informationen, was uns das Gefühl einer neuen Routine vermittelte.

Nachdem wir die Fotos der Dokumente erhalten hatten, riefen wir sie dringend nach Mailand. Ich bat sie, mir darzulegen, wie sie diese beschafft und was sie unternommen habe. Ich setzte ihr auseinander, dass wir die Risiken, die sie eingegangen sei und auch die Wahrscheinlichkeit aufzufliegen, gründlich analysieren und uns dazu eine unabhängige Meinung einholen müssten. Das bliebe unter uns, versicherte ich ihr, ich wollte sämtliche Einzelheiten hören. Die Eifersucht nagte an mir. Natürlich berichtete ich, dass Rachel die Tatsache ausgenutzt hatte, dass er schlief, ohne intime Details zu liefern.

Sie sagte mir, sie habe über seinem Gesicht mehrmals die Hand hin und her bewegt. Wäre er davon aufgewacht, hätte sie ihn gestreichelt. Raschid war in den Schlaf gesunken und sie stahl sich aus dem Bett. Hätte er die Augen geöffnet, wäre sie zur Toilette abgebogen. Ihr blieb wenig Zeit und hätte er sie auf frischer Tat ertappt, wäre ihr nichts anderes übrig geblieben, als zu bekennen, dass sie Geld brauche. Es war das erste Mal, dass er bei einer Übernachtung seine Tasche dabeihatte und sie befürchtete, diese Gelegenheit biete sich ihr nie wieder. Sie konnte weder Arabisch noch Russisch lesen, daher fotografierte sie im Handumdrehen die Dokumente im hellen Licht des Badezimmers. Es war in hohem Maß gefährlich, ich ermahnte sie, sagte, solche Dinge könne man sich nur im Film leisten und sie dürfe es nicht noch einmal. Insgeheim war ich begeistert. Wir erhielten aus der Forschungsabteilung ausgezeichnete Reaktionen, die Daten über die chemischen Sprengköpfe waren überaus hilfreich und einzigartig. Der Einsatzleiter schrieb mir eine persönliche interne Mail, natürlich verschlüsselt, gratulierte mir zu einem kleinen Sieg im endlosen Kompetenzgerangel zwischen der Abteilung für Informationsbeschaffung des Mossad und dem militärischen Nachrichtendienst. Er drängte mich dazu, sie um mehr zu bitten. Und was war das Juwel der Sammlung? Ein Foto eines deutschen Wissenschaftlers. Das war das letzte Teil in dem Puzzle, das unsere Operationen-Abteilung seit Jahren zu vervollständigen suchte.«

KAPITEL 8
STRAUSS

»Es verging Zeit, bis ich sie wiedertraf, denn erst nachdem wir in Israel die Vorbereitungen abgeschlossen hatten, verständigte ich sie, dass wir sie in Florenz für die Einsatzbesprechung brauchten. In einer knappen internen Nachricht erwiderte sie: ›Bin beschäftigt. Gibt es keinen Ersatz?‹ ›Keine Alternative‹, antworteten wir. Fast fühlte ich mich genötigt, ihr ins Gedächtnis zu rufen, wofür sie dort war. ›Barbara, Raschid, Fragen‹, gab sie zurück. Obwohl mir die Beweise dafür fehlten, ahnte ich, dass sie auch ihm, nicht nur uns, Rede und Antwort stand.

Ich dachte über das Leben nach, das sie sich dort aufgebaut hatte. Grübelte darüber, ob es etwas gäbe, von dem ich keine Kenntnis hatte. Sie erfüllte ihre regulären Aufgaben und inspizierte verschiedene Landesteile gemäß der Instruktionen, die sie in elektronischer Form verschlüsselt von uns bekam. Diese Aufgaben fielen ihr zunehmend leichter, vor allem, da Raschid ihr jetzt behilflich war, an Orte zu gelangen, zu denen Ausländer, die auf eigene Faust unterwegs waren, normalerweise keinen Zutritt erhielten. Erneut ging ich die Akte mit den internen Nachrichten und Berichten durch, um daraus schlau zu werden, ob sich seit dem letzten Mal, da ich sie gesehen hatte, etwas verändert hatte. Mich beschlich das Gefühl, dass sie ungeduldiger und dazu selbstsicherer geworden war. Manch einer würde sagen, dies sei bei langjährigen Agenten ein bekanntes Erscheinungsbild und ich hegte den Verdacht, ihr ginge es unter Umständen zu gut und sie verfiele in riskante Routine.

Dann führte der Stab eine lange und aufreibende Debatte. Jemand äußerte, es sei an der Zeit, sie zurückzuholen, es würde zu gefährlich, wenn die Agentin im Gelände dem Verbindungsführer die Vorgehensweise diktiere und andere sprachen sich natürlich für das Gegenteil aus. Am Ende fragten sie mich. Ich war hin und hergerissen: Würde die Meinung der Hardliner akzeptiert, würde sie von dort abgezogen und ich müsste meinen Auslandsaufenthalt ebenfalls abbrechen. Ich hoffte, dass meine Erwägungen von dieser Tatsache und den übrigen Dingen, die ich über sie dachte, unbeeinflusst blieben, doch wissen konnte man es nicht.

Ich sah sie an. Sie waren von mir abhängig. Sie kamen jeden Morgen ins Office, empfanden sich als wichtig, lasen die Berichte und führten lange Debatten mit ihren Kollegen vom militärischen Nachrichtendienst. Ich war im Gelände. Nicht im Zielland, aber so nah wie möglich bei Rachel und ich war die letzte Barriere zwischen ihr und den Forderungen, die unaufhörlich von jemandem gestellt wurden, der mitten in Tel Aviv in einem klimatisierten Raum am Schreibtisch saß. Ich erkannte diese Wahrnehmung und den Kontrast zwischen uns an. Wer im Stab diente, konnte Anweisungen erteilen, Anträge stellen und Ratschläge geben, aber er tat es nicht, er führte es nicht aus. Rachel war wie ein Kran mit einem meilenlangen Arm, der sämtliche Ziele erreichte. Und ich führte diesen Kran. Ohne mich ging nichts. Ich spürte die Macht, die ich hatte und sagte mir, dass ich auf würdige Weise von ihr Gebrauch machte.

Ich äußerte, es sei gut, dass ich für diese Debatte nach Israel gekommen sei. Berücksichtigten wir den Fakt, Strauß wisse, dass wir es auf ihn abgesehen hatten, würde er den Mittleren Osten nicht verlassen. Daher bliebe uns keine andere Wahl, als uns ihrer zu bedienen. Das war die Wahrheit. Sie war unsere Waffe, das sahen diejenigen, die hier um den Tisch saßen, in Rachel. Von da an richtete die Debatte sich auf die technische Seite. Zweifelsohne würde es riskant und komplex, es könnte auch ihre letzte Operation sein, doch einig waren wir uns alle: Den Machenschaften dieses Wissenschaftlers musste ein Ende bereitet werden. Absolut niemand hatte etwas dagegen, dass ein ehemaliger Nazi auf geheimnisvolle Weise diese Welt verlassen würde.«

»Sie traf in Florenz ein, nachdem sie zunächst einige Tage durch Mailand geschlendert und shoppen gegangen war. So hatte sie die Chance bekommen, sich zu entspannen und damit jeden in die Verzweiflung zu treiben, der sich unter Umständen an ihre Fersen heftete. Ich weiß noch, wie sie mir die Tür öffnete und sich sogleich wieder in den Sessel am Fenster setzte. Mir fiel auf, dass sie angespannt war, als würde ihr etwas auf der Zunge liegen. Ich fragte sie nicht, hoffte, sie würde es mir selbst erzählen.

Normalerweise steuerte sie mit einem breiten Lächeln und einer Umarmung auf mich zu, wechselte ins Hebräische, denn es war ihr stets ein

Bedürfnis, dieser starren fingierten Identität zu entschlüpfen und endlich Agentin auf Urlaub zu sein. Normalerweise. Ich trat zu ihr und streckte ihr die Hand entgegen. Sie erwiderte die Geste. Ich spürte, dass dem Händedruck und der abwartenden Haltung im Sessel etwas Neues anhaftete. Als hätte sie keine Sehnsucht mehr nach uns. Als hätte sie nicht ungeduldig ausgeharrt, mich zu treffen und einige Tage in dieser Verwöhnatmosphäre rund um die Vor- und Nachbesprechungen der Einsätze zu verbringen.

Da war noch etwas. Ich bemerkte, dass in ihr etwas loderte, was sie für sich behielt. Ich wiederholte, was ich ihr am Anfang ihres Weges gesagt hatte: Ich müsse alles über sie wissen, es sei zu ihrem Besten. Zwischen uns dürften keine Geheimnisse stehen. Und sie stritt ab, dass es welche geben würde.

Ich bat sie darum zu erfahren, was sie Raschid gegenüber empfinde. Sie erwiderte – ohne mit der Wimper zu zucken – Raschid sei eine Informationsquelle und sie kenne ihre Mission. Mir entging jedoch nicht, wie sie seinen Namen aussprach. Ich kaufte es ihr nicht ab.

Statt sich mit einer detaillierten Nachbesprechung ihrer letzten Aktivitäten im Gelände zu befassen, anschließend Quittungen durchzugehen und die übrigen technischen Einzelheiten zu besprechen, kam ich ohne Umschweife auf ihre Mission. Vielleicht könnte es die Entfremdung wettmachen und mir die Rachel, die ich kannte, aus dem Zauberhut holen. Ich sprach sehr langsam. Dehnte die Zeit aus, bis ich an den Punkt gelangte, um den sich alles drehte. Ich wollte sicherstellen, dass sie nicht gehemmt war, Angst hatte oder mir sagen wollte, dazu sei sie nicht länger in der Lage. Während ich redete, kniff sie die Augen zusammen und rieb die Hände aneinander. Wir hatten wieder den Zustand erreicht, den ich gewohnt war. Den ich wollte. Ich übte die Kontrolle aus und sie war die Agentin, die die Instruktionen entgegennahm. ›Welchen Auftrag gibst du mir?‹, fragte sie. Nicht: ›Gebt ihr mir?‹ Sie bezog sich auf mich, als gäbe es nur sie und mich, als müssten nur wir beide Rechenschaft ablegen.

Ich zeigte ihr das Foto, welches sie selbst Raschids Tasche entnommen und fotografiert hatte und setzte sie über Strauß ins Bild. ›Am Ende eines jeden Monats nimmt er sich zwei Tage frei und wohnt immer im gleichen Hotel. Ein Deutscher bleibt ein Deutscher. Routine kann tödlich sein‹, sagte ich. Ich präsentierte ihr eine Reihe von Fotos, die Strauß am Eingang der Lobby und an anderen Orten zeigten. Sie fragte, wieso wir nicht denjenigen, der die Fotos gemacht hatte, mit der Mission betrauten. Mir blieb nichts anderes übrig, als zu behaupten, dass derjenige davor zurückschrecke, sich ihm zu nähern. Nicht jeder habe das Zeug für eine solche Mission.

Es war Abend. Draußen, jenseits des doppelt verglasten Fensters, tobte der Verkehr und ein schwerer Truck erschütterte die Wand, an der ein Bild von der Madonna mit dem Kind hing, zu dem sich jedes zweite Florentiner Hotel verpflichtet fühlte. Sie sah sich die Ausrüstung an, die ich mitgebracht hatte. Was sie tun sollte, war klar. Weniger klar war, wie es sich umsetzen ließe. Wie konnte man Strauß derart nahekommen und nach der Operation spurlos verschwinden?

›Ich weiß, dass es nicht deine persönliche Operation ist‹, sagte sie unvermittelt, ›aber für mich klingt es nach einer Mission, die auf einer nicht allzu aktuellen und relevanten Tagesordnung steht. In Vergessenheit geratene Geschichte.‹

›Da gibt es welche, die sich erinnern‹, begann ich. Ich wollte ihr die Verantwortung aufzeigen, die das Office in dieser Sache innehatte.

›Ich dachte, so etwas würde nicht mehr gemacht‹, wandte sie ein. ›Selbst Eichmann wurde vor der Hinrichtung der Prozess gemacht. Und ihr fordert mich dazu auf, einen Mord zu begehen.‹

›Es ist kein Mord‹, sagte ich. ›Es ist eine Vollstreckung, der Liquidation ähnlich, die du mit Stefan ausgeführt hast.‹ Besänftigen konnte ich sie allerdings nicht.

›Wieso schnappen sie ihn nicht, wenn er in Europa Urlaub macht und bringen ihn vor Gericht? Wer weiß, vielleicht ist er unschuldig. Unter Umständen liegt eine Verwechslung vor.‹ Sie schlang sich einen dünnen Pullover um den Körper. Für mich hatte es den Anschein, als legte sie sich einen Schutz vor mir zu. Sie ließ sich in ihren Sessel sinken, lehnte den Nacken zurück und schloss die Augen. Ich wartete ab, gab ihr die Zeit, die sie brauchte.«

»Ich habe das auch getan«, sagte Joe, »aber das war direkt nach dem Krieg. Das war etwas anderes. Ich beneide sie nicht. Interessant zu erfahren, was ihr dabei durch den Kopf ging.«

»Das weiß ich nicht«, sagte Ehud. »Sie hat es mir nicht verraten. Sie stellte mir weiterhin Fragen. Obwohl ich es nicht vorgehabt hatte, gab ich preis, dass er ein Projekt für biologische Kriegsführung leitete. Dabei arbeitete er an toxischen Raketensprengköpfen, die sich letzten Endes gegen uns richten würden. Sie wollte und sollte Gewissheit darüber haben, dass die Operation gerechtfertigt war und wir nicht einfach einen alten Nazi-Wissenschaftler liquidierten. Daher verletzte ich das Prinzip der Kenntnis nur bei Bedarf und machte die Geschichte zunichte, die sie sich in Israel zu ihrem Schutz ausgedacht hatten. Der Leitende Sicherheitsoffizier hat mir das nie verziehen. ›Fällt sie denen in die Hände‹, sagte er, ›deckt sie diese Information und die Quelle auf, die wir in dem Raketen-Projekt gewonnen haben, derjenige wird dann entlarvt.‹ Ich konnte ihn partout nicht davon überzeugen, dass es notwendig gewesen sei. Zum Glück stand der Kommandeur der Einheit hinter mir. Er selbst war Agent gewesen und er hatte Verständnis für die Bedürfnisse und Probleme. Er nahm sie nicht allein aus der Perspektive des Kommandopults im Lagezentrum wahr, sondern auch aus der Gelände-Sichtweise.

Am nächsten Tag fuhren wir nach Zürich zu einer Einsatz-Besprechung. Im Zug von Italien in die Schweiz kontrollierte uns niemand, sodass Rachel, soweit die Behörden unterrichtet waren, sich nicht dort aufhielt. ›Sind Sie sicher, dass es funktionieren wird?‹, fragte sie unseren Wissenschaftler, der ihr den Umgang mit den Substanzen erläuterte. Ich konnte spüren, wie sie insgeheim ihre Vergleiche zog und den Gedanken nicht loswurde, dass zwischen ihm und Strauß keine großen Unterschiede bestünden. Beide präparierten Gifte, beide wollten ihre Feinde töten, doch nun ergriff sie Partei. Und das war der entscheidende Unterschied.

›Ja, aber sehen Sie sich bitte vor‹, sagte er.

›Wobei?‹, fragte sie.

›Einzeln sind diese drei Substanzen völlig harmlos. Und solange sie originalverpackt sind, dürfte es schwerfallen, den wahren Zweck auszumachen. Das können nur Spezialisten. Dazu müsste zunächst ein Verdacht bestehen, um sie untersuchen zu lassen. Erst durch die Vermischung wird daraus ein tödliches Präparat. Vier Stunden nach dem Vermischen verdampft die Substanz, um Spuren zu verwischen und Sie zu schützen, falls Sie das Gemisch nicht einsetzen und wegwerfen. Gleichzeitig ist es das Zeitfenster, um Ihren Job zu erledigen.‹

Er wartete einen Moment. Sie nickte und er fuhr fort: ›Sollten Sie die Handschuhe, die Sie mit dem Gift eingerieben haben, nicht loswerden, können Sie die bei sich behalten. Ohne Bedenken. Aber‹ und hier unterdrückte er ein Lächeln, ›fordern Sie Ihr Glück nicht heraus. Lassen Sie das lieber mit dem Kuss am Morgen danach. Jeder Mensch zeigt andere Reaktionen.‹

Rachel nahm die drei Medizinfläschchen und las die Etiketten. Wir gingen alles mit ihr durch. Sie hatte im Kopf, wo sie die Medizin gekauft und wie viel sie dafür bezahlt hatte. Sie bekam ein echtes, von uns ausgestelltes Rezept, denn vor dem Rückflug würde ihre Tasche sicher kontrolliert werden. Die Etiketten waren einwandfrei. Sie befühlte die Handschuhe, die die Technikabteilung nach dem neuesten Trend entworfen und genäht hatte und sie gab zu bedenken, dass deutsche Männer nicht immer einen Handkuss geben würden und manchmal auch mehr wollten.

Es war ihre Idee, nach Berlin zu fahren. Ich sah, dass die Ausbilderin, die wir aus Israel eingeflogen hatten, verwirrt war. Sie war hinzugeholt worden, um ihr deutsche Manieren und Eigenarten beizubringen. Wären ihre Großeltern noch am Leben, bemerkte Rachel, hätte sie diese Ausbildung sicher nicht nötig. Wir hielten uns eine Woche in Berlin auf und sie bat weder darum, das Wohnhaus zu sehen, in dem sie gelebt hatten, noch den Antiquitäten-Laden, der den Besitzer gewechselt hatte. Ich ermutigte sie auch nicht dazu, ihre Arbeit zu unterbrechen, um über die Familiengeschichte zu sinnieren. Eine Konfrontation dieser Art hätte ihre Erwägungen während der Operation beeinträchtigen können. Uns und ihr war klar, es gäbe keine zweite Gelegenheit, Strauß abzupassen, ohne zu riskieren, dass er sie wiedererkannte. Außerdem musste sie hochkonzentriert sein, präzise und routiniert vorgehen.

Die Operation stand bevor. Sie packte ihre Sachen. Sie würde zunächst in ihr Einsatzland fliegen und in ihre Wohnung fahren. Von dort aus überquerte sie mit dem Auto die Grenze und traf in dem anderen Land ein. Es bestand keine Notwendigkeit mehr, ihre Sachen zu sichten und sie am Vorabend ins Restaurant auszuführen, um sie zu beruhigen. Im Gegenteil. Sie gab uns das Gefühl, dass sie verinnerlicht hatte, was sie tat und Motivationsgespräche sinnlos seien. Mit 29 Jahren war sie eine erfahrene Agentin und kannte die uns umgebenden Länder besser als die Leute vom Stab, die sich in Israel aufhielten. Die Substanzen verstaute sie in ihrer Waschtasche und als ich sie fragte, ob sie keine Angst habe, lächelte sie mich an und meinte trocken, die würde sich noch früh genug melden. Wir fuhren gemeinsam mit dem Zug nach Mailand und ich verabschiedete mich von ihr am Taxi, das sie zum Flughafen brachte. Sie hatte das Training absolviert. Es hatten viele Besprechungen und ein Treffen mit dem Kommandeur der Einheit stattgefunden. Er hatte ihr ein Schreiben des Premierministers mit der Genehmigung für die Operation vorgelegt. Dennoch beschlich mich das Gefühl, dass sie mit dem, was wir ihr auferlegten, nicht im Reinen war. Es war schwierig zu erklären, welchen Nutzen die Eliminierung eines einzelnen Menschen brachte. Noch schwieriger war es, einem anderem eine solche Mission aufzubürden, statt es selbst zu tun. Und am allerschwierigsten war es, den Menschen dorthin zu schicken, den man von Herzen liebte.

Ich versuche, die Momente vor ihrer Abreise nachzuerleben. Mir vorzustellen, was ich empfunden und getan hätte. Sie packte im Hotel ihre Tasche, legte mit Bedacht eine Sache nach der anderen in den Koffer, wie man es womöglich am Ende einer Urlaubsreise macht. Alles wirkte alltäglich und normal. Ich selbst habe diese Handgriffe unzählige Male getätigt. Ich hatte meine Sachen in den Koffer gelegt, die gekauften Geschenke in Zeitungspapier eingeschlagen, unterm Bett nachgeschaut, um mich zu vergewissern, dass ich nichts vergessen hatte, Umschläge und Verpackungen in den Abfalleimer geworfen, auf dem Bett ein Trinkgeld für das Zimmermädchen hinterlassen und geprüft, ob ich die Liste der Minibar ausgefüllt hatte. Ich hatte diese trivialen Dinge erledigt und mich auf den Weg gemacht. Doch ich stelle mir – und auch dir – die Frage, wie uns im Feindesland, in dem Hotel, gegenüber dem von Strauß, zumute gewesen wäre? Wenn du es wärst, der ins Badezimmer geht, nicht, bevor du an die Türkette gedacht hast? Wenn du dir die beiden Einweg-Handschuhe überstreifst, um die Substanzen zu vermischen, exakt so, wie es dir demonstriert wurde? Die Hände verrichten ihr Werk, wie sie es unzählige Male geübt haben, die Augen verfolgen, wie du mit der Lösung langsam den Rücken des Handschuhs und dessen Finger bestreichst, um auch den letzten Zweifel auszuräumen. Der Körper ist für die Mission programmiert, während das Gehirn in irrer Geschwindigkeit jede Menge Gedanken abspult. Und was, wenn er nicht kommt? Was, wenn er sein Zimmer nicht verlässt? Was, wenn ich zu nervös bin? Und was, wenn er mir keinen Handkuss gibt? Und über allem steht diese surreale Empfindung, man steht neben sich und verfolgt das gesamte Tun von der Seite.

Und ich weiß: Sie vergegenwärtigt sich die Probedurchläufe in Berlin und das Schreiben des Premierministers, den Nachweis darüber, dass unbedingte Notwendigkeit bestehe, ihnen keine Wahl bliebe und es absolut gerechtfertigt sei, dass Rachel einen alten Mann in dessen Urlaub töte.

Jenseits des Fensters, das auf die Straße geht, kann sie den prunkvollen Eingang zum Hotel einsehen, den Portier, der trotz des kalten Windes draußen steht. Ob er sich an sie erinnerte, wenn die Untersuchungen zur Todesursache eingeleitet würden? Noch gab es ein Zurück, das wusste sie. Es war niemand zugegen. Würde sie sagen, sie habe einen Polizisten erspäht oder Strauß sei in Begleitung aufgetaucht oder sie habe schlichtweg Angst bekommen, würden wir ihr glauben, denn uns bliebe ja nichts anderes übrig.

Den Rest erfuhren wir aus einer kurzen Mitteilung, nachdem sie wieder in ihrer Wohnung war. ›Ich bin ins Hotel‹, schrieb sie. ›Trank einen Kaffee, bezahlte, wartete, bis es eins war. Ich stand auf. Wusste, dass er jeden Moment käme. Streifte die Handschuhe über und machte mich zum Gehen bereit. Er kam herein. Ich stieß mit ihm zusammen. Ich ließ die Zeitung fallen. Er hob sie auf und entschuldigte sich. Er stellte sich vor, ich murmelte meinen Namen, keinen, an den er sich erinnern würde, er sagte, dass er stets gern zu Diensten sei, gab mir einen Handkuss und – selbst behandschuht – die Hand. Alles lief exakt nach Plan, wie im letzten Probedurchlauf.‹

Ich bewahrte die bescheidene Traueranzeige für sie auf, die in seiner Geburtsstadt veröffentlicht worden war. Ich schickte ihr kein Exemplar des geheimen Berichtes, den wir abgefangen hatten und der die Einschätzung des Schadens darstellte, den der vorzeitige Tod ihres Elite-Wissenschaftlers verursacht habe. Ich setzte sie auch nicht davon in Kenntnis, dass sie den Verdacht eines Giftmordes hegten und eine Autopsie durchgeführt hatten, die jedoch nichts erbracht hatte. Ich konnte mich nicht beherrschen und schickte ihr eine Nachricht: ›Wie fühlst du dich?‹

›*I have done the deed*‹, schrieb sie. Ich stellte mir vor, wie sie in stiller Genugtuung lächelte. Es geschah mit ihr. Sie spielte bei den großen Playern, führte eine Veränderung in der Welt herbei, eine Veränderung durch einen Tod. ›Hat er gelitten?‹, schrieb sie einige Tage später. Ich verneinte es. Ich log. Doch für den richtigen Zweck darf man lügen und Rachel unter die Arme greifen und ihr helfen, an der schweren Bürde eines entwendeten Menschenlebens zu tragen.«

Ehud sah zu seinem Freund. »Hast du schon mal jemanden getötet, der dein Leben nicht unmittelbar bedroht hat, der ins Hotel kam, behilflich sein wollte, dich gutherzig angelächelt hat, formelles Englisch sprach und dir einen Handkuss gegeben hat? In den Probedurchläufen gab es immer diesen Part. Die Eigenart der höflichen Deutschen. Wenn sie einen Handkuss geben, senken sie nicht den Blick, sondern schauen gesenkten Hauptes direkt in die Augen der Frau. So hatte er sich ihr dargestellt, als sie auseinandergingen.

Ich sammelte in ihrer Akte die Gratulationsschreiben und ein kurzes Feature, das in *Haaretz* erschienen war. Der Korrespondent tappte im Dunkeln. Ihm blieb nichts anderes übrig, als darüber zu schreiben, dass Israel in den 1960er-Jahren gegen die in Ägypten tätigen deutschen Wissenschaftler vorgegangen sei und zählte andere berühmte Giftmorde auf. Die Sache war abgeschlossen. Nur aus abgehörtem Material und zufälligen Berichten einheimischer Spione konnten wir den Umfang des Erfolges, die Verzögerungen, die Stornierungen, die verzweifelte Suche nach einem Ersatzmann herauslesen.

Und ich? Ich freute mich für sie über das große Lob. Sie kehrte am selben Tag in die Hauptstadt zurück und unterrichtete am Tag darauf in der Schule. Zwei weitere Monate vergingen, bis sie auf Heimaturlaub fuhr und als wir uns trafen, stand bereits die nächste Mission auf der Tagesordnung. In der Zwischenzeit hatten wir eine erfolgreiche Mission vorzuweisen. Als der Premierminister denjenigen sehen wollte, der sie ausgeführt hatte, musste ihm erklärt werden, dass es unmöglich war, sie für ein kurzfristig anberaumtes Treffen einzufliegen. Der Chef des Mossad bat den Kommandeur der Einheit und mich darum, ihn, stellvertretend für Rachel, zu begleiten.«

»›Wie hat sie es angestellt?‹, wollte der Premierminister wissen. Der Kommandeur der Einheit erwies sich mir gegenüber als großzügig und nahm das Rederecht nicht für sich in Anspruch. Ich hatte eine Landkarte dabei und zeigte ihm die Route, die sie zurückgelegt hatte, die Grenze, die sie hatte überqueren müssen. ›Es hatte Vorteile gegenüber einem internationalen Flug und ermöglichte ihr, zu kommen und zu gehen, wann sie wollte‹, sagte ich. Er nickte. Ich hatte den Eindruck, dass er die Feinheiten und die Unterschiede zwischen diesen beiden Möglichkeiten, am Ziel einzutreffen und es zu verlassen, nachvollziehen konnte. Dann erläuterte ich ihm den Standort des Hotels, in dem das Objekt gewohnt hatte, deutete auf das kleine Hotel, wo sie untergebracht gewesen war, um Strauß dabei zu beobachten, wie er seinem Tagesablauf mit einer Regelmäßigkeit nachging, zu der nur ein Deutscher reifen Alters imstande war. Ich erörterte ihm die Wirkungsweise des Giftes und zeigte ihm die Formeln, die die Wissenschaftler aufgestellt hatten. ›Auch wenn sie das Gift bei der Autopsie gefunden haben, ist es höchst unwahrscheinlich, die Zeit des Verabreichens festzustellen. Und fast unmöglich, es mit ihrem Aufenthalt zu verknüpfen.‹ Ich war mir meiner sehr sicher und der Kommandeur der Einheit und auch der Chef des Mossad gingen mit mir konform. Ich habe dir noch gar nicht erzählt, was viel später passiert ist, dazu werden wir noch kommen. Wie immer liegt im Nachhinein nun alles auf der Hand. Doch wir alle waren in euphorischer Stimmung, wie sie eben nach einer erfolgreichen Operation herrscht und schwebten in den Wolken.

Ich war dazu bereit, mit meinem Bericht fortzufahren und dem Premierminister darzulegen, wie wir Rachel auf den Einsatz und das erforderliche präzise Timing vorbereitet hatten, damit sie ihn am Hotel-Eingang erkennen und zum richtigen Zeitpunkt auf ihn zugehen würde. Alles ohne Beobachter, die ihr sein Kommen ankündigten, ohne Sicherheitsleute im Hintergrund und ohne Fluchtwagen für den Notfall. Wenn Strauß oder sein Bodyguard begreifen würden, dass hier kein Zufall vorlag und die junge elegante Frau, die mit ihm zusammengestoßen war, jenes Urteil vollstreckte, das der Premierminister höchstpersönlich vor einer halben Stunde genehmigt hatte. Ich wollte auch von den Bedenken erzählen, die Rachel vor der Operation geplagt hatten und der Genehmigung, die wir von seinem Büro einholten. Doch der Chef des Mossad zwinkerte mir zu und der Kommandeur der Einheit legte mir die Hand auf den Arm. Mir war ebenfalls klar, dass der Premierminister nicht an den kleinen Einzelheiten interessiert war und auch etwas beisteuern wollte.

Er lehnte sich in seinem schlichten Sessel zurück. Sein Gesichtsausdruck – im Fernsehen stets zornig und beunruhigt – war entspannt und offen. Es wurde deutlich, dass er zufrieden war. In seiner Jugend hatte er ebenfalls in einer besonderen Einheit gedient. Begriffe wie Teamwork, strategische Planung und andere militärische Codes waren ihm bestens vertraut. Der Kommandeur der Einheit offenbarte mir auf dem Weg nach Jerusalem, dass der Premierminister die Zusammenkünfte mit den operativen Leuten und den diskreten Austausch von Geheimnissen aus besonderen Quellen sehr genoss und gern die Bühne nutzte, um in der eigenen Vergangenheit zu schwelgen.

Er sprach und wir hörten ihm zu. Meine Chefs liehen ihm ihr Ohr aus Höflichkeit, denn sie kannten alle Anekdoten bereits. Ich war fasziniert. Alles habe ich nicht behalten, es ist auch nicht von Belang, ich erzähle dir nur, was mir auffiel und sich von dem unterschied, was Rachel durchmachte. Interessant fand ich, dass er die Unterschiede zwischen den Kämpfern in den besonderen Einheiten und den Agenten, die ja ebenfalls kämpften, durchaus begriff. Der Premierminister sprach von seiner Zeit in der Armee und beschrieb ausgerechnet die Rückkehr von den Operationen. Er sagte, dass er sich an die letzten Meter entsinne, bis man das Tor erreichte und wie der Kommandeur dort stand und jedem die Hand schüttelte, ihm in die Augen sah und sich bedankte. Dann schilderte er die Rückkehr zur Einheit und die Kantine, die immer geöffnet gewesen war und die ein Festmahl für sie auftischte und erst danach hätten sie sich aufs Ohr gelegt.

Ich war mir sicher, dass er noch ewig so hätte weiterreden können, doch es klopfte es an der Tür und der militärische Sekretär steckte seinen Kopf herein und deutete auf die Uhr, um ihm wortlos mitzuteilen, dass es an der Zeit sei, noch andere Dinge zu erledigen, außer nur Heldengeschichten zu erzählen. Der Premierminister nickte ungehalten und gab seinem wütenden Sekretär das Zeichen, die Tür wieder zu schließen. Ich hatte darauf bestanden, dass er draußen bliebe.«

»›Der Sekretär kennt Rachel. Sie hat seinem Sohn Privatstunden gegeben, bevor wir sie rekrutiert haben‹«, sagte ich zum Kommandeur der Einheit auf dem Rückweg nach Jerusalem.

›Ja und? Vertraust du ihm nicht?‹

›Ich weiß nicht‹, sagte ich, ›und ich will ihn nicht auf die Probe stellen. Er muss nicht wissen, dass die Lehrerin, die zu ihm nach Hause kam, an einem Ort wohnt, den er bloß von Luftaufnahmen kennt.‹

›Du übertreibst‹, meinte der Kommandeur, aber er wusste, dass ich recht hatte. Vor dem Premierminister gab es keine Geheimnisse, doch der militärische Sekretär machte bloß seinen Job und wäre später woanders tätig. Besser, er wusste es nicht.«

»›Und Rachel?‹ erkundigte sich der Premierminister. ›Ist sie jetzt dort? Wohnt sie weiterhin im Einsatzland, nachdem sie diesen Verbrecher vergiftet hat? Das ist ja unglaublich. Es erfordert einen sehr starken Charakter, so etwas zu tun und sein Leben fortzusetzen, als wäre nichts geschehen.‹ Der Chef des Mossad begann etwas zu erklären, doch der Premierminister unterbrach ihn: ›Ich will sie sehen, wenn sie nach Israel kommt. Finden Sie einen Weg, um ihr meine Wertschätzung zu übermitteln.‹ Ich hatte das Gefühl, dass er mehr als das meinte. Er bewunderte sie, weil sie etwas vollbracht hatte, wozu er selbst und die früheren Offiziere, die er als persönliche Mitarbeiter um sich geschart hatte, nicht in der Lage gewesen wären.

Er hatte offenbar einen verborgenen Knopf gedrückt, da an der Decke ein Ventilator die Luft im Raum zirkulieren ließ. Zigarren wurden an die Anwesenden ausgegeben und der Premierminister betonte, die habe er auf eigene Kosten angeschafft. Der Chef des Mossad und der Kommandeur der Einheit streckten ihre Hand aus und erhielten nacheinander von ihrem Vorgesetzten das Feuerzeug. Mir war bekannt, dass es nach einer erfolgreichen Operation ihr Ritual war, aber ich hatte nie daran teilgenommen. Wir vier saßen um einen niedrigen Tisch, wie er in einem Empfangsraum stand, so einen, wie man ihn aus News Stories im Fernsehen kannte. Ich, Ehud, der in irgendeinem Loch in Marokko aufgewachsen war und im Zuge der Einwanderung direkt ins Transitlager gekommen war, mein ganzes Leben beim Mossad verbracht hatte, saß nun neben dem Premierminister, der mir eine Zigarre anbot. Selbstverständlich lehnte ich ab.

›Wie fühlt sie sich? Wie geht sie mit dem Wissen um, dass sie sich immer, in jedem Moment im Griff haben muss? Dass die Gefahr niemals nachlässt? Die Operation nie hinter ihr liegt?‹ Der Premierminister feuerte die Fragen synchron zu den vollendeten Ringen aus Rauch ab, die er in Richtung des Ventilators blies. Mir war nicht klar, ob er eine Antwort erwartete. ›Fragen Sie Ehud‹, sagte der Kommandeur der Einheit, ›er ist ihr Verbindungsführer. Er kennt sie besser als jeder andere.‹

›Isolation‹, sagte ich, ›die spürt man und den Wunsch, jemandem zu vertrauen. Man möchte wissen, dass das, was man tut, von Bedeutung ist, dass jemand die ganze Zeit an einen denkt. Und dass man, obwohl man weit weg ist, nicht in Vergessenheit gerät. Die Neigung, gekränkt zu sein, nimmt zu, das Bedürfnis nach Aufmerksamkeit wächst auch. Vielleicht ist es wie bei einem Künstler. Man sitzt und arbeitet und isst und schläft und bewegt sich. Dies alles stets allein und nur hin und wieder trifft man einen Freund. Jemanden, der es einem ermöglicht, Hebräisch zu reden. Jemanden, der es einem ermöglicht, seine wahre Identität zu offenbaren, die echten Schwierigkeiten und die wirklich erfreulichen Dinge. Und dann will man von demjenigen alles, wie von einer Geliebten, wie von Eltern. Man will, dass er einem zuhört, an den richtigen Stellen nickt, dass er Empathie zeigt und einen lobt. Und man achtet auf jede Nuance, auf jeden Anflug von Ungeduld und vergisst dabei, dass auch ein Verbindungsführer Probleme hat, eine Familie, einen Zeitplan und eine Aufgabe. Das kümmert einen nicht und man fühlt sich vernachlässigt, wenn nicht alle Bedürfnisse erfüllt werden, die man hat.‹

Ich hätte noch weiter ausholen können. Ich wollte mich über die Begierde nach menschlichem Kontakt auslassen. Über eine Verbindung, die nicht nur beruflich war. Doch der Chef des Mossad schielte auf seine Uhr. Der Premierminister, der mir seine ungeteilte Aufmerksamkeit schenkte, registrierte dies und sagte bedauernd, dass wir ihn entschuldigen müssten, da Parteiangelegenheiten ihn riefen. Wir gingen nach draußen. Ich wusste, dass ich ihm eigentlich hätte erzählen müssen, wie Rachel an das erste Foto von Strauß herangekommen war. Glaub mir, man braucht Nerven aus Stahl, um das zu vollbringen, was sie mit Raschid gemacht hat, oder man liebt ihn von ganzem Herzen.«

KAPITEL 9

DIE HAUPTSTADT

Ehud fühlte sich blendend, als sie den Amtssitz des Premierministers verließen. Die Operation war erfolgreich ausgegangen. Er war nicht beiseite gedrängt worden, als den Verantwortlichen anerkennend auf die Schultern geklopft worden war. Er hatte hinsichtlich Strauß keine Bedenken. Dieser Mann hatte die Kriegsmaschinerie des Feindes unterstützt und gewusst, dass er sich in Gefahr bringen würde. Auch was Rachel anging, hegte Ehud keine Zweifel. Dafür war sie rekrutiert worden. Sie hatte ihren Job hoch professionell erledigt. Die Auszeichnung für besondere Verdienste würde sie beim nächsten Heimaturlaub bei einem Empfang zu ihren Ehren überreicht bekommen. Bis dahin war jede Menge zu tun. Keine Zeit, darüber zu grübeln, was sich zwischen ihr und Raschid abspielte. Raschid: die Quelle des Fotos, der Auslöser für den Beginn der Operation. Für Ehud war Raschid ein Instrument, ein Mittel zum Erreichen eines Ziels. Insgeheim gestand er sich ein, dass diese Sicht es ihm erleicherte, die Beziehung zwischen ihm und Rachel zu verkraften. Sie liebte ihn nicht, redete sich Ehud ein und in seinen Berichten an den Stab der Einheit hob er hervor, dass Rachel Raschid ausnutze und zu diesem Zweck wohl auch mit ihm schliefe. Mehr nicht.

Würde Ehud mehr darüber erfahren wollen, was sich zwischen ihnen abspielte, war unklar, ob er weit mit einem Vorstoß käme. Rachel schrieb ihm nicht, was ihr auf dem Rückweg durch den Kopf gegangen und womit sie sich befasst hatte, anstatt ihr Hauptaugenmerk auf die noch nicht abgeschlossene Operation zu richten. Zwar hatte sie Bericht erstattet – die Fahrt war reibungslos verlaufen und sie war an der Grenze nicht registriert worden –, doch sie hatte ihn nicht im Geringsten wissen lassen, was sie auf der Fahrt durchgemacht hatte. »Ohne Zwischenfälle«, hatte sie es kurz zusammengefasst.

Tatsächlich hatte es keinerlei Vorkommnisse gegeben. Sie hatte den Auftrag, zurückhaltend und vorsichtig an die Grenze heranzufahren. Würde es ihr gelingen, wie auf dem Hinweg die Grenze ohne Kontrolle zu passieren, stünde die Chance nicht schlecht, dass niemand je erfahren würde, dass sie dort gewesen war. Sie hatte im Hotel eingecheckt, doch der Leiter *Operationen* meinte, dass nach seinem Kenntnisstand die Hotels nicht regelmäßig die Gästelisten an die Sicherheitsbehörden weiterleiten. Ohnehin wäre ein solcher Abgleich eine schwierige Angelegenheit. Auch in der Schule hatte sie von dieser Fahrt nichts erzählt, nicht einmal Barbara war informiert davon. Aber Raschid wusste es. Ihm, ihrem Freund, der Liebe ihres Herzens hatte sie es sagen müssen.

Anstatt in den Rückspiegel zu blicken, um zu überprüfen, ob ihr jemand folgte, und vor der Grenze einen Knopf ihrer Bluse zu öffnen, galten ihre Gedanken ihm. Sie dachte an ihr Gespräch vor der Fahrt. Entsann sich seiner Enttäuschung, als sie ihm sagte, dass sie sich allein auf den Weg machen würde, Zeit für sich brauche, um sich klar zu werden, was sich zwischen ihnen ereignete. Alles sei erdrückend und neu und intensiv, sodass sie sich eine kurze Auszeit von ihm nehmen wolle.

»Dann komme ich erst einmal nicht mehr zu dir«, hatte er mit trauriger Stimme gesagt und hinzugefügt, dass er auch nicht in die Schule komme. »Take your time.« Der englische Ausdruck klang besitzergreifend, als wäre sie in der Tat Herrin über ihre Zeit und müsste nicht in einigen Stunden eine Observation durchführen.

Sie spürte, wie der Magen sich zusammenkrampfte und sie den Tränen nahe war. *Wieso habe ich diese furchtbare Geschichte erfunden?* War es ihr durch den Kopf gegangen. Sie hatte sich zusammengerissen, ihm nicht um den Hals zu fallen. Warum habe ich mir nichts anderes ausgedacht? Ihr kam in den Sinn, dass es unter Umständen stimmte. Vielleicht hatte sie wirklich das Gefühl, dass alles zu eng sei, eine Sache sich mit der nächsten vermische und demnächst die heiligen Regeln gebrochen würden. Der Grund für diese Fahrt türmte sich vor ihr auf wie ein riesiger Berg. *Ich danke dir, Raschid, ich trete diese Fahrt an*, wollte sie ihm sagen, *denn du hast mir die Möglichkeit geboten, die Dokumente und das Foto von Strauß abzufotografieren. Du warst unvorsichtig und hast mir vertraut, du hast keine Ahnung, wer ich in Wirklichkeit bin. Ich nutze dich aus und fahre weg, um den Mann zu töten, den du am Fabriktor umarmt hast.*

Raschid war gegen die unerwartete Reise und ihr Vorhaben gewesen, mitten im Winter allein mit dem Auto in eine fremde Stadt zu fahren und sich dort spontan ein Hotel zu suchen. Da sie ihm nicht erzählt hatte, dass sie bereits gebucht hatte und sogar die Nummer ihres Zimmers wusste, das auf

Strauß' Hotel blickte, wollte Raschid Freunde anrufen und für sie sorgen. Sie hatte ihre gesamten Überredungskünste einsetzen und ihn mit Küssen überhäufen müssen, um seine Befürchtungen zu vertreiben und ihn dazu zu bringen, dass er ihr sagte, dass er sie liebte. Und er sagte es mit dem Akzent eines Filmschauspielers aus dem Mittleren Osten. Sie schmolz dahin. Sein Englisch hatte sich enorm verbessert und sie liebten es, sich gegenseitig damit aufzuziehen, dass beim Fremdspracherwerb ein gemeinsames Bett eine durchaus attraktive und fördernde Lernumgebung bot. Wie gern sie seine tiefe Stimme hörte, die Fehler, die er nicht auszubügeln vermochte, seinen schweren Akzent, der in ihr die Empfindung weckte, dass er nur sie wollte.

Ich liebe ihn wirklich, dachte sie. Es stimmt, dass ich ihn belügen muss, dass ich ihn benutze, aber ich liebe ihn. Und das ist nicht gelogen. Ich will ihn. Ich werde nichts tun, das ihm schadet. Sie lag auf dem Rücken und spielte mit seinem gekräuselten Haar. Er murmelte etwas in seinen Schnurrbart, was sie nicht verstand. Sie selbst durfte sich nicht in die Tasche lügen und sich in Träumen verlieren, das hatte sie verinnerlicht. Für die Mission, zu der sie entsendet worden war, setzte sie die Liebe ihres Lebens aufs Spiel. Sie weinte. Raschid erwachte, als sie sich streckte, um an die Taschentücher auf dem Regal neben ihr heranzukommen. Während er noch im Halbschlaf war, leckte er ihre Tränen ab und sagte ihr, dass alles gut werde, er liebe sie und würde auf sie warten.

Ich muss mit ihm reden, sagte sie sich, während sie auf der gewundenen Straße entlangfuhr, die vom Grenzübergang zur Stadt führte. Sie fällte einen Entschluss: Sie wird eine komplette Nacht mit ihm verbringen. Er wird nicht wie üblich ins Haus seiner Eltern zurückfahren. Am Morgen wird sie sich mit ihm räkeln und dann aufstehen, das Haar zerwühlt und auf der Zunge den Geschmack von Schlaf. Und vor dem Zähneputzen wird sie ihn ausgiebig küssen. Dann wird sie sich an ihn schmiegen und sie werden sich ihr gemeinsames Leben ausmalen, bevor sie sich dem nächsten Schritt widmen wird.

Statt ihren Blick über die Militärstützpunkte entlang der Straße gleiten zu lassen und sich zu vergewissern, dass niemand ihr folgte, kreisten Rachels Gedanken allein um die bevorstehende Nacht. Vergeblich versuchte sie sich einzureden, dass selbst eine Frau, die nicht ein Dasein als Spionin verschleiern musste, die mit ihrer Liebe verknüpften Schritte gut abwägen musste.

Sie traf am frühen Abend in ihrer Wohnung ein und rief, noch bevor sie die Schuhe auszog, in seinem Büro an. Der Chauffeur ging ans Telefon und sagte, Raschid sei beschäftigt. Den Chauffeur mochte sie nicht. Das beruhte auf Gegenseitigkeit. Rachel nahm an, es widerstrebte ihm, dass der junge Moslem, für den er arbeitete, seine Zeit mit einer ungläubigen Christin verbrachte. Manchmal kam ihr in den Sinn, dass er Informant der Geheimdienste sein könnte, doch dagegen konnte sie nichts unternehmen. Ohnehin hatte sie gehört, wie der Leiter *Operationen* meinte: »Das Volk besteht zur Hälfte aus Informanten der Geheimdienste. Die andere Hälfte ist Ziel der Geheimdienste.« Sie bat den Fahrer darum, Raschid auszurichten, dass sie wieder da sei.

Nachdem sie sich vergewissert hatte, dass keiner das Versteck ihrer Kommunikationsausrüstung angerührt hatte, ging Rachel los, um ihre Haustiere abzuholen. Die kleine alte Dame, die in dem verarmten Vorort wohnte, öffnete die Tür und konnte Gracie nur mit Mühe davon abhalten, an Rachel hochzuspringen und sie vor Freude abzuschlecken. »Wirklich schwer, mich von ihnen zu trennen«, sagte die Frau, wie Rachel Christin, durch und durch Araberin. Rachel überlegte, was die Frau wohl sagen würde, wenn sie wüsste, dass die Tiere für sie nur Werkzeuge waren, um ihre Legende auszubauen? Doch sie konnte auch nicht abstreiten, dass die emotionale Begrüßung ihr Herz erwärmte. Sie legte einen kleinen Umschlag auf den Tisch, sagte, dies sei ein Geschenk. Beide wussten, dass die Witwe von ihrer Rente kaum leben konnte. So bekam sie eine Gegenleistung für das Beherbergen der Tiere. Mango, die Katze, kam in ihre Transportbox, Gracie sprang auf die Rückbank des Autos, die alte Dame winkte Rachel zum Abschied und so fuhr sie mit ihrem operativen Zubehör zurück in die Wohnung.

Das rote Lämpchen des Anrufbeantworters blinkte. Sie stellte den Käfig mit Mango auf den Fußboden. Und während sie Gracie noch an der Leine hielt, hörte sie das Band ab. Sie vernahm Ehuds Stimme, der sich als Leiter eines Kurses ausgab, an dem sie an der Open University von Florenz teilgenommen hatte und der ihr zur erfolgreich bestandenen Prüfung beglückwünschte. Sie war enttäuscht. Sie wollte Raschids Stimme hören. Selber schuld, sagte sie sich. Ich habe ihm diese Geschichte von der kleinen Auszeit erzählt, die ich unbedingt bräuchte. Er hatte das Gefühl, daran sei etwas Wahres, nun stellt er unsere Beziehung infrage. Warum habe ich das gemacht? Warum bloß?

Rachel gab Mango eine Schale Milch und ließ Gracie von der Leine. Die Hündin arbeitete sich schnüffelnd durch die Wohnung. Rachel musste einen Bericht über den Einsatz schreiben, verschlüsseln und um die vereinbarte Uhrzeit schicken, doch ihre Gedanken flogen davon, waren ganz woanders. Rasch duschte sie, setzte sich dann ans Telefon und rief in seinem Büro an. Wieder antwortete ihr der Chauffeur, wieder brachte er ihr mit seinem Grundwortschatz bei, dass sein Boss beschäftigt sei. Es war schwierig, ihm zu erklären, warum sie derart dringend mit Raschid sprechen müsse. Sie schrie ihn mit der lautesten Stimme an, die sie aus sich herausholen konnte. Er, der solche Töne aus ihrem Mund nicht gewohnt war, sagte: »one moment« und legte den Hörer auf den Tisch. Sie vernahm Stimmengewirr, das Knarren einer Tür, eine energische Stimme und offenbar Raschid, der barsch konterte. Dann wurde es still, sie hörte Schritte näherkommen, ihr Herzklopfen wurde schneller, lauter, bis es fast ihr Inneres sprengte.

Das »Yes«, mit dem er begann, sagte alles. Ihr drehte sich der Magen um. »Raschid«, sagte sie. Flehentlich legte sie all ihre Gefühle in dieses eine Wort. »Yes«, wiederholte er. »Ich bin wieder da«, sagte sie, obwohl sie wusste, dass es bescheuert klang. »Yes«, sagte er zum dritten Mal, wie ein Telefonist, der einen Bericht schrieb. »Ich würde dich gern sehen«, sagte sie. Sie spürte, dass sie ihre letzten Kräfte zusammenraffte. Das Anmischen des Giftes im Badezimmer, dieses langsame Hinüberschreiten in Strauß' Hotel, das angespannte Warten, der Augenblick der Tat und die Rückkehr in die Stadt – alles verblasste gegenüber dem, was ihr Geliebter drauf und dran war, ihr zu eröffnen.

Nachdem er mit der kurzen Predigt geendigt hatte, die er in den zwei Tagen ihrer Abwesenheit einstudiert hatte, sagte sie ihm, dass sie verstehe und legte den Hörer auf. Sie verstand gar nichts. Sie wollte nach einem Blatt Papier greifen und rekapitulieren und niederschreiben, was er ihr soeben gesagt hatte. Auch was sie, bevor sie zu der Operation aufgebrochen war, zu ihm gesagt hatte. Sie war es gewesen, die ihn darüber in Kenntnis gesetzt hatte, dass sie nachdenken müsse. Er war es gewesen, der gesagt hatte, dass er auf sie warten würde. Doch nun hatte sie in seinen Äußerungen ein Zögern registriert, aber auch eine Entschiedenheit, die keinen Zweifel daran ließ, dass er ebenfalls eine Auszeit wollte. Ihm lag daran, die Beziehung aus einem gewissen Abstand unter die Lupe zu nehmen. Aufgrund seiner Englischkenntnisse und der Qualität der Telefonverbindung hatte es in der Summe kläglich und unwirklich geklungen. Als er ihr schließlich sagte, er würde es ihr einfach machen und von nun an lediglich Privatstunden in seinem Büro nehmen, wusste Rachel, dass es zu Ende war.

Nicht ein Wort dessen tauchte in der internen Mitteilung auf, die sie am gleichen Abend noch verschickte. Nicht einmal Ehud, der sich einbildete, Rachel zwischen den Zeilen lesen zu können, spürte ihren Aufruhr. Wieso hätte er auch? Dies gehörte einer anderen Welt an, einer Welt, die der ausgeklügelte operative Apparat ausblenden wollte. Der Kommandeur der Einheit hatte zu den männlichen Agenten gesagt, sie sollten ihren Schwanz gefälligst in der Hose lassen, mehr wolle er darüber nicht wissen. Mit den weiblichen Agenten hatte sich keiner getraut zu sprechen, sie hatte man lediglich vor den Gefahren gewarnt.

Auch in den darauffolgenden Wochen schrieb Rachel nichts über Raschid. Dazu bestand auch keine Notwendigkeit, denn die Berichte befassten sich nur mit operativen und nachrichtendienstlichen Angelegenheiten. Ihre Gemütsverfassung konnte sie für sich behalten. Raschid rief nicht an und kam nicht in die Schule. Sie schnappte von der Sekretärin auf, dass einer der langjährigen Lehrer ihm einmal pro Woche eine Stunde in seinem Büro gab. Sie traute sich nicht, an den Lehrer heranzutreten und nachzufragen, wie es dem Schüler denn so gehe.

Rachel kam pünktlich in die Schule und unterrichtete die ihr zugeteilten Gruppen. Sie fuhr zu den vorgeschriebenen Zeiten an den Regierungsämtern vorbei, lief mit Gracie die vertrauten Strecken und übermittelte termintreu die Berichte. Sie hörte und hörte nicht, was man zu ihr sagte. Sie sah und sah nicht, wer auf sie zukam. Sie hatte den Eindruck, sie müsse sich durch dieses Dickicht der Umgebung ihren Weg ebnen und sich anstrengen, um genügend Luft zum Atmen zu bekommen. Nach einigen Wochen lud sie Barbara ein, um sich auszusprechen. Sie erzählte ihrer guten Freundin, dass es aus sei, sie selbst habe alles kaputtgemacht. Barbara ließ nicht zu, dass sie klein beigab. Sie hakte bei Rachel nach, was geschehen sei, wie es sein könne, dass Raschid sie nach all dem, was sie ihr erzählt hatte, einfach so verlassen habe. Rachel hatte Barbara nichts von der Reise erzählt, die alles ausgelöst hatte. Sollte diese Lüge ans Licht kommen, hätte sie schon eine Erklärung parat. Sie konnte Barbara nicht in alles einweihen, was sich zwischen ihr und Raschid abgespielt hatte.

Und Barbara fragte nicht nach. Wenn sie sich nicht in Rachels Psyche vertiefte, befasste sie sich mit ihrem neuen vorläufig festen Freund.

»Wieso drängst du dich ihm nicht auf?«, fragte sie. »Das würde ich machen. Ich würde nicht so einfach aufgeben. Okay, du hast ihm gesagt, dass du nachdenken willst, er war gekränkt und lässt sich jetzt nicht mehr bei dir blicken. Na und? Das ist ein typisches Ausweichmanöver. Ruf ihn an. Geh in sein Büro. Frag ihn, was Sache ist. Lass nicht zu, dass er sich davor drückt, es dir zu erklären. Schau ihm in die Augen. Lass ihn wissen, was du denkst. Sag ihm, dass du ihn liebst. Erklär ihm, dass du ihn heiratest, wie er es dir angetragen hat, du zum Islam übertrittst, wenn es das ist, was er will, dass du hier in der Stadt leben, bodenlange Kleider tragen wirst und dir die Standpauken deiner Schwiegermutter anhören wirst.« Sie lachte nicht, sondern setzte fort, welche Geschütze sie auffahren würde, wäre sie tatsächlich in einen ihrer vorübergehenden Bewunderer verliebt.

Rachel hörte ihr geduldig zu, während sie süßen Tee einschenkte, die Wäsche zusammenlegte und Abendessen zubereitete. Sie harrte aus, dass Barbara in ihrem Redeschwall innehalten und endlich gehen würde. Sie ließ Barbaras gute Ratschläge Revue passieren und fragte sich, ob sie ihnen folgen wolle. Sie grübelte noch lange an diesem Abend, nachdem Barbara gegangen war.

Rachel unternahm nichts. Sie setzte ihre Routine fort, die eines Tages von Ehud unterbrochen wurde, der sie nach Europa zitierte. Sie atmete auf. Ein wenig Ablenkung würde sie aus dem tiefen Morast ziehen und ihr dabei helfen, Raschid zu vergessen, ihr das Leben wieder schmackhaft machen. Dennoch fragte sie in der internen Nachricht an, ob es bis zum nächsten geplanten Aufenthalt warten könne und war froh, als Ehud schrieb, dass es dringend sei. Er bot an, dem Schuldirektor ein Schreiben des Präsidenten der Open University in Florenz zu schicken, der erklärte, dass die letzte Prüfung mündlich sei. Rachel überwand das eigenartige Gefühl, zu verreisen, ohne es Raschid wissen zu lassen. Sie organisierte in der Schule für sich Vertretungen und flog nach Europa, um die nächste Mission anzunehmen. Sie vertiefte sich in die Arbeit.

Die Vorbereitungen für die große Operation liefen auf Hochtouren. Sie war von einem weiteren Probedurchlauf zurückgekehrt. 100 Kilometer bis in eine Provinzhauptstadt und 100 Kilometer von da zurück. Diesmal hatte sich eine Gelegenheit ergeben, die ihre Reise perfekt verschleierte. Die Schulsekretärin war krank geworden und Rachel überraschte sie mit einem Krankenbesuch, der ihr ewige Sympathie einbringen würde. Was Raschid anging, erfuhr sie von ihr nichts Neues. Rachel überreichte ihr den Feldblumenstrauß, den sie auf dem Hügel gepflückt hatte, dem Hügel mit dem Blick auf die Autowerkstatt, wünschte ihr gute Besserung und machte sich auf den Rückweg.

Sie notierte sich den Zeitplan der Fahrt, um später zur richtigen Zeit in der Werkstatt einzutreffen, lernte ihn auswendig und warf ihn in den Abfallzerkleinerer in der Küche. Das Radio war auf einen israelischen Sender eingestellt und sie hörte ein Konzert, das anlässlich des Gedenktages für die gefallenen israelischen Soldaten gegeben wurde. »Das finde ich nicht gut«, hatte Ehud einmal zu ihr gesagt, als sie ihm von einem Konzert im Radio erzählt hatte. »Alle hören ausländische Radiosender«, hatte sie entgegnet. Sie sei schließlich nicht in Nordkorea, dort gelte das sehr wohl als Verbrechen.

Der anbrechende Abend löste eine verbotene Traurigkeit in ihr aus. Rachel Ravid aus Israel hätte um diese Uhrzeit eine weiße Bluse getragen und hätte sich mit Oren auf den langen Weg von Ramat Gan zum Rathausplatz gemacht. Oren wusste, dass Boaz am ersten Tag des Libanonkrieges gefallen war. In den zwei Jahren ihres Zusammenseins hatte er Rachels Wunsch respektiert, eine Kerze in der Mitte eines Blumengesteckes anzuzünden, das sie mit großer Sorgfalt gebunden hatte. Sie hatte ihm erzählt, wie sie als Abiturientin im Sommer '82 als Freiwillige nach Israel gegangen war. Boaz war der König der Plantagenarbeiter auf den Golanhöhen gewesen. Auf seine raue Art hatte er ihr gesagt, dass ein syrischer Stützpunkt schwieriger als sie einzunehmen sei und sie so im Sturm erobert. Was war, das war, hatte Oren gemeint. Er fragte sie nicht, ob sie nach Boaz andere Beziehungen gehabt habe und was in England so passiert sei, bevor sie nach Israel eingewandert war. Auch sie hatte keine Fragen gestellt und sich mit dem zufriedengegeben, was sie hatte.

Rachel Brooks aus Kanada kannte keinen Boaz und keinen Oren. Laut ihrer Legende machte sie ihre erste sexuelle Erfahrung in einem

Sommerlager bei Montreal. Ihr Trainer beim Klettern hieß Bobby und war einige Monate später, beim Besteigen eines Felsens in den Rocky Mountains, tödlich verunglückt. Danach hatte Rachel Brooks aus Kanada noch einige flüchtige Affären, die Namen dieser Männer waren ihr nur vage in Erinnerung geblieben. Dann hatte sie die Entscheidung gefällt, allein durch die Welt zu touren.

Gut, dass ich einen Gefallenen kenne, dachte sie, jemand, dessen lachendes Gesicht ich mir vor Augen führen kann, wenn die traurigen Lieder erklingen. Ihr Herz zog sich zusammen, als sie sich entsann, dass sie einmal auf die Golanhöhen hatte fahren wollen, um an Boaz' Grab zu stehen, wenn die Sirene erklang, doch es hatte sie nervös gemacht, seine Familie dort anzutreffen. Eine Begegnung mit seinen vorherigen Eroberungen wäre kränkend und peinlich, so ihre Befürchtung, darum hatte sie darauf verzichtet.

»Das Gedenken ist uns sehr wichtig, wir bewahren all unsere Agenten in Erinnerung«, hatte der Ausbilder während des Trainings zu ihr gesagt. Er bestand darauf, mit ihr in das Zentrum zu fahren, das dem Vermächtnis des Nachrichtendienstes gewidmet war. Im Gedenk-Garten verweilten sie an den großen Steinblöcken, sie studierte die Namen und versuchte zu erraten, wer von ihnen, außer den berühmten Leuten wie Eli Cohen, wohl Agent gewesen sei. Der Ausbilder ließ die Abfolge der Jahre und die Tatsache, dass es auch zwischen den Kriegen Gefallene gab, auf sie wirken. Sie kam nicht umhin zu fragen, ob auch ihr Name hier eingraviert würde. Viele Jahre würden vergehen, sagte er, bis ihr Name freigegeben werde, denn die Stätte sei öffentlich. Militärattachés und Spione kämen hierher und fotografierten, suchten Zusammenhänge, die Israel bemüht war, zu leugnen. »Wir werden dir einen Platz freihalten«, sagte er. Sein Lächeln wechselte in einen Ausdruck der Reue und des Flehens, ihm zu verzeihen, als sie zu weinen begann.

Um 20 Uhr wird die Sirene erschallen. Eine Minute zuvor wird sie das Radio ausschalten und eine Kerze anzünden, die in der Mitte einer Blumenschale brennen wird, die sie am Mittag arrangiert hatte. Käme jemand unverhofft vorbei, hätte sie eine Erklärung parat. Romantische Dinge lassen sich immer leicht erklären, vor allem von einer jungen Frau, die allein wohnt und die bereitwillig zugibt, auf jemanden zu warten, der nicht kommen wird. Danach folgen die Radiosendungen. Die wird sie nicht hören. Sie durfte nicht zu viel riskieren. Mit Gewissheit wird jemand über die Soldaten an den Grenzen, über die Sicherheitskräfte sprechen, die Tag und Nacht das Land verteidigten. Kein Wort über sie oder die anderen namenlosen Kämpfer, deren Existenz nur anerkannt wurde, wenn sie fielen, falls überhaupt.

Das Telefon klingelte. Barbara, die gerade eine erfolglose Diät hinter sich hatte, kündigte an, um 20 Uhr vorbeizukommen und ihr zu berichten, wie es gelaufen sei. Rachel lag auf der Zunge, dass sie ein wenig später kommen solle, doch ihr fiel keine Ausrede ein. Da hatte Barbara schon aufgelegt. Würde sie sich doch bloß verspäten, sodass ich einen Moment für mich hätte und mir bewusst machen könnte, dass es einer der Gründe ist, warum ich hier bin. Auch ich habe Anteil an Israels Kampf um sein Dasein. Beim Erklingen der Sirene in mich zu gehen, ist mir verboten. Ich brauche keinen Rabbiner von der Abteilung, um zu wissen, dass es mir erlaubt ist, an Jom Kippur das Fasten zu brechen und nicht koscher zu essen. Kämest du jetzt, Raschid, würde ich dies alles ertragen. Sie grübelte, warum der Gedenktag ihr in diesem Jahr besonders zusetzte und wähnte, dass der dumpfe Schmerz, den sie im Herz fühlte, mit dieser Stimmung zusammenhing. Es ist wegen ihm, sagte sie sich, wegen Raschid, der nicht hier ist. Er ist die Liebe meines Lebens, die mich zu trösten vermag, ohne die Wahrheit zu kennen. Sie warf einen Blick auf die Uhr und versuchte sich vorzustellen, was er seit ihrer Trennung wohl machte.

Barbara klopfte an die Tür und Rachel ließ sie herein, nicht, bevor sie sich umgeblickt und vergewissert hatte, dass die Wohnung auf den Besuch eingestellt war. Und das, obwohl die Wohnung immer auf jede Inspektion eingestellt war. Die Haushälterin hatte einen Schlüssel und bekam, wann immer sie wollte, Zugang. Die Agenten der Gegenspionage bräuchten keinen Schlüssel, um hereinzukommen und zu suchen. Sie hatte nichts zu verbergen, lautete ihre Parole.

»Wow, wie hübsch«, sagte Barbara und deutete auf die Kerze, die in der Schüssel mit den Blütenblättern brannte. »Wartest du auf einen geheimnisvollen Liebhaber? Gibt es für unseren Raschid etwa schon Ersatz?« Rachel setzte ein Lächeln auf, eines ihrer besten, sagte, sie übe schon mal und mache sich für den nächsten bereit, aber sie wolle Raschid immer noch. Sie setzten sich auf den Balkon und Rachel unterdrückte ihr Verlangen, Barbara von Boaz, der im Krieg gefallen war, zu erzählen oder von Bobbys Tod. Sie wollte Barbara nicht noch mehr belügen als es unbedingt erforderlich war. Warum war es dennoch ein Ding der Unmöglichkeit, sich nur dieses eine Mal mit ihr hinzusetzen und über Boaz zu reden? Ok, sie würde ihn Bobby nennen. Sie könnte ihr erzählen, dass er mit Freude in den Krieg gezogen war. Warum ihr nicht von der letzten Umarmung und seinem Versprechen vorschwärmen, dass er zurückkäme und ihr all die Dinge beibringen würde, die eine 17-Jährige von einem 23-jährigen Kibbuz-Mitglied, dem Plantagenkönig und Offizier bei den Fallschirmjägern, lernen könne? »Zwei Paar Socken und die Unterhose, die ich trage, mehr brauche ich nicht«, hatte er gemeint, als sie perplex auf den kleinen Rucksack schaute, den er gepackt hatte. »Wir verpassen denen eine Lektion und kommen zurück. So sind sie drauf. Von Zeit zu Zeit muss man ihnen einen Denkzettel verpassen.« Eigentlich könnte sie ihr von Bobby erzählen, ging es ihr durch den Sinn, der auf die Klettertour gegangen war, obwohl er wusste, dass es zu dieser Jahreszeit gefährlich war und die Wände nicht ausreichend trocken waren. Und von sich. Wie sie neben seinem Auto gestanden, ihm beim Einsteigen zugeschaut und im letzten Moment zwei Blumen gepflückt hatte. Eine legte sie in seine Hand und die andere setzte sie später in ein leeres Marmeladenglas, sie schwor die Blume darauf ein, nicht vor Bobbys Rückkehr zu welken. Doch Barbara das zu erzählen, wäre sinnlos. Es würde sie zu viel Mühe kosten. Und käme sie in der Geschichte zu dem Moment, als jemand an die Tür des Zimmers klopfte, das sie mit anderen Freiwilligen teilte und nach Rachel fragte, würde Rachel in Tränen ausbrechen und die brächten alles ans Licht.

Barbara streichelte die Hündin, die den Kopf auf ihr Knie legte. Mit stolzgeschwellter Brust prahlte Barbara, Gracie liebe sie am meisten und sie erklärte sich einverstanden, sie zu sich zu nehmen, wenn Rachel verreise. »Tut es dir nicht ums Geld leid?«, fragte sie zu der bevorstehenden Reise. »Es wird deine ganzen Ersparnisse auffressen.« »Das spendiert mir meine Tante. Sie will mich bei sich haben und ich böses Mädchen denke ans Erbe, das sie mir hinterlassen wird«, entgegnete sie und sprach von den Schmerzen im Bauch, die ihr keine Ruhe ließen.

Barbara plauderte ohne Ende. In der Schule gab es einen neuen Lehrer. Die Klimaanlage in ihrem Raum war endlich repariert worden. Einer ihrer Schüler hatte sie dazu eingeladen, mit ihr auszugehen. In den Zeitungen gab es erneute Warnungen, dass die Situation an der Grenze instabil sei. Rachel lehnte höflich die Tablette ab, die aus einer unbekannten Verpackung geholt wurde, hielt mit Mühe und Not durch. Der Schmerz war konstant und stark, als würde in ihrem Inneren eine wütende Kneifzange ihre Fähigkeiten testen. Barbara drängte sie, doch sie lehnte mit dem allerletzten Rest an Höflichkeit, den sie aufbringen konnte, erneut ab. Sie würde nichts von Barbara annehmen. Sie durfte niemandem vertrauen und musste allein klarkommen. Ihr Medizinschrank war bestens ausgestattet, mit allem, was eine verantwortungsvolle junge Frau, die allein wohnte, brauchen konnte. Der Arzt der Einheit hatte sie instruiert, wie und was sie sich besorgen sollte. Aus dem Erste-Hilfe-Kurs hatte sie einige Regeln behalten, die ihr bei den vorangegangenen Malen, als sie sich miserabel gefühlt hatte, gute Dienste geleistet hatten. Doch dieses Mal war es allerdings anders, schlimmer. Sie konnte es kaum erwarten, dass Barbara endlich ginge und sie den täglichen Bericht entgegennehmen und ins Bett gehen könne.

Sie übergab sich in die Kloschüssel und fühlte mit dem penetranten und andauernden Würgen und der bitteren Flüssigkeit ihre Kräfte schwinden. Sie könnte Barbara anrufen und sie bitten zurückzukommen. Doch da war der tägliche Bericht vom Stab, der auf sie wartete, auch die interne Nachricht, die sie über die Informationen, die sie in dieser Woche beschafft hatte, schreiben musste. »Dieses Zielobjekt wartet nicht ewig auf uns«, hatte der Leiter *Operationen* beim ersten Briefing gesagt. Obwohl Ehud ihn ermahnt hatte, keinen Druck auf sie auszuüben, wusste sie um die Dringlichkeit. Der Leiter *Operationen* hatte durchsickern lassen, dass ihnen Informationen vorlägen. Vorbereitungen für ein weiteres Attentat seien in Gang.

Rachel legte sich auf die Couch, tastete am Bauch nach dem Schmerz, der nun rumpfabwärts wanderte, als erwäge er, den Ausgang zu nehmen. Gracie spürte, dass etwas nicht stimmte und leckte Rachels Hand, zog sich dann in ihre Ecke zurück, rollte sich, bis sie die bequemste Stellung gefunden hatte und schlief ein. Auch Rachel schloss die Augen, vermied jede Bewegung. Sie entsann sich, wie die Mutter ihr früher ein feuchtes Handtuch auf die Stirn gelegt hatte. Ihr Vater hatte hingegen behauptet, krank zu sein, bedeute, im Krankenhaus zu sterben. Und er brüstete sich, in seinem ganzen Leben nicht krank gewesen zu sein. Bauchschmerzen seien keine Ausrede, die Hausaufgaben zu vernachlässigen.

Die Zeiger der Wanduhr zeigten ihr die vereinbarte Stunde an, doch sie würde die Mitteilung nicht schicken. Sie müssten auf die nächste warten. Auch die abendliche Beobachtungsrunde könnte sie nicht antreten. Sie war nicht imstande aufzustehen. Als Rachel die Schmerzen nicht länger aushielt und sich nach Hilfe rufen hörte, bestellte sie den Notdienst. Anschließend rief sie Barbara an und bat sie, sich um Gracie zu kümmern. Sie hatte Raschids Privatnummer, er hatte sie ihr gegeben. Wenn sie in Schwierigkeiten sei, könne sie ihn dort anrufen. Doch das war zu einer anderen Zeit gewesen. Trotz der Schmerzen und dem Schwindelgefühl griff sie nicht zum Hörer.

Im Krankenwagen wurde sie sich darüber klar, dass sie in Kürze bewusstlos würde. In ihr regte sich das merkwürdige Gefühl, sie wolle krank sein, der Verantwortung entbunden werden. Sie wolle sich in die Hände anderer begeben, wie nur eine Krankheit es für einen einrichtet. Offenbar sollte sie in den Genuss kommen und die unvergleichlichen Augenblicke erleben dürfen, wenn ein anderer die Macht über dich bekommt, dich auf eine Trage hebt, mit einem feuchten Handtuch deine Stirn kühlt und dir voll und ganz zur Verfügung steht. Der Sanitäter roch eigentümlich und sein Schnurrbart flößte ihr Angst ein. Seine warmen Hände waren jedoch wohltuend und als er ihr sagte, alles werde gut, glaubte sie ihm und nickte. *Was muss ich tun?*, dachte sie mit letzten Kräften. *So wenig wie möglich sprechen, nicht in Ohnmacht fallen und leugnen, alles leugnen.*

Trübes Licht erfüllte das Zimmer. Es gab viele Betten. Eine ältere Krankenschwester trat zu ihr. Rachel widerstand nur mit äußerster Mühe dem Impuls, in Tränen auszubrechen und ihr zu sagen, dass sie müde sei, es kein Glied an ihrem Körper gebe, das nicht schmerze. Sie wollte, dass man eine richtige Krankheit bei ihr diagnostizierte, eine, die sogar ihr Vater als Krankheit einstufen würde. Es war nicht ihre Schuld. Ehud würde sie nach Israel zurückholen. Keiner würde es ihr übel nehmen, denn eine Krankheit war eine Krankheit. Und sie war nicht bloß »krankgeschrieben«, wie der Vater es formulierte.

Die Schwester schüttelte Rachels Kopfkissen auf und straffte das Laken, mit dem sie zugedeckt war. Rachel realisierte, dass sie unter dem Krankenhaus-Schlafanzug nackt war und fragte sich, was wohl ein Agent empfinden würde, wenn er sich nackt vorfände und man von ihm eine Erklärung verlangte. Der gestärkte Schlafanzug fühlte sich auf der Haut angenehm an und die Hände der Schwester, die die Infusion über ihr prüften, beruhigten sie. Die Schwester versicherte ihr, wie es auch der Sanitäter schon getan hatte, dass alles gut werde. Das lernten sie garantiert in einem Kurs zur Betreuung ausländischer Patienten, ging es Rachel durch den Kopf. »Okay, okay«, sagte die Schwester und setzte ihre nächtliche Runde fort. Rachel versuchte, die Schublade zu erreichen, um nach der Uhrzeit zu schauen und war von dem plötzlichen Schmerz schockiert. Sie führte ihre Hand an die schmerzende Stelle und spürte den großen Verband, der straff um den Bauch gewickelt war. Eine Operation. Panik ergriff sie. Mit Vollnarkose. Aufwachphase. Was hatten sie mit ihr gemacht? Was habe ich von mir gegeben? Sie war heilfroh, dass sie darauf bestanden hatte, ihren Vornamen nicht zu ändern. »Dann wird mir kein Missgeschick unterlaufen, wenn sie mich nachts wecken und nach meinem Namen fragen«, hatte sie zu Ehud gesagt und er hatte eingelenkt.

»Wie fühlen Sie sich?«, erkundigte die Schwester sich bei ihrer nächsten Runde. Rachel empfand die Feststellung angenehm, dass sie ihr mehr Zeit als anderen Patienten widmete.

»In Ordnung«, sagte Rachel leise, doch im Stillen dachte sie, das Gegenteil wäre der Fall.

»Wer ist Ihr Hausarzt?«

Rachel gab keine Antwort. Hier, in der Stadt, hatte sie nie einen Arzt aufgesucht und in Europa war der Arzt von der Einheit zu ihr gekommen.

»Ihnen wurde im letzten Moment der Blinddarm entfernt.«

»Wirklich?«, flüsterte Rachel und fragte, wie lange sie bleiben müsse.

»Einige Tage. Sollen wir jemanden informieren?« Sie sprach weiter, während sie die Patientenakte überflog, die an ihrem Bett befestigt war. »Rachel. Ein schöner Name. Ich hatte eine Freundin, die Rachel hieß, als ich in London studiert habe.« Die Schwester stand über sie gebeugt und musterte sie, während sie die Schläuche ordnete und sicherstellte, dass die Bettlehne hochgestellt war. »Das ist Ihre Glocke. Klingeln Sie, wenn Sie einen Schieber brauchen. Darauf kommt es jetzt an. Wir müssen wissen, dass Ihr ganzer Körper arbeitet, um alles ins Lot zu bekommen. Am Morgen ist Visite. Und ich werde versuchen, Ihnen ein Telefon zu besorgen.«

Rachel dankte ihr und sagte, das könne warten. Sie wolle ihrem Vater keine Sorgen bereiten.

»Vielleicht wollen Sie mir eine Nummer von hier geben, jemanden, den Sie benachrichtigen wollen? Sie haben nämlich einige Dinge gesagt, die ich nicht verstanden habe, doch das ist momentan nicht weiter wichtig. Ruhen Sie sich erst einmal aus und ich komme später wieder.«

Rachel war sich gewiss, dass sie nicht wieder in den Schlaf fallen würde. Das hatte nichts mit dem Hebräischen zu tun. Für sie war Hebräisch eine Fremdsprache. Sie dachte an das Objekt, das sie beobachten sollte. An die Obervationsrundgänge an seinem Haus, an seinen Tagesablauf, den sie sich bemühte, auswendig zu lernen, an die Namen der Leute in seinem Umfeld. Auch an Strauß. Strauß, der die Zeitung, die sie hatte absichtlich fallen lassen, für sie aufhob und dessen blaue Augen ihren Augen begegnet waren und der ihre behandschuhte Hand geküsst hatte und so mit den Lippen das für ihn präparierte Gift aufnahm. Seine Augen. Der sanfte Blick. Die vollkommene Höflichkeit eines Mannes, der seine letzten Tage im Krankenhaus verbracht hatte, an Schläuche angeschlossen wie sie.

So wird das Unvermeidliche seinen Lauf nehmen. Die Schwester wird sie guten Willens begleiten. Nicht ihre Schuld, dass sie ausgeplaudert hat, was ihr zu Ohren gekommen war. Der großzügige Vernehmungsbeamte wird Rachel nach ihrem Befinden fragen und dann einige Dinge klären wollen. Wenn er geht, werden sie Rachel in ein Einzelzimmer verlegen, sogar mit Fenster und einer Stahltür und mit Gitterstäben und einem Wachmann, der keinen zu ihr hinein-, sie aber auch nicht herauslässt, bis sie für den Ortswechsel stabil genug sein wird.

Gegen Sonnenaufgang erwachte sie aus einem Dämmerschlaf und erlebte mit, wie die Finsternis draußen vorm Fenster der blassen Morgendämmerung Platz machte, die die Gestalt eines neuen Tages annahm. Sie dachte an ihren Vater und ihr kamen die Tränen. Auch dieses Mal konnte sie ihn nicht anrufen und ihm sagen, dass sie krank war.

Ihr Bett stand in der Ecke des Zimmers, nah am Fenster, von den anderen Patientinnen leicht abgerückt. Ihr war nicht entgangen, dass sie im Zimmer die einzige Ausländerin war, womöglich im gesamten Krankenhaus. Sie bekam das Gefühl, am Boden angelangt zu sein. Als sie den Kopf drehte, sah sie die Tür am Ende des großen Zimmers. Von dort werden sie kommen, dachte sie, als die Schmerzen einsetzten. Zuerst kleine Stiche, dann regelmäßiger gleichbleibender Schmerz, der sie dazu zwang, die Zähne zusammenzubeißen und Fäuste zu ballen. Es ginge vorüber. Das waren die Schmerzen, die sich während der Heilung einstellten. Es galt, auszuharren. Vorübergehend musste sie einen Schieber benutzen. Wie sollte sie sich von dem befremdlichen Teil hochstemmen und wer würde sie säubern? Der verdreckte und zerschlissene Vorhang klemmte hinter der Eisenstange, die das Bett von oben umgab. Ihre Versuche, ihn vorzuziehen, waren gründlich misslungen. Sie griff nach dem Schieber und wollte die Schwester rufen, die verschwunden war, womöglich sprach sie gerade mit dem Offizier von der Sicherheit. Um sie waren nur Frauen. Frauen wie sie. Ältere und jüngere, sie stöhnten oder schwiegen, alle redeten in einer Sprache, die sie nur wenig verstand.

Sie vernahm die Schritte. Nicht die der Schwester in den Gummisandalen, auch nicht die des Mannes in den Flip-Flops, der hier putzte. Energische Schritte, die auf den Boden stampften, als gehöre er ihnen, als sei er ihnen etwas schuldig. Schwere Lederschuhe mit Stahlnägeln, um ihren Trägern zur Last zu fallen. Stiefel. Schritte, die Lärm schlugen, um ernst genommen zu werden. Das war's! Sie kommen, schoss es ihr durch den Kopf. Die Idee, die Infusion herauszuziehen und die Flucht zu wagen, lähmte sie, denn dazu fehlte ihr die Kraft. Ein anderer hätte so gehandelt, nicht erst abgewartet, bis sie ihn einsammelten wie ein in der Nacht gelegtes Ei. Ein Mann wäre durch das Fenster geschlüpft und hätte einen Weg gefunden, bis in die Wohnung zu gelangen, sich den Pass zu schnappen und abzuhauen. Stattdessen konnte sie nur die Augen schließen, das Ende aufschieben, sich der Machtlosigkeit übereignen. Trotz der Schmerzen und dem angeschlossenen Schlauch versuchte sie sich aufzusetzen. Sie dachte an ihr zerzaustes Haar, das ungeschminkte Gesicht und den Schlafanzug, dessen uralten Flecken auch zahlreiche Waschgänge nichts anhaben konnten. Bevor sie mit der Hand durch ihr Haar kämmen konnte, stand er an ihrer Seite und nahm ihre Hand in seine Hand. Er blendete die füllige Frau in dem Nachbarbett völlig aus, auch die Schwester, die ihm nacheilte, um ihn hinauszuwerfen, schließlich war das hier die Frauenstation und es gab Besuchszeiten und die Privatsphäre der Frauen und Tausende andere Bestimmungen, die jedes Krankenhaus für sich festlegte. Er beugte sich über sie und berührte mit seinen Lippen ihre trockenen Lippen und wanderte mit seinen hinauf zu ihrer Stirn, die ganze Zeit über hielt er mit seinen starken warmen Händen ihre Hand. Es überkam sie das Gefühl, in diesem Augenblick zu genesen und sofort von hier weggehen zu können.

»Ich bin so schnell wie möglich hergekommen.« Das war kein Satz, den ein Drehbuchschreiber ihm in den Mund gelegt hätte, auch keiner aus einem Briefing vom Muchabarat. »Du bist so schnell wie möglich hergekommen«, sprach sie nach, sie war selig. Raschid drehte sich um und setzte der Schwester, die hinter ihm stand und ihn hinauskatapultieren wollte, mit unmissverständlicher Heftigkeit etwas auseinander. Lässig zog er sich einen Stuhl heran und ließ sich an ihrem Bett nieder. Sie hatte ihre Mühe, den Kopf zu drehen, um ihn zu sehen. Doch er hielt ihre Hand und das genügte ihr. Mehr brauchte sie nicht. Und einen klitzekleinen Augenblick lang freute sie sich, dass sie krank geworden war, er neben ihr saß und schwieg. »Was für ein Glück ich hatte«, sagte er nach einer kurzen Weile und erklärte, dass er in der Schule angerufen habe, um eine Unterrichtstunde zu verschieben. Barbara hatte ihre Befugnisse überschritten und es ihm erzählt. »Was für ein Glück ich habe«, flüsterte sie ihm zu und bat ihn, den Vorhang zuzuziehen. Die Wunde sandte Schmerzwellen aus und sie stöhnte auf. Raschid sprach auf Arabisch mit der Schwester. »Bald wird sie dir ein Telefon bringen. Sag deinen Eltern, dass ich sie vom Flughafen abholen lassen werde.«

Was nun? Sollte sie ihm von Ehud erzählen? Von der Mutter, die sie erfunden hatte? Von dem Vater, zu dem sie auf Abstand gegangen war? Es war nicht der richtige Zeitpunkt, um ihm zu beichten, dass der Vater ihr auswich, sie ihn niemals anrief und er ihr womöglich nicht einmal glauben würde. Sie wollte Raschid, nun da er wieder bei ihr war, nicht diese ganzen Lügen auftischen, die ihr zur zweiten Natur geworden waren. Die Wahrheit wäre unerträglich. Rachel biss sich auf die Lippen und hielt seine Hand.

Als Ehud bei diesem Teil seines Berichts ankam, war der Aufenthalt im Krankenhaus bereits Geschichte, nur eine weitere Anekdote in der sich windenden Route, auf der er seiner Agentin gefolgt war. Er weihte Joe in die schwierige Zeit ein, die er damals durchgemacht hatte und die enormen Anstrengungen, sie ausfindig zu machen. Die Möglichkeit eines Unfalls oder einer Krankheit waren natürlich immer präsent, potenzielle Zwischenfälle waren Gegenstand der Ausbildung gewesen. Passieren diese Dinge tatsächlich und der Kontakt bricht ab, ergibt sich dennoch ein anderes Bild.

»Rina sah, wie ich wie ein Blatt im Wind durch die Wohnung trieb, gegen Dinge stieß und fragte mich, was los sei. Ich gebe zu, dass ich gegenüber ihr und den Kindern grundlos ausfallend wurde, sodass die Wohnung in Rom für sie alle zum Gefängnis wurde. Meine Legende verpflichtete mich dazu, einer Arbeit in einer kleinen Firma nachzugehen. Dort war ich im Verkauf tätig. Da mir ohnehin nichts anderes übrig blieb als zu warten, dass Rachel sich melden würde oder geheimdienstliche Informationen eingingen, die ihre Abwesenheit erklärten, lag kein Grund vor, nicht im Büro zu erscheinen.

Allerdings war ich nicht dazu imstande, mich dort blicken zu lassen. Ich blieb zu Hause, saß wie ein Idiot neben dem Telefon und prüfte in kurzen Intervallen, ob der Anschluss intakt war. Würde sie gefasst, dachte ich, verblassten die Fälle von Eli Cohen und Mosche Marzouk gegen diese Katastrophe, mit der wir konfrontiert würden. Eine junge Frau, die eigenhändig einen ihrer Spitzenwissenschaftler liquidiert hatte. Ich war dem Wahnsinn nahe, wenn ich an deren Folterkammern und Verhörmethoden dachte. Ich weiß noch, wie ich auf dem Bett lag, fast den Tränen nahe war. Rina hörte mir zu, stöberte nicht in Einzelheiten. Sie schien zu spüren, wie es nur Frauen können, dass meine Besorgnis nicht rein beruflich war.

In der Zwischenzeit war in Israel die Suche nach ihr angelaufen. Der Einsatzleiter, der das Ganze koordinierte, sorgte für die personelle Besetzung des Lagezentrums, berief unzählige Besprechungen ein und hielt mich mit kurzen Nachrichten auf dem Laufenden. Einer schlug vor, einen vor Ort rekrutierten Agenten loszuschicken, doch das wurde prompt abgeschmettert. Keiner hielt es für eine gute Idee, einen arabischen Zivilisten – und wäre er der beste Agent – darin einzuweihen, dass eine israelische Staatsbürgerin sich völlig legal mit gefälschtem Pass in seinem Land aufhielt. Es verstieße gegen sämtliche Sicherheitsregeln, keiner durfte etwas von der Arbeit der anderen Einheiten wissen. Später wurde die Möglichkeit diskutiert, einen langjährigen Agenten mit entsprechender Legende hinzuschicken, damit er ihre Wohnung überprüfte. Eine gute, aber riskante Idee. Der Sicherheitschef war dagegen, denn man nahm an, sie hätten Rachel gefasst und dann könnten sie auch ihn schnappen.

Nach zwei Tagen war ich nicht länger davon abzuhalten und ging in die Stadt. Ich lief durch die Straßen, vergewisserte mich, dass keiner mir auf den Fersen war und suchte eine Telefonzelle. Ich rief in ihrer Wohnung an. Würden sie Rachel fragen, wer sie aus Italien anriefe, konnte sie von ihren Freunden erzählen, die durch Europa tourten. Ertappten sie mich auf frischer Tat, würde ich sagen, ich sei in sie verliebt. Manchmal lohnt es sich, die Wahrheit zu sagen. Niemand ging ans Telefon und ich hinterließ keine Nachricht.«

Um zu erklären, was in Portugal und was anschließend passiert war, müsste er sich Joe öffnen, würde nichts auslassen dürfen. Das wusste Ehud. Er brauchte nur einen Moment, um die Entscheidung zu fällen. Die Sorge um Rachel rief ihm diese Zeit ins Gedächtnis, genau wie damals, war er auch jetzt bereit, jeden Preis zu zahlen. Sich als Person zu offenbaren, störte ihn nicht: im Gegenteil. Das wollte er gern. Rina war nicht mehr am Leben, er war 65 Jahre alt und Joes legendäre Diskretion war ihm eine Stütze. Da war noch etwas, das er versuchte herunterzuspielen. Er genoss es. Er empfand es als angenehm, über Rachel und über sich zu sprechen, mit einer den Umständen und der Notsituation entsprechenden Gelöstheit. Er hatte das Gefühl, Ordnung in die Dinge zu bringen. Ehud schilderte seine Beziehung zu ihr mithilfe von Worten, die Licht in das brachten, was bisher im Unklaren gewesen war. Er vernahm in sich die Stimme, die ihn anspornte, er solle damit fortfahren und in seinem Herzen nach den wahren Fragen forschen, auf die sie ihm Antworten geben würde.

Das rote Telefon klingelte. Joe begab sich langsam in die Küche, als wisse er, dass dieses Klingeln für ihn bestimmt sei. Er hörte dem anderen in aller Ruhe zu, sagte, dass alles in Ordnung sei und legte auf. »Wann hattet ihr erfahren, dass sie krank geworden war?«, fragte er Ehud. Er wollte wissen, wie die Dinge sich entwickelt hatten. »Sie war nie großzügig mit Einzelheiten«, erwiderte Ehud und erkundigte sich, was sie Joe am Telefon mitgeteilt hatten. Joe bat ihn, das Lagezentrum auszublenden und weiterzureden. Ehud lehnte sich nach vorn und stützte die Hände auf die Knie.

»Sie beging nicht die Fehler, die einem kranken Menschen, der auf sich gestellt ist, passieren. Sie gab Raschid keine der Telefonnummern, die ihr bei einem solchen Vorfall zur Verfügung standen. Sie habe glaubhaft vermittelt, leicht verwirrt zu sein, sagte sie mir. Auch die Schule hatte nichts unternommen. Nichts geschah, bis sie sich schließlich auf regulärem Weg bei uns meldete. Sie schrieb: ›Appendizitis.‹ Wir brauchten eine Weile, bis wir dahinterkamen. Prüften mehrmals die Nachricht, gingen das Codebuch durch und kamen zu dem Schluss, dass dies die Wahrheit sei. Sie hatte im Krankenhaus gelegen und eine Vollnarkose bekommen. Sogleich sorgten wir dafür, dass die Tante sich bei ihr melden und sie eindringlich bitten würde, bei ihr Urlaub zu machen und sich von der Strapaze auszuruhen.«

»›Woher willst du wissen, dass dir kein Geheimnis über die Lippen gekommen ist? Dass du dich nicht in Gefahr gebracht hast?‹ Ich war sehr beunruhigt. Sie war in die Informationsbeschaffung für eine große Operation eingebunden, der Druck war immens. In Portugal brachte ich den Arzt der Einheit in unser Hotel, er sollte bei ihr die Wundfäden ziehen und beurteilen, ob sie wieder einsatzfähig wäre. Er sagte, dass die Genesung gut fortgeschritten sei und er schloss einen Zusammenhang zwischen der Appendizitis und ihrer Arbeit aus. Ich blieb bei meinem Verdacht. Aus Erfahrung wusste ich: Es gibt nur sehr wenige Zufälle, die tatsächlich zufällig sind.

›Weil nichts passiert ist. Weil alles in Ordnung ist.‹ Sie lächelte. Ich wusste, dass sie die Schmerzen und die Ängste vor mir verbarg: Dinge, die sie unter Umständen einer guten Freundin erzählen würde. Ich trug mich mit dem Gedanken, einen Psychologen aus Israel kommen zu lassen, jemanden, der objektiv war, bei dem Geheimnisse gut aufgehoben waren. Der Kommandeur der Einheit bremste mich aus und rief mir in Erinnerung, was ich ohnehin wusste – alles lag in meiner Verantwortung. Ich wollte, dass die Operation vorankäme, übte aber keinen Druck auf sie aus. ›Du weißt, dass du an dieser Stelle abbrechen kannst‹, sagte ich, während ich insgeheim bangte, sie könnte zustimmen. Wenn sie es nicht wollte, durfte sie auf keinen Fall dorthin zurückgeschickt werden. Es musste hundertprozentig freiwillig ihr Bestreben sein. Ich fürchtete, die Operation könnte nicht realisiert werden. ›Bleib für einen längeren Urlaub hier‹, redete ich ihr zu, ›und geh danach nicht zurück. Du bist nur Lehrerin, nichts wird passieren, wenn du deinen Vertrag brichst. Und was uns betrifft? Du hast für das israelische Volk genug geleistet. Gott sei Dank sind auch Friedensverhandlungen im Gange, wer weiß, eines Tages werden vielleicht auch wir nicht mehr gebraucht.‹

Führ dir vor Augen, wie naiv ich damals war. Daraufhin zählte ich alle Operationen auf, in die sie involviert gewesen war, als hätte sie die vergessen. Würde sie diesen Terroristen nicht töten, sagte ich, fänden wir eine andere Lösung. ›Jeder hat mal Glück im Leben.‹

Ich schaute sie an. Sie war nicht mehr die Rachel, die ich vor drei Jahren eingearbeitet hatte. Sie war blass, hatte ihr Haar hochgesteckt, was sie älter wirken ließ. Sie hatte abgenommen. In der engen Jeans und dem lässigen T-Shirt, in dem Look, den sie sich in der Ferienanlage erlaubte, wo sie mit mir, ihrem Onkel, Urlaub machte, wirkte sie noch dünner. Da war dieser Blick, der sich unmöglich hinter der Sonnenbrille, die sie während des Gespräches mehrmals auf- und absetzte, verstecken ließ. Sie strahlte eine andere, neue Selbstsicherheit aus, so stark und tief, die mich wissen ließ, dass ich ihr nichts Neues beibringen konnte. Zwischen uns ereignete sich etwas anderes. Ich gab ihr die Arbeit und sie erledigte sie. Das war alles. Wenn ich mit ihr sprach, hatte ich das Gefühl, dass sie innerlich schmunzelte. Ihre Lippen wölbten sich nach innen, sie kniff sie zusammen, um nicht sprechen zu müssen und unterdrückte somit das Schmunzeln.

Rachel griff nach dem Buch, das auf ihren Knien lag. Die Sonne war angenehm und der Schatten des Schirms, unter dem wir saßen, rückte von Stunde zu Stunde weiter. Eine junge Frau erholte sich von einer schweren Krankheit in einem eleganten Hotel, das auf einem Felsen erbaut worden war. Ihr Onkel passte auf sie auf. Niemand glaubte es. Doch keiner konnte etwas anderes beweisen. Keinen kümmerte es. Wir hatten getrennte Zimmer und verbrachten die Zeit gemeinsam. ›Ein gutes Buch‹, sagte sie und zeigte mir den Umschlag. Ich hatte es nicht gelesen, nahm auch sonst kaum ein Buch in die Hand. Immerzu hatte ich etwas anderes zu tun und im Urlaub oder auf Reisen saß ich gern einfach nur da und schaute, was sich um mich abspielte. Rachel tupfte sich eine Schweißperle von der Stirn. Sie hatte eine eigene Art, die Hand zum Kopf zu führen, als wolle sie sich vor etwas schützen. Diese Geste hatte etwas Kindliches. Sie war 30. Ich war 50, würde demnächst Großvater. Ich fragte mich, was sie über mich wusste und ob es sie kümmerte. Mehr als drei Jahre waren vergangen, seit ich sie in Brüssel getroffen hatte. Eine junge Frau, die keiner Fliege etwas zuleide tun konnte, sich nicht mal zugetraut hätte, unerlaubte Zigaretten durch den Zoll zu schmuggeln.

Sie stellte das Saftglas auf den Tisch, leckte sich die Oberlippe wie eine satte, zufriedene Katze. Sie lehnte sich in dem Rattanstuhl zurück, der extra für uns auf den Rasen gestellt worden war: weit weg von den anderen Gästen, die älter als sie und jünger als ich waren. Ihre Zehennägel waren hell lackiert und blaue süße Äderchen mäanderten von ihren delikaten Fersen, die in modischen Sandalen steckten, die Waden hinauf. Wie ein Model im Urlaub sah sie aus. Bleich und dürr. Nur die zusammengekniffenen Lippen drückten etwas anderes aus. Unmöglich zu wissen, was in ihr vorging. Vielleicht zog sie tatsächlich in Betracht, nach Ramat Gan zurückzukehren, für den Hungerlohn einer Lehrerin zu arbeiten. Oder sich unserer Abteilung anzuschließen. Um acht Uhr zu kommen und um vier zu gehen, in der Cafeteria in der Schlange zu stehen mit Sekretärinnen, Verbindungsführern, anderen Leuten, die ihr zunächst Respekt zollen würden, um später hinter ihrem Rücken zu äußern, dass sie wohl kaum eine besondere Behandlung verdiene. Unterm Strich habe sie nur Aufträge ausgeführt. Jede Person habe ihre Begabungen.

Sie saß da und schien zu warten. Hätte ich damals gewusst, was ich heute weiß, hätte ich mich mit Sicherheit anders verhalten. Doch sie war meine Agentin. Würde sie nach Israel zurückkehren, würde ich die Versetzung erhalten und ginge in unserer Abteilung einem langweiligen Schreibtischjob nach. Keine dringende Einberufung zum Mossad-Chef, keine Plauderstunde mit dem Premierminister. Selbstverständlich erwähnte ich das Gespräch mit dem Kommandeur der Einheit nicht. ›Alles hängt von dir ab‹, hatte er zu mir gesagt, als würde das stimmen. Als wäre ich derjenige, der sich im Gelände befand. ›Du bist ihr Verbindungsführer. Du hast die Befugnis, sie nach Hause zu holen. Du hast die Freigabe, sie zurückzuschicken, um ihren Job zu erledigen, um den nächsten Anschlag zu vereiteln.‹ Mehr brauchte es nicht. Er musste mir nicht ins Gedächtnis rufen, was mich erwartete, wenn ich Rachel nie wiedersehen würde. Ihre Augen, ihre glatten Wangen, die leicht gespreizten Lippen und die kleinen Brüste, die sich unter dem T-Shirt wölbten.

›Ich will zurück‹, sprach sie in den leeren ruhigen Raum, der sich zwischen uns aufgetan hatte. ›Und was willst du?‹

Die Frage überraschte mich. Was ich wollte? Wen kümmerte das? Ich war nur der Verbindungsführer. Ich führte meine Mission nur anhand der Instruktionen des Stabes aus. Ich wusste, was ich – außer, mit ihr zu schlafen – wollte. Ich wollte, dass alles so blieb, wie es war, daher lächelte ich sie an. Sie habe die richtige Entscheidung gefällt, sagte ich. Alles würde gut.

Der Kellner kam. Rachel wählte ein großes Steak. ›Anweisung vom Arzt‹, sagte sie. Sie schmunzelte, während sie ihre Gabel in das saftigte Fleischstück bohrte. Ich beobachtete sie beim Essen. Wie eine Prinzessin hielt sie die Ellbogen nah am Körper. Rücken aufrecht. Messer und Gabel ruhten in den Händen, als wären sie die Verlängerung ihrer Hände. Sie führte die Gabel zum Mund und neigte den Kopf nur leicht zu dem verblüffend kleinen Häppchen Fleisch. Kein Tropfen Sauce fiel herab. Die Serviette, die auf ihren Knien ruhte, blieb gefaltet, war auch nach der Mahlzeit blitzeblank und das dezente Make-up und der Lippenstift blieben intakt. Behutsam löste sie vom Kopfsalat ein Blatt, drapierte ein Häppchen Steak darauf und umhüllte es geschickt mit dem Blatt. Mit zwei weiteren, kaum merklichen Bewegungen beförderte sie das eingeschlagene Häppchen in den Mund, der es behutsam kaute. ›Operation gelungen‹, sagte ich bewundernd. Sie schenkte mir ein Lächeln. Es war eine Augenweide, wie sie die Mahlzeit zelebrierte, die simpelsten Tätigkeiten vollführte, die jeder Mensch verrichtete. Wie es wohl war, wenn sie sich auszog? Ich stellte mir vor, wie sie vor einem Spiegel stand, sich betrachtete, die Hände über den Hüften kreuzte und mit einer Bewegung aus den Sachen schlüpfte. Ich stellte mir vor, wie sie im Spiegel genauer besah, was sie für eine Falte an den Mundwinkeln hielt und was mir eine Quelle nicht enden wollender Sehnsucht war.

Rachel lächelte und berührte mit den Händen ihren Unterleib, als wolle sie sich vergewissern, dass alles noch am rechten Fleck wäre. ›Die haben dort gute Arbeit geleistet‹, hatte der Arzt gesagt, als er aus ihrem Zimmer gekommen war. Ich konnte nur an seine Hände denken, denen es erlaubt gewesen war, über ihren Bauch zu streichen, ihn beneiden um den Anblick, der ihm gestattet war. Ich bekam eine Erektion. Ich wollte, dass sie mein wäre. Mir kam in den Sinn, mit ihr über verbotene Dinge zu reden. Vielleicht wäre es für einige Minuten denkbar, von den Codes abzuschweifen, die wir uns auferlegt hatten. Von dem Englisch, das zwischen uns stand, von dem Beschluss, nur über Dienstliches zu sprechen. Mir lag die Frage auf der Zunge, ob sie Kinder wolle. Ob sie heiraten wolle. Was sie tun wolle, wenn sie zurückkäme.

In dem Augenblick wusste ich, dass ich mich in sie verliebt hatte. Dass meine Empfindungen für sie weit vom Erlaubten abwichen. Sie war eine solche Schönheit, so verletzlich, derart in sich und jene Welt zurückgezogen, die sie dort hatte. Mich überkam das unbändige Verlangen, in sie einzudringen. Nicht nur ihre Hand zu halten, sondern mit ihr zusammen zu sein. Sie zu beschützen. Ihr zu dienen und ihr Gehilfe zu sein.«

Ehud hielt inne und wartete auf Joes Reaktion. Enge Freunde waren sie nicht. Joe war sein früherer Kommandeur. Ehud grübelte, was er wohl über ihn und die Geheimnisse, die er ihm anvertraute, dachte. Joe hatte sein Leben, das er in der Zurückgezogenheit führte, nicht mit Ehud geteilt und Ehud hatte es auch nicht erwartet. Sie saßen hier nicht bei einem freundlichen Gespräch. Der Zweck war ein anderer. Doch Ehud entsann sich der Gerüchte, die im Büro die Runde gemacht hatten, dass auch Joe nur ein Mensch und nicht frei von Trugschlüssen sei, die vom Herzen gesteuert waren.

Im Garten des Hauses herrschte Stille, es war schon spät. Beide lauschten der Wirklichkeit jenseits des Zauns. Weit weg von ihnen, im Lagezentrum, herrschte helle Aufregung und die Dienshabenden arbeiteten rund um die Uhr, um einen Hinweis darauf zu erhalten, wo sich Rachel befand. Der Kommandeur des Lagezentrums hatte den militärischen Nachrichtendienst um Unterstützung gebeten und die Konsulate waren alarmiert wurden. Jemand in den höheren Etagen sorgte dafür, die Kollegen in Übersee auf dem Laufenden zu halten, während Ehud und Joe über eine alte Liebe sprachen.

»Es war keine heiße Jugendliebe. Sie war im Alter meines ältesten Sohnes. Und ich? Wurde einige Monate darauf bereits Großvater. Ich liebte sie mit aller Sanftheit und Fürsorge, die ich ihr gegenüber empfand. Ich wollte sie in meinen Armen halten und spüren, dass sie mein war. Natürlich brannte ich vor Eifersucht auf Raschid, obwohl ich mir einredete und einbildete, sie schliefe nur unseretwegen mit ihm. Sie führte ein Doppelleben. Im dienstlichen Leben von Rachel Brooks gab es Raschid. Und ich wollte im wirklichen Leben von Rachel Ravid die große Liebe sein.

Ich dachte an nichts, was darüber hinausginge. Ich hatte nicht vor, Haus und Hof zu verlassen. Ich hatte nicht vor, sie aus dem Einsatzland abzuziehen und sie zu mir zu holen. Nichts dergleichen. Ich wusste nur, dass ich sie liebte. Und ich wollte, dass sie mich liebte.«

Als es nun kühler wurde, wechselten sie vom Garten in Joes Arbeitszimmer und setzten sich an dem leeren Tisch gegenüber. Nur ein Foto hing an der Wand hinter Joes Stuhl. »Das geschah unter meiner Aufsicht«, sagte Joe, als er sah, wie Ehuds Blick auf Eli Cohens Gesicht fiel.

»Sprich weiter, Ehud. Ich hoffe, du weißt nach so vielen Jahren, dass du mir schlichtweg vertrauen musst. Und ich werde wissen, was weitergeleitet werden muss und was unter uns bleiben kann.«

Jahre später, als der Schmerz immer noch qualvoll war, ergründete er, weshalb er Joe vertraute. Warum er Joes Aufmerksamkeit suchte, eine Gelegenheit, seine Geschichte offenzulegen – seine, nicht Rachels –, das Verständnis und die Absolution, damit er frei atmen könnte. Joe sollte ihn nicht für das Offensichtliche an den Pranger stellen. Vielmehr wollte Ehud, dass Joe seine Zurückhaltung und seine Prioritäten respektierte und ihm dafür dankte, dass er seine Liebe zugunsten des höheren Wohls erstickt hatte. Als könnte man eine wahre Liebe ersticken, als könnte man sie zügeln, auf eine andere Zeit verschieben.

Und nun? Was empfand er für sie, nach 15 Jahren aufgezwungener Trennung, nach Telefonaten zu Rosch Haschana, dem Beginn des neuen Jahres, bei denen sie vor sich hin grummelten?

»Wie geht's dir, Rachel?«

»Ganz okay. Und dir?«

»Mir auch. Das Leben nimmt seinen Lauf. Die Kinder sind groß.«

»Na, dann. Schönen Feiertag.«

»Gleichfalls.«

Und das so über die ganzen Jahre. Als er in Pension gegangen war, verlor er darüber kein Wort. Als seine Frau gestorben war, sagte er keinen Mucks. Rachel hatte nicht erzählt, was sich in ihrem Leben ereignete, warum sie nicht geheiratet hatte und was mit den Kindern war, die sie nicht geboren hatte. Nichts.

Lediglich »schönen Feiertag« und »gleichfalls.«

Dann traute er sich, Joe zu erzählen, wie nah er Rachel gekommen war, als sie die große Operation vorbereitet hatten. Und Joe – der es kaum für möglich hielt, dass der erfahrene Verbindungsführer Ehud, der Mann, der bereits alles gesehen hatte, sich auf dem Weg zum Ziel in einem solchen Maße verstricken konnte – lauschte ihm und machte sich Notizen. Im Handumdrehen könnte er diese ins Lagezentrum schicken.

KAPITEL 10

IM GELÄNDE

»Wir gehen es an«, sagte Ehud und fuhr fort. »Ich bekam mit, wie der Rezeptionist im Hotel mich verschwörerisch anlächelte und sie augenscheinlich ignorierte. Rachel stand neben mir und sagte nichts. Wir hatten uns zuvor darauf geeinigt, wann sie jemanden ansprechen würde, welche Hotels auf ihren Namen gebucht würden und wie ihre Route Richtung Grenze für einen potenziellen Verfolger aussähe. Bisher war alles glattgegangen. Wir verließen Frankreich mit dem Audi, den sie von der Tante bekommen hatte und hielten uns nicht unnötig an Touristenorten auf. ›Es wird ein kurzer Ausflug. Ich will den Volvo verkaufen, der ist in die Jahre gekommen. Stattdessen möchte ich einen anderen Wagen holen‹, hatte sie dem Direktor gesagt, der gefragt hatte, wohin sie schon wieder verschwinden wolle. Sie hatte ihm versichert, vor Monatsende zurück zu sein. Ich erkundigte mich, welche Erklärungen sie Raschid gegeben habe. Sie sagte, dass eine gute Geschichte, die etwas verschleiert, jedem, der sie hört, einleuchtet. Ich ahnte, dass sie mich zum Schweigen bringen wollte, doch dagegen konnte ich nichts unternehmen. Auch gegenüber Barbara hatte sie keine Mühe gehabt, diesen Trip zu begründen. ›Das lohnt sich für mich‹, sagte sie ihr. ›Ich bekomme das Auto fast umsonst und die Benzinkosten sind ungefähr genauso hoch als wenn ich es verschiffen würde.‹

›Und Raschid?‹, hakte Barbara nach. ›Was sagt er dazu, jetzt, da ihr wieder zusammen seid?‹

›Mir scheint, er versteht es, außerdem hat er gerade viel um die Ohren.‹

›Hast du dich darum auch gekümmert?‹ Nicht mal ein Anflug von Verdacht schwang in Barbaras Stimme mit, es waren nur Geheimnisse zwischen zwei Frauen.

›Ja‹, sagte Rachel zu ihr.

Sie erzählte mir, dass sie Barbara an ihrer Lust auf dieses Abenteuer teilhaben ließ. ›Willst du dem Ganzen eine romantische Note geben? Da hast du es: Ich verschaffe mir die Gelegenheit, ein wenig allein zu sein. Zwei Wochen auf der Straße sind ein Geschenk, das ich mir schon lange machen wollte.‹

Was dachte sie wohl, als sie dann sah, dass es nur ein Zimmer gab? Vielleicht hatte sie genauso wie ich auf die Gelegenheit gewartet, sich näher damit zu befassen, was zwischen uns ablief. Vielleicht sehnte auch sie sich nach Armen, die sie in der Nacht hielten? Ich entsann mich an das, was ihr mit Stefan passiert war. Doch ich war nicht Stefan. Ich hatte nichts, was er hatte und vor allem nicht die Gewissheit, dass es dazu käme. Und sie war nicht mehr dieselbe Rachel. Drei Jahre im Einsatzland wiegen so schwer wie zehn Jahre in Israel. Nicht grundlos erwarb man den dreifachen Rentenanspruch in der Zeit. Da war auch Raschid. Der Raschid, der nach Oren und nach Stefan und nach anderen, von denen ich nichts wusste, ins Spiel gekommen war. Neben ihnen allen, war ich der Alte: in Anführungszeichen oder ohne Anführungszeichen. Der Verbindungsführer, der Chauffeur, der Arzt, der Zuhörer. Ich denke mir, sie wusste, was ich für sie empfand. Diese Situation war für sie erleichternd: mich auf kleiner Flamme halten, von mir nehmen, ohne etwas zurückzugeben.

Sie verschränkte die Arme und wartete, bis ich das Zimmer bezahlt hatte. Der Angestellte, der sich sicher war zu wissen, was hier abging, bat sie nicht um ihren Pass. Exakt darauf hatten wir es abgesehen. Einige Stunden zuvor hatten wir an jenem Nachmittag auf einem kleinen Parkplatz am Meer gehalten. Wir hatten im Auto nebeneinandergesessen, auf das Wasser und die Landschaft geschaut und gewartet. Dann war ich ausgestiegen und hatte eine kleine Runde gedreht. Auf Nachfrage hätte ich stumm auf das Toilettenpapier gedeutet. Als ich sah, dass wir allein waren, rief ich vom Handy aus, das eigens für diese Mission angeschafft worden war, eine Nummer an, die ich im Kopf hatte. Ich sagte, wie sehr ich den Ausflug genießen würde. Einige Minuten darauf kam ein Transporter mit zwei älteren Touristen angefahren, die neben dem Audi hielten und sie fragten Rachel, die die Motorhaube aufgeklappt hatte, ob sie helfen könnten. Sie erzählte ihnen, dass die Batterie den Geist aufgegeben habe und mit einer verblüffender Großzügigkeit bot das ältere Ehepaar seine Reservebatterie an, wie sie in solchen Gegenden jeder verantwortungsbewusste Tourist dabei haben sollte. Sie brauchten weniger als eine Viertelstunde. Kein Wunder. Wir hatten den Batteriewechsel an der Küste von Marseille Dutzende Male geübt, bis alles reibungslos lief. Die Frau brühte Kaffee auf, während der Mann von der Waffenabteilung die

Batterie einsetzte und sicherstellte, dass trotz der darin untergebrachten fünf Kilo Sprengstoff alles funktionierte. Wir tranken den Kaffee, bedankten uns vielmals bei den beiden und machten uns auf ins Hotel – ohne zu wissen, dass dank eines Missgeschickes bei der Planung nur ein Zimmer frei war. Wir mussten dieses Hotel nehmen, denn es war das einzige weit und breit mit einer Tiefgarage. Der Audi sollte nicht draußen stehen bleiben.

Der Angestellte hatte nicht die Güte, beim Gepäck behilflich zu sein. Rachel zerrte missmutig ihren Koffer hinter sich her, dessen Rollen auf jede einzelne Treppenstufe schlugen. Ich öffnete die Tür und trat vor ihr ein. Ein kleines Zimmer ohne jegliche Besonderheit. Ein Doppelbett, ein kleiner Tisch mit einem ebenfalls kleinen und alten Fernseher und ein Stuhl. Ich ging kurz ins Badezimmer. Eine mit Kalkflecken überzogene Glaskonsole, eine Toilettenbrille, die mit Papier ausgelegt war und eine kleine Dusche. Rachel saß schweigend auf dem Bett.

›Ich gehe runter und suche uns ein Restaurant. Organisier dich, komm dann runter und lass uns was essen gehen‹, sagte ich, statt großen Wind um die Situation zu machen. Auch ohne nur eine Ahnung, wie wir in wenigen Stunden Bad und Bett teilen würden, ohne uns gegenseitig zu berühren, die Decke bis zum Hals hochgezogen und einander so fremd wie nie.

Rachel kam herunter, ohne sich umgezogen zu haben, aber sie war frisch geschminkt und hatte ihr Haar gekämmt. Sie bedachte mich mit einem prüfenden Blick: ein kleiner Mann, dessen Hose ihm ständig unter den Bauch rutschte, der seinen Schnurrbart gern trimmte und der seit kurzem eine Brille und gummibesohlte Schuhe trug. Was hielt sie wohl damals von mir? Was denkt sie heute über mich, jetzt da sie weiß, dass ich auf der Suche nach ihr bin? Auch vor 16 Jahren war ich kein schöner Mann, keiner, von dem man sagt, dass er ein gepflegter Mann in seinen besten Jahren sei. Aber ich war ihr Verbindungsführer. Ich liebte sie. Ich war der einzige Mann, so dachte ich, dem sie vertrauen könnte.

Wir gingen essen.

Kamen vom Essen zurück.

Schwiegen beim Gehen.

Wir wussten beide, was uns bevorstand.

Es begann zu regnen, Wasser trat in meine Schuhe und durchnässte meine Socken. Ich musste dringend auf Toilette, hatte doch nur das eine im Sinn. Wieso denn nicht? Fragte ich mich. Warum sollte sie nicht wollen, dass ich sie in den Armen hielt, mit ihr schlief, um sich für die beiden Tage zu rüsten, die sie zu absolvieren hatte: ein Abschiedsgeschenk von Herz zu Herz? Wir hatten viele Tage hinter uns. Viele Hotels, viele separate Zimmer, gemeinsame Mahlzeiten, lange Fahrten im Auto und Zug, diverse Flüge. Vor Besprechungen hatten wir uns auch die Hand gegeben, uns hin und wieder linkisch umarmt, ich hatte mich weggedreht, wenn sie sich im Auto umzog, oder im Zimmer, bevor wir gegangen waren. Doch nicht das. Kein gemeinsames Bett: eine Decke zwei Kopfkissen. Eine kalte Nacht in einer düsteren Stadt, in der es aus Kübeln goss, einen Tag, bevor sie dorthin aufbrechen würde.

Ich rief die Nummer an, die ich hatte. ›Alles okay‹, sagte ich dem Diensthabenden und übermittelte die erforderlichen Code-Wörter. Ich wusste, dass das System in Aktion treten wird, die Überwachung im Lagezentrum den Aktivierungscode erhält. Nicht, dass wir bei einem Ausrutscher tätig werden könnten, aber wir wollten es uns einbilden und hatten für solche Situationen ein Lagezentrum eingerichtet. Wir verfügten über hochmoderne Kommunikationstechnik, große Landkarten, auf denen die Route eingezeichnet war. Fähnchen und Sticker, um ihr Vorankommen auf der Strecke gemäß unseren Einschätzungen zu markieren. Punkte, an denen wir mit Lageberichten rechneten. Ein Gefühl von Sicherheit, das wir ausstrahlen wollten. Dass wir es im Griff hätten.

Wie du siehst, hatte ich es im Griff. Ich funktionierte sogar, während ich auf Tuchfühlung war, wie es weiterginge. Rachel war still, wie immer. Vielleicht dachte sie an die Mission. An die Kilometer, die sie allein zurücklegen würde. An die Grenzüberquerung, die sie jenseits des Hügels meistern musste. Ich ging neben ihr und brütete darüber, ob sie wollte, dass unsere Körper sich berühren würden. An gar mehr zu denken, wagte ich nicht.

Ich ging nicht unter die Dusche. Es gab kein warmes Wasser und ich wusste, am Tag darauf wäre ich wieder zu Hause. Ich sah das weiße Nachthemd auf der Bettseite liegen, die sie gewählt hatte und für einen Moment kam es mir vor, als wären wir ein verheiratetes Paar. Ich hatte nichts weiter zu tun, um mich bettfertig zu machen. Ich wusste, dass ich in Unterhose schlafen würde. Wieder ging ich hinunter ins Hotel, damit sie sich in Ruhe bettfertig machen konnte. Damit sie ohne Hemmungen ins Badezimmer gehen konnte.

Draußen vor dem Hotel, allein auf dem verlassenen Fußweg, atmete ich in tiefen Zügen die Nachtluft ein und blickte auf die Trucks, die sich in einem endlosen Konvoi über die Hauptstraße bewegten. Grellweiße Scheinwerfer kamen auf mich zu und erhellten mit einem Schlag das Hotel, rote Rücklichter entfernten sich.

Ich öffnete die Zimmertür so leise wie möglich, aber sie quietschte. Die Nachttischlampe auf meiner Seite brannte. Rachel lag auf dem Rücken, hatte sich zugedeckt, öffnete die Augen. Sie schenkte mir ein dünnes Lächeln und ihre Lippen formten ein ›Good night.‹ Daraufhin drehte sie sich auf die Seite und zog die Decke mit sich. Kurz darauf bereute sie es und gestand mir wortlos einen Anteil an der Decke zu. Ich setzte mich aufs Bett und zog mich aus. Ich schlüpfte unter die Decke, in Unterhose und Unterhemd. Die große Decke reichte für uns beide. Ich berührte sie. Sie berührte mich. Es war unvermeidlich. Eine Decke. Ein Bett. Zwei Kopfkissen. Zwei Menschen. Ich machte kaum ein Auge zu in jener Nacht. Sie vielleicht auch nicht. Das war alles. Als ich am Morgen erwachte, war sie bereits angezogen und bereit aufzubrechen.

Siehst du? Manche sagen, man könne unmöglich Lust auf Sex haben, kurz bevor man ein Fahrzeug voller Sprengstoff über die Grenze schleusen muss. Man könne unmöglich an etwas anderes denken als an die zähe Fahrt zum Grenzübergang, die letzte Windung der Straße, die geschlossene Schranke mit dem gammelig wirkenden Wachposten, der daneben steht und die Papiere prüft, die Schranke hebt und dich zu einem Anbau durchwinkt, der einem Unterstand ähnlich sieht, neben dem sich die gefürchtete ›Inspektionsgrube‹ befindet. ›Weisen sie dich an, dorthin zu fahren ‹, so hatte der Einsatzleiter ihr auseinandergesetzt, ›dann hast du ein echtes Problem.‹ ›Dann hat sie wirklich ein echtes Problem‹, sagte ich zu ihm, ›erklär ihr, warum.‹ Und der Einsatzleiter erklärte, dass sie einem Verdächtigen sagten, mit dem Auto über die Grube zu fahren, Räder links und rechts davon, wie wenn eine Frau die Beine breit macht – so hat er es formuliert. Und sie springen in die Grube und fingern am Auto herum wie ein Gynäkologe – ja, so hat er wirklich gesprochen –, um etwas zu finden. ›Manchmal‹, meinte er, ›nutzen sie die Gelegenheit, um etwas einzubauen, ein Ortungsgerät oder Abhörgerät. Dann bauen sie vielleicht etwas ein, das dich belasten kann, nur etwas Kleines, was dich aber ordentlich reinreiten kann. Unter keinen Umständen darfst du sie bestechen. Eine Geldstrafe ist etwas anderes. Eine Geldstrafe mit Quittung. Aber auch eine Bestechung kann eine Falle sein.‹ Auf diese Tour fuhr er fort, riet ihr sogar, sie solle zuvor einen Blusenknopf öffnen und sich an den Zollbeamten lehnen. Er ließ jedoch kein Wort über die andere Möglichkeit fallen, die dort Realität wurde. Von dieser erfuhren wir aber erst später. Seitdem verbinde ich dies aber aus irgendeinem Grund mit jener Nacht, als ich mich im Bett hin und her wälzte, die Wärme ihres Körpers spürte und doch nicht spürte.«

»Sie fuhr durch die Kurve und hielt am Straßenrand, genau, wie der Einsatzleiter sie instruiert hatte. Als er ihr im Briefing die Informationen gab, saß ich neben ihr und schaute sie an. Sie war über die Luftaufnahme gebeugt und mit der Kuppe des gepflegten Fingernagels zeichnete sie die Route nach, die sie nehmen sollte. Ich hatte Zweifel. ›Dieser Grenzübergang ist zu gefährlich, er ist nicht für Ausländer wie sie bestimmt,‹ sagte ich zu dem Einsatzleiter, als wir für eine Raucherpause auf den Balkon gingen. ›Mach dir da mal keine Sorgen. Erinnere dich, wie sie in der Raketenbasis alle ausgetrickst hat.‹ Er sprach mit großer Bewunderung von Rachel, allerdings hatte ich die Befürchtung, dass seine Komplimente darauf abzielten, mich zu überzeugen. Ihm war klar, dass ich meine Ängste nicht vor ihr offenlegen würde. In Gegenwart des Agenten stellte man eine geeinte Front dar, die Debatten wurden aufs Office beschränkt. Ich gab nicht auf, sagte, dass wir mit dem Ort schlechte Erfahrungen gemacht hätten. Dort herrschte wenig Verkehr und die Zollbeamten fühlten jedem auf den Zahn. ›An einem großen Grenzübergang, der überlastet ist, wäre sie besser aufgehoben. Dort wäre sie eine von vielen, geht in der Menge mit den Trucks und Bussen unter‹, wandte ich ein. ›Der Mann redet Schwachsinn‹, sagte der Einsatzleiter in seinem Eifer zum Kommandeur der Einheit. ›Ein netter ruhiger Ort. Leute, die vor Langeweile vergehen. Überholte Ausstattung. Keiner wird Verdacht schöpfen, alle werden um diese schöne Frau herumtänzeln. Ihnen werden die Augen rausfallen und sie werden sich einen runterholen‹ – so sagte er. ›Mich würde es nicht wundern, wenn einer von denen mit seinem Schwanz vor ihr herumwedelt‹ – Ich kann es immer noch kaum glauben, dass er das sagte. Ein vulgärer Mann, ein ausgezeichneter Einsatzleiter. Und so ging es zu, wenn fünf Männer um einen Tisch sitzen, du kennst das ja. ›Aber sie werden sie passieren lassen. Sie werden Interesse an ihr, an ihren Reiseplänen und ihrer Person zeigen, aber keinen Verdacht hegen.‹ Den Kommandeur der Einheit hatte er überzeugt und er sagte, sie würden ihr maximal in den Po kneifen, aber Probleme würde es keine geben. Der Einsatzleiter erklärte Rachel, dass es ein kleiner Übergang sei. Dort hätten sie keine modernen Geräte, um die Fahrzeuge zu inspizieren. Daher sei die Wahl auf diesen gefallen. Wir kamen mit ihr überein, nach der Kurve anzuhalten, als wolle sie auf der Karte ihren Standort bestimmen. Dann würde sie einige Minuten abwarten, um zu sehen, ob etwas passierte. Es wäre ihr immer möglich und auch erlaubt, vor der Schranke zu wenden und zurückzufahren. Ausreden hätten wir genug, da herrschte kein Mangel.

Aus der Entfernung wirkte alles ruhig. Auf der Strecke hatte sie keiner überholt und soweit sie es einsehen konnte, folgte ihr niemand. Es hatte aufgehört zu regnen und die Sonne schien angenehm warm. Sie stieg aus dem Wagen und vergewisserte sich zum letzten Mal, dass alle Schrauben fest angezogen waren. Bisher hatte es keine Probleme gegeben, wenn sie mit einer Batterie, die der installierten ähnlich sah, die Grenze überquert hatte. Der Probedurchlauf war wichtig gewesen, die Kontrollen zwischen europäischen Staaten fielen manchmal streng aus, die Übergänge verfügten über höhere technische Ausstattung. Zumindest sagten wir ihr das, um ihr mehr Selbstvertrauen einzuflößen. Bislang hatte ich allerdings hinter jedem Grenzübergang auf sie gewartet, ihr anerkennend die Hand geschüttelt und gesagt, dass sie den Job wunderbar mache. Und die Batterie war nur eine Batterie gewesen. Hier würde keiner auf sie warten und in der Batterie steckten fünf Kilogramm Sprengstoff. Sie wusste, worauf sie sich eingelassen hatte, wischte die Schweißtropfen ab, die sich auf der Oberlippe zeigten und ging es an.

Die Ausreise war stets ein Kinderspiel. Der Polizist, der an der Einfahrt der Grenzstation stand, nickte ihr zum Abschied zu, wohingegen der Zollbeamte sie keines Blickes würdigte und die Grenzpolizei stempelte wortlos den Pass ab, zeigte ihr an, weiterzufahren. Rachel trat auf die Kupplung und schaltete hoch. Die Technikabteilung hatte auf eine Gangschaltung gepocht. Sie meinten, die ließe sich leichter reparieren und bliebe Rachel liegen, würde sie immer jemanden finden, der sie anschieben könnte. Sie fuhr mit dem Auto bis an einen rot-weißen Schlagbaum aus Stahl, der leicht wippte. Ein schweres Fass hing als Gegengewicht am anderen Ende des Schlagbaums und brachte ihn zum Wippen. Ein lässig wirkender Soldat machte sich einen Spaß daraus, den Schlagbaum hoch- und runterzuklappen. Er hatte die Zigarette zwischen die Lippen geklemmt und er erinnerte sie an die Wachposten in den Filmen, die zur Zeit des Zweiten Weltkrieges spielten. – Der Posten als Membran zwischen Freiheit und Gefangenschaft. – Sie war jedoch auf dem Weg zur Einreise. Sie blickte den Wachposten an und schenkte ihm ein Lächeln.

›Papers.‹ Rachel reichte dem Wachposten Pass und Fahrzeugpapiere. Er warf einen flüchtigen Blick darauf, schob die Schranke mit einer Hand hoch und winkte sie durch. Zwischen den Übergängen gab es eine entmilitarisierte Zone – ein Resultat nicht erzielter Abkommen. Zu beiden Seiten standen Zäune und Schilder warnten auch auf Englisch, dass der Sektor vermint war. Sie fuhr durch diesen Korridor. Sollten ihr für einen Moment Assoziationen mit den Stacheldrahtzäunen in den Vernichtungslagern gekommen sein, so ließ sie es mich nicht wissen. ›Fahr mit ihr in ein KZ‹, hatte der Kommandeur der Einheit zu mir gesagt, bevor wir sie damals entsendet hatten, Strauß zu liquidieren. Und es war schwierig, ihm zu erklären, wie blödsinnig sein Vorschlag war, wie überflüssig und verletzend. ›Rachel weiß genau, was ein KZ ist‹, hatte ich mich getraut einzuwenden. ›Hättest du ihre Akte gelesen, würdest du wissen, dass ihre gesamte Familie mütterlicherseits ausgelöscht wurde. Für sie ist Bahnhof Grunewald kein beliebiger Ort.‹

›Das Niemandsland‹, so sagte sie mir später, ›bot mir Gelegenheit zum Nachdenken.‹ Sie wusste, dass gemeinsame Patrouillengänge in dieser Gegend Standard waren und es für sie keinerlei Grund gab, am Straßenrand anzuhalten und sei es zum Pinkeln. Doch die Versuchung war groß. Eine Pause einlegen, frische Luft atmen, sich kurz die Beine vertreten. Alle Einzelheiten durchgehen, die sie im Kopf haben musste. Noch einmal in die Dokumente schauen, dann erst weiter. Rachel fuhr langsam. Am Ende der Kurve erspähte sie ein Holztor, das mit Stacheldraht umgeben war. Es blockierte die Straße und ein feindlicher Soldat stand dort und wartete. Sie hatte diesen Übergang bereits mit dem alten Volvo passiert, doch niemand konnte behaupten, dass es so wie damals verlaufen müsste, keinen Unterschied geben würde.

Es gab einen riesigen Unterschied, denn die Bedeutung und das Resultat eines Missgeschicks erzeugen Angst und Angst wiederum erzeugt das Verhalten und so bedingt das eine das andere.« Ehud hielt inne und nahm einen Schluck von seinem Whiskey. Joe sah ihn an. Vielleicht ging ihm die eigene Karriere durch den Sinn, die Male, in denen er in derartige Situationen geraten war und versuchte sich daran zu erinnern, was er gemacht, wie er sich verhalten hatte. Ehud ließ den Blick in den Garten schweifen, der sich jenseits der Glastür erstreckte, richtete ihn auf das Leben jenseits der dichten Vegetation, auf die Tatsache, dass er keine Ahnung hatte, was im Leben anderer, in Rachels Leben vor sich ging.

»Rachel war allein. Kein Soldat von uns, der neben ihr stand. Kein Offizier, der ihr vorausging. Keiner, mit dem sie reden oder den sie anrufen könnte. Noch könnte sie mit dem Audi wenden, auf der gleichen Route zurückfahren. Könnte sagen, sie habe es sich anders überlegt, im Hotel etwas vergessen, käme morgen wieder. Dann könnte sie mich anrufen und mir sagen, was sie mir zu sagen hätte. Und ich würde ihr glauben müssen. Denn würde ich das nicht, müsste ich mich von ihr trennen. Ihr kündigen, in deinem Namen, denn uns bliebe keine Wahl. Denn so war unser Unternehmen aufgebaut. Wir glauben unseren Agenten. Wir müssen ihnen auch glauben, wenn wir wissen, dass sie nicht die ganze Wahrheit erzählen. Auch wenn wir von ihnen hören, dass alles in Ordnung sei und insgeheim wissen, dass es längst nicht so ist. Dass sie Angst haben. Müde sind. Zurückkehren wollen. Den Kopf auf die Sofalehne betten und umarmt werden wollen.

In unserem Business hängt alles davon ab, was der Agent uns wissen lässt. Er schafft für uns die Realität. Es gibt keinen anderen neben ihm, der einen anderen Bericht übermitteln wird. Keinen Soldaten, der etwas anderes gesehen hat. Nicht wie *Rashomon*. Es gibt nur das, was er gesehen hat, was er empfindet, was er denkt, was er macht. Ich weiß nicht, was sie in jenem Moment dachte, was sie meinte, dass ihr bald darauf passieren würde. Ich fragte. Sie erzählte mir, dass sie langsamer gefahren sei, als sie den Holzrahmen mit dem Stacheldraht erblickte, dann hätte sie tief durchgeatmet und sei weitergefahren.

Der Wachposten warf einen Blick in ihre Papiere und ließ sie passieren. ›Welcome, welcome‹, sagte er, lächelte und entblößte Zähne mit Nikotinbelag. Sie lächelte zurück, fast als hinge ihr ganzes Leben von diesem

Lächeln ab. Er hob den Schlagbaum, nahm eine Zigarette aus seiner Jackentasche, offerierte ihr auch eine und zündete seine an. Es kam ihr so vor, als wäre es ihm lieber gewesen, wenn sie geblieben und ein wenig mit ihm geschwatzt hätte, doch sein Englisch ging nicht über das hinaus, was er bereits in die Waagschale geworfen hatte. *Hello, welcome* und das war's.

Vielleicht sagt man sich in dem Moment: Was quasselt der da bloß? Rachel war nicht die erste Agentin, die das absolviert hatte. Doch für mich war sie das und wird sie immer bleiben. Ich saß im Hotel und wartete auf den Anruf von ihr. Ich war der zurückgelassene Onkel. Derjenige, der noch einige Tage allein umherwandern würde, bevor er nach Frankreich zurückkehrte. Ich hatte Kopfschmerzen bekommen und wartete, dass sie endlich anriefe, um sich nach meinem Befinden zu erkundigen und um mir Bescheid zu geben, dass sie im Hotel angekommen sei.

Ich griff zu dem Buch, das ich mitgebracht hatte, doch ich war außerstande, mich darauf einzulassen. Die Buchstaben und die Worte drangen nicht zu mir vor. Ich dachte an Rachel, die um etwa diese Zeit, die Mittagsstunde, zu der alle auf Essen aus waren, die Grenze erreichte. Ich hoffte, dass sie sich die bleierne Müdigkeit und Abgelenktheit zunutze machen konnte.«

Anspannung lag in der Luft. Ein fetter Mann, mit großem Schnurrbart und einem dicken goldenen Ring am Finger saß hinter einem alten Holztisch und spielte mit einem vollen gläsernen Aschenbecher. Er schob ihn hin und her und blickte auf die Zigarettenstummel, die sich darin türmten. Ein anderer, jüngerer Mann, dünn und unrasiert, saß vor dem Tisch auf dem Rücksitz eines Autos, offenbar ausgebaut aus einem konfiszierten Fahrzeug. Er rauchte eifrig, sog den Rauch in die Lunge ein und stieß perfekte Ringe aus, in Richtung der einzigen Glühlampe, die in dem halbdunklen Raum brannte.

Die Tür stand offen, vielleicht gab es auch keine Tür. Sie stand auf einer Schwelle und war unsicher, ob sie hier richtig sei. Beide hoben den Blick und sie erkundigte sich in einfachem Englisch, ob sie hier das Nummernschild bekäme. »Yes, yes, maybe«, sagte der junge Mann, der weiterhin Rauchringe ausstieß. Sie trat an den Tisch und streifte mit dem

Stoff ihres Kleides unabsichtlich die Knie des jungen Mannes. Der Fette schob den Aschenbecher beiseite und streckte wortlos die Hand aus. Sie reichte ihm die Papiere und trat näher an den Tisch. Für die Grenzüberquerung hatte sie ein langes Kleid gewählt und einen dünnen Pullover um die Schultern gelegt, dazu trug sie Sandalen, die ihre Zehen und ihre rot lackierten Nägel zeigten. Rachel schlang den Pullover enger um die Schultern und nahm den dumpfen Lärm wahr, der vom Gang herüberdrang. Offenbar ein Generator, der das Gebäude mit Strom versorgte. Sie prägte sich diesen Fakt ein. Er wäre für den Einsatzleiter ebenfalls interessant. »Was ist so schwer daran, sich an die Summe der Dinge zu erinnern, die du dort gesehen hast?«, lautete stets die Frage.

Sie wartete. Der Fette fuhr sich mit einem Finger über die wülstigen Lippen, blätterte in ihrem Pass und im Carnet de Passages, dem Zolldokument, und prüfte den Fahrzeugbrief. Seine Augen hielten sich an den Stempeln auf. Er klappte das Zolldokument auf und zu, als handelte es sich um die Blende einer Kamera und sie trat noch ein wenig näher an den Tisch, der junge Mann, der neben ihr in seinem niedrigen Autositz saß, war außerhalb ihres Blickfeldes.

»Da gibt's ein Problem«, sagte der Fette in deutlichem, langsam artikuliertem Englisch. Sie sagte nichts. »Da gibt's ein Problem«, wiederholte der Fette.

Sie spürte eine Hand auf ihrem Kleid.

Ein leichtes Flattern. Das war alles. Eine Berührung, die den Stoff an ihre Oberschenkel drückte. Sie war sich nicht einmal sicher. Vielleicht war es eine Windböe, die den Stoff an ihre Haut drückte. Sie bewegte sich nicht und sah weiterhin den Fetten an, der meinte: »Big problem«, wie ein altgedienter Lehrer, der ihr im Lehrerzimmer gegenübersaß und sie zur Ordnung rief. Die Hand, die den Stoff ihres Kleides berührt hatte, tat dies erneut und diesmal verharrte sie auf ihrem hinteren Oberschenkel. Sie hatte keinen Zweifel, dass die Hand dort war, sie mit der gesamten Handfläche, mit allen Fingern berührte und sich ihren Weg nach oben bahnte. Sie hätte sich natürlich umdrehen und die Hand des jungen Typen wegschieben können, der nach vorn gebeugt saß, während er mit einer Hand die Zigarette hielt und sie mit der anderen begrapschte. Sie hätte auch *Stop!* oder *Enough!* schreien können und wusste, dass er verstehen würde. Doch sie wusste auch, dass der Fette ihr den Fehler zeigen könnte, der für sie inzwischen ganz offensichtlich war, die Unstimmigkeit zwischen den Nummern. Er würde es nutzen, um ihr zum wiederholten Male zu sagen, dass es ein Problem gebe. Er würde ihr den Weg nach draußen weisen und sie dazu zwingen, die Rückfahrt anzutreten. Sie müsste Ehud anrufen und ihm den Fehler erklären, der nicht *ihr* passiert war. Sie würde keine Schuld tragen, doch ihre Operation wäre gelaufen.

Die Hand arbeitete sich an der Innenseite ihres Schenkels entlang. Sie konnte verfolgen, wie die Augen des Fetten, der registrierte, was hinter ihr seinen Lauf nahm, sich verengten und wie er sich mit der Zunge über die wulstigen Lippen fuhr. Die Hand glitt weiter nach oben. Rachel erstarrte, sagte zu dem Fetten, er brauche die Nummer lediglich per Hand zu berichtigen. Das sei der Fehler eines Angestellten vom vorherigen Kontrollpunkt. Sie spürte, wie die Hand sich vorantastete und nun zwischen ihren Beinen war, wie die Finger an ihr herumfummelten. Sie vernahm hinter sich seinen schweren Atem. Der Rauch, der von der Zigarette ausging, trieb ihr die Tränen in die Augen. Der fette Angestellte ließ es geschehen und wartete, wartete ab, bis er das Stöhnen des Kollegen vernahm und sah, wie dieser in den schäbigen Autositz sank und einen langen Zug von seiner Zigarette nahm. Erst da hob er den Stempel und setzte ihn an die richtige Stelle, händigte ihr die Papiere aus und gab ihr von seinem Tisch die eingedrückten Nummernschilder mit den Worten: »Welcome home.«

Rachel nahm den schmalen Gang zum Parkplatz, hielt die Nummernschilder fest, für die sie mit gespreizten Beinen dagestanden und es dem Typen ermöglicht hatte, seine Finger in ihren Slip und in sie zu stecken. Sie wusste, es war allein ihre Entscheidung gewesen. Sie hatte ausgeharrt, bis sie hörte, wie sein Atem schneller ging. Erst dann hatte sie sich umgedreht und den Fleck in seinem Schritt wahrgenommen, während der Finger sich weiterhin in sie bohrte. Wegen der Nummern auf den Schildern, für die Mission, hatte sie es über sich ergehen lassen und sich nicht bei dem Offizier beschwert, der im Eingangsbereich in einem Schaukelstuhl lümmelte und sie ansah, als wüsste er genau, was sich drinnen abgespielt hatte. Vor ihr lag noch die Strecke bis zum Hotel. Erst dort würde sie ihren Slip herunterreißen, ihn und das Kleid wegwerfen und versuchen, alles zu vergessen. Das Gefühl könnte sie allerdings nicht eliminieren und auch nicht die Erinnerung an den Anblick seiner grinsenden verträumten Augen, während er sich zurückgelehnt hatte, mit der brennenden Zigarette in der Hand.

Rachel sagte etwas zu dem Offizier und er half ihr, über dem Nummernschild ihres Wagens mit Eisendraht die lokalen Nummernschilder anzubringen. Der Offizier winkte ihr, als sie mit zusammengekniffenen Beinen losfuhr. Ein letzter Kontrollpunkt. Der Wachposten neben dem Tor prüfte eingehend ihre Papiere. Der Pass war gestempelt. Die Fahrzeugpapiere waren in Ordnung. Keiner kam auf die Idee, die Motorhaube zu öffnen und die Batterie zu untersuchen. Die Schranke öffnete sich, sie hatte es endlich geschafft.

»›Ich möchte, dass du mich fragst, was ich fühle‹, sagte sie zwei Monate später zu mir, nachdem sie die Zeitungsausschnitte, die ich für sie aufbewahrt hatte, überflogen hatte, das Foto mit der Ruine der zerstörten Werkstatt betrachtet und einen Bericht in Jedi'ot Acharonot gelesen hatte: *Führender Terrorist bei mysteriöser Explosion getötet. Geheimes PLO-Büro bis auf Grundmauern zerstört. Das Büro, das im Vorort einer Hafenstadt als Autowerkstatt getarnt war, diente dem Terroristen zur Planung von Anschlägen und eine höhere Stelle in Jerusalem, die nicht genannt werden will und jegliche Verbindung zu dem Vorfall leugnet, wies lediglich darauf hin, dass sein Tod einen großen, seit langer Zeit geplanten Anschlag abgewendet hat. Die Ermittler des Muchabarat hegen den Verdacht, dass der in der Werkstatt aufbewahrte Sprengstoff versehentlich explodierte, während eine britische Zeitung behauptet, dass rivalisierende Organisationen offenbar alte Rechnungen miteinander beglichen hätten.*

Es lag auch ein Bericht vor, den wir für den Verteidigungsminister vorbereitet hatten. Dieser wollte nachvollziehen, wie wir es bewerkstelligt hatten. Wir hatten natürlich Rachels Namen und die Einzelheiten ausgelassen, nicht einmal ein Verteidigungsminister brauchte das zu wissen. Es war nur knapp beschrieben, wie sie mit dem Wagen und dem installierten technischen Defekt in die Werkstatt gelangte, dort eine neue Batterie erhielt und weitergefahren war. Dem Minister musste nicht erörtert werden, dass sie die Werkstatt gut kannte und zuvor geprüft hatte, was dort mit ausgewechselten Batterien passierte. Er brauchte nicht darüber ins Bild gesetzt zu werden, woher sie gekommen war und was sie danach machte.

›Ich will wissen, was ihr denkt‹, fügte sie hinzu, ›was denkst du über diese Operation, ihre Bedeutung und die Veränderung, die sie herbeiführen könnte?‹ Rachels Stimme bebte. Ihr Gesicht nahm einen grimmigen

Ausdruck an. Ich sah, dass sich bei ihr etwas angestaut hatte, mit dem sie nicht herausrücken wollte, ich entschied abzuwarten. Das war meine Methode – ihr zu überlassen, wann sie reden wollte. Schlichtweg zu warten, ihr Gesprächsangebote zu unterbreiten, damit sie sich öffnen könnte. Und wenn sie es nicht nutzte? Dann wollte sie es offenbar nicht.

›Hast du überhaupt eine Ahnung, was an dem Grenzübergang passiert ist?‹, sagte sie. ›Ich weiß, was du im Bericht geschrieben hast. Dass irgendein Beamter vergessen hatte, ein Papier zu unterschreiben und du lächeln musstest, damit der Fette ein Auge zudrückte. So hattest du es doch geschrieben. Nicht wahr?‹ In dem Moment schöpfte ich noch keinen Verdacht. Zwar hatte ich mehr Details wissen wollen, doch sie hatte mechanisch über das Prozedere berichtet. Ich hatte mir Notizen gemacht. Die gelungene Operation stellte ohnehin alles in den Schatten. Die Zeitungsartikel. Die Glückwünsche, die wir vom Premierminister erhalten hatten, der sie gern sehen und ihr persönlich danken wollte.

Sie fühle sich ausgenutzt, sagte sie. Wollte wissen, ob ich bereit wäre, sie ausreden zu lassen, ob ich damit ein Problem hätte. Ihre Gesichtszüge verhärteten sich und ich nahm eine Veränderung in ihrer Stimme, einen dunklen Ton wahr. Was konnte ich tun, nachdem sie alles ausgesprochen hatte? Ihr sagen, sie solle besser mit einem Arzt sprechen? Das konnte ich ihr nicht antun. Am nächsten Tag musste sie wieder ins Einsatzland fliegen. Gott weiß, warum sie dieses Gespräch bis zu diesem letzten Moment hinausgezögert hatte. Unter Umständen wollte sie mir auf den Zahn fühlen, antesten, was ich tun würde. Ich warf einen Blick auf die Uhr. Ich konnte nicht anders. Kurz darauf war ich mit meiner Frau verabredet, wir wollten in den Urlaub fahren, der schon länger geplant war. Wie konnte ich Rachel sagen, dass das Leben weiterging? Leute fuhren zur Arbeit und kehrten nach Hause zurück, hatten Kinder, Angewohnheiten, kleine Freuden, die sie sich gönnten.

›Als er seine Hand unter mein Kleid steckte‹, sagte sie, ›da dachte ich an dich. Überlegte, was du mir raten würdest, dachte darüber nach, wie du handeln würdest. Du hättest zu mir gesagt, dass ich gar nichts machen solle. Ich habe dich gehasst. Und habe weiterhin den Fetten angelächelt, als wäre nichts dabei. Als die Finger meinen Slip erreichten und seine Nägel ihn beiseite schoben, wollte ich schreien, doch ich war wie erstarrt. Der Rauch seiner Zigarette stieg mir in die Augen, ich rührte mich nicht einmal, als der Finger in mich drang. Ich entsann mich, dass du etwas über diesen Terroristen erzählt hattest, der in die Luft gesprengt würde. Erinnerte mich, dass du sagtest, so etwas sei noch nie gemacht worden. Es dauerte vielleicht zwei Minuten, bis ich ihn stöhnen hörte. Ich habe dich gehasst und habe getan, worum du mich gebeten hattest.‹

Sie weinte. Ich saß da wie gelähmt. Ich wartete. Ich hielt mich nicht für den richtigen Ansprechpartner, der ihr gegenübersaß, während sie über mich sprach. Diese schreckliche Geschichte, zu der ich sie veranlasst hatte, musste sie jemand anderem schildern, ohne sich in irgendeiner Hinsicht zu verstellen und ohne die Komplikationen, die unser Verhältnis ihr diktierten. Ich weiß, dass sie ihre Anziehungskraft auf mich spürte. Sie wusste, dass ich sie liebte, das machte es für uns umso schwieriger. Ich versuchte mit aller Macht, professionell damit umzugehen und meiner Aufgabe gerecht zu werden. Im Innersten hatte ich das Gefühl, tatsächlich dort gewesen zu sein, in diesem Raum: Und ich hatte nichts unternommen, um ihr zu helfen. Seitdem haben wir nie wieder darüber gesprochen. Und ich denke immer wieder an diese Fahrt, die sie mit der Sprengladung an Bord zu dieser Werkstatt machte. An die Mission, die sie, trotz des körperlichen und seelischen Traumas, fortsetzte. All das unter dem Deckmantel des Schweigens und des Geheimen, woraus es keinen Ausweg gab.

Mir war damals nicht bekannt, ob sie es ihm erzählt hatte. Am Abend in ihrer Wohnung, nachdem sie sich am ganzen Körper eingeseift und geschrubbt hatte, dann ihr Nachthemd angezogen, Pass, Geldbörse und Autoschlüssel verstaut hatte und sich ins Bett legte, ging sie das Erlebte minutiös durch. Sie untersuchte, ob es anders hätte verlaufen können, sie einen Anteil daran hatte. Hatte sie ihn da angerufen?

Ich nehme an, dass sie an ihn dachte und sich ihrer schämte. Wieder hatte sie den Wachposten vor Augen, der die Schranke gehoben und ihr Goodbye gesagt hatte. Und ihr war es so vorgekommen, als wisse er, was geschehen sei, als wisse jeder, der sie anschaute, was geschehen sei. Als habe sie es ermöglicht. Und anderen wäre das nicht widerfahren.

Hatte sie all dies Raschid erzählt? Ich dachte damals, dass sie es nicht getan hatte.

Sie hörte die Nachrichten auf Englisch. Die Explosion und der Brand fanden keine Erwähnung, sie musste auf unsere geheime Übertragung und die Glückwünsche warten, mit denen wir sie überschütteten.

Heute weiß ich, dass sie ihn danach anrief.

Sie erzählte es ihm und er hörte ihr zu. Vielleicht hatte er Fragen, vielleicht rügte er sie, dass sie allein gefahren war, doch er sagte nichts dergleichen. Ich hoffe, dass er sofort zu ihr kam, sie in die Arme schloss und mit ihr schlief, um ihr zu beweisen, dass er sie liebte. Um ihre immerwährende Liebe zu gewinnen.«

KAPITEL 11
EXIT

»Was habt ihr dann gemacht?« Joe gähnte. Ehud gab sich Mühe, seine Enttäuschung zu unterdrücken. Geschlafen hatten sie nicht. Ein Berg Akten türmte sich zwischen ihnen auf und der Mann von der Sicherheit, den das Office eingesetzt hatte, um das geheime Material zu beaufsichtigen, war am Ende seiner Schicht abgelöst worden. Joe sagte betrübt, er sei schon alt. Zu seiner Zeit waren die Dinge anders erledigt worden. Er war mit Computer und Handy vertraut und schätzte die Überwachungsabteilung und die modernen Spionage-Satelliten, die das Nachrichtenkorps in die Umlaufbahn geschickt hatte. Doch befasste man sich mit den Menschen und den Tiefen ihrer Seelen, so glaubte Joe weiterhin, waren persönliche Gespräche und der menschliche Faktor durch nichts zu ersetzen. Er war nicht der Ansicht, dass Ehud ihn belog oder neue Fakten verheimlichte. Ehud suchte nach etwas, das sich tief in seinem Inneren verbarg. Dem könnte er sich nicht annähern, ohne sich alles von der Seele zu reden und auf dem schlichten und vertrauten Wege im Detail darzulegen, was er im Herzen mit sich herumtrug. Wort für Wort, Datum für Datum, Ereignis für Ereignis.

Ehud hatte sich kurz hingelegt und Joe nutzte die Zeit für ein längeres Telefonat mit dem Kommandeur der Einheit. Der rote Apparat erlaubte ihm, sich frei zu äußern. Joe bat den Kommandeur, sich in Geduld zu üben: »Ehud ist der Schlüssel für das Schloss. Er war ihr Verbindungsführer. Ihn hat sie angerufen. Ihm hat sie gesagt, dass ihr Vater gestorben ist, als wäre es ein Passwort, welches er bloß vergessen hat.«

Der Kommandeur, der inzwischen ein, zwei Dinge über Joe in Erfahrung gebracht hatte, ließ ihn machen.

»Ehud möchte genau so wie wir alle wissen, wo sie ist. Es sind 15 Jahre vergangen, seit sie auseinandergegangen sind. In der Zwischenzeit ist seine Frau gestorben, seine Kinder sind erwachsen geworden. Und ich denke, dass er sie noch immer liebt.«

»Denken Sie, dass er Ihnen die Wahrheit sagt?« Was sie wussten, hätten sie von Ehud erfahren, rief der Kommandeur Joe ins Gedächtnis. Einschließlich des Telefongespräches.

»Selbst wenn er lügen und etwas verbergen sollte, Ehud ist nicht der Typ Mann, bei dem ein Verhörraum und die chinesische Wasserfolter ein Geständnis herauslocken würden. Er ist zu erfahren, um sich davon einschüchtern zu lassen.«

Der Kommandeur brummte etwas. Joe war sich nicht sicher, ob dem Kommandeur der Gedanke an ein Kreuzverhör, um ein Geständnis zu erzwingen, überhaupt in den Sinn gekommen war.

»Das Problem ist, dass Ehud nicht weiß, was zu unternehmen ist. Aufgrund der langen Zeit ist er mit ihrer Persönlichkeit nicht mehr vertraut. Nun setzt zudem noch die Befürchtung ein, dass er auch schon damals nicht wusste, was in ihr vorging und welcher Seite ihre Loyalität galt. Sie hatte dort einen Liebhaber, wissen Sie davon?«

Der Kommandeur hatte darüber keine Information und wies Janiv, ihren Kontaktmann an, die Akten zu befragen. Joe wartete in der Leitung, während er hörte, wie der Kommandeur Janiv instruierte. Er wusste, dass es sinnlos war. Worauf Janiv stoßen würde, wären einige trocken abgefasste Berichte, nichts, worin man sich verbeißen könnte.

Da war noch eine wichtige Sache, die er mit dem Kommandeur besprechen wollte. Ihm war es wichtig, dass der Kommandeur präzise erfasste, was er meinte. »Ehud ist keiner von uns«, brachte er ihm schonend bei und vernahm in der Leitung, wie der andere tief Luft holte. »Ehud ist auf ihrer Seite. Er will sie beschützen und retten. Sollte er in die Enge getrieben werden, entscheidet er sich für sie und wird ihr den Vorzug geben.«

»Ich bin mir nicht sicher, ob ich Sie vollständig verstanden habe«, sagte der Kommandeur in einem Ton, der Joe einlud, mit seiner Ausführung fortzufahren.

»Wir suchen sie, damit sie das geheime Wissen, das sie sich über die Jahre angeeignet hat, nicht offenlegt, damit sie den Mossad nicht weltweit blamiert, ihm keinen Schaden zufügt. Er sucht sie, weil er sie liebt. Das sind zwei Paar Schuhe und völlig verschiedene Interessen. Hier haben wir einen entscheidenden Interessenskonflikt.«

Joe hielt inne und gab dem Kommandeur der Einheit Gelegenheit, das Ausgesprochene sacken zu lassen. Nicht umsonst hieß es über Joe, er wisse, wie man sich den Zugang zum Herzen eines Menschen ebne. »Wir müssen ihn behandeln wie ein Zielobjekt, wie Rachel. Wir brauchen seine

Hilfe, sein Wissen. Wir nutzen den Fakt aus, dass sie sich an ihn und nicht ihren regulären Kontaktmann gewandt hat. Daraus lässt sich schließen, dass es zwischen ihnen eine bestimmte Chemie gibt. Sie hätte über Wochen oder Monate verschwinden können, bevor es einer bemerkt hätte. Aus dem Grund brauche ich ihn bei mir zu Hause, nicht im Lagezentrum und nicht im Archiv.«

»Verstehe. Und was machen Sie beide da?« Der Kommandeur ließ sich keine Ungeduld anmerken, zuhören konnte er. Das war einer der Gründe, der ihn in den großen Ledersessel befördert hatte.

»Ich rede mit ihm. Das mache ich. Ich höre ihm zu und lasse ihn die Geschichte auf seine Weise schildern, bis er uns selbst voranbringt. Klar, dass es mit ihrer Vergangenheit zu tun hat. Natürlich hat es mit dem Weg zu tun, den sie gemeinsam gegangen sind. Sonst hätte sie, wenn überhaupt, einen anderen angerufen.«

Der Kommandeur stimmte brummend zu.

»Aber wo ist sie jetzt? In Kanada, wo ihre Legende angelegt ist? In Europa, an einem der Orte, wo sie sich monatelang aufgehalten hat, bevor sie ins Einsatzland ging? Oder an keinem dieser Orte? Ich weiß es nicht, dennoch habe ich das Gefühl, dass wir Fortschritte machen. Stören Sie uns nicht. Um mehr bitte ich nicht.«

Der Kommandeur sicherte ihm die nötige Zurückgezogenheit zu. Auf Joes Frage erklärte er, sie würden sämtlichen Hinweisen nachgehen: der von ihr gekauften Telefonkarte, den Broschüren in der Wohnung des Vaters, dem britischen und dem israelischen Pass. »Wir haben unsere Teams an alle relevaten Orte geschickt, haben uns mit jedem Geheimdienst in Verbindung gesetzt, mit dem wir kooperieren. Nun warten wir ab.«

Joe bat den Kommandeur noch, einige Dinge für ihn zu überprüfen. Er sprach nochmals mit Janiv, der zu ihrer Verfügung stand und wies ihn an, etwas in den Akten zu suchen. Dann weckte er Ehud und bat ihn, mit der Darstellung der Ereignisse fortzufahren.

»Nachdem sie mir detailgetreu den Vorfall am Grenzübergang geschildert hatte, machte ich dem Stab Mitteilung, dass ich ihre Rückkehr ins Einsatzland verschieben und sie nach Israel schicken würde. Die Vorkehrungen für den sogenannten Urlaub wurden in aller Stille getroffen. Die meiste Zeit über verschanzte sie sich in ihrem Zimmer. Vor der Reise gab ich ihr Schminkzeug und eine Perücke, die in Israel für sie gekauft worden waren. Sie nahm die Sachen von mir entgegen, als wollte sie tatsächlich die Identität wechseln. Ich hätte sie fast kaum erkannt, als wir uns auf den Weg machten, denn sie legte zudem ein anderes Verhalten an den Tag. Aus der soliden jungen Frau, die ich gekannt hatte, war eine laute Tussi geworden, deren blonde Perücke und dick aufgetragene Schminke ihrem Verhalten den passenden Rahmen boten. Auf den ersten Blick wirkte es auf mich, als sei sie hoch professionell in die ihr zugewiesene Figur geschlüpft. Es minderte die Wahrscheinlichkeit, auf dem Flug von jemandem als Rachel Brooks erkannt zu werden. Als ich quer durch die drei Reihen zu ihr hinübersah, mutete es jedoch eher an, als verschaffte sie sich durch den Wechsel der Identität eine Wohltat, ein kleines Stück Freiheit.

Wir fuhren direkt in die Residenz des Premierministers. Erst auf der Damentoilette entledigte sie sich der Perücke, schminkte sich ab und war wieder die Frau, die ich kannte. Der Premierminister empfing sie in seinem kleinen Arbeitszimmer. Obwohl alles zu ihren Ehren stattfand, schien es ihr unangenehm, im Zentrum der Aufmerksamkeit von vier Männern zu stehen. Als er sie fragte, wie es ihr gelungen sei, den Sprengstoff über die Grenze zu bringen, befürchtete ich, sie würde ihm alles erzählen. Es war befremdlich. Auf der einen Seite standen wir, ihre Kommandeure und sie, die alle wussten, was sich zugetragen hatte und auf der anderen Seite war der Premierminister, der sich erkundigte, wie alles abgelaufen sei. Ihre Antwort fiel knapp und höflich aus. Als er sich erhob, um ihr die Auszeichnung für besondere Verdienste zu überreichen, sah ich, dass sie den Tränen nahe war. Danach fuhr ich sie nach Tel Aviv ins Hotel, ließ ihr ein wenig Bargeld da und brachte die Auszeichnung ins Office. Bis heute darf sie diese ja nicht in ihrer Wohnung in Rechovot aufhängen. Die Sicherheit steht über allem, nicht wahr? Damals dachte ich, dass sie in Tel Aviv eigentlich einsamer sein müsste als dort in ihrer Wohnung. Sie hatte nichts und niemanden. Sie konnte nirgendwo hingehen. Kein Zuhause, keinen Partner und keinen Vater, den sie anrufen könnte. Bevor wir uns im Hotel verabschiedeten, stand sie mit dem Rücken zu mir und starrte zum schwarzen Horizont. Wäre dort draußen nur ein einzelner Lichtstrahl gewesen, ich zweifelte, ob sie ihn wahrgenommen hätte.

Wir mussten entscheiden, wie mit ihr zu verfahren war. Die Meinungen drifteten auseinander. Der Sicherheitschef meinte, es sei an der Zeit, sie nach Hause zu holen. Das durchlebte Trauma hätte negative Auswirkungen auf ihr Urteilsvermögen. Von nun an würde sie mit ihrer Arbeit zu viele Gefühle verknüpfen. Ich hingegen wollte, dass sie weitermachte und vertraute dem, was ich von ihr gehört hatte. Sie komme darüber hinweg und würde keine Klagen hinsichtlich unseres Verhaltens vorbringen.

›Versetzt euch in ihre Lage‹, sagte ich, ›ohne uns steht sie mit leeren Händen da. Momentan ist sie eine hochgeschätzte Agentin, die beträchtlichen Anteil am Erfolg unseres Frühwarnsystems hat. So empfindet sie es zumindest. Wenn wir sie jetzt von dort abziehen, bleibt ihr nur das Gefühl, gescheitert zu sein. Sie wird ihre Sachen packen, wird der Schule die Geschichte von ihrer Abschlussarbeit auftischen und dort ihre Zelte abbrechen. Und was würde sie hier machen? Unterrichten? Als Verbindungsführerin zum Stab kommen? Eine Junior-Position antreten? Ich stimme zu, dass wir die Beendigung der Tätigkeit dort planen müssen. Aber wir sollten es in Ruhe und mit Sorgfalt tun und die Voraussetzungen dafür schaffen, dass sie zu einer neuen Routine übergehen kann. Nur so wird sie sich davon erholen und bereit sein, neue Operationen für uns auszuführen.‹ Der Kommandeur der Einheit unterbrach die Debatte und rief den Einsatzleiter herein. Ich war nicht damit einverstanden, ihn in den Vorfall am Grenzübergang einzuweihen. Ich wollte nicht, dass noch jemand erfahren würde, was Rachel passiert war. Zumal ja die Chance bestand, dass sie in einigen Wochen eine reguläre Arbeit in unserer Abteilung im Office antreten würde.

›Was meinst du?‹, fragte der Kommandeur. Der Einsatzleiter hatte eine eindeutige Meinung. Er verlangte, sie im Einsatzland zu belassen, bis wir Ersatz für sie gefunden hätten. ›Diesen Posten können wir nicht einfach aufgeben. Der Geheimdienst macht uns fertig.‹ ›Nun übertreib mal nicht‹, sagte der Kommandeur. ›Sollte etwas passieren, das sie gefährdet, ziehe ich sie sowieso von dort ab, ohne auch nur mit der Wimper zu zucken.‹ Doch auch er sah nicht voraus, was kommen würde unterschätzte die Macht des Zufalls.«

»Ich bekam den Anruf um zwei Uhr nachts. In der Leitung war der Kommandeur der Einheit. ›Man kann uns gratulieren. Wir haben für das große Projekt den Zuschlag erhalten.‹ Ich dankte ihm, ohne irgendwelche Fragen zu stellen. Wir wussten nicht, ob unsere Gespräche abgehört wurden und gingen stets davon aus, dass sich irgendwer dafür interessierte. Wir kamen überein, später wieder miteinander zu sprechen und ich legte auf. Ich gebe zu, dass meine Hand zitterte. Es war eingetreten. Ich musste in keiner Codeliste nachschlagen, um in Erfahrung zu bringen, was er gemeint hatte. Rina erkundigte sich, was los sei. Als sie im Licht der Nachttischlampe mein Gesicht sah, umarmte sie mich und sagte, sie würde die Kinder am Morgen in die Schule bringen und dann zu Hause auf mich warten.

Ich war in zehn Minuten am Bahnhof von Rom. Ich vergewisserte mich, dass mir keiner folgte. Um zwei Uhr nachts war das einfach und ich war darin geübt. Nachdem ich mir sicher war, dass ich nicht observiert wurde, suchte ich mir unter den Dutzend Telefonzellen eine freie aus und meldete mich beim Stab. Der Kommandeur der Einheit war im Office, im Hintergrund hörte ich andere, mir vertraute Stimmen. Es war eine klare Sache: Sie hatten den Ausnahmezustand erklärt. ›Die Gründe und alles Weitere erfährst du, wenn du mit dem ersten Flieger hier eintriffst. Ruf vorher bei Rachel an und sag ihr, sie soll sich unverzüglich in Bewegung setzen. Wir haben hier alle Vorkehrungen getroffen, die wir von unserer Seite aus leisten können.‹ Ich wiederholte seine Worte, um zu garantieren, dass wir das Gleiche beabsichtigten und legte auf.

Ich wechselte die Telefonzelle und rief sie an. Das Gespräch fiel kurz und höflich aus. Ich kontaktierte sie im Namen des besten Freundes ihres Vaters und übermittelte ihr, dass der Vater im Sterben liege. Diese Nachricht ließ keinen Raum für ein Missverständnis ihrerseits. Ich rief sie an und sie erkannte meine Stimme. Ich gab ihr den verabredeten Code durch. Das war alles. Im ursprünglichen Briefing hatte sie mich gefragt, was geschähe, wenn ihr Vater tatsächlich plötzlich sterben würde. Dann würden wir einen anderen finden, der sie anriefe, sagte ich. Dann hakte sie nach, was denn wäre, falls ich an dem Tag, da ihr die Mitteilung gemacht werden müsse, alles stehen und liegen zu lassen und sofort auszureisen, krank oder nicht erreichbar wäre. Wir vereinbarten für meinen Vertreter Codes. Sie würde eine klare und unmissverständliche Nachricht erhalten und wissen, dass sie die Zelte abbrechen müsste.

Ich ging zurück in die Wohnung, um zu packen, bevor ich zum Flughafen fuhr. Den Flugplan kannte ich in- und auswendig und mir blieb genug Zeit, mich von Rina zu verabschieden und den Kindern, die noch schliefen, einen Kuss zu geben. Was sich ereignet hatte, wusste ich nicht. Ich unterließ jegliche Spekulationen. Es gab so viel zu tun. Vor allem aber dachte ich an Rachel. Zu dieser Stunde musste sie diese Vielzahl an Instruktionen befolgen, die wir ihr gegeben hatten. Sie musste sicher sein, dass das Kapitel damit zu Ende war, es kein Zurück gab. Ich wusste, was passieren würde. Wir hatten es zigfach durchgespielt. Den Anruf. Das Wissen um die Möglichkeit, bereits abgehört zu werden. All die zu ergreifenden Maßnahmen.

Doch eine Übung fühlt sich anders an als die Wirklichkeit. Kein Magen, der sich verkrampfte, kein Harndrang, kein trockener Mund, nicht dieser aufreibende Gedanke, ob sie es schaffen würde, die Wohnung zu verlassen, bevor sie anrückten? Was würde aus all dem, das sie zurückließ? Floh sie wie ein Soldat vom Schlachtfeld? Ich habe es in Erinnerung behalten. Ich sah die Ägypter im Jom-Kippur-Krieg fliehen, wir verfolgten sie. Und Rachel? Für sie musste es anders sein. Sie musste die Selbstbeherrschung wahren, überlegt handeln. Langsam und geordnet vorgehen. Nicht im letzten Moment Verdacht erregen. Keinen Anlass dafür bieten, dass ihr einer die Hand auf die Schulter legte.«

Rachel erzählte Ehud nie, was er nur allzu gern gewusst hätte. Sie war nicht der Meinung, dass er dazu berechtigt sei. Sie würde nicht dorthin zurückgehen und es gab keinen Grund, dass er mehr erfahren musste, als sie ihm preisgeben wollte. Sie beschränkte sich auf einen trockenen, chronologischen Bericht und bemühte sich, jedes technische Detail zu erwähnen, das es der Sicherheitsabteilung ermöglichen würde, den Schaden einzuschätzen, der dem Mossad entstanden war und besser gewappnet zu sein, wenn der nächste Agent ins Einsatzland entsendet würde. Ehud hoffte vergeblich, dass sie sich in der kleinen, miserablen Wohnung, die sie ihr in Tel Aviv besorgt hatten, niederlassen und ihm erzählen würde, was sie empfand, als sie all das zurücklassen musste, was sie gewesen war.

Sie erzählte es ihm nicht, weil in ihr etwas in die Brüche ging. Weil sie in dem Augenblick, da sie sich an Bord der Maschine begab und den Luftraum des Einsatzlandes verließ, wusste, dass es mit den Träumen aus und vorbei war. Kein Lavieren zwischen zwei Welten mehr. Keine Rachel Brooks, die in der geheimnisvollen Hauptstadt eine schöne Wohnung hatte und keinen Raschid, der sie über alles liebte. Es gab nur Rachel Ravid, eine israelische Staatsbürgerin, die von einer mehrjährigen Dienstzeit in Europa zurückkehrte und sich ein neues Leben aufbauen musste.

Unmittelbar nachdem sie den Hörer aufgelegt hatte, während Ehuds drängende Stimme noch in ihrem Kopf widerhallte, dachte sie an Raschid und war froh, dass er nicht neben ihr lag und sie nicht gezwungen war, ihm ins Gesicht zu lügen. In ihrer Vorstellung sah sie ihn in seinem Bett im Haus der Eltern liegen, eingehüllt in die Decke, die sie ihm zum Geburtstag geschenkt hatte. »Es ist traurig, dass ich zwei Decken kaufen muss«, hatte sie zu ihm gesagt und ihm das Versprechen abgerungen, dass der Zustand vorübergehend sei. Nun war es anders gekommen. Sie legte die Decke zusammen, die sie nie wieder benutzen würde. Es war kein Platz in der kleinen Tasche, die sie mitnahm und auch keiner in der Geschichte, die sie demjenigen verkaufen würde, der nachfragen würde, wohin sie es so eilig habe. Sie erzitterte, als ihr bewusst wurde, dass sie bereits in der Vergangenheitsform an ihn dachte und sich erinnerte, wie sie neben ihm lag, die Hand auf ihm ruhte und sie wartete, dass er einschliefe, bevor sie sich das Einschlafen gestattete, bis er aufwachen und ihr mit schlaftrunkener Stimme sagen würde, dass er sie liebt. *Ich bin nicht dazu gekommen, es ihm zu sagen*, ging es ihr durch den Sinn, während ihr Blick die Wohnung durchkämmte und sie sich vergewisserte, dass alles an seinem Platz war. *Ich bin nicht dazu gekommen, ihm immer wieder zu sagen, wie sehr ich ihn liebe, dass ich mit ihm leben möchte, nur mit ihm in den Tod gehen kann.* Rachel legte den Manschettenknopf, den Raschid auf dem Regal im Badezimmer vergessen hatte, in ihre Geldbörse. Sie wusste, dass ihr keine Zeit blieb, seinen Zwilling zu suchen, den Raschid einige Stunden zuvor in der Hitze des Gefechts beim Ausziehen verloren hatte. Sie würde ihm das Verlorene nicht zurückgeben und er könnte sie nicht fragen, was passiert sei. Sie verließ ihn und alles zwischen ihnen

Gewesene. Sie setzte die Brücken in Brand. Was immer geschehen wird, sie wird nicht sein … Sie wird nie nie nie wieder zurückkehren.

Sie kannte die Instruktionen nicht auswendig, es war auch nicht nötig. »Nur das Wichtigste musst du wissen«, hatte der Leitende Sicherheitsoffizier gesagt. Wenn sie den Befehl für den Rückzug erhielte – »wovon absolut nicht auszugehen ist« –, müsse sie alles stehen und liegen lassen und nur für sich sorgen. An nichts denken. Sich nicht um die Kommunikationsausrüstung kümmern, nicht um die Beziehungen, die sie geknüpft hatte, nicht um ihre Vergangenheit. »Rachel Brooks wird es nicht mehr geben, der Grund dafür spielt keine Rolle.«

Sie schaute sich um, Abschied im Blick. Die Katze, die sie zu sich genommen hatte, um der Hündin eine Gefährtin zu geben, lag zusammengerollt auf dem alten Sofa und schlief. Von ihr hatte sie Ehud nicht erzählt. Wie auch nicht von anderen Dingen. Auf seine spätere Nachfrage, warum sie manche Dinge ausgelassen hatte, konterte sie, sie sei kein kleines Mädchen und er müsse nicht alles wissen. Es genüge, wenn sie die Ware liefere. Mango schien sich an den ungewöhnlichen Aktivitäten um drei Uhr morgens nicht zu stören. Sie wird klarkommen, dachte Rachel, sie kann für sich sorgen. Und die Pflanzen? Die werden eingehen, das war klar. Und Raschid? Er war nun Geschichte. Er würde sie eine Weile suchen und wissen wollen, wohin seine Geliebte verschwunden sei. Dann würden die Dinge in die Normalität übergehen.

Rachel füllte die Gießkanne, wässerte die Pflanzen und führte sich vor Augen, wie Raschid die Ermittler in seiner Wohnung empfangen und ihre Fragen beantworten würde, während er an seine Geliebte denkt, die ihn verlassen hatte. »Wie lange haben Sie sie gekannt?«, werden sie fragen. Und er wird ihnen von dem ersten Mal berichten, als er, in Begleitung seines Chauffeurs, die Sprachschule aufsuchte und sie hereinkommen sah. Er wird ihnen von dem Abendessen erzählen, das er initiiert hatte, von dem Ausflug, den sie gemeinsam unternommen hatten, über ihren Wunsch, mehr und mehr sehen zu wollen, über ihre Fahrt in die Hafenstadt – und mit einem Mal wird bei ihm der Groschen fallen.

Sie sieht vor sich, wie er verstummt, wie er es macht, wenn sie zusammen waren und ihm etwas nicht behagte, wenn er nachdenken musste. Aufmerksam betrachtet er den Mann, der ihm gegenübersitzt und auf dessen Knien die aufgeschlagene Akte liegt. Er lässt alles Revue passieren.

Und er erkennt, wie sie ihn hinters Licht geführt hat. Teile des Puzzles fügen sich allmählich ineinander. Er entsinnt sich ihrer Antworten, erinnert sich an die Nächte, die sie wach nebeneinander lagen, an die Anspannung, die ihre Muskeln erfasste, wenn sie auf Politik zu sprechen kamen und an ihren Blick, wenn sie an einem Militärstützpunkt vorbeigefahren waren. Zorn wird in ihm aufsteigen, doch es gelingt ihm, diesen zu verbergen. Er wird gekränkt sein, doch er lässt es sich nicht anmerken.

Rachels Aktivitäten waren bar jeder Hast, denn sie war in Eile. Und in Eile galt es, langsam und systematisch vorzugehen. Die Tasche war gepackt. Sie trank ein Glas Wasser und machte einen letzten Rundgang durch die Wohnung. Im Musikzimmer herrschte heilloses Chaos, so wie es sein sollte, die Ausstattung wirkte verschlissen, abgenutzt, nicht verlockend. Von hier nahm sie nur mit, was sie konnte, das war wenig. Der Kühlschrank gefüllt mit den gestrigen Einkäufen und die Bratform mit den Resten des gemeinsamen Abendessens versetzten ihr einen Stich. Der Kleiderschrank war geordnet, wie sie es gewohnt war. Und sie versuchte nicht an die Hände zu denken, die an einem Tag in naher Zukunft in ihren Schubladen wühlen werden. Was sollte sie mit dem Wäschesack machen, den sie für morgen zusammengestellt hatte? Sie überlegte kurz und schob ihn mit dem Fuß unters Badezimmerregal, nichts würde in den Müll geworfen werden. Sollte nach ihr jemand hier hereinkommen, würde er sich einbilden, sie sei nur mal kurz hinausgegangen. Was geht einer Frau durch den Kopf, die einen letzten prüfenden Blick auf ihr Zuhause, ihre Festung, ihre Wohnung wirft, bevor sie diese für immer verlässt? Es war nicht ihre Wohnung. Sie hatte sie gemietet und dafür die Genehmigung des Stabs eingeholt, der auch für die exorbitante Miete aufkam. Aber es war ihr Zuhause. Dort waren ihre Blumen, die Teppiche, die sie sich gekauft hatte, die Souvenire, die sie gesammelt hatte, ihre Bettwäsche. Die Erinnerung an Raschids Körper – eine kostbare und sinnliche Erinnerung. Die Zahnbürste, die für ihn reserviert war, der Kaffee, den er mochte, sein Samen auf dem Laken, das noch ungewaschen war.

Dann tat sie etwas Verbotenes. Es verstieß gegen die gängige Praxis. Sie nahm ein Blatt Papier.

Mein Liebster, schrieb sie. Der Stift kratzte über die Oberfläche des Holztisches. Es war ein Geschenk von ihm und sie hatte ihn ans Fenster gestellt, einige Meter vom Musikzimmer entfernt. Ob darin etwas installiert worden war, wusste sie nicht. Keine Geschenke annehmen. Eine weitere Regel, die sie gebrochen hatte.

Wenn du diesen Brief liest, werde ich weit weg von dir sein, so weit, wie die Lebenden von den Toten. Wir werden uns nie wieder begegnen. Nie wieder werde ich deine gütigen Augen auf mir ruhen sehen, spüren, wie deine Hand meinen Körper streichelt. Und du wirst nicht das Beben spüren, das mich erfasst. Nie wieder werde ich deine Stimme hören, deinen geliebten Duft wahrnehmen.

Ich verlasse dich. Ich werde stets deinen Blick in Erinnerung behalten, als du in der Tür standest. Du hattest dich bereits verabschiedet, mich immer wieder geküsst, gesagt, wie du gern bleiben würdest. Ein langer Blick, ein Blick, der in mich drang und in mir blieb …

Das Geheimnis triumphiert. Ein transparentes und doch undurchdringliches Rätsel. Vom ersten Tag an hat es zwischen uns gestanden. Ich dachte, es würde verschwinden, doch ich irrte mich. Die Schuld liegt bei mir. Ich habe es zugelassen, dass du mich liebst und ich mich in dich verliebte. Ich habe das Geheimnis in mir festgehalten und ihm erlaubt, mich zu vergiften. Ich habe dagegen angekämpft, bis es doch über mich triumphierte.

Sie wollte weiterschreiben. Ihm alles erzählen, ihm das Ganze auseinandersetzen, als wäre das möglich. Sie wusste, dass keine Chance bestand, gleichwohl hoffte sie es insgeheim. Sie zerknüllte das Blatt, warf es in den Abfallzerkleinerer und drückte auf den Knopf.

Gracie hatte es sich auf dem Teppich neben der Tür bequem gemacht, hob den Kopf und sah sie an. Rachel trat zu ihr, kniete neben ihr nieder, legte sich neben sie und nahm sie in die Arme. Sie legte die Hand auf den warmen haarigen Bauch und spürte unterm Fell ihre Warzen. Rachel entsann sich an den Tierarzt, der ihr geraten hatte, das Tier zu sterilisieren. »Sie war ein Streuner«, hatte er mit kehligem arabischen Akzent gesagt, Rachel hatte das Gefühl beschlichen, er wolle es ihr persönlich unterstellen. »Warum mehr Probleme verursachen? Sie ist geimpft. Lassen Sie uns an der Stelle den Stammbaum abbrechen.« Er hatte recht. Sie hatte Gracie am vereinbarten Tag in die Praxis gebracht, neben ihr gestanden und geweint, während die Hündin unter Narkose gesetzt wurde. »Gehen Sie jetzt hinaus«, hatte der Tierarzt gesagt und die OP-Scheren und Klemmen auf dem Beistelltisch bereitgelegt. Rachel war zumute gewesen, als würde sie selbst sterilisiert. Sie spannte die Bauchmuskeln an, machte sich steif, um die Scheren abzuwehren.

Sie ging hinaus, doch das Gefühl, das Tier, das ihr vertraut hatte, hintergangen zu haben, würde sie nie mehr verlassen.

Sie hinterging Gracie zum zweiten Mal, noch gravierender als beim ersten Mal. Ein Blick auf die Uhr. Sie musste zum Flughafen, an Bord der Maschine gehen – Gefühle waren jetzt unangebracht. So war es auch in der Ausbildung gewesen, in der sie die Situation kurz vorm Auffliegen der Legende durchgespielt hatten. Doch es war nur eine Übung gewesen, das war ihr bewusst. Damals hatte sie keine Pflanzen, keine Goldfische, keine Hündin, keine Katze. Und keinen Mann, der sie liebte.

Rachel gab noch etwas mehr Futter ins Aquarium. Mango wölbte den Rücken, bevor sie sich wieder niederließ, der Umzug auf den Hausflur brachte sie nicht aus der Ruhe. Die Hündin schaute Rachel an. Sie sind allesamt dem Tode geweiht, sie wusste es. Auch Raschid. Auch Gracie. Sie würde sie in ihrem Herzen vernichten, so wie sie ihre Identität vernichten musste. Alles war aus und vorbei.

Im Hinausgehen drehte sie sich um. Gracie stand an der Tür und wedelte mit dem Schwanz. Die frühe Stunde machte ihr nichts aus. Zu jeder Uhrzeit war sie für einen Spaziergang zu haben. Zu jeder Uhrzeit war es eine tolle Sache, sich die Beine zu vertreten, die Straße bis zur Hügelspitze hinaufzugehen, von wo aus man den Präsidialpalast und den Eingang zum Verteidigungsministerium überschaute.

Vielleicht könnte sie Gracie zu Barbara geben. Sie anrufen und sagen, sie müsse verreisen. Barbara solle sich um die Hündin kümmern. Unmöglich. Ein Tabu. Keine Frage, dass es ein Tabu war. Nicht wegen der Gefahr, von der sie Kenntnis hatten, sondern wegen der Gefahr, von der sie keine Kenntnis hatten. Wie konnten sie wissen, was Barbara tun würde? Daher galt es in der Wirklichkeit, mit der sie sich konfrontiert sah, sich wie in den Probedurchläufen loszureißen.

Gracie sprang in den Audi, setzte sich neben Rachel, steckte den Kopf aus dem Fenster und atmete die kalte Nachtluft ein. An der zweiten Kreuzung öffnete Rachel die Beifahrertür und wusste, was passieren würde. Gracie hüpfte hinaus und rechnete damit, dass Rachel auf ihrer Seite ausstiege. Rachel wartete, bis das Tier um das Fahrzeug gelaufen war und trat aufs Gas. Im Rückspiegel sah sie die verwirrte Hündin, die kurz überlegte und ihr dann nachsetzte. Sie bellte. Rachel klammerte sich mit beiden Händen an das Steuer und ließ den Tränen freien Lauf. Gracie macht sich noch Hoffnungen, ging es ihr durch den Kopf. Rachel beschleunigte, bog an der nächsten Kreuzung ab und fuhr auf die Autobahn zum Flughafen. Ein letzter Blick in den Spiegel. Die im Stich gelassene Gracie, die in der Ferne kleiner wurde, erreichte hechelnd die Kreuzung, lief langsamer und wartete vertrauensvoll am Straßenrand. Darauf, dass Rachel zurückkäme und sie in die Arme nähme, wie an dem Tag, da sie Gracie aufgesammelt und mit nach Hause genommen hatte.

Sie ließ sich am Gate auf einem der zerschlissenen Sitze nieder. Die Maschine stand noch nicht bereit und der Flug wurde verschoben. Ihre Gedanken kreisten einzig und allein um das Zurückgelassene und die Details ihrer Geschichte zur Verschleierung der Abreise. Sie hätte noch ausreichend Zeit, um über die Zukunft nachzudenken, vorausgesetzt natürlich, sie bestünde diese letzte Prüfung. Menschen, die aus der Begegnung mit dem Tod lebend hervorgegangen waren, berichteten, dass ihr gesamtes Leben vor ihnen wie im Zeitraffer abgelaufen sei. Rachel hielt mit aller Macht an dem Leben fest, in dem sie sich eingerichtet hatte. Sie wusste, auf keinen Fall durfte sie Schwäche zeigen. Jeder Uniformierte, jeder einzelne Mann mit Schnurrbart, der an ihr vorüberging und sie ansah, konnte derjenige sein, der sie zum Mitkommen auffordern würde. »Aber warum?«, würde sie zu ihm sagen und ihm dem Pass hinstrecken. Rachel Brooks wird an Bord der ersten Maschine nach Europa gehen, um zu ihrem Vater zu gelangen, der im Sterben liegt. Hier wäre eine Telefonnummer, die derjenige anrufen könnte. Hier wäre auch die Nummer und die Adresse der Tante. Und hier wären die Nummern von Barbara und der Schule und ihrer Wohnung und hier wäre sogar das Parkticket von dem Wagen, den sie draußen geparkt hatte. Nur Raschids Name würde sie auslassen, als gäbe es ihn nicht. Als hätten seine Augen sie nie angesehen. Sie entsann sich seiner Telefonnummer. Sie entsann sich der Berührung seiner Hand. Sie entsann sich seiner Augen. Und auch der Augen des deutschen Wissenschaftlers, der zu ihr aufgeschaut hatte, während er den vergifteten Handschuh küsste.

»Wie konnte ich sie davon überzeugen, dass es für mich gleichfalls ein unerwünschtes Ende nahm?«, schloss Ehud das Erzählte ab und seufzte. »Wir rissen sie Hals über Kopf aus dem Leben, das sie geführt hatte, ohne ihr ein anderes zu geben. Der Mohr hat seine Arbeit getan, der Mohr kann gehen. Wie sehr ich diese Redensart auch hasse, doch hier traf sie zu.

Ich kann mir nur ausmalen, was sie auf dem Flug durchmachte. Höre den Seufzer förmlich, den sie von sich gab, als die Maschine abhob und sehe, wie sie den Kopf ins Kissen sinken ließ. Wie sie alles daransetzte, den Blick von den Bergen und den Straßen unter ihr abzuwenden, die sie nie wiedersehen wird. Es fällt schwer zu flüchten, besonders wenn du nicht weißt, wovor. Und es ist noch schwerer, Dinge zurückzulassen, die du liebst. Sie vertraute uns, das weiß ich, und sie hatte keinen Zweifel, dass die Gefahr echt war. Aber in dem Augenblick, da der Flieger aus dem Luftraum dessen trat, was wir Feindesland nennen und für sie ein Zuhause war, begann sie zu weinen. Und als sie mir von den Tränen erzählte, die ihr übers Gesicht rannen, wusste ich nicht, ob es Tränen des Kummers oder der Erleichterung waren.

Niemand erwartete sie, als sie auf dem Flughafen ankam, sie rechnete auch nicht damit. Vielleicht wollte sie auch niemandem begegnen und hoffte insgeheim, nachdem sie ein Hotel gefunden hätte und die Nummer anrufen würde, die sie im Kopf hatte, würde ich ihr sagen, es habe sich alles geklärt und nach einem kurzen Urlaub könne sie zurückgehen. Das trat nicht ein. Solche Fälle treten selten ein. Ich wollte der erste sein, der sie treffen würde, wenn sie die Person Rachel Brooks für immer hinter sich ließe. Das war ich ihr schuldig. Doch daraus wurde nichts, denn ich war auf dem Weg nach Israel, um mich in die Bemühungen einzubringen, den Schaden einzudämmen und Vorkehrungen für ihre Ankunft zu treffen. Jemand traf sie in der Stadt in einem Café, gab ihr einen anderen Pass, nahm ihren alten an sich. Damit war die Sache beendet. Am nächsten Tag fuhr ich zum Ben-Gurion-Flughafen, holte sie ab und brachte sie nach Tel Aviv. Sie war nicht getarnt. Dafür bestand keine Notwendigkeit. Bis heute verfluche ich mich, dass ich zuvor nicht die Wohnung inspiziert hatte, die von den Leuten der Verwaltung für sie hergerichtet worden war. Die spartanische Ausstattung lag an dem spärlichen Budget. Zudem hatten sie alle Hände voll zu tun und keinen blassen Schimmer, wer Rachel war und woher sie kam. Aus ihrer Sicht war ein schmales Eisenbett, ein Stapel Bettwäsche, die übermäßig gestärkt war und eine Wolldecke, die sie in der Wäschekammer aufgetrieben hatten, mehr als genug. An der Wand hing ein Poster, das einer dagelassen hatte und der Kühlschrank enthielt eine Flasche Cola und eine Packung Kekse, damit die Ameisen nicht darüber herfielen.

Ich schloss die Tür auf und sah, wie ihr Blick die leeren Zimmer, die seit vielen Jahren nicht gestrichenen Wände und die Fenstergitter begutachtete. So sahen Tel Aviver Erdgeschosswohnungen nun einmal aus. Auf dem kleinen Tisch stand ein Telefon, in der Ecke ein alter Fernseher – eine Spende vom Wohlfahrtsfonds für die Soldaten. Rachel stellte die Tasche in einer Zimmerecke ab, lehnte sich mit verschränkten Armen an die Wand, als ginge sie zur Selbstverteidigung über.

›Hast du vor, mich hier einzuschließen?‹, fragte sie, deutete auf die Sicherheitstür und den Schlüsselbund in meiner Hand.

›Sei nicht blöd.‹ Etwas anderes fiel mir nicht ein. ›Du bist nach Hause gekommen. Das hier ist nur eine vorübergehende Regelung, bis die Untersuchungen abgeschlossen sind.‹

Wir hätten sie natürlich im Hotel unterbringen können. Als sie Agentin im Dienst gewesen und zu den Briefings gekommen war, hatten wir dafür gesorgt, dass sie in Fünf-Sterne-Hotels wohnte und alles hatte, was sie brauchte. Der Arzt war bei Bedarf aus Israel gekommen, selbst die Frisörrechnung hatten wir übernommen. Damit war es nun vorbei. Sie war eine wie alle. Und der Personalleiter hatte gesagt, für Privilegien bestünde kein Anlass mehr. Sie hatte ihren Job sehr gut gemacht und nun hatte sie ihn beendet. Damit war Feierabend.

Sie sah müde aus. Ihr Haar war zerzaust. Sie schien sich noch nicht umgezogen zu haben, seit sie dort die Wohnungstür hinter sich geschlossen hatte. ›Wollen wir ausgehen?‹

Sie lehnte ab.

›Hast du denn keinen Hunger? Hier gibt es viele gute Restaurants. Die Stadt hat sich verändert, seit du das letzte Mal hier warst.‹ Ich lauschte meinen eigenen Worten. Sie klangen hohl. Ich konnte ihr nicht länger sagen, was zu tun sei, dass wir hinausgehen würden, ich mit ihr reden wolle. Das lag hinter uns. Sie und ich befanden uns nun auf einer Stufe. Zwei Angestellte des Mossad, deren gemeinsame operative Tätigkeit, die sie fast vier Jahre vereint und zu einer Einheit gemacht hatte, hinter ihnen lag. Sie presste die Lippen aufeinander und gab mir auf diese Weise wortlos einen Korb. An der Seite ihrer Wange zeichnete sich eine Falte ab, die ich zum ersten Mal wahrnahm.

Wir setzten uns. Dann konnte ich sie über den wahren Grund für den abrupten Exit ins Bild setzen. Ein großes deutsches Magazin hatte seine eigenen Recherchen zu Strauß' Tod angestellt. Ihr Verdacht, dass es sich um einen Giftmord handeln könnte und der Mossad seine Hände im Spiel hätte, hatte sich verdichtet. Sie hatten sämtliche Hotels in der Umgebung überprüft und nun davon Kenntnis, dass Rachel Brooks während Strauß' Aufenthalt in der Stadt gewesen war. Das war alles. Nicht mehr und nicht weniger. Es war nicht zu erwarten gewesen, dass Rachel den Verhörtechniken des Muchabarat, der den Einzelheiten auf den Grund ginge, standhielte. Und wer weiß, wie Raschid reagieren würde, wenn sie ihn davon unterrichteten, dass es zwischen ihr und dem Tod des Wissenschaftlers, den er gekannt hatte, womöglich eine Verbindung gäbe. Sie hörte mir zu, ich las in ihrem Gesicht, dass sie mir eventuell glaubte oder auch nicht. Sie bat mich darum, den Entwurf des Artikels sehen zu dürfen, den unsere Quelle beim Magazin uns zugespielt hatte. Er war hastig ins Englische übersetzt worden und voller Fehler, die sie kommentierte und sogar mit Bleistift korrigierte. Für einen Augenblick sah ich in ihr, was sie war, eine Englisch-Lehrerin.

Der Rest ist dir bekannt. Über geheime Kanäle wurde an die deutsche Polizei appelliert und sie setzte den Nachforschungen ein Ende. Solche Dinge passieren ständig. Strauß war Abschaum, egal welche Maßstäbe man anlegte. Wäre die Affäre publik worden, hätten auch die Deutschen etwas zu verlieren gehabt. Nationale Interessen, kennst du ja. Zu dieser Einsicht kamen auch sie. Selbstverständlich konnten wir nicht das Risiko eingehen, dass einer bei der Polizei mit hoher Motivation und Sehnsucht nach Publicity der Presse die Story und Rachels Foto zuschanzen würde.«

»Wie ging es mit ihr weiter?«, fragte Joe, obgleich ihm die Antwort bekannt war. Mit ihr wurde wie mit allen anderen verfahren. Der Agent kommt nach Israel zurück. Es finden Nachbesprechungen zu den Einsätzen statt und die Akten werden geschlossen. Die Personalabteilung schickt jemanden vorbei, der die Regelungen für die Rente und die neuen Beschäftigungsmöglichkeiten aufzeigt. Der Kommandeur der Einheit kommt, um sich von dir zu verabschieden. Und das war's. Kein Zutritt mehr zur Residenz des Premierministers über die Hintertür. Keine persönlichen Gespräche mehr mit dem Chef des Mossad, keine intimen Abendessen mit Ehud, der ihr erklärt, dass die Welt sich um sie drehe. Rachel musste das Leben meistern wie jeder andere Sterbliche. Keiner beglich für sie die Rechnungen. Niemand kümmerte sich während ihrer Abwesenheit um die Wohnung und keiner erkundigte sich nach ihrem Befinden. Sie kehrte an ihre vorhergehende Arbeit zurück und ging ihren Weg von nun an allein. Viele kamen im Stab des Mossad unter. Rachel versuchte dies auch eine Weile. Sie kannte die sensiblen und bedeutenden geheimen Informationen, die keinesfalls in die Hände des Feindes fallen durften. Doch wie auch andere ertrug Rachel diese Form der Arbeit nicht. Es ist nicht einfach, sich jeden Morgen zu einem Ort aufzumachen, der dich entsendet hatte und in der Ferne seine Fittiche über dich ausgebreitet hielt, als wärst du eine Auserwählte. Und Knall auf Fall bist du nun eine von vielen. Um dich scharen sich Leute, die dich nicht kennen und denen du absolut egal bist, die nicht im Geringsten einschätzen können, was du für unser Land aufs Spiel gesetzt hast. Menschen, die keine Ahnung haben, was du alles aufgegeben hast.

So endete es. Hals über Kopf fand sie sich in Israel wieder, ohne im Ansatz darauf eingestellt zu sein, ohne von dort Abschied genommen zu haben. Die Wirklichkeit, in der sie sich eingelebt hatte, die ihr zweites Wesen geworden war, die sie geliebt hatte, wurde Geschichte. Noch dazu durfte sie kein Wort darüber verlieren. Es war ungeheuer schwer für sie. Man konnte ihr ansehen, dass es ihr zu schaffen machte. Sie legte an Gewicht zu und vernachlässigte ihr Äußeres. Unser Verhältnis kühlte ab. Sie war nicht mehr meine Agentin, sondern eine junge Frau, die sich wiederherstellen, neu zusammensetzen musste. Ein Job für Therapeuten, Sozialarbeiter und die Personalabteilung, nicht für mich. Sie schenkten ihr jede Menge Aufmerksamkeit und leisteten, was in ihrer Macht stand. Liebe hatten sie nicht für sie, doch die fehlte ihr.

Auch ich hatte meine eigenen Probleme. Ich musste nach Israel zurückgehen. Im Ausland zu bleiben, ergab keinen Sinn mehr. Doch Rina wollte nicht und hörte nicht auf zu murren. Ich schaffte es nicht, ihr zu erklären, dass der Mossad so arbeitet. Unser ältester Sohn studierte in Rom und unseren Enkel hatten wir mindestens einmal pro Woche gesehen. Unsere jüngeren Kinder gingen in die Schule und würden sie mit nach Israel kommen, wäre es mitten im Schuljahr schwierig, sie ins Schulsystem einzugliedern. Für die Abteilung war dies nicht von Interesse. Mit solchen Kleinigkeiten befassten sie sich nicht. Ich fuhr nach Rom, um unser Leben in Kartons zu packen und kehrte nach Israel zurück, wo ich die minderwertige Stelle antrat, die sie mir angeboten hatten. Auch bei mir setzte ebenfalls schnell die Ernüchterung ein. Ich hoffte, Rachel würde ihre Meinung über mich ändern und ich die Gelegenheit erhalten, ihr nun zu sagen, dass wir gleichgestellt seien, beide im Stab arbeiteten. Und nichts könne uns daran hindern, sich zu treffen. Ich musste nicht in den Spiegel schauen, um zu wissen, dass es ein Traum war. Im besten Fall würde sie mich still anlächeln, im schlimmsten Fall würde sie mir ins Gesicht lachen und etwas sagen, was sie die ganzen Jahre über unterdrückt hatte. Und die kleinen Dinge, die wir erreicht hatten, kämen unter die Räder.

Mir ist nicht bekannt, warum sie Rachel so rasch in diese spezielle Abteilung steckten. Es ging um Massenvernichtungswaffen und sie beschäftigte sich mit der Vereitelung von Maßnahmen zur Entwicklung chemischer Waffen. Offenbar hatte ein ehemaliger Agent zunächst ein Recht auf besondere Behandlung und sie war eine privilegierte Agentin gewesen. Eine Heldin, die Auszeichnungen erhalten hatte und Dinge durchzusetzen vermochte.

Wir liefen uns hin und wieder über den Weg, wenn sie im Office tätig war. Stets kam sie mir bei der Begrüßung zuvor und erkundigte sich nach dem Befinden meiner Frau, um zwischen uns diese unmissverständliche rote Linie zu ziehen. Es gehe ihr gut, antwortete ich daraufhin jedes Mal. Dann fragte ich nach ihr. Eine Witterung aufzunehmen, ob was mit Oren sei oder ob sie einen Freund habe, war sinnlos. Rachel beherrschte es, unerwünschte Fragen nicht zu erwidern. Jahrelang hatte sie sich darin geübt, alle zufriedenzustellen, ohne Antwort zu geben.«

KAPITEL 12
TEL AVIV

Als Ehud den Besprechungsraum betrat, verstummte mit einem Schlag das Gespräch, das offensichtlich nicht für seine Ohren bestimmt war. Joe saß neben dem Kommandeur der Einheit und zeigte ihm ein Papier, das er mit der Hand sorgfältig abschirmte. Die Sitzung schien schon länger anzudauern. Ehud war unrasiert, hatte sich nicht umgezogen. Erst um drei Uhr morgens war der lang erwartete Anruf eingegangen. Er hatte nur kurz nach Hause gehen können, war völlig fertig ins Bett gefallen. Im Garten des Hauses hatte Joe sich zwei Stunden vor Morgengrauen mit einer Umarmung von Ehud verabschiedet, was bei Joe eine Seltenheit war. Joe war im Jackett, glatt rasiert und duftete frisch. Er hatte Grund zu lächeln. Er hatte mit Ehud zusammengesessen, während sie im Lagezentrum vergeblich die verschwundene Rachel gesucht hatten. Er hatte nach stundenlangem Zuhören nachgefragt, wohin Rachel zurückkehren wolle. Er hatte dem erschöpften Ehud gesagt, dass Rachel nicht flüchten wolle. Joe war der Meinung, Rachel habe nichts zu verbergen. Das kleine Leben, welches sie sich in Rechovot eingerichtet hatte, maskierte nichts Unergründliches. Es war ein Leben unendlicher Einsamkeit und großer Verzweiflung. »Sie könnte sich hier auch das Leben nehmen«, hatte Joe gesagt. Ehud gefror das Blut in den Adern. »Es würde keinen kümmern. Ich bin mir sicher, dass einige Leute in der Abteilung aufatmen würden. Ein ehemaliger Agent weniger, der Pensionsansprüche hätte und um den man sich sorgen müsste.« Joe hatte durch seine Notizen geblättert. »Nachdem wir Oren und Stefan und ihre Freunde aus der Schulzeit überprüft haben, können wir die Möglichkeit ausschließen, dass sie eine Affäre hat.«

»Was willst du mir damit sagen?« Ehud war verwirrt gewesen und das Glas Whiskey hatte ihm die Sinne vernebelt.

»Ich denke, dass sie an den letzten Ort zurückkehren will, an dem es ihr gut gegangen ist. Sie versucht auf eine Weise, die nur ihr bekannt ist, den ganzen Prozess neu anzukurbeln. Ich halte sie nicht für verrückt. Vielleicht macht sie eine verrückte Phase durch, aber das gibt sich wieder.

Sie hat etwas zu geben und etwas zu bekommen. Wir müssen sie nach Hause holen, bevor es zu spät ist, bevor sie verkauft, was sie weiß, um im Gegenzug ein neues Leben zu bekommen.«

»Worauf willst du hinaus? Dass sie eine Verräterin ist? Die Seite gewechselt hat? Was hat sie davon, wenn sie dem Feind Geheimnisse verrät? Rachel bedeutet Geld nichts. Die Einrichtung ihrer Wohnung haben wir gesehen, Kinder hat sie nicht, wozu dann Geld?«

»Für Raschid«, sagte Joe. »Um ihn zurückzubekommen. Um mit dem Menschen zu leben, den sie liebt, den sie geliebt hat, der bereit war, Risiken für sie einzugehen.«

»Aber sie hat ihn verlassen ...«

»Das bedauert sie. Sie hält es für einen Fehler und sie will die Zeit nun zurückdrehen.«

»Du meinst, sie ist nach 15 Jahren einfach so dorthin gefahren? Wie wird sie es ihm erklären, was vorgefallen ist?«

»Unterschätz nicht die gewaltige Kraft der Liebe«, entgegnete Joe, geduldig wie immer.

»Das kann ich nicht glauben«, sagte Ehud, wusste aber auch, dass dies in der Tat möglich wäre. Derartige Dinge hatten sich schon immer zugetragen. Menschen waren eher willens, der Liebe wegen Grenzen zu überschreiten, statt aus finanziellen oder ideologischen Gründen. *Ich würde für sie auch die Absperrung durchbrechen*, ging es ihm durch den Kopf. »Du musst es nicht glauben«, meinte Joe in autoritärem Ton. Wir brauchen nur ein Detail zu überprüfen, um sicher zu sein.« Er rief über die sichere Leitung im Lagezentrum an und unterhielt sich einige Minuten mit dem dienshabenden Kommandeur, ohne auf Ehud zu achten. Ehud spürte, wie ihn seine Kräfte verließen. »Mir ist egal, wie spät es jetzt in Europa ist. Wecken Sie sie auf oder finden Sie jemanden in Südamerika oder Japan. Ich will dieses Telefongespräch. Jetzt.« Er legte die Hand auf die Telefonmuschel und fragte Ehud, wie das Hotel hieß, wo Rachel damals die erste Nacht in der Hauptstadt verbracht hatte. Ehud erinnerte sich nicht. Joe wies Janiv im Lagezentrum an, in den Akten zu recherchieren. »Sie soll nur im Hotel anrufen. Ja, das muss eine Frau machen. Das wirkt glaubhafter. Sie will Rachel Goldschmidt sprechen. Wenn sie das Gespräch aufs Zimmer stellen, muss sie auflegen. Das ist alles.«

Der Kommandeur der Einheit instruierte Ehud. Er würde einen französischen Pass benutzen. Mühelos könnte er darlegen, dass er aus Marokko sei und einige Jahre in einem kleinen Dorf in Frankreich gelebt habe. »Außerdem wird keiner nachfragen. Sie haben unter dieser Legende bereits gearbeitet und ich hoffe, dass Sie Ihre alten Fähigkeiten noch in vollem Umfang draufhaben. Treffen Sie in den nächsten Stunden Ihre Vorbereitungen und am Nachmittag nehmen Sie die Maschine nach Europa. Morgen fliegen Sie von Paris in die Hauptstadt. Sie werden sie aufspüren, da bin ich mir sicher. Und Sie werden sie zur Rückkehr bewegen.«

Ehud nickte. Er wollte, dasss sie ihm vertrauten.

»Das Team vom Support fliegt mit Ihnen. Dass Sie sich kennen, merkt Ihnen natürlich keiner an. Wenn es gut läuft, sitzen Sie mit ihr in der ersten verfügbaren Maschine. Sollte sie den geringsten Unwillen zeigen, Ihnen Folge zu leisten, geben Sie das Kommando ab.«

Joe lächelte Ehud ermutigend zu. Alles hinge von ihm ab, sagte Joe zu ihm, nur er könne die Mission ausführen. Was würde geschehen, wenn sie nicht einverstanden wäre, er sie nicht fände, wollte Ehud fragen, aber er wusste, dass ihre Antworten – und er rechnete Joe zur anderen Seite des Tisches – nicht besser als seine wären. Er musste sie finden. Ihr in die Augen blicken und ihr erklären, warum dortzubleiben bewusster Selbstmord wäre. Der Schaden für den Mossad und die Staatsgeheimnisse wäre verheerend. Keiner würde ihr verzeihen. Eine andere Option als die Rückkehr gäbe es nicht.

»Ich will den Brief sehen«, sagte er. Der Kommandeur nahm ein Blatt Papier aus der Akte und reichte es Ehud. Ein Schreiben vom Premierminister. Die Verpflichtung war klar – sie musste zurückkehren. Sie müsste sich einer Vernehmung und dem Lügendetektor-Test unterziehen. Gesetzt den Fall, sie hätte keine sensiblen Informationen enthüllt, könnte sie ihr bisheriges Leben fortsetzen. Ohne Auswirkungen auf die Pension. Diese Bedingungen hatte Ehud gestellt. Sie hatten zugestimmt.

Auf dem Weg nach draußen kamen Joe und er am Lagezentrum vorbei. An der Tür stand ein Schild: »ZUTRITT NUR FÜR BEFUGTE.« Ehud war nicht mehr befugt. Nun war er auf Mission. Manche Dinge durfte er wissen, andere nicht. Er kenne auch so einige Geheimnisse, rief er dem Kommandeur ins Gedächtnis. Dieser erwiderte, während er die Akten zuklappte: »Rachels Geheimnisse sind von größerer Tragweite. Sie weichen von dem ab, womit wir uns täglich befassen. Bleibt nur zu bedauern, dass damals beschlossen wurde, sie überhaupt einzustellen. Ohne gründliche Sicherheitsüberprüfung und psychologische Einschätzung, die diese Bezeichnung verdient hätte. Aber ich kritisiere meine Vorgänger auf diesem Posten nicht. Was war, das war. Wir vertrauen Ihnen, Ehud. Sollte Ihnen das Schlimmste widerfahren, werden Sie wissen, von Ihrer Ausrüstung Gebrauch zu machen. Ein kräftiger Biss und Sie werden zu einer gut gepflegten Leiche.« Er lächelte nicht.

KAPITEL 13

DIE HAUPTSTADT, ZWEI TAGE ZUVOR

Das Flugzeug durchbrach die Wolkendecke. Sie blickte auf die Stadt unter ihr. Unwillkürlich hielt sie Ausschau nach den großen Gebäuden des Verteidigungsministeriums und dem Präsidentenpalast.

Rachel entsann sich an das erste Mal, da Raschid, auf ihrer verzweifelten Suche nach einer abgeschiedenen Stelle, die gewundene Straße hinaufgefahren war. »Halte hier«, hatte sie gesagt. Die sich anbahnende Liebesbeziehung könnte den Vorwand für einen zweiten Besuch liefern, hatte sie unweigerlich gedacht, um die Zäune und Umfassungswände zu fotografieren. Raschid bremste und parkte am Straßenrand. Eine leichte Staubwolke stieg hinter ihnen auf, die Scheinwerfer der vorbeifahrenden Wagen streiften sie und gaben sie der Dunkelheit hin. Er hatte den Motor ausgeschaltet und somit auch die Scheinwerfer. Das war unprofessionell, so viel war klar. Jeden Moment könnte ein Polizeiwagen neben ihnen halten oder ein Auto sie rammen. Sie schob die Gedanken beiseite, legte die Hände zwischen die Knie und wartete, dass er den ersten Schritt unternähme. Ihr war bewusst, dass es verboten war. Dies hatte Ehud wohl kaum gemeint, als er ihr erklärt hatte, wie wichtig gute Beziehungen zu den Einheimischen seien. Raschid neigte sich zu ihr, seine warme Hand glitt in ihren Nacken und sie stellte das Denken ein. Er gab ihr einen langen Kuss. Sie hatte die Augen geschlossen und es zugelassen, dass er Knopf für Knopf ihre Bluse öffnete.

Der Pilot bat die Crew für die Landung ihre Plätze einzunehmen und sie tastete nach ihrem Pass in der Vordertasche ihres Jeansrocks. Rachel warf einen Blick auf ihr Foto und es kam ihr so vor, als betrachtete sie eine andere Frau. Sie wusste um ihre schönen Augen. Schon beim ersten Date hatten Männer ihr dazu Komplimente gemacht und dennoch verloren. Raschid hatte ihr nach dem ersten Mal zugeflüstert: »Wenn ich in deine Augen sehe, sehe ich dein Herz.« Die Augen auf dem kleinen Passbild lächelten verschwörerisch. Und wie wirkten diese Augen nun? Sie kramte in ihrem Kosmetiktäschchen nach einem Spiegel und sah nach: traurig und müde.

Lang lebe der Brauch! Hipp, hipp, hurra auf die Konvention, ging es ihr durch den Kopf. Sie frischte ihr Make-up auf. Dann machte sie sich ans Ausfüllen des Einreiseformulars. Diesmal war alles wahr. Nicht nötig sich einzuprägen, wie sie auf dieser Mission hieß. Rachel Goldschmidt, Geburtsort: London, Geburtsdatum: 10.04.1965. Name der Mutter: Eva. Name des Vaters: Michael. Beruf: Lehrerin. Staatsbürgerschaft: Britisch. Bis hierher stimmte alles. Sie kam zu dem Feld mit dem Zweck des Besuches und schrieb: Expedition. Wenn sie es nicht verstehen, werde ich es ihnen erklären. Während sie langsam die großen Buchstaben eintrug, sagte sie sich, dass sie gekommen sei, um verlorengegangenes Gut zurückzubringen. Dann kam sie zur Angabe zum Familienstatus: ledig. Das stimmte auch. Was hätte ich anders machen können?, überlegte sie, während die Räder der Maschine mit einem Knarren auf die Piste setzten. Wusste ich damals, was mich erwarten würde, als ich Oren, meinen sicheren Hafen, verlassen habe? »Ich bin wie eine dieser Bohrinseln«, hatte er gesagt, »groß und stabil: ein Ort, an dem man mit seinen Booten vor Anker gehen und wo man landen kann. Aber in einigen Jahren werde auch ich, wie die Bohrinsel, nicht mehr hier sein.«

Old soldiers never die, they just fade away, hatte irgendjemand gesagt. Sie dachte an Rachel Brooks, kanadische Staatsbürgerin, geboren in England, die eines Tages spurlos verschwunden war. Wo war diese Rachel? Und was war mit den Narben, die sie an der Frau hinterlassen hatte, die ihre Identität übergestreift und ihre Pflicht getan hatte, bis es für sie Zeit gewesen war, zu entschwinden? Manche glauben, dass die Seele den toten Körper verlässt und sich anderenorts ansiedelt. Doch wie ergeht es einer Frau, die gezwungen ist, lebende Personen zu verlassen, eine Frau, die einen Namen, eine Arbeit und Freunde hat, sogar einen Mann, den sie liebt? Die eines Tages entschwand, jedoch nicht starb? Einer Schlange war ich ähnlich, sagte sie sich, streifte die Haut ab und schlich mich davon.

Das Flugzeug kam zum Stehen, sie erhob sich und holte ihr Handgepäck aus der Ablage über ihr. Ein kleiner Koffer, wie immer, mehr war nicht nötig. Ohnehin blieb sie ja nicht lange. Denn wie viel Zeit würde es schon in Anspruch nehmen, im Hotel einzuchecken, die Sachen abzulegen, sich das Gesicht zu waschen, im Spiegel das gealterte Gesicht und die verstrichene Zeit zu betrachten, nach dem Hörer zu greifen und ihm zu sagen, dass sie zurück sei? »Raschid hier«, wird er sagen und sie wird alles ausradieren wollen: die verlorenen Jahre, die zwischen ihnen trennende Grenze, die Lüge, die schwerer wog als alles, was sie ertragen konnte und ihm sagen, dass sie ihn noch liebte.

Rachel reichte dem Polizisten, der in seiner Kabine eingesperrt war, den Pass. Sie lächelte ihn genauso an, wie sie es gelernt hatte. Genauso, wie sie es jedes Mal gemacht hatte, wenn sie eine Grenze überqueren, eine Sprengladung hinüberschmuggeln, das Vertrauen irgendeines Menschen gewinnen musste. Er lächelte sie ebenfalls an und vertiefte sich in ihren Pass. Es bestand kein Risiko, dass einer sich an sie erinnerte. Vor 18 Jahren war sie eine andere gewesen.

Ein Moment verging. Der Polizist ließ den Blick vom Pass in ihr Gesicht gleiten, sie spürte, wie ihr Herz in stetigem Rhythmus klopfte, als gäbe es nichts zu enthüllen, nichts zu verbergen. »Das erste Mal hier?«

»Ja. Und ich hoffe, nicht das letzte Mal«, sagte sie. Nicht mal gelogen, kam ihr in den Sinn. Rachel Goldschmidt, britische Staatsbürgerin, war zum ersten Mal hier zu Besuch. Und diese andere? Rachel Brooks? Die kenne ich nicht. »Welcome home«, sagte der Polizist. Rachel sah ihm den Fehler nach.

Von vornherein war klar gewesen, dass sie in jenes Hotel von damals fährt, dass sie Schritt für Schritt den Weg nachzeichnet, den sie schon einmal genommen hatte. Gelangt sie dieses Mal, nach so vielen Jahren, an die Kreuzung, entscheidet sie sich vielleicht für eine andere Option. »Wenn du dich verirrst«, hatte Ehud mal zu ihr gesagt, als sie ihre Mühe hatte, ihn in den Straßen Roms zu finden, »geh immer an den Punkt zurück, an dem wir uns getrennt haben.«

Das Arabisch, das ihr geblieben war, reichte aus, um den Taxifahrer für sich einzunehmen. Er baute darauf, dass endlich ein Tourist gekommen sei, der ihn verstehe und er redete drauflos. Was er von sich gab, verstand Rachel nicht, doch sein Wortschwall fühlte sich wie quellfrisches Wasser an, das sich über Felsen ergoss, ein Wasserfall bestehend aus ihr nichtssagenden Worten einer Sprache, die sie zu lieben gelernt hatte. Hin und wieder schnappte sie ein vertrautes Wort auf. Zweifellos ließ er sich über die Politik, die wirtschaftliche Lage und die übrigen Dinge aus, über die Taxifahrer weltweit reden, wenn sie die Touristen in ihre Hotels chauffieren und sie sagte zu ihm: »Na'am, na'am«, damit er bloß nicht aufhörte.

Die urbane Landschaft auf dem Weg in die Stadt hatte sich kaum verändert, nur die Bäume waren ihrer Ansicht nach in die Höhe geschossen und die Leuchtreklame empfand sie als aufdringlicher als früher. Sie lehnte den Kopf an die Rückenlehne und schaute in den bewölkten Himmel. In der Ausbildung hatte sie gelernt, einen Helikopter zu fliegen. Man hatte ihr beigebracht, die Bewölkung zu beurteilen, aus dem Gelände die Wetterlage zu melden, den Landepunkt zu wählen, die Windstärke zu messen und jede Sache auszublenden, die für die Mission keine Relevanz hatte. »Die Ausrottung emotionalen Denkens – eine Einführungsveranstaltung« hatte sie einmal an die Tafel des kleinen Hörsaals geschrieben. Auf die Nachfrage des perplexen Ausbilders, was sie damit denn meine, hatte sie zurückgegeben, dass man eine Frau sein müsse, um dies zu ergründen. Nun ging ihr durch den Kopf, dass es ein Ding der Unmöglichkeit war, den Blick auf den Himmel und die Wolken zu richten, ohne an Helikopter zu denken, oder am Meer zu sitzen, ohne die Höhe der Wellen zu beurteilen und einzuschätzen, ob Schlauchboote anlegen könnten. Selbst die Art, mit der man Menschen ansah, ihnen zuhörte, jedes Wort und jede Färbung des Tonfalls analysierte, war eine andere. Darin bestand die Züchtigung des Lügners – wer log, vermochte nichts mehr zu glauben.

Der Page stellte den Koffer auf ein gebrechliches Bänkchen, beharrte darauf, ihr die Klimaanlage zu erläutern und die Landschaft zu präsentieren, die sich vom Fenster bot. Er hätte auch gut und gerne noch drei Tage weitergeredet, bis sie ihm den Dollar, mit dem er gerechnet hatte, in die Hand drückte und ihn wegschickte. Rachel ließ sich aufs Bett fallen, schaute an die Decke und entsann sich an die panische Angst, die sie das erste Mal gepackt hatte, als sie hierhergekommen war. Was war von dieser Angst geblieben? Nur die dumpfe Befürchtung, alles könnte sein wie einst. Eine neue Lüge würde die alte ablösen und sie könnte nicht die Kraft aufbringen, die Wahrheit auszusprechen. Durchs geschlossene Fenster hörte sie die vertrauten Geräusche der Straße. Sie war es gewohnt, dem gedämpften Tumult der tosenden Stadt, den Stimmen aus dem Nachbarzimmer, den Schritten vom Korridor zu lauschen. *Old habits die hard*. Sie war eine langjährig erfahrene Agentin, über sie hatte der Chef des Mossad einst gesagt, sie sei eine ausgeklügelte Kriegsmaschine. Rachel spitzte die Ohren. Sie wollte die außergewöhnlichen Geräusche herausfiltern, die Polizeisirene, die schweren Schritte auf dem Korridor, vor allem die Stille. Die unheilvolle Stille, die eintritt, wenn ein schwarzer Wagen mit quietschenden Bremsen vor dem Hotel hält und Männer in Anzügen aussteigen. Das Geräusch des Stillschweigens, in welches die Lobby sich hüllt, während sie den Fahrstuhl oder die Treppe nehmen, dann das Warten, bis es an die Tür klopft. Zumal sie auch in diesen Tagen, da sie Touristin war, wie viele andere, einiges zu verbergen hatte. Ein Geheimnis birgt seltsame Eigenheiten: Es veraltet nicht, es verliert nicht an Wert. Es wird nur beschwerlicher – beschwerlicher, es aufzudecken, zu beichten und Absolution dafür zu erhalten.

Unvermittelt begriff sie, was sich seit Längerem in ihr eingenistet hatte. Was schafft den Unterschied zwischen diesem Mal und den vorangegangenen Malen? Welcher Gedanke begleitet sie seit dem Moment, da sie in Brüssel ins Flugzeug gestiegen war? Diesmal war sie allein. Keiner hat sie geschickt. Ehud erwartete nicht ihren Anruf und im Lagezentrum mit seinen technischen Spielereien gab es niemanden, der auf der computerisierten Landkarte ihre Bewegungen trackte und die Codes für den Kontakt mit ihr prüfte. Wen kümmerte es, dass sie den Zug von London nach Brüssel genommen hatte, damit die Briten nicht wüssten, wohin ihre Landesgenossin unterwegs sei? Wen interessierte es, dass sie binnen weniger Stunden beim Brüsseler Konsulat ein Visum bekommen hatte? Wer wird erfahren, dass sie die Nacht in einem Love-Hotel verbracht hatte, wo die Gäste sich nicht identifizieren mussten?

Die Einsamkeit, die Isolation ging ihr nahe, erfasste sämtliche Glieder und sie überwand den albernen Drang, sich der Leere des Raumes in hebräischen Worten anzuvertrauen, um sich zu beweisen, dass sie keine Angst empfand. Keiner weiß, dass ich hier bin, dachte sie. Keiner kann mir zuhören oder mir sagen, dass ich kostbar für sie sei. Rachel stand auf und seufzte. Die Gelenke schmerzten, die Migräne sandte ihre Vorboten und sie überschlug den Vorrat an Tabletten. Sie zog sich langsam aus, legte die Sachen aufs Bett und erneut entsann sie sich an dieses erste Mal. Die panische Angst vor der Kamera, dem verborgenen Mikrofon, der Ahnung, ausgesetzt zu sein. Was hatte sich seitdem verändert? Vielleicht war es das Selbstvertrauen, welches Alter und Erfahrung mit sich bringen, vielleicht die Ermüdung, womöglich der Fakt, dass sie nun hier war, um aufzudecken, nicht um zu verbergen.

Warmes Wasser strömte auf sie herab, sie schloss die Augen und fragte sich, wen sie erblicken würde, wenn sie vorm Spiegel stünde und die Augen öffnete. Wer garantierte ihr, dass alles gut werden würde. Ehud hatte gesagt, Gutes käme nicht von allein. Sie war zu allem bereit, doch nichts käme in Gang, bevor sie agieren würde. Gedanken bewegten nichts. Ihr fiel auf, dass sie sich aus irgendeinem Grund ein Handtuch umwickelte, bevor sie ins kühle Schlafzimmer ging, dessen Vorhänge zugezogen waren. Scham? Gut möglich. Gewohnheit? Definitiv. Doch da war niemand, vor dem sie ihren Körper verbergen musste. Sie knotete das Handtuch auf und ließ es zu Boden fallen. Es gab schönere Frauen als sie, diese hatte es immer gegeben, doch ihr langer Körper war geschmeidig und ihre Haut sanft und angenehm zu berühren. Ihre Brüste, die nie ein Kind gestillt hatten, waren straff wie damals, als sie an jedem erdenklichen Ort auf Raschid gewartet hatte.

Die Lobby war menschenleer. Der späte Nachmittag war stets eine tote Zeit, die richtige Zeit, um mit dem Concierge zu reden, sich in Ruhe einen Überblick über den Ort zu verschaffen und zu begreifen, dass die Unterschiede in den Herzen, nicht in den Wänden bestehen. Viel verändert hatte sich nicht. Sie hatten einige Neuerungen vorgenommen, draußen einen Pool angelegt, die Teppiche ausgetauscht. Den Geruch loszuwerden, war ihnen jedoch nicht gelungen. Ebensowenig wie den gelangweilten Ausdruck aus den Mienen der wenigen Angestellten zu tilgen, die in der Lobby unterwegs waren.

Eine junge Frau in traditionellem Gewand saß an der Rezeption und befasste sich damit, eine offenbar schier endlose Menge nicht einsehbaren Papierkrams zu ordnen. Rachel setzte sich ihr gegenüber und wartete. Die Frau mit dem Flaum eines Oberlippenbartes schaute sie mit betrübten Augen an. Demonstrativ strich sie über ihren dicken Ehering, als lebe sie mit ihm im Zwist. »What can I do for you?«, fragte sie mit starkem Akzent. »Alles, was interessant ist«, erwiderte Rachel. Und sie bat die Rezeptionistin um empfehlenswerte Touren. Die Angestellte holte einige Broschüren hervor und Rachel suchte sich einen geführten Stadtrundgang aus. Ein kurzer Tag, nicht zu ermüdend, passend für eine Touristin wie sie. »Da sind einige wunderschöne Kirchen«, sagte die junge Frau und erkundigte sich mit der typischen Höflichkeit von Hotelmitarbeitern, wie lange sie bleibe.

»Eine Woche vielleicht«, sagte Rachel, ohne sicher zu sein. »Haben Sie eventuell ein Telefonbuch von der Stadt?« Die junge Frau war erstaunt. Rachel wurde sich ihres Fehlers prompt bewusst, sie setzte wohl Rost an. Keine plumpen Fragen stellen. Stattdessen etwas erfinden, das man kaufen wollte und sich erkundigen, wie man dorthin gelangte. Der Angestellten einen Grund liefern und offene Türen einrennen. Dann würde sie ihr von sich aus weiterhelfen und das Verzeichnis auf Englisch herausrücken. Anschließend galt es, der Angestellten zu versichern, dass sie ihr keine Umstände machen wolle und mit dem Buch zur Seite ginge. Dort könnte sie in Ruhe die Nummern und die Adressen recherchieren. Für jede Sache musste man eine Erklärung bereithalten, auf keinen Fall Anlass zu Bedenken geben. Selbst eine naive Frage könnte Verdacht erregen. Ihr war nicht bekannt, ob die Angestellten von Sicherheitsoffizieren befragt würden, also ab und an jemand ins Hotel käme, um nachzuhaken, ob etwas Ungewöhnliches vorgefallen sei oder wie sich die Ausländer verhielten.

Aus der Schublade ihres Tisches zog die Angestellte ein zerfleddertes Telefonbuch und fragte, wonach sie suche. Diesmal hatte sie eine Antwort parat. Sie wird den gleichen Fehler nicht zweimal begehen. Warum sage ich ihr nicht, dass ich Raschid suche? Warum soll ich sie nicht an diesem kleinen Geheimnis teilhaben lassen? Ging es ihr durch den Kopf, während sie und die Angestellte schließlich Telefonnummern der verschiedenen Englisch-Sprachschulen durchgingen. »Mehr möchte ich nicht von Ihrer Zeit in Anspruch nehmen«, sagte sie zu der Rezeptionistin, lächelte sie an und dankte insgeheim dem französischen Touristenpaar, das geduldig hinter ihr wartete. »Geben Sie mir einfach das Telefonbuch, ich setze mich dorthin und bringe es Ihnen gleich zurück.« Die Angestellte reichte ihr das Verzeichnis und die Touristen lächelten sie an. – Sie hatte es doch noch drauf.

Als sie sich sicher war, dass es keiner mitbekäme, nahm sie aus ihrer Tasche einen Reiseführer und die eigene Transkription des arabischen Alphabets. Dann knöpfte sie sich das arabische Telefonbuch vor. Ihr Herz begann zu rasen und eine Welle der Furcht drohte sie, mit sich fortzureißen. Raschid Kanafani oder Kaanafani oder Raaschid, weiß der Teufel, wie sie es schrieben. Vielleicht stand er auch gar nicht im Telefonbuch und gab seine Nummer nicht heraus? Sie notierte sich rasch, einfach verschlüsselt, einige Nummern, die sie für wahrscheinlich hielt, dann trat sie auf die Straße. Die jahrelange Ausbildung und Erfahrung hatten sie gelehrt, nicht im Hotelzimmer zu telefonieren, auch nicht das Handy zu benutzen, das sie auf dem Brüsseler Flughafen gekauft hatte. Auch dafür hatte sie eine Erklärung: Es war schrecklich teuer.

Die schmuddelige, überfüllte Straße von damals war inzwischen eine mit Kunststein gepflasterte Durchfahrt. Statt der kleinen Läden, an deren Eingängen wohlbeleibte Händler mit breiten Schärpen gesessen hatten, befanden sich nun große Geschäfte mit Schaufensterauslagen und beleuchteten Werbetafeln. Alles hatte sich verändert, wirkte aber doch vertraut. Der Geruch war geblieben. Mit jedem Atemzug, mit jedem Schritt konnte man ihn in jedem Winkel der Straße in sich aufnehmen. Er blieb der stickigen, mit Gerüchen gesättigten Luft verhaftet, als sei er schon immer dagewesen, als sei er es, der hier regiere. Ihn genauer zu bestimmen, war eine anspruchsvolle Aufgabe. Und es war ausgeschlossen, dass er nicht in die Nase vordrang. Rauch und Staub. Eine Synthese von beidem, von der Wüste weit entfernt und ihr nah. Überall vorhanden, wie der Geruch von Knoblauch in Korea, wie der Nebel in London, wie die leichten Schwaden der Kanalisation in Tokio und der Gestank der Amsterdamer Kanäle. Es war der Rauch und der Staub dieser Stadt, ihrer Stadt.

Sie schritt langsam die Straße hinunter, die flachen Absätze ihrer Schuhe klackten auf dem Asphalt. Sie hatte keine klare Vorstellung, wohin es sie treibt, wusste nur eins: Sie wollte sehen, wollte riechen, wollte, dass der Aufenthalt in der Stadt ihr den Hinweis geben würde, auf den sie angewiesen war, ihr den Mut verleihen würde, den sie generieren musste. Sie wollte, dass die Stadt sie zu ihm führte wie damals, als sie in sich und ihre Legende Vertrauen setzte. Denn damals war es eine klare Sache gewesen. Sie war in die Stadt gekommen, um Geld zu sparen. Erfahrungen zu machen. Ein Leben ohne den Vater zu beginnen, weit weg von der Liebe, die sie hinter sich gelassen hatte.

Warum bist du hierhergekommen, Rachel?

Zum Arbeiten.

Und wie lange wirst du bleiben, Rachel?

Kommt drauf an.

Kommt worauf an, Rachel?

Wie viel Geld ich sparen kann und ob ich es interessant finde.

Das war alles gewesen. Simple Fragen, simple Antworten. Eine Linie, hinter der eine treibende Kraft steckte, mit einem Anfang, einer Mitte und einem Ende. Ein Leben, das täglicher Überprüfung standhalten konnte und musste. Ein Leben, das einer Logik unterlag und dem nichts vom Wahn der Einsamkeit, vom Wahn der Liebe anhaftete.

Auf dem Weg zum großen Basar ging sie zur Adresse der früheren Schule. Das Haus war abgerissen und durch ein neues Bürogebäude ersetzt worden. Sie entsann sich an die kleinen Unterrichtsräume, die ihr beinahe ein Zuhause gewesen waren. Sie dachte an die Stunden und die Fortschritte der Studenten. Tatsächlich hatte sie das Unterrichten gemocht, sie war eine gute Lehrerin gewesen, trotz der vielen anderen Dinge, die es zu tun gab. Rachel versuchte, sich an Namen zu erinnern, doch im Gedächtnis war ihr nur sein Name geblieben und nur ihn suchte sie unter den Passanten, während sie durch die erstaunlich saubere Fußgängerzone ging. Ein Teppichverkäufer von kleiner Statur beäugte sie neugierig, als rechnete er sich Chancen aus. Sie hatte sich damit abgefunden. So war es und so würde es immer sein. Er war ein Mann und sie eine Frau. Sie ging in seinen Laden. Keine Frage, dass er ihr etwas verkaufen wollte, aber darin lag noch etwas anderes. Daraus könnte sie Nutzen ziehen. Rachel ließ diese Gedanken ziehen, nahm das Glas Tee entgegen, das er ihr anbot, ließ sich in dem Korbsessel nieder und arrangierte auf sittsame Weise ihren Rock. Sie war still, während er ohne Unterlass redete. »Wonach sind Sie auf der Suche, Madam? Bitte, schauen Sie.« Er entrollte auf dem Fußboden einen Teppich, der oben auf dem Stapel lag und griff nach einer Taschenlampe, um die handgewebte Struktur für sie zu erhellen. »Den nicht, natürlich«, sagte er. Fragte sogleich, woher sie komme. Darauf war sie gefasst. »Das erkennen Sie nicht?«, konterte sie. Sie sei aus London, sagte er, sie stritt es nicht ab. Sie mochte nicht mehr sämtliche Preise im Supermarkt präsent haben und wissen, wer letzte Woche beim Fußball gewonnen hatte, beherrschte es jedoch, vertrackten Fragen geschickt auszuweichen.

»Aus England?«, fragte er. »Das ist gut. Ich liebe England und Manchester United.« Dann schweifte er ab und erzählte ihr in holprigem

Englisch von der Familie und den Freunden, die er in London habe. »Was meint Madam zu diesem Teppich?« Aus dem Augenwinkel sah sie, dass zwei Männer in Trenchcoats den Laden betraten. Sicherheitsleute? Verwandte des Inhabers? Zufällige Kunden? Was spielte es für eine Rolle? Sie nahm einen Schluck Tee. Diese Zeit war passé. Die beiden Männer verschwanden hinter einer Tür, die sie nicht einsehen konnte, im Laden kehrte Stille ein.

Ein Gefühl der Befreiung machte sich in ihr breit, es ließ zu, dass sich ihre Glieder entspannten. Sie begann, es sich in dem Sessel bequem zu machen. In ihrem früheren Leben hatte sie in zwei Dimensionen gelebt, stets dazu imstande, zwei Bilder der Realität wahrzunehmen. Sie kam sich vor wie jemand, der beide Augen offenhielt, aber eines mit dem Finger betätigte, um sich die Situation aus anderer Sicht anzusehen. Nicht mehr. Sie brauchte ihre Absichten nicht vor dem Verkäufer verbergen. Sie hatte vor, diesen kleinen Teppich zu kaufen, den er ihr anbot und sich mit ihm entspannt über ihre Wohnung zu unterhalten, ohne ihm zu sagen, dass diese in Israel war. Sie musste nicht abwägen, ob der Kauf dem Budget einer Lehrerin entsprach und ob Ehud ihre Ausgabe absegnen würde. Auf einem Zettel zeichnete sie dem Verkäufer das Wohnhaus auf, erklärte ihm, wie das Licht einfiel und ihr ging auf, dass sie das Haus mochte. Der Gedanke, diese ganze Idee aufzugeben, schwirrte durch ihren Kopf. Was für ein Jammer, nicht alle eigenen Wünsche verwirklichen zu können, ein Mosaik daraus zu setzen.

Rachel verließ den Laden. Der Verkäufer hatte versprochen, den Teppich auf direktem Wege ins Hotel zu liefern und sie glaubte ihm. Wie angenehm, zur Abwechslung mal jemandem zu vertrauen. Ich werde ihn an den Eingang legen, überschlug sie in Gedanken, sodass ich an *ihn* denken kann, wenn ich hereinkomme und wenn ich hinausgehe. An die Gelegenheit erinnert werde, die ich ungenutzt verstreichen ließ. An die Möglichkeit, die ich nun haben werde. Mit einem Schlag dachte sie an die Eventualität, dass er sich nicht an sie erinnern könnte, sie vor ihm sitzen, ihm in die Augen schauen und nichts darin lesen würde. Rachel setzte sich auf eine schmutzige Bank, ohne auf den Saum ihres Rocks zu achten. Um sie tobte der Verkehr. Menschen kamen und gingen. Allesamt Fremde. Frauen waren mit weit geschnittenen Gewändern bedeckt. Gelegentlich ein junges Mädchen, das sich traute, einen Streifen Haut zu entblößen. Männer in Anzügen und in traditioneller Robe. Touristen. Alle gingen ihren Angelegenheiten nach, während sie eine Bestimmung hatte, für die sie sich hinsetzen und abwarten musste.

Der Ruf des Muezzins und das Aufheulen eines Automotors bereiteten der nächtlichen Stille ein Ende. Nach einer schlaflosen Nacht rief sie ihn an. Schwer zu sagen, ob in diesem Anruf ein Hilferuf mitschwang oder eine Auflehnung gegen etwas, über das sie reden wollte. Auch Ehud wird es im Nachhinein nicht gelingen, das Geschehene zu erklären. Dabei kannte er sie besser als jeder andere. Die Möglichkeit einer Falle schloss der Kommandeur der Einheit hundertprozentig aus. Er sagte, dass der Punkt ungelöst und nicht abschließend geklärt sei. Er hoffe, der Tag würde kommen und er könne Rachel fragen. Wieso hatte sie, nachdem sie weggerannt war und damit allen Regeln und Gesetzen zuwiderhandelte, ihr Mobiltelefon eingeschaltet, den Freischaltecode der Telefonkarte eingegeben und Ehud angerufen? Und warum sagte sie nun, da sie sich zu dem Anruf durchgerungen hatte, nicht mehr? Warum wollte sie nur seine Stimme hören und ihm übermitteln, dass der Vater zum zweiten Mal gestorben sei? Daraufhin meldete sich in der Sitzung einer zu Wort und traute sich etwas vorzubringen. Unter Umständen wollte sie eine imaginäre Linie zwischen dem, was sie heute war und der Vergangenheit ziehen. Vergleichbar mit einem in die Tiefen des Ozeans geworfenem Seil mit Anker. Sie wollte wohl, so sagte er – vielleicht war er ein Dichter –, dass dieser Anker den Meeresboden, irgendeinen Boden erreichen würde.

KAPITEL 14
RASCHID

Die Moschee, die er besuchte, stand auf einem Hügel am Rande der Stadt.

»In unserer Tradition kann man überall beten, aus dem Grund haben wir die Moschee weiter draußen gebaut. Das dient uns als Filter und ermöglicht es, mit Leuten unseresgleichen zu verkehren«, hatte Raschid ihr erklärt, als sie sich nach seinem Gebetsort erkundigt hatte.

»Ich würde gern einmal mit dir kommen«, hatte sie gesagt.

»Wozu denn?«, wollte er wissen und streichelte ihren Bauch.

»Ich möchte gern sehen, wie du ebenfalls niederkniest und an jemanden ein Gebet richtest«, sagte sie. Ein Fehler, schoss es ihr sofort durch den Kopf. Sie betrat ein Minenfeld. Nachdem sie ihre Fragen gestellt und Raschid ihr Rede und Antwort gestanden hätte, würde er sich erkundigen, wie es in ihrer Kultur sei, zu wem sie bete und auf welche Bräuche sie Wert lege. Was gäbe sie dann bloß zur Antwort? Sie würde dem keine Bedeutung beimessen. Während sie ihn umarmte, leicht an seinem Ohrläppchen knabberte, listig das Bein um ihn schlang und sich an ihn schmiegte, damit er nur schnell die Frage vergessen würde, die ihm auf der Zunge lag, kamen ihr die Feiertage in Orens großer Familie in den Sinn. Die üppig gedeckte Tafel mit den köstlichen Speisen, deren verlockender Duft einem schon am Eingang in die Nase stieg. Der Großvater, der aussah, als sei er einer Sage entstiegen, thronte in seinem altertümlichen weißen *kittel* am Kopf der Tafel und wachte mit energischer Hand über die Ordnung. Raschid strich ihr über den Kopf und ihm entging der salzige Tropfen, der die Mulde an seiner Schulter benetzte. »Es wundert mich, dass du dir hier noch nicht eine Kirche gesucht hast, die zu dir passt«, sagte er, bevor er sich ihr zuwandte. Die sich lieben haben ihre eigenen Götter.

All dies hatte sich zu einer anderen Zeit zugetragen. In einer Epoche, in die sie nicht zurückkehren konnte, die unwiederbringlich war. Ergrauendes Haar ließ sich färben, das Make-up verbarg die Mehrheit der Falten und die Besenreißer an den Oberschenkeln zu kaschieren, beherrschte sie auch. Zwar trug sie die gleiche Größe wie damals, war sich aber bewusst, dass dünn zu sein, nicht unbedingt ein Zeichen von Gesundheit war. Gewiss hatte auch Raschid sich verändert. War gealtert, vielleicht dick geworden, womöglich war er überhaupt krank und konnte nicht an den Gewohnheiten von einst festhalten, wie zum Freitagsgebet hinauf zur Moschee zu fahren. Sie erstickte einen anderen aufkommenden Gedanken. 15 Jahre hatte sie nichts von ihm gehört. War es möglich, dass er nicht mehr am Leben war?

Die Gebetszeiten herauszufinden, war unproblematisch gewesen. An den Ritualen und Bräuchen der einheimischen Bevölkerung durfte jeder Tourist Interesse bekunden. Dafür kamen die Touristen her, um zu sehen, was andere Menschen machten. Der Rezeptionist am Abend war ihr gern behilflich gewesen. »Das Beten, Madam, Sie interessieren sich für das Beten? Wie schön. Ich organisiere es, dass mein Bruder sie hinfährt. Organisiere eine Freundin, die sie zum Gebet bringt.« Sie entsann sich nicht an den Namen der Moschee und er sollte nicht erfahren, wohin sie gehen wollte. Daher nahm sie ihm gegenüber Platz und auf charmante Weise machte sie ihn sich gefügig. Er markierte für sie auf der Karte sämtliche wichtige Moscheen der Stadt und sagte deren Namen auf, wiederholte sie, bis Rachel den Namen aufschnappte, den sie gesucht hatte. Der Angestellte war von der umtriebigen Touristin beeindruckt, betonte, dass man sich angemessen kleiden müsse und bot ihr an, sie selbst dorthin zu chauffieren, denn freitags habe er frei. Ihn wieder abzuwimmeln, das war ein hartes Stück Arbeit gewesen, aber sie wusste sich zu helfen.

Sie konnte sich nicht darüber freuen, dass sie immer noch die Kunstgriffe beherrschte, Hilfe abzurufen und eine Begleitung loszuwerden, die sie behindern könnte. Von ihren alten Fähigkeiten hatte sie nichts verlernt, doch sie hielten sie vom alltäglichen Leben fern, nach dem sie Sehnsucht verspürte. Sie gestatteten ihr nicht, Fehler zu machen, gestatteten ihr nicht, wütend zu werden und sie sprachen ihr die Privilegien ab, an denen normale Menschen sich erfreuten. Sie zwangen sie, berechnend zu sein, dem Anschein nach vorausplanend, nur die Nerven zu verlieren, wenn es dem Zweck dienlich war. Normale Menschen stellten Fragen, ärgerten sich, lachten, wann ihnen danach zumute war, vergaßen und erinnerten sich wieder, sie hingegen musste immer vorausdenken und die Schritte, die sie ergriff, gut abwägen. Wie ein Partner, der eine Affäre hat, wie ein Verbrecher. Rachel hob den Blick und sah dem Rezeptionisten in die Augen. Sie war ihm nichts schuldig. Nicht alle Touristen mochten es, wenn sie wie Pakete überallhin geschafft wurden. Nicht alle Touristen machten sich die Mühe, über jede Aktion, die sie unternahmen, Aufschluss zu geben. Aber sie war keine normale Touristin. Auch dieses Mal nicht. Zwar benutzte sie ihren britischen Pass, doch ihr israelischer Pass, den sie in der Gepäckaufbewahrung des Londoner Bahnhofs deponiert hatte, war ihr allgegenwärtig. Sie hatte etwas, eine ziemliche Menge sogar, zu verbergen und der großzügige Mann, der ihr gegenübersaß, durfte keinesfalls wissen, wohin sie fuhr und wen sie suchte.

Die Reihe der Männer, die sich auf den Eingang der Moschee zubewegte, rückte langsam voran. Rachel stand im Schatten einer Mauer, beobachtete die Hineingehenden und gab Acht, auch Interesse an der eindrucksvollen Architektur und der Vielzahl an Betenden zu bekunden, die auf die Tür zuschritten. An jedem anderen Tag hätte sie sich wohl über den markanten Geruch beklagt, den die am Eingang zurückgelassenen Schuhe verströmten und sie hätte ihre Meinung über die Vielfalt an Socken geäußert, doch ihr einziges Interesse galt heute nicht den Füßen, sondern den Gesichtern: alte, junge. Die meisten wirkten niedergeschlagen. Schnurrbärte über Schnurrbärte. Schweigsame Männer schritten in die Stätte, die viele Menschen fasste. Ihr Herz schlug wie wild. Nicht einmal ein Foto hatte sie. Alles war im Archiv, in den tiefen Kellergewölben des Mossad begraben, zu denen sie keinen Zugang mehr hatte, nicht, nachdem sie die Tür hinter sich zugeschlagen hatte und ins zivile Leben gewechselt war. Doch jetzt war nicht der richtige Moment, zu bereuen, nicht wenigstens ein Foto für sich behalten zu haben. Das Gehirn würde sich an das erinnern, was das Herz wusste – wie *er* aussah.

Wie würde sie ihn, wenn er überhaupt käme, unter all den Menschen ausmachen? Wie würde sie ihn nach all den Jahren mit seiner kleinen Statur und dem resoluten Auftreten erkennen? Die Augen, die sie bezaubert hatten, das Lächeln? Ein Mensch nach dem anderen zog an ihr vorüber. Mutete es in einem Moment an, als wäre jeder von ihnen er, wähnte sie im anderen, dass sie ihn nicht erkennen wird, selbst wenn er an ihr vorübergehen und sie anschauen würde. Eigentlich wünschte sie sich, dass er sie erspähen würde. Hoffte, dass auch er sie suchte und damit rechnete, dass sie eines Tages an der Straßenecke, am Eingangsportal zur

Moschee oder in dem Café, in das sie sich gern verkrümelt hatten, auf ihn warten würde.

Mit einem Mal ist sie sich sicher, dass er sich der Eingangstür nähert. Er senkt den Blick nicht zum Boden und ihn zeichnet dieses verschmitzte Lächeln aus, das sie so liebt. Die wohl geformte Nase, die ausdrucksstarken Augen, die Leichtfüßigkeit, als wolle er augenblicklich zum Tanz übergehen. All dies hatte einst zu Raschid gehört. Er rückt innerhalb der Reihe näher und schaut sie neugierig an. Rachel wird sich bewusst, dass es bloß ihre Fantasie ist, die ihn erblickt. In Anbetracht der verstrichenen Jahre, der Tage und Nächte ohne ihn, könnte es ebenso sein ältester Sohn sein, den sie da in die Moschee hineingehen sieht. Sie sollte lieber einen Blick auf den älteren Mann werfen, der hinter ihm läuft – er könnte der Gegenstand ihrer Träume und ihrer Suche sein.

Am Ende der Reihe erkannte sie ihn. Ihr Körper bebte, die Beine zitterten, sie wollte die wenigen Meter bis zu ihm überwinden und ihm sagen, dass sie zurückgekehrt sei. Rachel lehnte sich gegen die hohe Mauer, kreuzte die Arme vor der Brust und presste die geballten Fäuste an den Oberkörper. Sein Haar war dünn geworden und sie war verblüfft, wie hager er schien. Doch er war es. Der gleiche Gang, die Selbstsicherheit – gepaart mit der aufrechten Haltung –, die großen Hände, in denen hielt er, wie immer, die Gebetskette.

Rachel straffte ihr Kopftuch und hoffte, dass die Sonnenbrille und die Jahre das Übrige tun würden. Doch es war gar nicht nötig. Er war mit sich beschäftigt. Sein Gesicht war nach vorn gewandt und er strebte auf die Moschee zu, als wäre sie seine ganze Welt. Konnte dem so sein? Sie grübelte. Dass er mit seiner Religion verwachsen war, hatte sie immer gewusst. Er hatte oft mit ihr über seinen Glauben und seine Entscheidung gesprochen, eines Tages nach der Scharia leben zu wollen. Sie hatte gelacht und gefragt, wie sie in diese Vorstellung hineinpasse und er hatte keine andere Antwort darauf gehabt, als sein Bekenntnis mit einem Kuss zu untermalen – selbst er, Raschid, war nicht vollkommen.

Sie setzte sich auf eine Bank aus Beton und ließ ihren Blick über die menschenleere Fläche gleiten. Alle Betenden waren hineingegangen. Ein gelangweilter Wachmann stand am anderen Ende neben den reservierten Parkplätzen und unterhielt sich mit den Chauffeuren, die neben den Autos warteten. Am Eingang zur Moschee warteten die Schuhe der Betenden.

Rachel fragte sich, ob sie zu der Stelle gehen könnte, wo Raschid seine eben noch ausgezogen hatte und ob sie die erkennen würde. Für einen Augenblick amüsierte sie der Gedanke, die Schuhe an sich zu nehmen und ihn dann dabei zu beobachten, wie er in Socken herumstehen und einen Ausweg aus dem Dilemma suchte, in das sie ihn gebracht hatte. Bis sie in Zeitlupe auf ihn zusteuern, die dunkle Sonnenbrille absetzen und ihn fragen würde, ob er sich an den Urlaub am Strand erinnerte, als ihnen die Flip-Flops gestohlen worden waren, während sie im Meer schwammen und wie er sie bis zum Auto getragen hatte, damit sie nicht auf den glühenden Sand treten musste.

Was könnte er zu ihr sagen, während er ausharrte, dass sie ihm seine Schuhe reichen würde? Dass er sie in Erinnerung behalten hatte? Er sich an den Ausflug an den einsamen Strand erinnerte? An das Zelt, das sie aufgebaut hatten, an das Lagerfeuer gegen Abend, an die zwei Tage, die sie dort – ob nun mit oder ohne Flip-Flops – verbrachten? Wie er neben ihr stand und sie an der Schulter streichelte, während sie den Sonnenuntergang, den Strand und in allen Details den Radar im Hintergrund fotografierte, wie der Einsatzleiter sie instruiert hatte. Oder wird er sich vor seinen Freunden entschuldigen, die mit ihm zum Beten gekommen sind und sich gemeinsam mit ihnen wundern, wer die verrückte Ausländerin ist, die ihm die Schuhe weggenommen hat, ihr danken und seiner Wege gehen, sich erst danach umdrehen und hoffen, dass sie ihm folgt?

Sie steht auf, streicht ihren Rock glatt und nimmt den billigen Fotoapparat heraus, den sie auf dem Flughafen gekauft hat. Einige Aufnahmen von der Moschee und Nahaufnahmen von einigen interessanten architektonischen Einzelheiten lieferten den Grund für ihren Besuch der heiligen Stätte. Von Weitem sah sie, wie der Wachmann sie beobachtete und auf sie deutete. Derartige Blicke war sie gewohnt. Sollten sie ihr Fragen stellen, würde sie ihnen die Liste des Rezeptionisten plus die Reisebroschüre vor die Nase halten, die sie von der Autovermietung bekommen hatte. Es gab Dinge, die vergaß man nicht, die hatten sich tief in die Seele gekerbt. Es war schwierig, sie mit der Wurzel auszurotten und stattdessen aufrichtige Gefühle zu säen. Ich habe ihn geliebt, sagte sie sich, während sie auf den Mietwagen zulief. Ich habe ihn für Observationsfahrten missbraucht. Ich habe ihn als Vorwand genutzt, um verbotene Orte abzulichten. Strauß' Foto habe ich von ihm abfotografiert. Doch ich habe ihn geliebt. Ihn wirklich geliebt, obwohl ich ihn belogen und ihn verlassen habe, ohne mich zu verabschieden.

Sie schaltete die Klimaanlage ein und blickte abwechselnd auf die Karte und die Menschen, die die Moschee verließen. Als Raschid in sein Auto stieg, stellte sie bekümmert mit einem Stich im Herzen fest, dass er offenbar in Ungnade gefallen war. Kein Bodyguard mehr, der neben dem polierten Mercedes wartete. Stattdessen ein verdreckter Toyota, der im staubigen Gelände stand. Sie fuhr ihm nach und erinnerte sich an den Chauffeur, der stets im Auto sitzen blieb, während Raschid in ihrer Wohnung und ihren Armen gewesen war. »Bei uns ist das anders«, hatte er zu ihr gesagt. »Natürlich hat er jemandem von dir erzählt. Sie müssen unbedingt alles wissen. Hier geht nichts vonstatten, ohne dass sie es mitbekommen.« Sie hatte sich erkundigt, ob es sein könne, dass Raschids Eltern davon erfahren hätten. »Wie kommst du denn darauf?« Er war verblüfft gewesen. »Das bleibt unter uns, darin besteht unsere tiefe Brüderschaft.«

Raschid fuhr los und Rachel folgte ihm. Ihm hinterherzufahren, gelang ihr mühelos, da es sie nicht kümmerte, ob er es mitbekäme. In ihrem Herzen tanzte weiterhin das Teufelchen, das verlangte, Raschid solle augenblicklich anhalten und auf sie zukommen. Sie würde die Fensterscheibe herunterfahren und ihn anschauen, er würde sie im Handumdrehen erkennen und fragen: Rachel? Und sie würde sagen, ja und das wird ebenfalls wahr sein. Er würde fragen, du bist zurückgekommen? Sie würde sagen, ja und das wird ebenfalls wahr sein. Dann würde sie ihn anlügen müssen, aber erst später, nachdem er mit dem Finger ihre Lippen berühren und sich hinabbeugen würde, um sie zu küssen.

Er fuhr langsam und fädelte sich in den Verkehr ein. Sie achtete darauf, zwei Wagen Abstand zu halten und nahm an, dass er auf dem Nachhauseweg sei. Früher hatte sie gewusst, wo seine Eltern wohnten. Sie hatte es Ehud wissen lassen und so hatten sie von dem abgegrenzten Viertel erfahren, in dem nur die High Society wohnte. Einmal hatte sie die Gegend aufgesucht, obwohl Ehud es für riskant hielt und ihr die Fahrt untersagte. An einem Samstag konnte sie nicht länger dagegen ankämpfen. Sie hatte Sehnsucht nach Raschid und wollte ihn sehen, sei es auch nur für einen Moment. Die Fahrt zum Tor des bewachten Villenbereichs dauerte nur einige Minuten. Sie lächelte den Wachposten an, der kein Englisch sprach, überschüttete ihn mit langen Sätzen, in die sie ihr bekannte Namen einstreute, die in Raschids Heft standen. Es war ihm unangenehm, einer Frau den Zutritt zu verwehren, die diese ganzen wichtigen Leute kannte, zudem war sie jung und schön. Sie drückte ihm die Hand und schob ihm eine Zehn-Dollar-Note zu, fast wäre es ihm nicht aufgefallen. Rachel fuhr mit ihrem Volvo durch die engen Straßen mit den gepflegten Gärten und als sie Raschid auf dem Rasen auf einer Liege erspähte, während er sich mit einer jungen eleganten Frau unterhielt, war sie froh darüber, dass er mit dem Rücken zu ihr saß und nicht Rachel und ihre Tränen sah.

An einer Kreuzung bog er nach rechts ab und hielt vor einem Wohnhaus, von dem die Farbe blätterte. 15 Jahre waren vergangen, seit sie die Stadt und ihn verlassen hatte. Ein Gedanke spukte ihr durch den Kopf: Im Office hätte jemand absichtlich Informationen zu deren Sicherheitsdiensten durchsickern lassen können, dass man Raschid Kanafani nicht länger vertrauen könne und er von den Brennpunkten des aktiven Geschehens ferngehalten werden solle. Das alles, um sie zu schützen. Damit er nicht die Mittel hätte, sie zu suchen, nicht die Freiheit genießen würde, das Land, wann er wollte, zu verlassen. Denn auch er war – genau wie Rachel – wertlos für sie geworden. Sie überholte ihn. Nachdem sie gesehen hatte, wie er aus dem Auto stieg und langsam auf die Eingangstür zuging, fuhr sie im Schritttempo weiter, hielt kurz und zog die Show mit der Karte und dem Reiseführer ab, um einen potenziellen Verfolger darüber ins Bild zu setzen, dass die Touristin sich verfahren hatte und gleich in ihr Hotel zurückfahren würde.

Was könnte jetzt einfacher sein, dachte sie, als hier einzuparken? Im Rückspiegel das Make-up zu prüfen, auch ob ihr jemand folgte, dann die fünf Stufen zur Tür zu nehmen, auf die Klingel zu drücken und zu warten, dass er ihr öffnete? Sie schätzte ab, wie lange sie bis zum Fahrstuhl und in seine Wohnung brauchen würde. Sie registrierte, dass in der sechsten Etage das Licht anging. Sie merkte sich den Ort und entschied, er wohne allein, denn andernfalls hätte wahrscheinlich bereits Licht gebrannt. Ein unzähmbarer Impuls trieb sie dazu, diesen Schritt zu wagen, sich dafür zu rüsten, den Preis zu zahlen. Ohne Risiko keine Chance. Das hatten sie ihr beigebracht. Sie wollte seine Stimme hören und ihn vor sich sehen, wie er zu ihr sagte … Ob er etwas sagen wird … Nur so würde sie erfahren, was die Zukunft für sie bereithält, was ihm in den Jahren widerfahren war, die sie ohne ihn vergeudet hatte.

Ein neben ihr haltender Polizeiwagen setzte ihrem inneren Ringen ein Ende. Der Polizist wollte zwar helfen, hatte aber Mühe, sich auf dem englischsprachigen Stadtplan zurechtzufinden. Darum riet er ihr zu, sie möge ihm folgen. Er würde ihr den Weg aus dem Viertel zeigen. Rachel blieb nichts anderes übrig, als seine Hilfe anzunehmen.

Sie machte das Licht nicht an, als sie in ihr Zimmer kam. Die letzten Sonnenstrahlen streiften das Fenster, drangen mit voller Wucht ein. Sie legte sich auf das Bett und betrachtete ihre Fotos. Sie musste zugeben, dass die Qualität der digitalen Fotos beeindruckend war. Hier war Raschid beim Verlassen der Moschee, hier ein kleines Video vom Schuheanziehen nach dem Beten, hier ging er zu seinem Auto und im Hintergrund, wie zufällig, die Moschee in ihrer gewaltigen Größe und Erhabenheit. Rachel berührte den Bildschirm, streichelte Raschid zärtlich übers Gesicht. Sie sehnte sich nach ihm und wollte ihn neben sich, wie es gewesen war, bevor Rachel Brooks verschwunden war – und mit ihr alles, was sie hatte.

Erneut nahm sie die Verfolgung auf, wohlwissend, dass es ungehörig war. Man verhielt sich nicht so gegenüber jemandem, den man liebt. Gestern hätte sie auf ihn zugehen sollen. Es wird ihn verärgern, wenn er erfährt, dass ich wie ein Jäger Fährte aufgenommen und mich an seine Fersen geheftet, ihn beobachtet habe, bevor ich mich zu Weiterem durchrang. Sollte er nachfragen, werde ich es ihm erzählen müssen, wie ich ihn gefunden und den passenden Moment abgewartet habe. Wenn es einen solchen Moment gibt, in dem beide Herzen schlagen wie eins und die Uhren die gleiche Zeit und den gleichen Wunsch anzeigen. Sie richtete sich im Sitz auf, warf im Rückspiegel einen prüfenden Blick auf ihr Gesicht und strich mit dem Finger über die Falte im Mundwinkel, in der Hoffnung, sie würde sich verflüchtigen. Am Morgen herrschte wenig Verkehr und sie wahrte Abstand zu dem Toyota, bis er schließlich vom dunklen Parkhaus eines grauen Bürogebäudes verschluckt wurde. Fünf Dollar und ein Lächeln – und der Wachmann verriet ihr, dass der Efendi seinen Wagen um 16 Uhr vor dem Haupteingang stehen haben wolle.

Raschid steuerte auf sein Auto zu, das vor dem Bürogebäude stand. Rachel tupfte sich den Schweiß von der Stirn und unterließ das Trommeln auf dem Lenkrad. Er gliederte sich in den Verkehr ein und sie fuhr dicht hinter ihm, bis er vor einem großen Café hielt, an dem die Jahre deutliche Spuren hinterlassen hatten. Rachel überholte den Toyota, parkte um die Ecke und band sich ein Kopftuch um. Sie lief auf dem Fußweg einige Meter hin und her und ging erst hinein, als sie ihn allein an einem Tisch wusste. Sie zog sich in eine Ecke zurück und beobachtete ihn, als er seinen Kaffee trank. Trotz der Ventilatoren an der Decke, die auf höchster Stufe liefen, rann Schweiß ihren Rücken hinab. Sie trocknete sich die Hände am Saum der Tischdecke und wartete ab. Etwas Vertrautes, das sich zugleich befremdlich und schlecht anfühlte, stahl sich in sie. Sie hatte sich schon oft in dieser Situation wiedergefunden. Denn es war nicht das erste Mal, dass sie in der Nähe einer Zielperson saß und ihren nächsten Schritt plante. Sie entsann sich aller Phasen und wusste genau, wie man die ausgelegten Fallen nutzte. Draußen, ihrem Auge verborgen und mit hoher Präsenz, hatten einst die anderen Agenten im Hinterhalt gelegen und der Beute aufgelauert. Diesmal nicht, sagte sie sich im Stillen, die Jagdsaison war vorüber.

Sie setzte das Kopftuch ab, nahm einen Spiegel aus der Handtasche und frischte ihr Make-up auf. Die alte Gewohnheit war ihr in Fleisch und Blut übergegangen und sie prüfte im Spiegel die wenigen Gäste und die einzelnen Passanten. Raschid saß mit dem Rücken zu ihr. Würde sie jetzt aufstehen und gehen, könnte er sein Leben wie bisher fortsetzen.

Doch Rachel war nicht imstande, ihr Leben wie bisher fortzusetzen. Aus diesem einen Grund war sie hier. Sie musste den Boden des Schachtes erreichen, auf den sie seit dem Tag, an dem sie die Stadt in der Früh verlassen hatte, im freien Fall zusteuerte. Nur mit Raschid könnte sie aus den Tiefen nach oben klettern und nach dem Himmel greifen: Das sagte ihre innere Stimme. Sie wusste, dass in allen Dingen, die sie getan hatte und in allen Jahren, die vergangen waren, Raschid seinen eigenen Platz hatte. Und nun bot sich die Chance, die Hand nach ihm auszustrecken. Die Barrieren waren heruntergelassen und der Weg zu ihm frei. Sie spürte, dass sie über die Kraft verfügte, vor ihn hinzutreten und auszufüllen, was ihm fehlte. Sie wollte ihm dabei helfen, den Weg zu ihr zurückzufinden.

Seine Augen blieben auf die Zeitung gerichtet, als sie zu ihm trat und sich neben ihn stellte. Von oben betrachtet wirkte er kleiner und sie sah auf seinem Kopf die runde kahle Stelle. Diese Ewigkeit währte nur einen winzigen Moment, doch ihr bliebe noch Zeit, sich umzudrehen und zu gehen. Schließlich hob er den Blick, als wollte er zahlen. Zunächst streiften seine Augen die zarten Knöchel, den Saum ihres Kleides, wanderten nach oben zu Hals und Gesicht. Es gab keinen Grund, sie nicht sofort zu erkennen. Sie nahm seine Verwunderung, die Verblüffung und auch das Zögern wahr.

»Ich bin's«, sagt sie.

Er bleibt stumm.

Sie setzt sich ihm gegenüber und wartet ab. Sie hat nur Augen für den filigranen goldenen Ring an seinem Finger. Es hat keinen Sinn, denkt sie und erwägt zu gehen, da sagt er: »Hallo, Rachel.«

Er schenkt ihr ein dünnes Lächeln, ein triumphierendes Lächeln.

»Hallo, Raschid«, sagt sie, ohne die Augen von dem Ring abzuwenden.

»Ja, auch das ist passiert.«

»Ist sie gut für dich?«

»So gut sie kann.«

»Bist du glücklich?«

»So glücklich ich sein kann.«

Sie schweigen. Was bleibt noch zu sagen? Sie bemerkt, wie seine Augen über ihr Gesicht wandern, ihre ringlosen Finger streifen. Sie will ihm sagen, dass es nicht weiter wichtig sei. Sie fragt sich nicht, ob es sein kann, dass das, was in ihr lodert, in ihm vor langer Zeit verloschen ist, denn nach dem weiten Weg, den sie zurückgelegt hat, um zu ihm zu gelangen, scheint für Rachel alles hell und klar, als gäbe es nur den einen Weg. Und wie dieser endet, ist ihr sonnenklar. Sie hat keinen Zweifel, dass er den Samen ihrer Liebe mit einer harten Schale ummantelt hat, der auf Wasser und Licht wartet, das sie jetzt bringen wird. Leicht wird es nicht, das weiß sie. Ob er sich freut, sie zu sehen? Nicht im ersten Augenblick. Er nimmt es ihr übel, dass sie aus heiterem Himmel auftaucht, ohne ihm Zeit zu lassen, sich darauf einzustellen. Doch die Bedenken werden sich in Luft auslösen. Sie muss ihm nur sagen, was ihr auf der Zunge liegt und viele Jahre in ihr begraben lag. Er wird verstehen, dass sie keine Wahl hatte. Sie hat ihn, aber nicht seine Gefühle betrogen. Er wird ihr verzeihen.

Nicht binnen eines Augenblicks, nicht bevor er sie angehört hätte, aber er wird ihr verzeihen. Und sie werden neu beginnen.

Auch im Café tritt Stille ein. Rachel hat das Gefühl, als wären sie beide nur Schauspieler in einem Stück, sie spielen die angenommene Rolle, tragen den einstudierten Text vor. Es gibt Augenblicke, da wirkt es, als hinge alles von einem ganz entscheidenden Satz ab, der ausgewählt, geprobt, vor dem Spiegel eingeübt wurde, bis man selbst davon überzeugt ist, ihn nicht mehr verbessern zu können. Auf einen derartigen Satz zu kommen, war schwer. Noch schwieriger, ihm dann die richtige Nuance und den richtigen Ton zu verleihen, das Gewicht mitzugeben, welches die Veränderung bewirken wird. Sie fragt sich, ob ihre Reise hier zu Ende ist. Mit einem Schlag wirkt alles surreal, befremdlich. Als würde sie sich selbst von einem anderen Platz aus beobachten, als säße sie einige Tische weiter und würde analysieren, was sie sieht. Wer ist diese wunderliche Frau, die sich diesem Mann, der jeden Abend seinen Kaffee hier trank, unaufgefordert gegenübersetzt? Wen und was hat sie zurückgelassen, um wieder im Herzen dieser feindlichen arabischen Stadt aufzutauchen? Was will sie erreichen? Wovor rennt sie weg?

Die Glühlampe, die über ihm an einem langen Kabel hing, wiegte sich leicht in der künstlichen Brise, die die Ventilatoren erzeugten. Ein Schatten arbeitete sich über sein Gesicht, als wolle er ihn scannen. Sie wusste, dass er sich die Strecke vergegenwärtigte, die sie bis zu ihm zurückgelegt hatte. Nur Gott weiß, wie hart es war. Nur Gott weiß, wie leicht es war. So muss es sein: Wer gegangen ist, muss zurückkehren.

»Ich liebe dich«, sagt sie, »und ich möchte, dass du mich von hier wegbringst.«

»Wohin?«

»Auf den Berg.«

»Wie damals?«

»Wie damals.«

»Dein Englisch hat sich verbessert«, sagte sie, als er den Motor startete.

»Vor allem, wenn ich nichts sage«, erwiderte er und entlockte ihr ein Lächeln.

Sie fuhren mit Raschids Wagen und sie war froh über die Redepause, die der Lärm des Motors ihnen aufzwang. Als die rote Ampel nicht umschaltete, wandte er ihr das Gesicht zu und lächelte sie an. Sie erwiderte sein Lächeln und wagte einen verstohlenen Blick auf seine Lenden. Im Auto stank es nach Nikotin und auch der Duftbaum, der am Spiegel hing, vermochte den heftigen Geruch nicht zu vertreiben. Raschid zog aus der Jacketttasche eine Schachtel und ohne ihr eine Zigarette anzubieten, zündete er sich eine an und warf das glühende Streichholz aus dem Fenster. »Ich habe mir so einige schlechte Angewohnheiten angeeignet«, sagte er, als er ihren Blick registrierte. Sie legte die Hand auf seinen Arm und meinte, dies sei ihr kleinstes Problem. Der Wind, der ins Auto drang, schlug ihr ins Gesicht und wirbelte ihr Haar durcheinander. Sie band es mit einem Haargummi im Nacken zu einem Knoten. »Das steht dir«, sagte er. Rachel errötete.

Er parkte am Straßenrand. Die Lichter der Stadt und die Antennen auf dem Gipfel zwinkerten ihnen zu wie alte Freunde. »Hier sind die Antennen, auf die du erpicht warst. Und diese Straße führt bis zum Armeestützpunkt. Wenn du genau hinschaust«, sagte er und deutete auf den Präsidentenpalast, der farbig angestrahlt wurde, »kannst du erkennen, wer hineingeht und wer herauskommt.« Sie sagte nichts, presste die Hände aneinander, damit sie nicht zitterten. Ihr Herz klopfte heftig und sie wusste, dass ihr Gesicht in der Dunkelheit wachsbleich wurde.

»Wie heißt du zurzeit?«, fragte Raschid und fügte hinzu: »Als ob es eine Rolle spielt.«

Sie wandte sich ihm zu. »Rachel, ich heiße immer Rachel ...«, sagte sie und wollte etwas ergänzen. Doch er fiel ihr ins Wort.

»Später«, sagte er. »Zunächst werde ich erzählen: Als du an dem Morgen nicht in der Schule auftauchtest, habe ich die Sekretärin gebeten, bei dir anzurufen. Niemand nahm ab. Ich dachte, du wärst vielleicht mit dem Hund zu spät hinuntergegangen oder wieder wegen irgendetwas unterwegs. Am Abend bin ich zu dir gefahren. Ich musste warten, bis ein Hausbewohner kam, um mit ihm hineinzugehen und habe dich verflucht, dass du mir keinen Schlüssel gegeben hast. Später hat sich mir erschlossen, warum nicht. Ich stand vor der Tür und sah deine Katze auf der Fußmatte liegen. Ich spürte, dass etwas nicht stimmte, weil du ihr nie erlaubt hattest, hinauszugehen. ›Sie verfügt nicht über genügend Kompetenz für ein Leben draußen‹, hast du gesagt und immer wieder gern erzählt, wie du sie einem Straßenhund aus dem Maul entrissen hast. Mango lamentierte und miaute, sie stand neben mir, während ich an die

Tür klopfte, wollte verzweifelt hinein. Natürlich hast du nicht aufgemacht. Ich klopfte wieder und wieder, rief deinen Namen, bis der Nachbar von gegenüber herauskam und sagte, dass auch dein Auto nicht da sei. Ich sprühte vor Zorn. Was immer dir auch passiert war – du hattest mich verlassen. Deine Katze strich mir um die Beine und ich tat etwas, das ich nicht vorgehabt hatte. Ich nahm Mango mit zu mir.

Einige Tage darauf sagte man mir in der Schule, dass dein Vater gestorben sei und du nicht zurückkämest. Barbara wollte dir ihr Beileid übermitteln und rief unter den Nummern an, die du angegeben hattest. Sie sprach mit einem Mann, der den Anruf entgegennahm. Später sagte sie zu mir, sie sei der Meinung, du wärst getürmt. Barbara vermutete Drogen, obwohl sie sich das nicht vorstellen konnte. Am Ende kam sie zu dem Schluss, dass du wohl nicht so naiv gewesen bist, wie du auf sie gewirkt hattest. ›Hat sie dich auch an der Nase herumgeführt?‹, fragte sie mich.

Ich lernte weiter und nahm Einzelstunden bei Barbara. So erfuhr ich von dem Tag der Wohnungsräumung und ging mit Barbara dorthin. Sie präsentierte mir den Brief, den du dem Wohnungsinhaber geschrieben hattest. Offenbar hattest du auf ihre Dummheit gebaut, wenn du wirklich gedacht hast, sie würde nichts bemerken. Als der Inhaber die Wohnung aufschloss, hatte ich Herzrasen. Ich dachte, du seiest noch dort und würdest in irgendeiner Kiste liegen. Jede Menge Gedanken schossen mir in diesem Moment durch den Kopf. Für eine Zehntelsekunde wollte ich wohl, dass es tatsächlich so wäre, dann hätte ich wenigstens gewusst, dass du mich nicht verlassen hast und in eine andere Welt gefahren bist. Ich hoffte auf einen Brief von dir und wollte mir noch meine Zahnbürste schnappen, bevor Barbara das Badezimmer inspizierte.

Wir packten deine Sachen, ich fand sogar einen meiner Manschettenknöpfe. Ich weiß noch genau, wie wir sie gekauft haben und gravieren ließen, als wir uns wieder vereint hatten, ›R‹ und ›R‹. Ich habe ihn weggeworfen. Es gibt Dinge, die funktionieren nur paarweise. Nach dem Aufräumen schlug Barbara vor, dass ich den Verstärker mitnehmen solle. ›Du spielst doch auch. Nicht wahr?‹, fragte sie. Und ich, der keinen Verstärker brauchte, stimmte zu. Ich nahm auch dein Herbarium an mich: deine Ausrede, um im ganzen Land umherzufahren. Ich wunderte mich, dass du es zurückgelassen und ausgerechnet die E-Gitarre mit zur Beerdigung deines Vaters geschleppt hattest …«

Sie schnitt ihm das Wort ab: »Mein Vater ist vor einer Woche gestorben. Ich habe ihn in London beerdigt und bin dann zu dir gekommen.«

Raschid sagte ihr, dass ihm das leidtue, doch sie hatte den Verdacht, er glaubte ihr nicht.

»An deinem Geburtstag versuchte ich, etwas zu spielen, das ich mit dir verband. Der Verstärker funktionierte nicht und ich nahm ihn auseinander, um herauszufinden, ob ich ihn reparieren könnte. Etwas kam mir seltsam vor und ich verglich das Innenleben mit meinem kleinen Verstärker. Bis heute kann ich es kaum glauben, dass dem technischen Personal bei euch solche Pannen unterlaufen, doch es ist Fakt. Auf einem der eigenartigen Teile prangte das Logo von eurer Luftfahrtindustrie – da fiel bei mir der Groschen. Warum der Verstärker so schwer war. Warum du am Spielen kaum Spaß hattest und dich mit Musik nicht auskanntest. Ich habe das Teil herausgenommen und zertrümmert.

Ich habe dich gehasst. Ich fühlte mich betrogen und zum Narren gehalten. Gleichzeitig bildete ich mir ein, dass du mich geliebt hast, dass wenigstens ein Teil in dir für diese nicht effiziente Sache zu haben war: Liebe.

Natürlich hätte ich die Fundstücke an mich nehmen und zu meinen Freunden gehen können. Ich weiß aber auch, was mir dann widerfahren wäre. Niemand hätte mir geglaubt, dass es dir gelungen war, mich hinters Licht zu führen. Ich wäre im Gefängnis gelandet und langsam hingerichtet worden. Ich habe versucht, alles zu vergessen. In der Zwischenzeit starb mein Vater und mit ihm starben die Beziehungen, die wir zur Obrigkeit hatten.« Er deutete auf das Auto, in dem sie saßen. »So ist das bei uns, ohne Beziehungen läuft nichts. Hast du keine, kann nichts dir helfen. Das Geschäft läuft, ich will mich nicht beklagen, aber es ist nicht mehr, was es einmal war.«

Rachel erfasste der unbändige Drang, ihm im Detail auseinanderzusetzen, dass man die Liebe seines Herzens betrügen und dennoch lieben konnte. Sie benutzen und täuschen konnte. Und man dennoch das Beste für den anderen wollte. Zu vertrackt, dachte sie. Unmöglich, ihn jetzt zu überzeugen. Nicht, da alles neu für ihn ist. Dafür wäre später noch Zeit. Eines Tages, wenn er in der Küche sitzen wird und ich, mit dem Rücken zu ihm, Gemüse schneide und zu unserem Sohn blicke, der im Garten spielt. Dann werde ich ihm alles erzählen und er wird mir verzeihen. Er wird verstehen, dass ich keine Wahl hatte.

»Ich habe mich nie gefragt, warum du es getan hast«, fuhr er fort. Er hatte das Gesicht von ihr weggedreht. »Doch ich habe mich gefragt, wo du bist. Hin und wieder habe ich sogar im Internet nach ›Rachel‹ gesucht. Millionen Möglichkeiten. Ich kenne dich nicht, Rachel. Damals dachte ich, ich würde dich kennen, doch bemerkte nicht, dass es zwei von dir gab. Zwei Rachels, die miteinander sprachen und einander nährten. Von denen eine nicht für mich war. Frag mich bitte nicht, was ich getan hätte, wenn du mir gesagt hättest, wer du warst.«

»Und nun, da du es weißt?«

Er schaute weiter nach vorn, nicht zu ihr. Stille. Sie suchte seine Hand, doch er zog sie weg.

»Du hast mich betrogen«, sagte er.

»In einer Sache, der wichtigsten, habe ich dich nicht betrogen«, sagte sie. »Ich habe dich geliebt. Und ich liebe dich noch immer.«

Wie kann man jemandem Glauben schenken, der einen schon einmal betrogen hat? Woher soll man wissen, dass derjenige dieses Mal die Wahrheit sagt? Nur, wenn du glauben willst. Das ist der einzige Weg. Und das liegt in der eigenen Verantwortung. Sie saßen in der Stille. Beide wussten, käme es in dem Moment nicht zu einer Berührung, gingen sie für immer auseinander.

»Komm«, flüsterte sie ihm zu. »Komm.«

Raschid verschränkte die Arme über der Brust.

»Wovor hast du Angst?«, fragte sie. »Dass sie uns sehen? Sollen sie. Dass sie uns festnehmen? Sollen sie. Ich will dich.«

»Ich will dich nicht, Rachel«, sagte er. Und sein Englisch klang gestelzt, war befremdlich und abweisend. Sie spürte, was er drauf und dran war, auszusprechen. »Es würde nicht funktionieren. Du bist schön und frei. Du bist bis hierher gekommen, weil du es wolltest. Mich hast du dabei allerdings vergessen. Mich hast du nicht berücksichtigt.

Du tust, wozu du Lust hast. Du hast mich nicht angerufen und dich erkundigt, ob es mir recht wäre. Du wolltest nicht wissen, wie es mir geht und was ich mache, nicht mal nach meinen Kindern hast du gefragt. Du bist dir gewiss, dass ich mich neu in dich verliebe, dass ich alles stehen und liegen lasse, nur um mit dir zusammen zu sein. So geht das nicht.«

Sie wollte etwas sagen, aber er sprach weiter. »Ich habe mir inzwischen ein Leben aufgebaut. Ein anderes. Kein so schönes, wie ich es wollte, aber ein Leben. Ich habe Familie, Rachel. Meine Kinder sind schlau. Einem Zehnjährigen kann man viele Dinge erklären. Willst du, dass ich ins Dorf fahre, meine Frau und meine Kinder vor mich hinsetze und ihnen alles erzähle? Was soll ich sagen? Dass ich mal ein Verhältnis mit einer ausländischen Frau hatte, die mich verlassen hat, weil sie eine Spionin war?«

»Aber du bekommst eine neue Gelegenheit«, sagte sie, doch ihre Stimme klang hohl.

»Ich brauche keine neue Gelegenheit. Dafür ist die Zeit abgelaufen. Nicht ich bin zu dir gekommen. Nicht ich springe in der Zeit zurück, um zu dem zurückzukehren, was einmal war. Ich habe nichts vergessen, Rachel. Gar nichts. Aber ich habe es überwunden und ich möchte mein Leben fortsetzen. 15 Jahre sind vergangen. Nur in deinem Kopf ist die Zeit stehengeblieben. Bis du im Café auftauchtest, kreisten meine Gedanken heute um eine Lieferung, die auf die Freigabe vom Zoll wartet und um das nächste Schuljahr. Ich führe ein normales Leben, Rachel, ein anderes habe ich nicht. Hin und wieder erinnere ich mich an dich. Dann bin ich wütend auf dich, ich liebe dich, doch dies gehört der Vergangenheit an. Nun tauchst du plötzlich hier auf und willst mich an einen Ort bringen, den es nicht mehr gibt. An einen Ort, den ich hinter mir gelassen, den ich vernichtet und begraben und in meiner Erinnerung abgelegt habe.«

»Und was wird aus mir?«, fragte sie. »Lieferst du mich aus? Feierst du deine Entlastung? Bekommst eine Auszeichnung für die Ergreifung einer Spionin? Erhältst deine Privilegien zurück?«

»Nein, Rachel. Nichts dergleichen. Aber für mich ist es vorbei. Seit Langem aus und vorbei.«

Sie wollte ihn berühren. Würde sie ihn wie einst berühren, so dachte sie, und er ihren Körper auf seinem spüren, könnte er sich wieder zurückdenken, die Vergangenheit lebendig werden lassen. Aber er war so weit weg von ihr, obgleich er nah bei ihr saß.

»Und wenn wir zusammen schlafen?«, fragte sie.

»Und wenn wir zusammen schlafen?« Er sprach ihre Worte nach, unmöglich zu wissen, was er dachte. »Wie bei der ersten Liebe? Wenn man sich einbildet, dass eine bloße Berührung alles klären wird?«

»Warum bist du dann mit mir hier heraufgekommen?«

»Ich wollte mir selbst beweisen, dass ich dir standhalten kann«, entgegnete er. Sie vernahm den triumphierenden Ton in seiner Stimme.

»Nun habe ich das Gefühl, dass die Rechnung beglichen ist. Ich hoffe, ich bin nun geheilt und darüber hinweg.«

»Ich weiß, was ich will«, sagte sie, nachdem das Schweigen drohte, sie in die Knie zu zwingen.

»Ich höre.«

»Ich möchte, dass du mir eine zweite Chance gibst. Nicht ablehnst. Uns eine Chance gibst.«

Er ging nicht darauf ein.

»Lass uns von hier wegfahren, Raschid. Ich fahre in mein Hotel, du fährst in deine Wohnung und ich werde auf dich warten.« Sie nahm die Visitenkarte des Hotels aus ihrer Geldbörse und drückte sie ihm in die Hand, streifte seine kalten Finger. Ihre Gedanken gingen mit ihr durch. Die Worte kamen nicht in der ersonnenen Reihenfolge über die Lippen. Sie wusste nicht, was er davon hielt. Sie wusste nur, dass sie diesen Augenblick für eine kurze Weile festhalten wollte, bevor es zu spät wäre. Der Rückweg war stets kürzer und brutal. Es waren nur Worte, das wusste sie. Und sie hatte nur Worte, um ihn umzustimmen. Was blieb, war die Tatsache, dass sie neben ihm saß, dass sie anziehend auf ihn wirkte, er sich an sie erinnerte und dass er gesagt hatte, er habe sie einst geliebt.

»Ich muss zurück«, sagte er, startete den Motor und sah sie an. In dem flüchtigen Augenblick schien ihr, dass sie mit einem entscheidenden Satz oder einer ihm zugewandten Kopfbewegung das Ruder herumreißen könnte, doch dieser Moment verstrich, seine Körpersprache wirkte resolut. Er hatte beide Hände am Lenkrad, sein Blick war nach vorn gerichtet. Sie entgegnete nichts. Raschid legte den ersten Gang ein und sagte sich von dort los, ließ hinter ihnen eine leichte Staubwolke zurück.

KAPITEL 15
DORT

Sie war mit dem Packen ihres Koffers beschäftigt und überhörte das leise Pochen an der Tür. Beim zweiten Mal klopfte Ehud kräftiger. Er wusste, dass sie im Zimmer war. Er hatte das Hotel erst betreten, nachdem die Beobachter ihren Wagen gesichtet hatten. Langsam war Rachel am Hoteleingang vorbeigefahren und hatte im hinteren Teil der Straße geparkt. Sie war den Hügel heraufgelaufen und hatte sich vergewissert, dass keiner der Vorbeigehenden und Vorbeifahrenden das Gesicht vor ihr verbarg. »Immer noch Profi«, flüsterte der Kommandeur bewundernd Ehud zu, bevor er ihn anwies, aus dem Geländewagen zu steigen. Ehud steckte den Knopf des kleinen Funkgeräts ins Ohr und vergewisserte sich beim Kommandeur, ob der ihn höre.

»Mach dir keine Sorgen«, sagte der Kommandeur, »geniale Technik, wie sie die Fernsehkorrespondenten haben. Wir hören alles, was im Zimmer gesagt wird und über einen separaten Kanal geben wir dir die Anweisungen durch.«

Erneut ging er mit ihm die Instruktionen durch und fasste zusammen: »Rede mit ihr, als wärt ihr allein. Wir werden nicht intervenieren. Aber wenn du uns brauchst, etwas schiefgeht und du willst, dass wir eingreifen, dann sag etwas über deinen Vater. Und vergiss nicht die anderen Codes.«

Ehud nickte. Ihm waren nicht sämtliche Details in Erinnerung, aber die Prinzipien waren unverändert. Sie waren von einer Klarheit, die ihn schmerzte: Er geht in das Zimmer und spricht mit ihr. Willigt sie ein, mit ihm zurückzufliegen, bleibt das Team auf Abstand und beschränkt sich auf die Überwachung. Weigert sie sich, fällt es in die Zuständigkeit des Teams und Ehud bliebe nur, Ruhe zu bewahren und zu hoffen. Stefan saß hinter ihm. Ehud wusste, wozu sie für diese Mission zwei Alte wie sie angeheuert hatten.

Joe hatte darauf bestanden, dass sie Stefan holten. Der Kommandeur der Einheit hatte ihm gesagt, dass die Zeiten sich geändert hätten. Für diese Mission sei ein besonderes Team verfügbar. »Er ist alt geworden, steigt nicht mal mehr aufs Pferd.« Joe hatte sich nicht beirren lassen. Sein Bauchgefühl sagte ihm, dass der erfahrene Stefan für diesen Job der Richtige sei. »Wir haben keine andere Wahl«, sagte Joe. »Wenn es Ehud nicht gelingt, lässt sie niemanden in ihre Nähe. Wenn wir es in aller Stille ausführen wollen, ohne Spuren zu hinterlassen, etwas in ihrem Hotelzimmer, das aussehen wird wie Selbstmord, wie Mord mit sexuellem Hintergrund, wie Raub – dann kommt nur Stefan infrage. Ihn kennt sie, sie weiß, was dann passiert. Er bewahrt einen kühlen Kopf, ihm wird es gelingen.«

Daraufhin holte man ihn aus dem Kibbuz. Es war unkompliziert gewesen, ihn zu finden, sogar Cowboys hatten mittlerweile Handys. Als Joe ihn anrief, erkannte Stefan ihn zunächst nicht an der Stimme, doch den Code hatte er im Kopf. Er stellte die entsprechende Frage und Joe gab die Antwort.

»Sie ist eine von uns, Joe«, meinte Stefan, während sie beide auf den Mossad-Chef warteten. Damit schien er alles gesagt zu haben. Es sei undenkbar. Wir töten keinen von uns. Er erhob sich von dem Stuhl, der für seine Statur zu klein war und trat ans Fenster. Unten tobte die Stadt, doch das doppelt verglaste Fenster hielt den Lärm draußen. Joe hatte gebeten, das Gespräch ins Büro zu verlagern, nicht in die Trainingsstätte. Es würde den nötigen Eindruck auf Stefan machen.

Der Mossad-Chef kam herein. Stefan ging in angespanntes Stillgestanden über und errötete. Er war ein langjähriger Kämpfer und Träger vieler Auszeichnungen, doch es war eine Menge Zeit vergangen, seit er dem Chef des Mossad zum letzten Mal begegnet war. Als Kadett hatte der heutige Chef einst einen Kurs bei Stefan absolviert und dieser war nie von ihm begeistert gewesen.

»Ein potenziell unberechenbarer Faktor«, sagte Joe. »Wir müssen ihr Einhalt gebieten, bevor es zu spät ist.« Anschließend servierten sie auf kleinen Tabletts das Mittagessen aus einem japanischen Restaurant, das der Bürochef sorgfältig ausgewählt hatte. Der Mossad-Chef erkundigte sich bei Stefan nach dessen kleinem Enkelkind und wie die Privatisierung im Kibbuz vorankomme.

»Soweit ich verstehe, sind wir dazu genötigt«, ignorierte Stefan die profanen Fragen. Der Chef nickte nur. Sie setzten die Mahlzeit fort. Die Essstäbchen sahen in Stefans Pranke aus wie Spielzeug. Der Mossad-Chef warf einen Blick auf die Uhr, Joe und Stefan traten hinaus in die sengende Sonne. Die Pflanzen in den Töpfen, die die Gärtner vor die Tür gestellt hatten, damit sie offen stünde, waren kurz vorm Verwelken: beim Gebot Wasser zu sparen, ging es demokratisch zu. Der Parkplatz war fast leer. Sie überquerten den Bereich. Im Waffenlager wählte Stefan eine Pistole und einen Schalldämpfer aus und unterschrieb für ein Magazin Munition. Dann gingen sie auf den Schießstand, beide setzten einen Gehörschutz auf. Joe staunte wieder einmal über die Leichtigkeit, mit der Stefan mit einer Waffe hantierte und über seine Treffsicherheit.

»Weißt du, dass ich mit ihr geschlafen habe?«, sagte Stefan zu Joe, während er die Waffe hingebungsvoll reinigte und dann wieder zusammensetzte.

»Und?«, fragte Joe.

Stefan sah auf seine Stiefel und warf einen prüfenden Blick auf die Metallspitze, als habe er vor, einem rebellischen Kalb einen Tritt zu versetzen. »Nichts weiter, nur so«, brummelte er. »Es ist eigenartig. Ich hätte nie gedacht, dass ich mal in eine solche Situation käme. Aber wir haben keine Wahl. Stimmt's?« Er drehte sich Joe zu, der in seinem Blick ein Flehen las.

»Keine Wahl«, sagte Joe und er versuchte, Selbstbewusstsein auszustrahlen.

Rachel schlang den Bademantel enger um sich und ging zur Tür. »Ah, du bist es«, sagte sie zu Ehud und ließ ihn ein. »Erwartet habe ich dich nicht, doch aus irgendeinem Grund ist mir mit einem Mal klar, dass du hier auftauchst.« Sie begab sich in den schmalen Gang zwischen Bett und Fenster und nahm die Tasche, die auf dem Bett stand. Ehud ließ sich schwerfällig in dem Sessel nieder und sie wandte sich ihren Kleidungsstücken zu, die stapelweise auf dem Bett lagen. Durch die Lücke zwischen den Vorhängen konnte Ehud den Geländewagen und das Kommandofahrzeug erkennen, die draußen im Dunkeln standen. »Ich bin hergekommen, um mit dir zu reden«, sagte er. »Nur, um zu reden.«

»Worüber, Ehud, worüber? Was willst du von mir?« Er sagte nichts. Mit dem Rücken ihm zugewandt, fuhr sie fort, ihren Koffer zu packen. Der kurze Bademantel entblößte ihre Beine, in seinen Augen waren sie schöner als je zuvor. Ihr Haar war feucht vom Waschen und Ehud malte sich die übrigen Konturen ihres Körpers unter dem dicken Stoff aus. Im Flüsterton trieb der Kommandeur ihn an: »Wir haben keine Zeit für große Aussprachen. Der erste Flieger geht in wenigen Stunden und es ist noch so einiges zu regeln.«

Ehud dachte, dass Joe die Sache sicher anders angepackt hätte. Er hätte zu ihr gesagt, dieses weinerliche Getue könnte sie sich abschminken. Im Wesen wäre sie immer noch Agentin. Man scheidet nie wirklich aus. Die vergangenen Jahre, die sterile Isolation, die die Realität ihr aufgezwungen hatte, die erloschene Liebe wären belanglos. Sie hätte getan, was notwendig war. Sie hätte dem Staat gedient, sie hätte nicht ihre Freunde verraten, nur den Job erledigt, wie wir ihn erledigen, wie ihn alle erledigen und nun ab nach Hause. Sie solle ihr Leben ohne ihn leben. Doch er war nicht Joe und sie hatten ihn auf diese Mission entsendet, als wäre er der Vater einer launischen Tochter. Um sie nach Hause zu holen, bräuchte er nur persönlich aufkreuzen und ihr sagen, dass er sie liebe.

Da war noch was. Natürlich war da noch etwas. In diesem Beruf und im Herzen der arabischen Hauptstadt überließen sie nichts dem Zufall. Er wusste, dass ihr die Wege versperrt waren. Die Option, sie hier zu lassen, wäre die bedrohlichste von allen. Raschid, seine Wohnung und sein Büro zu lokalisieren, war eine ihrer leichtesten Übungen gewesen. Wer Blumen schickte, dem half man immer gern. Die beiden Kämpfer, die Raschid auf der Treppe erwarteten, glichen anderen jungen arabischen Männern, die in der Stadt herumhingen. Sie sahen ihn einparken, traten mit ihm in den engen Fahrstuhl, der ihn hinauf in seine Wohnung brachte. »Sorgt dafür, dass es wie ein misslungener Raubüberfall aussieht«, hatte der Kommandeur im Briefing gesagt. Daraufhin hatten sie den Umgang mit dem Messer und das Durchwühlen einer Wohnung nach Geld trainiert, ohne dabei Spuren zu hinterlassen. Raschid war zwischen ihnen gefangen: Sie packten ihn an den Armen und geboten ihm, still zu sein. Fünf Minuten später verließen sie das Haus über die Feuertreppe, überquerten die Straße und stiegen in den Fluchtwagen. Diese Einzelheiten kannte Ehud nicht. Der Kommandeur, der beide Operationen simultan leitete, informierte ihn lediglich über die Neutralisierung der zweiten Zielperson. Es war Ehud nun überlassen, ob er von dieser Information Gebrauch machen wolle.

»Ich möchte dich bitten, mit mir zurückzufliegen. Es ist noch nicht zu spät«, sagte Ehud knapp, als fasse er das Gespräch zusammen. Ohne sich umzudrehen, sagte sie »nein«, faltete ihre Sachen weiter und legte sie nacheinander in den Koffer. »Hierzubleiben können wir dir nicht erlauben. Das weißt du. Es ist schier unmöglich.«

»Was willst du?« Sie kochte vor Wut. »Soll ich zu Ende packen und mit dir zum Flughafen kommen? Unternehmen wir wieder einen kleinen Ausflug, ich und mein Onkel? Fahren wir nach Israel und reden? Mit wem auch immer? Und ich verspreche, ein braves Mädchen zu sein? Dann kehre ich in meine Wohnung zurück und warte auf das Ende, das nicht eintreten will. Und für immer und ewig werde ich wissen, dass es anders sein könnte?« Sie wandte sich ab und ging alle anderen Optionen durch. Auf der Kommode neben dem Bett stand ein schwerer Aschenbecher. Sie nahm Maß. Sie war 45. Ehud war 20 Jahre älter. Sie war stärker, er könnte nichts dagegen ausrichten und sie entwischen. »Ich bin keine Geschäftsfrau«, sagte sie. Ehud bekam den Eindruck, Rachel spielte auf Zeit. »Doch das scheint mir wahrlich ein schlechter Deal. Denk dir was anderes aus, Ehud, etwas, das deinen Fähigkeiten entspricht.« Jeder stand auf seiner Seite der Barrikade. Ehud spielte mit dem Gedanken, den Manschettenknopf aus der Wohnung in Rechovot aus seiner Hosentasche hervorzuholen. Doch es wäre kein kluger Schachzug, ihr klarzumachen, dass nicht nur das Hemd nicht mehr existiere.

Im Lagezentrum verloren sie die Geduld. Der Kommandeur wies Ehud an, ihr von Raschid zu erzählen. Ehud wusste, dass dies nicht förderlich wäre. Es würde Rachels restliches Vertrauen in ihn erschüttern. Ihr würde einleuchten, dass sie mit leeren Händen verhandelte. Daher hielt er den Mund. Das Lagezentrum fand dieses Schweigen alarmierend. Der Kommandeur schickte einen Kämpfer in die Lobby. Dieser sollte sich dort für die weitere Entwicklung bereithalten, die sich des Zeitverlustes wegen verkomplizierte.

Ehud erfuhr von dem veränderten Ablauf über Funk und hatte Mühe, seinen Unmut zu unterdrücken. Ob Rachel bemerkte, wie seine Kiefer sich verhärteten? Im Lagezentrum schätzte man, dass Rachel nicht aus freien Stücken mitkäme. Der Kommandeur ordnete Ehud an, mit ihr nach unten zu gehen. Um den Rest würden sie sich kümmern.

»Führ sie aus dem Zimmer. Mehr brauchst du nicht zu tun. Geh mit ihr spazieren. Schlag ihr vor, frische Luft zu schnappen. Egal was. Sobald wir Augenkontakt haben, übernehmen wir das Kommando.«

Rachel schwieg, genau wie Ehud. Er wollte, dass die Stimme, die ihm in den Ohren lag, ihn in Ruhe ließe. Er wollte Rachel Dinge sagen, die für das Lagezentrum keine Rolle spielten, Dinge, die sich im Laufe der Jahre in ihm angestaut hatten. Der Kommandeur insistierte. Ehud zog den Knopf aus dem Ohr. Rachel sah das. Er schleuderte ihn auf den Boden und zertrümmerte ihn mit dem Absatz. Das Lagezentrum ging davon aus, dass etwas passiert war. In Kürze würden sie Stefan und das Team hineinschicken.

»Nun sind wir unter uns.« Er versuchte sie anzulächeln. »Unter uns?« fragte sie. Rachel rief ihm das Team ins Gedächtnis, das draußen mit den Pistolen für den Schlussakt bereitstand. Sie versuchte nicht, ihre Verbitterung zu bezwingen.

»Uns bleibt nicht viel Zeit. Du kennst das Prozedere ebenso wie ich. Es gibt Dinge, die verändern sich auch mit den Jahren nicht. Nur die Ausrüstung hat sich verbessert. In einigen Minuten kommen sie herein und dann gibt es keinen Raum mehr für Worte.« Die Dringlichkeit in seiner Stimme war echt. Rachel, die vor ihm stand, war ebenfalls echt. In ihrem Haar sah er einige graue Schimmer und an den Wangen neue Falten, die Augen wirkten müder, doch sie war genau die Rachel, die er liebte. Auch sie musterte ihn. Er war älter geworden, ging leicht gebeugt. Die kahle Stelle auf seinem Kopf ergriff stärker von ihm Besitz. Und der Anzug, den er anlässlich der Operation aus dem Schrank geholt hatte, war ihm zu klein. Aber er war genau der Ehud, den sie kannte. Er wollte ihr Bestes, entsprechend seiner Bedingungen und der Instruktionen, die er erhalten hatte. Wie damals. Ein treuer Soldat im Staatsdienst. Er durfte sie hier nicht rauslassen, das war ihr klar. Er mochte sich jetzt über seine Liebe auslassen, über seine Pflicht und über Dinge, die er ihr in den vergangenen Jahren vorenthalten hatte, doch seine Loyalität, die galt nicht ihr.

»Ich liebe dich«, sagte er in die Stille, die zwischen ihnen Raum griff. »Das habe ich von Anfang an.«

»Aber du hast mich angelogen«, sagte sie.

»Nur, wenn ich es musste.«

»Ihr habt mein Leben zerstört.«

»Was man zerstören kann, kann man wieder aufbauen.«

»Ach, ja?« Sie sah ihn prüfend an, als taxierte sie ihn zum letzten Mal.

»Kannst du mir meinen Vater zurückgeben? Die Worte, die ich ihm nie gesagt habe?«

»Nein«, sagte Ehud.

»Ich habe die Briefe gefunden.«

Ehud schwieg.

»Und andere Dinge.« Rachel sprach auf Hebräisch und mit gedämpfter Stimme. Ehud konnte sie kaum verstehen. »Er hat alles gewusst. Ich weiß nicht woher, aber er hat alles gewusst. Ich habe ausgeschnittene Zeitungsartikel zu den Operationen gefunden. Sogar Interviews mit dem Chef und Informationen, die über die Auszeichnung durchgesickert sind, nachdem Strauß unter der Erde war. Du hast ihm geschrieben und mir nichts davon gesagt.«

»Ich wollte dich beschützen.«

»Du wolltest mich beschützen? Vor wem? Vor meinem Vater? Ihm hast du die Wahrheit geschrieben und mich hast du belogen. Du hast mich gezwungen, meinen Vater zu belügen. Du hast ihn gezwungen, vorzugeben, er wisse von nichts.«

»Das verstehst du nicht.«

»Ich verstehe sehr wohl. Du hast mich ausgenutzt. Du hast dafür gesorgt, dass er sich von mir abgewendet hat. Du hast ihm weisgemacht, auf diese Weise würde er mir helfen. Er wusste, dass ich nicht irgendwo in Afrika Englisch unterrichte. Und ich war immerzu wütend auf ihn. Doch er war um mich besorgt, während ich mir eingebildet habe, dass er nichts mit mir zu tun haben wollte.«

»Das war alles vorher.« Würde sie ihn nur ausreden lassen, könnte er sie wie früher überzeugen, dachte Ehud. »Ich bin hier für das, was noch möglich ist, was noch bleibt.«

Sie stand auf, straffte den Gürtel des Bademantels und nahm die bereitgelegten Sachen. »Gib mir einen Moment«, sagte sie und ging ins Badezimmer. Sie schielte zu dem alten Schlüssel, der im Schloss steckte.

Sie war entschlossener und flinker als er, das war alles. Als sie in einer bauschigen Hose und einer weiten Bluse herauskam, hatte er nur Augen für sie. In einer fließenden Bewegung zog sie den Schlüssel aus dem Schloss, bevor er aus dem Sessel in der Zimmerecke hochkam. Und schon war sie aus der Tür, schloss von außen zu und ihn somit ein.

Was hatte sie vor? Wohin wollte sie? Die Fragen verdrängten die praktische Notwendigkeit, unverzüglich aus dem Zimmer zu kommen. Er hastete zum Fenster. Doch bis er herausgefunden hatte, dass es sich nicht öffnen ließ, sah er zu seinem Entsetzen, wie die bereitstehenden Wagen aufblendeten und das ältere Paar rasch den Balkon des Hotels gegenüber verließ. Nochmals versuchte er die Tür zu öffnen. Rachel hatte den Schlüssel umgedreht, er steckte im Schloss. Ehud rief den Kommandeur an, sagte, ihnen bliebe nun nur noch der nächste Schritt.

Ehud rief den Concierge an, versprach ihm Geld, wenn er sofort käme. Büßte zwei kostbare Minuten ein, bis der Concierge die Tür von außen öffnete. Dieser knöpfte ihm die zwanzig Dollar ab und gab den Weg zum Korridor frei. Ehud wartete nicht auf den Fahrstuhl, rannte keuchend die drei Etagen hinunter.

Er vernahm nicht, wie der Kommandeur seinem Fahrer die finale Anweisung gab, er sah auch nicht, wie der Arzt auf der Rückbank die Injektion präparierte, die Rachel handlungsunfähig machen würde. »Eine Überdosis, fürchte ich«, wird der Arzt sagen, wenn er mit Rachel auf dem Flughafen am Check-in steht. Die örtlichen Behörden wären froh, dieses Problem los zu sein. In einigen Stunden wäre sie in Europa und von da ginge es nach Hause zur Befragung und alles Darauffolgende.

Es war spät am Abend, die Straße so gut wie leer. Rachel trat durch den Wäschewageneingang an der Seite des Hauses vor das Hotel. Fluchtwege hatte sie beim Einchecken eruiert.

Auch nachdem ihr Gespräch vorüber war, wusste Ehud noch immer nicht, was in ihr vorging. Vielleicht wollte sie in Raschids Wohnung fahren. Oder sie wollte Ehud und jedem weiteren Gespräch entrinnen, in ein anderes Hotel umziehen und ihre Spuren verwischen. Möglicherweise gingen ihr völlig andere Dinge durch den Kopf. Der Kommandeur, der den Fahrer anwies, loszufahren, gab sich mit diesen Möglichkeiten nicht ab. Das Telefonat mit Ehud hatte ihm genügt. Vor ihm war ein bewegliches Ziel. Neben diesem galt es zu halten, es zu überwältigen, bevor es reagieren könnte, ins Fahrzeug zu ziehen und mithilfe des Kämpfers auf dem hinteren Sitz zu bezwingen, damit der Arzt zum Zug käme. Eine Spritze nur – und sie gehörte ihnen.

Der Kommandeur wusste, dass sie zu spät waren, um sich ihr langsam zu nähern. Ihr zu Fuß zu folgen, wäre zu riskant. Rachel war auf der

Flucht. Sie könnte in eins der Hotels auf der Promenade laufen, dann wären die Verfolger machtlos. Ihnen blieb nur die schnelle, aggressive Variante. Der Kommandeur löste den Sicherheitsgurt und der Kämpfer hinter ihm ebenfalls. Der Fahrer schaltete einen Gang tiefer und trat aufs Gas, um Rachel einzuholen, mit quietschenden Reifen neben ihr zu halten, sodass der Kämpfer sie überwältigen könnte.

Der Fahrer sagte später in der Untersuchung, dass er gesehen habe, wie Rachel sich umdrehte, als sie das Motorengeräusch hörte. Obwohl er sich auf die Straße, den Verkehr und das einzelne Fahrzeug vor ihm konzentrierte, war ihm aufgefallen, dass Rachel an Tempo zulegte und aus unerklärlichem Grund vom Fußgängerweg auf die Straße wechselte und losrannte. Der Kommandeur gab das Gleiche wieder. Auch hinsichtlich der übrigen Einzelheiten herrschten keinerlei Meinungsverschiedenheiten.

Der Fahrer gab Gas, überholte das Auto und steuerte mit aufbrausendem Motor auf Rachel zu, die mit einer Leichtfüßigkeit auf der Straße rannte, die sich allen eingeprägt hatte. Sie blieb nicht stehen. Als sie urplötzlich zur Straßenmitte abdrehte und die Fahrbahn überqueren wollte, war es zum Bremsen zu spät. Der Zusammenstoß war unvermeidlich. Der Toyota Land Cruiser rammte Rachel. Sie flog hoch wie eine Stoffpuppe (so formulierte es der Fahrer, der von jeglicher Schuld freigesprochen wurde) und prallte mit dem Kopf gegen eine Laterne. Sie hielten nur kurz neben ihr, wie es die Vorgaben vorsahen und genau wie im Training in Israel. Der Arzt stieg aus, legte zwei Finger an die Halsschlagader und stieg wortlos wieder ins Auto. Mit Leichen hatten sie nichts am Hut, das brachte nur Ärger. Sinnlos war es ohnehin. Leichen konnten nicht reden. Der Geländewagen machte sich mit quietschenden Reifen aus dem Staub. Eine weitere Fahrerflucht. Wen kümmerte es schon, ob eine Touristin beim Überqueren der Straße umgekommen war?

Ehud kam zu spät. Die SMS, die er erhalten hatte, las sich eindeutig: Abbruch. Er hielt sich nicht daran. Er weigerte sich auch später in Israel noch, sein Motiv darzulegen. Ehud hatte sich entgegen allen Anweisungen um die Überführung der Leiche nach Europa gekümmert und darauf bestanden, dass sie in London neben ihrer Mutter beigesetzt würde.

All dies ereignete sich später.

Zunächst erblickte Ehud nur den Wagen, der davonpreschte, genau wie die Instruktionen es vorsahen. Und er sah den Backup-Wagen wenden.

Sie bedeuteten ihm, einzusteigen. Er winkte ab. Sie durften sich nicht aufhalten und fuhren davon.

Ehud hielt im Rennen inne, kein Grund mehr zur Eile. Er erreichte Rachel, die am Straßenrand lag wie ein Taschenmesser, dessen Klinge fast vollständig eingeklappt war. Erste Neugierige begannen sich zu versammeln und er hörte einen Rettungswagen näherkommen.

Er kniete neben Rachel nieder und nahm sie in die Arme. Ihr Kopf sank wie schwerelos, er sah in ihr Gesicht, in die grünen, weit offen stehenden Augen. Unerwartet regte sie sich – eine häufige Erscheinung, sagte man ihm später – und ihr Gesicht nahm einen anderen Ausdruck an, als würde sie auf etwas warten. Er sah sie lächeln oder er bildete es sich ein.

NOCH MEHR ZUM SCHMÖKERN VON ZWEITAUSENDEINS:

»Unsere Erde ist ein Platz der Engel, den wir bewahren und beschützen müssen.« (Gabriele Kiefer)

Die Welt wird überrollt von den Ereignissen der Klimakatastrophe: Hitzewellen und Hagelschläge, Wirbelstürme und Überschwemmungen beuteln die Menschen überall auf der Erde. Als eine Reihe von Tornados ganz Portugal verwüstet, muss Europa handeln und richtet einen Energiepass ein, der den persönlichen CO^2-Verbrauch reguliert. Martha, Ende fünfzig, sieht sich und ihre Familie unversehens im Zentrum des Geschehens. Denn gleichzeitig gewinnt die Protestbewegung AQUA an Einfluss, zu der auch ihre Enkelin Marie gehört. Mitten in dieser sich rapide ändernden Alltagswelt fegt plötzlich ein Orkan durch die Stadt und fordert ein blutiges Opfer. Martha selbst ist erschüttert, ihre Schwiegertochter Chantal am Boden zerstört. Beide werden sie zu Aktivistinnen ...
Kenntnisreich und brandaktuell skizziert Gabriele Kiefer, wie die Welt von morgen die Menschen von heute aus der Bahn wirft. Zugleich zeigt sie die Chancen einer Energiewende auf.

Gabriele Kiefer
Platz der Engel
384 Seiten.
Hardcover.
19,90 €. GP.
ISBN 978-3-96318-050-7

Seit 28 Jahren erscheint die »Wahrheit« als einzige Satireseite einer deutschen Zeitung. Die »Wahrheit« folgt drei Grundsätzen: Warum sachlich, wenn es persönlich geht. Warum recherchieren, wenn man schreiben kann. Warum beweisen, wenn man behaupten kann. Susanne Fischer versteht das bestens. In ihrem Buch versammelt sie alle Kolumnen, die von 1999 bis 2019 erschienen sind. Ihr Vorbild: die große Satirikerin Fanny Müller. Die wiederum voll des Lobes für Erstere war: »Frau Fischer ist sehr großzügig. Manchmal überlässt sie mir Sätze, die Bekannte von ihr vor zwölf Jahren beim Skifahren ausgerufen haben und die sie aus sittlichen Gründen nicht verwenden möchte (»Es kommt, es kommt, sag Du zu mir«).« Fischer schwadroniert über den wutbürgerlichen Wursteintopf, Duschkopfdämonen und die Suche nach dem inneren VW-Bus. Und sie kennt die Angst, von Enten beobachtet zu werden: »Da ich mit einem Kater zusammenlebe, leuchtete mir diese Phobie sofort ein. Sie starren dich an und wissen alles über dich. Zum Beispiel, wo dein Kühlschrank steht.« Ein Buch für alle, die lieber am Nebentisch säßen.

Susanne Fischer
Norddeutsche Nebentischreportagen.
240 Seiten.
Hardcover mit Lesebändchen.
19,90 €. GP.
ISBN 978-3-96318-056-9

Der Kapitalismus ist am Ende, endgültig. Ein Jahr lang hat Jürgen Roth eine Art Notizbuch geführt, in dem

alles untergekommen ist, was er gesehen, gehört, gelesen oder was ihm durch die Rübe gerauscht ist. Eine Reise durch ein Jahr. Eine Reise durch die Ferne und die Nähe, zeitlich und räumlich, eine Reise oft im Sitzen. Alles, was beschrieben, besprochen und zitiert wird, ist wahr, und das meiste ist falsch. Nichts hängt zusammen, nichts passt zusammen. Dem Anschein nach. Man könnte sagen: ein Gegenwartsentwicklungsroman, ein Protokollroman, ein Fetzenroman, ein Lumpensammlungsroman. Oder: ein Journal. Das genügte auch.

Jürgen Roth
Vielleicht Hunsrück.
400 Seiten.
Hardcover.
22,90 €. GP.
ISBN 978-3-96318-040-8